KB118353

나는 훌리아 아주머니와 결혼했다

LA TÍA JULIA Y EL ESCRIBIDOR
by Mario Vargas Llosa

Copyright © Mario Vargas Llosa, 1977
Korean Translation Copyright © MUNHAKDONGNE Publishing Corp., 2009

이 도서의 국립중앙도서관 출판시도서목록(CIP)은
e-CIP 홈페이지(http://www.nl.go.kr/cip.php)에서 이용하실 수 있습니다.
(CIP제어번호: CIP2009003037)

LA TÍA JULIA Y EL ESCRIBIDOR

나는 훌리아 아주머니와 결혼했다

1

마리오 바르가스 요사 장편소설

황보석 옮김

문학동네

내 삶과 이 소설에 너무도 많은 도움을 주신
훌리아 우르키디 이야네스 아주머니께

나는 쓴다. 나는 내가 쓰고 있다는 것을 쓴다. 머릿속으로 나는 내가 쓰고 있는 것을 쓰는 나 자신을 보고, 또한 내가 쓰고 있는 것을 보고 있는 나 자신도 볼 수 있다. 나는 글을 쓰던 것과 글 쓰는 나 자신을 보던 것도 기억한다. 그리고 나는 글을 쓰고 있는 나를 보던 것을 기억하는 나 자신을 보고, 내가 쓰고 있는 것을 기억하는 나 자신을 보던 것을 기억하며, 내가 글 쓰는 것을 쓰던 나 자신을 본 것을 쓰는 나 자신을 봤던 것을 기억하는 것과 내가 글 쓰고 있다고 쓰던 것을 쓰는 것을 쓰던 나 자신을 보던 것을 쓴다. 나는 또한 내가 글을 쓰고 있다고 쓰던 것을 쓰는 나 자신을 보는 것을 쓰는 나 자신을 상상하고 있다고 썼던 것을 쓰고 있는 나 자신을 상상할 거라고 이미 써버린 것을 쓰고 있는 나 자신을 상상할 수 있다.

살바도르 엘리손도, 「글쓰기를 기록하는 사람」

1

꽤나 오래전 한창 젊었던 시절에 나는 미라플로레스의 오차란 로에 있는 하얀 회벽칠을 한 빌라에서 조부모님과 함께 살고 있었다. 그 당시 나는 산마르코스 대학에서 법학을 공부하고 있었는데, 내가 기억하기론 아마도 훗날 프리랜서로 일하면서 밥벌이를 해보겠다는 생각에서였을 것이다. 비록 정말로 마음 깊은 곳에서는 어느 날엔가는 반드시 작가가 되고야 말겠다고 생각했지만서도.

어쨌건 그 무렵 나는 직함은 거창하게 들려도 봉급은 쥐꼬리만 하고 맡은 임무는 표절자 노릇에다 근무 시간은 요령껏 하기 나름인 일자리, 즉 라디오 판아메리카나 방송국의 뉴스 연출자—하지만 실제로 하는 일은 일간지들에 실린 흥미 있는 기사들을 베껴서 뉴스 시간에 읽어내리기 쉽도록 슬쩍슬쩍 고쳐 쓰는 게 고작이었다—라는 직업을 갖고 있었다. 그래서 내게 딸린 편집부원도 파스쿠알 한 사람뿐이었는데, 그 친구는 머리에 포마드를 잔뜩 처발라서 반지르르하게 빗어내린 사내로, 어디서 큰 사고만 터졌다 하면 그걸 뉴스거리로 삼고 싶어 안달을 하는 괴짜였다.

뉴스가 십오 분 동안 계속되는 정오와 오후 아홉시를 제외하고도 매시간 정각에 일 분짜리 뉴스 시보가 나갔지만 우리는 몇 회분의 원고를 미리 작성해놓을 수가 있었다. 그래서 나는 걸핏하면 몇 시간씩 자리를 비우고 라콜메나 가에 있는 카페에서 커피를 마시거나 이따금씩 학교로 강의를 들으러 가기도 하고, 때로는 언제 보아도 내가 다니는 방송국보다 훨씬 더 생기가 넘치는 라디오 센트랄 방송국의 이곳저곳을 들락거리기도 했다.

그 두 방송국은 같은 소유주의 것으로, 산마르틴 광장에서 몇 발짝밖에 떨어지지 않은 벨렌 로에 이웃해 있었지만 서로 닮은 구석이라고는 눈 씻고 보려야 볼 수 없었다. 오히려 하나는 온갖 은총을 다 받고 태어났는가 하면 다른 하나는 결점이란 결점은 다 안고 태어난, 비극적인 드라마에 나오는 두 자매처럼 극명한 대조를 보였다.

라디오 판아메리카나는 삐까번쩍한 새 빌딩의 삼층과 옥상

10

테라스를 차지하고 있었는데, 그곳의 임직원들과 방송 방침뿐 아니라 프로그램들은 모두 한결같이 어느 정도 세련되고 도시적인 분위기에, 현대적이고 발랄하며 고상한 척하는 기색이 풍겼다. 그리고 DJ와 MC들 역시 아르헨티나인도 아닌 주제에(페드로 카마초라면 꼭 그런 식으로 꼬집었을 것이다) 그 나라 사람들 뺨칠 정도여서 재즈와 록에 간간이 약간의 클래식 음악을 섞어 몇 시간씩 계속해서 들입다 내보냈고, 뉴욕이나 유럽의 최신 히트곡을 선보이는 데 있어서라면 리마의 방송국들 중에서 언제나 선두였다. 그러나 동시에, 라틴아메리카 음악이라도 얼마쯤 세련된 기미를 보이면 아주 싹 무시하지는 않았는데, 페루 음악에 대해서는 까다롭게 선곡을 해서 왈츠인 경우에만 방송으로 내보낼 수가 있었다. 또한 그 방송국 프로그램 중에는 〈지난날의 초상〉이라든가 〈해외 소식〉 같은 지식인층 청취자들을 겨냥한 것도 있었고, 심지어는 〈퀴즈쇼〉나 〈유명 인사가 되어봅시다〉 같이 일반 대중을 상대로 한 별 볼일 없는 프로그램에서도 너무 조잡하거나 저질스러운 티를 벗으려는 시도가 분명히 눈에 띄었다.

라디오 판아메리카나가 교양적인 측면에 관심을 두고 있다는 증거 중 하나는 파스쿠알과 내가 맡고 있던 뉴스 부문이었다. 뉴스 원고는 옥상 테라스에다 대강 때려박아 지은 목조 가건물에서 작성되었는데, 거기서 우리는 리마 시내의 쓰레기 더미와 건물들의 지붕에 나 있는 마지막으로 남은 식민지 시대의 천창(天窓)들을 내려다볼 수 있었다. 우리의 아지트까지는 엘리베이터를 타고 올라오면 되었지만, 그 엘리베이터는 채 몇 기도 전에 문짝이 열려버리는 고약한 버릇이 있었다.

라디오 센트랄은 판아메리카나와는 대조적으로, 별별 요상한 모퉁이들과 안뜰이 딸린 낡은 건물의 비좁은 공간들을 차지하고 있었는데, 그 방송이 통속적이고 서민적이며 노골적인 촌티를 풍기는 호소력을 지녔다는 건 그 아나운서와 MC들의 입에서 속어 섞인 말들이 편안하게 술술 흘러나오는 것을 듣기만 해도 금방 알 수 있었다. 따라서 그 방송국에서는 뉴스 보도에 할당된 시간이 아주 짧았고, 내보내는 음악도 안데스 산맥 지방 사람들의 대중적인 곡들을 포함하여 페루 음악이 주류를 이루었다. 그리고 때로는 리마 부근의 공연장들에서 원주민 가수들을 불러다 공개 방송에 한자리 끼워주기도 했는데, 그럴 때면 방송이 나가기 몇 시간 전부터 스튜디오 문 앞으로 엄청나게 많은 사람들이 몰려들곤 했다. 그 방송국은 또한 멕시코나 아르헨티나에서 건너온 열대지방의 음악도 많이 내보냈고, 〈전화 신청곡〉〈생일의 세레나데〉〈연예가 화제〉〈영화가 산책〉 같은 프로그램은 단순하고 독창적이진 않았지만 많은 청취자들의 사랑을 받았다.

라디오 센트랄의 한 가지 약점은 재탕을 해서 방송하는 프로그램이 너무 많다는 것이었다. 청취율 조사에 따르자면, 가장 많은 청취자가 듣는 프로는 라디오 연속극이었다. 그 방송국은 매일같이 적어도 대여섯 차례 이상 연속극을 내보냈는데, 나는 마이크 앞에 모여 있는 성우들을 엿보는 게 무척이나 재미있었다. 허름한 옷을 걸치고 초라하게 시들어가는 남녀 성우들의 감미롭고 수정처럼 맑은 발랄한 목소리는 늙수그레한 얼굴이며 흉측스런 입, 게슴츠레한 눈과는 완전히 딴판이었다.

"페루에 텔레비전이 들어오는 날엔 저 친구들 자살 말고는 다른 도리가 없을걸." 언젠가 헤나로 2세는 스튜디오의 큼직한 유리창 안쪽을 가리키면서 그런 예언을 했다. 거대한 어항 속처럼 보이는 그곳에서는 성우들이 손에 원고를 들고 마이크 앞에 모여서 〈알베아르 가족〉의 24장을 읽어내릴 준비를 하고 있었다. 그런데 만일 눈물이 글썽해져서 루시아노 판도의 목소리를 듣고 있던 가정주부들이 그가 곱사등이에다 사팔뜨기라는 것을 알게 되었더라면 얼마나 실망이 컸을 것이며, 또 음악처럼 감미로운 호세피나 산체스의 말소리에서 과거를 떠올리던 연금 수령자들은 그녀가 군살이 늘어진 턱에 콧수염이 거뭇거뭇하고, 귀는 비쭉 튀어나왔고, 정맥이 툭툭 불거졌다는 사실을 알았더라면 또 얼마나 기대가 어그러졌을까? 하지만 페루에 텔레비전 방송국이 생기려면 아직 멀었고 그래서 당분간은 일일 연속극계에 속한 동물군의 하잘것없는 생존이 보장된 것처럼 보였다.

내가 라우라 아주머니나 올가 아주머니, 가비 아주머니 또는 수도 없이 많은 여자 사촌들(우리 집안은 미라플로레스의 대가족이었고 모두들 서로 아주 가깝게 지냈다)의 집을 찾아갈 때면 언제나 내 귀를 간질이곤 하는, 우리 할머니가 저녁때마다 즐겨 듣던 그 연속극들을 대량으로 생산해내는 작가들이 누구인지 나는 늘 궁금했다. 물론 그 연속극들을 외국에서 들여왔으리라는 짐작은 했지만, 헤나로 부자가 그것들을 멕시코나 아르헨티나에서가 아니라 쿠바에서 들여온다는 사실을 알게 되었을 때는 정말 놀라지 않을 수가 없었다. 그 연속극들은 은발의 신사 고아르 메스트레(나는 그가 리마를 방문했을 때 방송국 소유주들의 호의에 찬 에스코트와 전 직원들의 존경 어린 눈길을 한 몸에 받으면서 복도를 따라 내려가는 모습을 가끔 본 적이 있었다)가 운영하는 일종의 라디오 텔레비전 왕국인 CMQ에서 제작한 것이었는데, 쿠바 CMQ에 대해서는 라디오 판아메리카나의 아나운서와 MC, 그리고 기술자들로부터 귀가 따갑도록 들어왔기 때문에—영화사에게 할리우드가 그랬던 것처럼, 당시 그들에게는 그 방송국이 어떤 신비한 존재로 비쳐졌다—나는 종종 브란사에서 하비에르와 커피를 마실 때면 원고를 휘갈겨대는 일군의 방송작가를 상상하느라 꽤 많은 시간을 까먹곤 했다. 종려나무와 천국 같은 백사장과 깡패와 관광객의 본고장인 그 먼 아바나에 있는 고아르 메스트레의 성채 속 에어컨디셔너가 설비된 사무실들에서 CMQ의 방송쟁이들은 틀림없이 간통, 자살, 화끈한 연애, 예기치 못한 만남, 유산 상속, 간절한 기도, 동시다발적인 사건, 범죄 따위를 소재로 소리 없는 타자기 앞에서 하루에 여덟 시간을 보내며 연속극을 찍어낼 것이고, 그 연속극들은 각국의 할머니, 아주머니, 사촌 그리고 연금 수령자의 오후를 꿈으로 채워주기 위해 루시아노 판도나 호세피나 산체스 같은 성우들의 목소리로 라틴아메리카 전역에 퍼지고 있을 것이었다.

헤나로 2세는 그 연속극들을 무게로 쳐서 전보로 사들였다(아니 그보다는 CMQ가 팔았다고 해야 할 것이다). 내게 그런 말을 해준 사람은 바로 헤나로 2세 자신이었는데, 내가 언젠가 느닷없이 그 또는 그의 형제들, 아니면 그의 아버지가 사들인 원고를 방송으로 내보내기 전에 검토를 해보느냐고 그에게 물었을 때였다.

"자네 같으면 칠십 킬로나 되는 원고 뭉치를 읽어볼 수 있겠나?" 그가 예의 그 점잔 떠는 듯한 눈길로 나를 지그시 바라보며 되물었다. 헤나로 2세가 내게 그런 태도를 보였던 이유는, 〈엘 코메르시오〉지의 일요일판에 실린 내 단편소설을 본 뒤로 나를

15

인텔리로 여기고 있었기 때문이다. "그러려면 시간이 얼마나 걸릴지 한번 생각해봐. 한 달? 두 달? 라디오 연속극 원고를 읽어보는 데 두 달씩이나 허비할 사람이 어디 있겠어? 우린 그냥 운에다 맡긴다고. 지금까지는 다행히도 기적의 신이 우릴 보호해주셨고 말야."

헤나로 2세는 사정이 아주 좋을 경우엔 동료나 친구, 또는 광고 대행인을 통해 CMQ가 그에게 넘기려고 하는 라디오 연속극이 어떤 나라들로 팔려나갔는지, 또 청취율 조사에 따르면 얼마나 많은 청취자들이 거기에 다이얼을 맞추었는지 하는 것들을 미리 알아볼 수 있었지만, 최악의 경우에는 그저 제목만 보거나 동전을 던져 결정을 내려야 했다. 그리고 연속극 원고들이 무게 단위로 팔렸던 이유는, 페이지 수나 단어 수를 따지는 것이 정확하게 확인해볼 수 있는 유일한 방법이기는 해도, 그러는 것보다는 무게를 다는 편이 훨씬 덜 까다롭기 때문이었다.

"읽어볼 시간도 없는 판인데 단어들을 깡그리 다 세어볼 시간은 더 없는 게 뻔하지." 하비에르가 빈정거렸다. 그는 소설이 칠십 킬로 삼십 그램 하는 식으로 무게가 재어지고, 쇠고기나 버터나 달걀처럼 저울 눈으로 가격이 정해진다는 생각에 재미있어 죽을 지경인 모양이었다.

하지만 그런 계산법은 헤나로 부자에게 문젯거리를 안겨주었다. 쿠바식 표현들로 잔뜩 채워져 넘어온 그 원고들은, 방송이 나가기 전 짧은 시간 동안에 루시아노와 호세피나, 그리고 다른 동료들의 손으로 최선을 다해(다시 말해서 아주 형편없게) 일 회분씩 번역되어야 했던 데다. 하바나에서 리마까지 운송되어오는 동안 배 밑 선창이나 비행기의 화물 칸, 또는 세관에서 타이프가 쳐진 가장자리가 손상되기 일쑤였고, 때로는 몇 회분이 통째로 없어지거나 습기에 글자들이 지워지거나 종잇장들이 뒤죽박죽으로 섞이기도 했다. 그리고 심지어는 라디오 센트랄의 창고에 쌓아둔 원고를 쥐들이 갉아버리기도 했는데, 그런 사고는 맨 마지막에 가서야(헤나로 1세가 원고를 나누어준 뒤에야) 눈에 띄었으므로 걸핏하면 비명 소리가 터져나오곤 했다. 하지만 그들은 조금도 주저하지 않고서 날아가버린 장을 건너뛰거나, 정말로 심각한 경우에는 루시아노 판도나 호세피나 산체스가 배역을 맡은 인물이 하루 동안 병이 난 걸로 해둠으로써 문제를 해결했고, 그렇게 해서 다음 스물네 시간 이내에 사라져버린 그램이나 킬로를 그럭저럭 때우거나 다시 찾아내거나 아무도 눈치채지 못하게 삭제했다. 그런데 CMQ가 매긴 가격이 상당히 높았으므로, 헤나로 2세가 페드로 카마초라는, 천재적인 재능을 지닌 사람이 있다는 사실을 알게 되자 기뻐 날뛰었던 것은 당연한 일이었다.

나는 지금까지도 내가 헤나로 2세에게서 그 방송 연속극의 천재라는 사람에 대한 얘기를 들었던 날이 언제였는지 분명히 기억하고 있다. 왜냐하면 바로 그날 점심때 처음으로 훌리아를 만났기 때문이다. 그녀는 루초 삼촌의 처제로 그 전날 밤 볼리비아에서 막 돌아온 참이었는데, 바로 얼마 전에 이혼을 하고 난 뒤좀 쉬면서 결혼생활의 파탄으로부터도 헤어나기 위해 찾아온 것이었다. 그러나 우리 친척 중에서 가장 입이 험한 오르텐시아 아주머니는 집안 식구들이 모인 자리에서 거침없이 이렇게 내뱉었다.

"그 여자, 사실은 다른 남편감을 알아보러 온 거라고."

나는 매주 목요일마다 루초 삼촌과 올가 아주머니하고 같이 점심식사를 하곤 했는데, 그날 정오에 삼촌 댁을 찾아갔을 때는 온 집안 식구들이 아직 잠옷 바람으로 숙취를 풀기 위해 뜨거운 홍합 국물과 얼음처럼 차가운 맥주를 마시고 있었다. 훌리아와 떠들어대느라 새벽까지 잠을 못 잔 데다 셋이서 위스키 한 병을 완전히 작살내버렸다는 것이다. 그 바람에 모두들 머리가 지근거리는 모양이었고 루초 삼촌은 지금쯤 사람들이 자기 사무실을 홀랑 뒤집어놓았을 거라면서 투덜거렸다. 올가 아주머니는 토요일 밤도 아닌데 그렇게 늦게까지 앉아 있었던 게 창피한 노릇이라며 툴툴대는 중이었고, 전날 밤에 막 도착한 손님은 맨발에 헐렁한 잠옷만 걸치고서 머리칼은 세팅으로 말아올린 채 여행가방을 풀고 있었는데, 아무도 그녀를 아름다운 공주로 잘못 볼 일이 없는 이상, 그런 차림을 한 모습이 남의 눈에 어떻게 비치건 그녀에게는 아무 상관도 없는 모양이었다.

"그러니까 네가 바로 도리타의 아들이란 말이구나!" 그녀가 내 뺨에다 입을 쪽 맞추면서 호들갑을 떨었다. "네가 바로 얼마 전에 고등학교를 졸업한 그애 맞지?"

나는 당장에 그녀가 싫어졌다. 그 시절 내가 집안 식구들과 벌이는 가벼운 입씨름은 주로 누구 할 것 없이 나를 열여덟 살이나 먹은 어른으로 대해주는 게 아니라 여전히 어린아이 취급을 하려고 든다는 것 때문이었는데, 사실 나를 '마리토'라고 부르는 것보다 더 내 성질을 돋우는 일은 아무것도 없었다. 뚝 잘라서 부르는 그 이름을 듣기만 해도 자동적으로 반바지 차림으로 되돌아가는 듯한 기분이 들어서였다.

"그 녀석 벌써 법과대학 일학년생이고 저널리스트로 일하고 있어." 루초 삼촌이 내게 맥주를 한 잔 건네면서 그녀에게 귀띔을 해주었다.

"어머나, 그래요? 하지만 그래도 넌 아직 품에 안긴 갓난애처럼 보인다, 애, 마리토." 훌리아가 내게 최후의 일격을 가했다.

점심식사를 하는 동안 그녀는 어른들이 바보나 어린아이를 상대할 때처럼 점잔을 빼고 다정한 척 굴면서 애인은 있느냐, 파티에 가보았느냐, 어떤 스포츠를 좋아하느냐 어쩌고 하는 것들을 묻더니 그다음엔, 고의로 그랬건 어쨌건, 내가 느끼기에는 울고 싶도록 약을 올리는 투로, 나중에 수염이 나거든 턱수염을 좀 길러보라고 했다. 그러는 게 검은 머리칼에 잘 어울리고 여자애들한테 잘 보이는 데도 유리할 거라는 얘기였다.

"저 녀석은 여자애나 파티 같은 덴 관심 없어." 루초 삼촌이 설명을 늘어놓았다. "인텔리야. 〈엘 코메르시오〉지의 일요일판에 실렸던 단편소설도 하나 있고."

"그렇다면 우린 도리타의 아들이 괴짜가 되지 않도록 잘 지켜봐야겠군요." 훌리아가 코웃음을 쳤다. 나는 갑자기 그녀의 전 남편에 대해 동정심이 치밀어올랐지만 그저 씩 웃어주고 나서 그녀가 자기 멋대로 실컷 즐기도록 내버려두었다. 점심식사가 끝날 때까지 그녀는 계속해서 볼리비아 사람들이 써먹는 지독한 농담들을 늘어놓으며 나를 놀려댔다. 그렇지만 내가 막 자리를 뜨려고 하자 그때까지 나를 가지고 놀았던 게 미안하기라도 한 듯, 얼마쯤은 다정해진 목소리로 언제 저녁때 자기하고 같이 영화나 보러 가자는 둥, 자기는 영화를 무척 좋아한다는 둥 하면서 너스레를 떨었다.

나는 시간에 맞춰 라디오 판아메리카나로 돌아갔다. 파스쿠알에게 세시 뉴스 시보를 〈울티마 오라〉 지에 실린 토막 기사, 즉 라왈핀디의 이국적인 거리에서 벌어진 무덤 파는 인부들과 문둥이들 사이의 용쟁호투로 다 채우도록 내맡길 수가 없어서였다. 내친김에 나는 네시와 다섯시 뉴스 시보까지도 다 편집해놓고 나서 커피를 마시러 나갔다. 그러다 라디오 센트랄 문간에서 헤나로 2세와 마주쳤는데 그는 신이 나서 어쩔 줄 모르고 있었다. 그가 브란사로 내 팔을 잡아끌었다.

"자네한테 해줄 얘기가 있어."

그는 업무차 며칠 동안 라파스에 다녀왔는데 거기에서 그 다재다능한 남자 페드로 카마초를 직접 만났다는 것이었다.

"그 친구 사람이 아니라 공장이더라고." 그가 침을 튀겼다. 그의 목소리에 감탄한 기색이 잔뜩 배어 있었다. "볼리비아에서 상연되는 연극 대본이란 대본은 죄다 쓰고 연출까지도 하더라니까. 그리고 라디오 연속극도 도맡아 쓰는 데다 연출은 물론이고 남자 주인공 역까지도 다 하더라고."

그러나 헤나로 2세가 가장 깊은 인상을 받았던 것은 그의 엄청난 작품량과 다재다능한 역량보다도 그의 인기였다. 그가 쓴 연극 중 한 편을 보기 위해 헤나로 2세는 라파스의 사베드라 극장에서 원래 가격의 두 배를 주고 암표를 사야 했던 것이다.

"꼭 투우장에서처럼 말야. 자네 상상이나 할 수 있겠어?" 그가 입에 게거품을 물었다. "지금까지 리마에서 온 극장을 다 채 웠던 사람이 누가 있었느냐고!"

그는 내게 이틀 동안 연달아, 조그만 계집애고 다 큰 처녀고 나이든 여편네고 할 것 없이 잔뜩 몰려든 팬들이 페드로 카마초 의 사인을 받으려고 라디오 이이마니 방송국 앞에서 진을 치고 있는 걸 자기 눈으로 직접 보았다느니, 게다가 라파스의 매칸 에 릭슨 사무실에서도 페드로 카마초가 쓴 연속극들은 볼리비아의 전파를 타고 방송되는 어떤 프로보다도 더 많은 청취자를 끈다 고 장담했다느니 하는 이야기를 줄줄이 늘어놓았다. 그 당시 사 람들이 '정력적인 프로듀서'라고 부르기 시작했던 헤나로 2세 는 명예보다는 이익을 챙기는 데 더 관심이 많았고—한 예로 그는 클럽 나시오날의 회원이 아니었고 또 되려고도 하지 않았 다—누구건 아무하고라도 친구가 되었다. 그리고 추진력은 또 어찌나 강한지 그저 옆에 있는 것만으로도 기운이 다 빠져나갈 지경이었다. 게다가 일단 마음을 정했다 하면 번갯불에 콩을 구 워 먹는 사람이었으므로, 그는 이이마니 방송국을 찾아가서 페 드로 카마초를 만나자마자 당장에 페루로 건너와 라디오 센트랄 의 전속 작가로 일해달라고 꼬드겼던 것이다.

"그건 별로 어렵지가 않아." 그가 설명했다. "그 친구 거기서 는 그저 굶어 죽지 않을 만큼만 받고 있었으니까. 이제 그가 여기로 오면 라디오 연속극을 다 맡게 될 건데, 그러면 나는 CMQ의 그 날강도 같은 놈들한테 딴 데 가서 알아보라고 해도 된다고."

나는 그에게, 페루인이 볼리비아인에 대해 반감을 가지고 있다는 건 얘기할 필요도 없는 일이다, 페드로 카마초는 라디오 센트랄의 직원들하고 잘 지내기가 굉장히 어려울 거다 어쩌고 하면서 그의 환상을 부숴버리기 위해 최선을 다했다. 그리고 그의 볼리비아식 악센트가 청취자들의 귀에 거슬릴 것이며, 더구나 그는 페루에 대해 아는 게 전혀 없으므로 끔찍한 실수를 연발할 것이라고도 했다.

그렇지만 헤나로 2세는 그저 씩 웃기만 할 뿐 내 비관적인 예언들을 아예 들은 척도 하지 않았다. 비록 페드로 카마초가 페루에 발을 들여놓았던 적이 없다고는 해도, 마치 바호엘푸엔테에서 태어나기라도 한 것처럼 리마 사람들의 생각과 감정을 속속들이 다 알고 있으며, 악센트 또한 S나 R 발음까지도 귀에 거슬릴 것 없이 완전무결해서 한마디로 벨벳처럼 부드럽고 매끄러웠다는 것이었다.

"그 불쌍한 외국인, 루시아노 판도나 다른 성우들하고 같이 있다가는 산 채로 잡아먹히게 될걸?" 하비에르가 익살을 떨었다. "아니면 그 멋진 호세피나 산체스한테 강간을 당하거나."

하비에르가 그런 얘기를 떠벌려대는 동안 나는 판아메리카나의 열시 뉴스 시보를 내보내기 위해 〈엘 코메르시오〉 지와 〈라 프렌사〉 지에서 발췌한 기사의 형용사와 부사들을 내 마음에 들게 바꾸면서 타자기를 두들기고 있었다. 소개가 좀 늦긴 했지만, 하비에르는 내 가장 친한 친구로, 그와 나는 거의 매일같이 우리가 여전히 살아서 발길질을 하고 있다는 걸 서로에게 확인시켜주기 위해, 단 몇 분일지라도 서로를 만나곤 했다. 그는 태생이 경망스럽고 자가당착적인 친구였지만 진지한 열정만큼은 언제나 변함이 없었고, 가톨릭 대학의 문학부에 적을 두고 있었을 때는 가장 뛰어난 학생이었다. 사실 그 학부에서는 그처럼 열심히 공부하는 학생이나 안목이 뚜렷한 시 평론가 또는 난해한 책들에 대한 통찰력 있는 해석자를 둬본 예가 없었다. 주위의 모든 사람들이 그가 기막힌 논문을 써서 학위를 얻을 것이며 나중에는 훌륭한 교수나 뛰어난 시인 아니면 평론가 되리라고 믿어 의심치 않았던 것도 당연한 일이었다. 그러나 어느 말짱하게 갠 날, 그는 일언반구의 해명도 없이 공들여 작성하고 있던 논문을 포기하고 문학과 가톨릭 대학을 도중하차해버린 뒤, 산마르코스 대학 경제학부에 등록함으로써 주위 사람들 모두를 실망시켰다. 그러고는 누군가가 어째서 도중하차했느냐고 물을라치면, 자기가 공들여 쓰고 있던 그 논문이 눈을 뜨게 해주었다고 너스레를 떠는 것이었다.

그가 쓰고 있던 논문은 '리카르도 팔마의 작품에 나타난 재담들'이란 제목이 붙은 것이었는데, 그는 팔마의 『페루인의 전통』에 나오는 부사들을 확대경으로 찾으면서 성실하고도 엄밀하게 연구를 계속한 덕으로 파일 서랍 전체를 알맹이 있는 목록들로 가득 채울 수가 있었다. 그런데 어느 날 아침, 그 소중한 목록들을 서랍째로 홀랑 불싸질러버리더니―그와 나는 그 철학의 불꽃 주위에서 아파치 춤을 추었다―자기는 문학을 혐오하며 그보다는 차라리 경제학이 더 낫다고 선언해버렸다.

지금 그는 센트랄 레세르베 은행의 수습 사원이고 매일 아침 라디오 판아메리카나에 들를 구실을 찾아내곤 했다. 그에게 마지막 남은 '재담'이라는 악몽의 흔적은 내게 운(韻)도 이치도 맞지 않는 부사들을 쓰라고 우겨대는 습관이었다.

나는 훌리아가 볼리비아로 시집을 갔었고 더구나 라파스에서 살았음에도 불구하고, 페드로 카마초에 대해 들어본 적도 없다는 게 몹시 놀라웠다. 하지만 그녀는 라디오 연속극 따윈 듣지도 않고, 또 아일랜드 수녀들이 운영하던 여학교의 마지막 학기 때 〈시간의 춤〉이라는 연극에서 '황혼' 역을 맡았던 뒤로는("그런데 너 건방지게 그게 몇 년 전쯤이었느냐고 묻지 마, 마리토") 극장에 발을 들여놓아본 적도 없다고 이유를 달았다. 그런 얘기들은 우리가 아르멘다리스 가의 끄트머리에 있는 루초 삼촌 댁에서부터 바란코 극장까지 걸어가면서 했던 것이었는데, 그날 낮에 아주 교활한 술수로 영화 구경을 가지 않을 수 없게 나를 끌어들였던 건 바로 그녀였다.

훌리아가 페루로 돌아온 다음 주 목요일, 나는 그녀의 볼리비아식 농담으로 수모를 당해야 된다는 게 마음에 걸리긴 했어도, 매주 한 번씩 루초 삼촌과 올가 아주머니하고 함께하는 점심식사를 거르고 싶지 않았다. 또 그 전날 밤─수요일 저녁 온 집안 식구들이 가비 아주머니 댁을 찾아갔을 때─오르텐시아 아주머니가 고해성사를 하는 듯한 목소리로 "저 여자, 리마에서 지낸 첫 주 동안에만 네 번씩이나 외출했어. 그때마다 다른 놈팡이하고. 그중 하나는 여편네가 시퍼렇게 살아 있다지 뭐야. 저 이혼녀 도대체 못 하는 짓이 없다니까!"라고 속닥거리는 말을 듣기도 했던 터여서 그녀가 거기에 없으리라는 희망도 좀 있었다.

라디오 판아메리카나의 정오 뉴스 시보가 나간 뒤에 루초 삼촌 댁을 찾아가보니 그녀는 구혼자 중 한 명과 같이 있었다. 나는 거실로 들어서면서, 우리 할머니의 맏조카인 판크라시오 아저씨가 도저히 가망 없는 구식 양복에 나비넥타이를 달랑 붙들어맨 데다 단춧구멍에 카네이션까지 꽂아 우스꽝스럽기 짝이 없는 차림을 하고서 그녀 옆에 바짝 붙어 앉아 정복자 같은 눈길로 그녀를 바라보는 모습이 눈에 띄자, 그녀에게 앙갚음을 해줄 수 있으리라는 은근한 즐거움이 솟았다. 판크라시오 아저씨는 오랫동안 홀아비로 지내왔는데, 열시 십분을 가리키는 시계 바늘처럼 다리를 벌려 뻗정다리로 어정거리며 걸었고, 친척들의 집을 방문할 때면 뻔뻔스럽게도 모두가 다 보는 앞에서 하녀들을 꼬집곤 하는 바람에 귀 따가운 뒷소리를 듣기 일쑤였다. 그런 주제에도 그는 머리칼을 염색하고 은줄이 달린 회중시계를 차고 거드럭거렸는데, 매일 오후 여섯시쯤이면 사무실 여직원들과 낄낄거리며 우니온 가를 돌아다니는 모습을 볼 수 있었다.

"멋진 남자를 낚으셨군요, 아주머니." 내가 볼리비아 이혼녀에게 키스를 하려고 몸을 굽히면서 비꼬는 투로 목소리를 죽여 그녀의 귀에다 대고 소곤거렸다.

훌리아가 눈을 찡끗하더니 앙큼하게 고개를 까딱였다.

점심식사를 하는 동안 판크라시오 아저씨는 그의 장기인 페루 민속 음악—그는 집안에서 잔치만 벌어졌다 하면, 말이 좋아 '전통 악기'지 실제로는 나무 상자나 서랍을 엎어놓고 손가락이나 손바닥으로 두드리는 카혼을 연주하면서 한 곡조씩 뽑곤 했다—에 대해 한참 동안 떠벌리다가 훌리아에게로 고개를 돌리더니, 고양이처럼 입맛을 다시면서 슬쩍 운을 떼었다.

"그런데 말이오, 목요일 저녁에 페루 민족주의의 심장부인 빅토리아에서 펠리페 핑글로 회원들의 모임이 있습니다. 진짜배기 우리나라 음악을 듣고 싶지 않습니까?"

"어머나, 이를 어쩌지요? 마리토가 먼저 영화를 보러 가자고 그랬거든요." 홀리아가 한순간도 지체하지 않고 나를 가리키면서 모욕에 경멸을 더해 진짜로 유감스럽다는 듯 대꾸했다.

"에, 뭐, 그렇다면 젊은이에게 양보해야지요." 판크라시오 아저씨가 스포츠맨십을 발휘하는 척 물러섰다.

나중에 그 아저씨가 떠나고 올가 아주머니가 홀리아에게 이런 말을 했을 때 나는 내가 그 일에서 풀려났다고 생각했다.

"내가 보기엔 그 영화 어쩌구 하는 얘긴 늙은 치한을 퇴짜놓으려고 그런 것 같던데?"

"아니 꼭 그렇지만은 않아, 언니." 홀리아가 당장에 되받았다. "사실 난 바란코 극장에서 상영하는 걸 보고 싶어 죽을 지경이니까. 그 왜 검열국에서 '미성년자 관람 불가' 딱지를 붙인 거 말야." 그녀가 나를 돌아다보더니(나는 그날 저녁의 내 운명이 기로에 놓여 있었으므로 열심히 듣고 있었다) 안심을 시킨답시고 절묘하게 한술 더 보태주었다. "돈은 걱정 마, 마리토. 이건 내가 한턱내는 거니까."

우리는 어두컴컴한 아르멘다리스 가를 걸어내려와 널따란 그라우 가를 따라서 그 영화, 그러니까 거두절미해서 멕시코제이고 제목은 '어머니와 안주인'인 영화를 보러 갔다.

"이혼녀 입장에서 제일 못마땅한 건 사내라면 누구나 꼬시려고 든다는 그런 게 아냐." 훌리아가 불만을 털어놓았다. "그보다는, 이혼녀니까 로맨틱하게 굴 필요가 없다고 생각한다는 거지. 사내들은 이혼녀하고는 시시덕거리지도 않고 달콤한 헛소리를 속삭이지도 않아. 그저 아주 저질스럽게 자기네 욕구가 뭔지를 대놓고 까발린다니까. 정말 넌더리가 나. 그게 바로 내가 나이든 놈팽이하고 춤추러 가기보다는 너하고 영화를 보러 가는 이유야."

"무지막지하게 고맙군요. 그 말 칭찬인 걸로 알겠습니다."

"사내들은 멍청하기 짝이 없어서 이혼녀는 누구나 창녀인 줄 안다니까." 그녀가 내 목소리에 비꼬는 기색이 밴 것도 알아채지 못하고 말을 이었다. "그리고 더 지독한 건, 그런 치들 머릿속을 꽉 채우고 있는 게 어떻게라도 그 짓을 한번 해보겠다는 생각이라는 거야. 꼭 그러는 게 능사가 아닌데도 말야. 제일 좋은 건 서로 사랑하는 거 아니겠어? 그렇게 생각하지 않아?"

나는 그녀에게, 사랑 같은 건 있지도 않다, 그건 페트라르카인가 뭔가 하는 어떤 이탈리아인과 남프랑스 지방의 거렁뱅이 시인들이 꾸며낸 말에 불과하다, 사람들이 수정처럼 맑은 감정의 분출이니 순수한 정서의 발산이니 하고 생각하는 것들은 문학이라는 신화 밑에 숨어 땡볕을 피하려는 고양이들의 본능적인 욕구일 뿐이다 하면서 줄줄이 설명을 늘어놓았다. 하지만 나는 내가 하는 말을 정말로는 하나도 믿지 않았고, 그저 훌리아에게 깊은 인상을 주려고만 했다. 물론 그녀 역시 내 생물학적인 사랑론에 몹시 회의적이었다. '내가 저런 말도 안 되는 소리를 곧이곧대로 믿어야 할까' 하면서.

"난 결혼엔 반댑니다." 나는 입 밖에 낼 수 있는 가장 근엄하고 현학적인 목소리로 주접을 떨었다. "난 자유 연애라는 걸 믿습니다. 우리가 아주 솔직하다면 그냥 자유 교미라고 해야겠지만요."

"교미라는 게 그 짓을 말하는 거니?" 그녀가 깔깔거렸다. 하지만 바로 뒤이어 어리석음을 깨우친 듯한 슬픈 표정이 그녀의 얼굴을 스쳤다.

"내가 처녀 적에는 남자애들이 연애시를 쓰고, 여자애들한테 꽃을 보내고, 키스 한번 하려면 몇 주씩 애를 태우곤 했어. 그런데 요즘 젊은 애들 사이에서는 사랑이란 게 얼마나 추잡해졌니, 마리토."

우리는 매표소에서 누가 돈을 낼 것인가 하는 문제로 가벼운 실랑이를 벌였다. 그리고 곧이어 한 시간 반 동안 돌로레스 델리오가 신음을 토해내고, 껴안고, 만족을 얻고, 울고, 바람결에 머리칼을 날리며 숲 속을 달리고 하는 것을 본 뒤 이번에도 역시 걸어서, 소리 없이 내리는 가랑비에 머리칼과 옷을 촉촉이 적시며 루초 삼촌 댁으로 돌아갔다.

돌아가는 길에 우리는 페드로 카마초에 대해 다시 한번 이야기를 나누었다. 훌리아가 그 이름을 한 번도 들어보지 못한 게 사실일까? 헤나로 2세의 말에 따르자면, 그는 볼리비아에서 명사라고 했다. 하지만 아니었다. 그녀는 그런 이름이 입에 오르내리는 것조차도 듣지 못했다. 그러자 언뜻, 볼리비아 사람들이 헤나로 2세를 속였거나, 그게 아니라면, 볼리비아의 라디오 연속극에서 '1인 공장'으로 통한다는 그 사람이 헤나로 부자가 바로 얼마 전에 고용한 페루인 펜대 운전사(즉 나)의 흥미를 돋우기 위해 속임수 선전을 한 것일지도 모른다는 생각이 들었다. 어쨌든 사흘 뒤에 나는 페드로 카마초를 직접 만났다.

그때 나는 헤나로 1세와 한참 입씨름을 벌이고 난 뒤였다. 파스쿠알이 끔찍한 사고만 터졌다 하면 안달을 내는 평소의 구제 불능 기질을 유감없이 발휘해서, 열한시 뉴스 시보를 이스파한에서 발생한 지진 기사로 다 채워버린 탓이었다. 그러나 헤나로 1세가 시뻘겋게 달아올랐던 진짜 이유는 파스쿠알이 시시콜콜, 땅속에 있는 굴이 무너지자 독이 잔뜩 올라 쉿쉿 소리를 내며 땅 위로 기어올라온 뱀들이 그 비참한 지진에서 살아남은 페르시아 사람들을 어떻게 공격했느냐 하는 따위의 너저분한 얘기로 다른 뉴스들을 싹 외면했다는 것이 아니라, 그 지진이 지난주에 일어났다는 사실이었다. 나는 헤나로 1세에게 부아가 돋는 것도 당연하다고 맞장구를 쳐줄 수밖에 없었고, 파스쿠알이 너무 무책임했다느니 뭐니 하는 말로 김을 빼버렸다. 그런데 도대체 어디서 그런 케케묵은 뉴스를 주워들었던 걸까? 아르헨티나 잡지에서였다. 또 어쩌다 그런 황당한 뉴스 시보를 내보내게 되었던 것일까? 달리 내보낼 만한 중요하고도 화끈한 뉴스거리가 없었던 데다, 그 뉴스는 적어도 웬만큼 흥미를 끌 만했기 때문이다. 이유야 어찌 되었건, 내가 그에게 우리는 라디오 청취자들을 즐겁게 해주기 위해서가 아니라 그날의 뉴스를 요약해주기 위해 봉급을 받고 있다고 설명하자, 파스쿠알은 되도록이면 나하고 잘 지내볼 생각에서 고개를 끄덕이긴 했지만, 그러면서도 자기의 소신을 굽히려고는 들지 않았다.

"문제는 마리오 씨, 어떤 뉴스여야 하는가에 대한 우리 두 사람의 개념이 완전히 다르다는 겁니다."

그래서 그에게, 내가 자리를 비울 때마다 그런 식으로 뉴스 보도의 센세이셔널한 개념을 실행에 옮기려고 든다면 우리 둘 다 얼마 안 가서 길거리로 내쫓기게 될 거라는 말을 해줄 참이었는데, 바로 그때 우리 가건물 문간에 아주 이상하게 생겨먹은 모습이 비쳤다. 키가 아주 작은 사람과 난쟁이의 중간쯤 되는 지독히

왜소한 체격에 코가 엄청나게 크고, 보기만 해도 정신 사나워지는 눈에는 완전히 비정상적인 빛이 번들거리고, 눈동자의 색은 보기 드물게 연한 사내였다. 그는 너무 낡아서 실밥이 드러난 검은 양복에 와이셔츠를 입었고 한눈에도 얼룩이 진 게 확 드러나는 나비넥타이를 매고 있었다. 그러나 다른 한편으로는 빳빳한 프록코트와 딱 맞는 실크해트 차림으로 빛바랜 사진 속에 박혀 있는 신사들처럼, 몹시 깔끔하고 괴팍스럽고 정장을 하기에 적절한 사내라는 느낌도 풍겼다. 번들거리는 검은 머리칼을 어깨까지 길게 늘어뜨려서인지, 나이는 서른 살이나 마흔 살 어느 쪽에건 갖다붙여도 될 것 같았는데, 그의 태도와 거동, 그리고 표정은 자연스럽고 자발적이라는 느낌과는 정반대로 줄에 매달려 덜렁거리는 꼭두각시 인형을 떠올리게 했다. 잠시 뒤에 그가 옷차림만큼이나 이상하게 근엄한 태도로 깍듯이 고개를 숙이더니 이런 말로 소개를 대신했다.

"당신네 타자기를 훔치러 왔소, 신사분들. 좀 도와주신다면 굉장히 고맙겠는데 말씀이야, 두 놈 중에 어느 게 더 쓸 만하지요?"

그의 검지손가락이 번갈아 내 타자기와 파스쿠알의 것을 가리켰다. 나는 라디오 센트랄과 판아메리카나 뉴스 보도실 사이를 들락거리던 버릇 덕으로 목소리와 생김새가 아주 딴판일 수 있다는 사실에 꽤나 익숙해 있었지만, 그럼에도 불구하고 그처

럼 조그맣고 보잘것없는 사람의 입에서 그처럼 확고하고도 음악
적인 목소리와 완벽한 말투가 흘러나올 수 있다는 사실에는 놀
라지 않을 수가 없었다. 그의 목소리에서는 각각의 글자뿐만 아
니라, 각 글자의 입자와 원소까지도 불완전한 것 하나 없이 아주
질서정연하게 행진하는 듯한, 즉 그의 말소리는 바로 소리의 진
수라는 느낌이 들었던 것이다. 그는 자기의 모습과 무례한 태도
에 걸맞지 않은 목소리가 우리에게 불러일으킨 놀라움도 알아차
리지 못한 채, 성급히 두 대의 타자기를 조심스럽게, 말 그대로
냄새라도 맡듯 킁킁거리며 검사하기 시작했다. 마침내 그가 시
간의 공격에도 끄떡없는 영구차처럼 생긴 내 큼직한 구식 레밍
턴 타자기를 선택했다.

먼저 반응을 보인 것은 파스쿠알이었다. "당신 도둑이요, 뭐
요?" 그가 대놓고 들이댔다. 나는 그가 이스파한 지진 건으로
분풀이를 하고 있다는 걸 알아차렸다. "당신 그런 식으로 보도
실에서 타자기를 슬쩍해가지고 달아나려는 거요?"

"예술이 당신네 보도실보다 더 중요하다고, 이 화상아." 그 괴
상한 사내는 마치 방금 전에 발로 벌레 한 마리를 으깼을 뿐이라
는 듯 거만하게 얕잡아보는 투로 눈을 흘기며 으르렁대더니 하
던 일을 계속했다. 파스쿠알이 놀라서(그리고 틀림없이, 물론
나도 마찬가지였지만, 그 괴짜의 입에서 튀어나온 '화상'이라는

말이 무슨 뜻인지를 몰라서) 입을 쩍 벌린 채 멀뚱거리고 있는 사이, 그 방문객은 레밍턴 타자기를 붙들고 낑낑거리다가 목에 핏대가 서고 눈알이 튀어나올 정도로 초인적인 노력을 들인 끝에 간신히 그 괴물을 책상에서 들어올릴 수 있었다. 그의 얼굴이 점점 더 짙은 자주색으로 변했고 이마에서는 땀방울이 배어나왔다. 하지만 그는 멈추려 들지 않았다. 그러고는 이를 악문 채 비틀대며 문 쪽으로 몇 걸음을 옮겼지만 다음엔 도리 없이 포기해야 했다. 만약 일 초만 늦었더라도 그가 들고 있던 물건이 바닥에 내동댕이쳐지는 동시에 그도 같이 넘어갔을 것이다. 그가 레밍턴 타자기를 파스쿠알의 책상에 내려놓더니, 그 어이없는 광경으로 인해 우리 두 사람의 얼굴에 떠오른 웃음기에는 아랑곳도 않고, 심지어는 파스쿠알이 우리가 미친 사람을 상대하고 있다는 뜻으로 손가락을 이마 앞에서 뱅뱅 돌리는 것도 알아차리지 못한 채 숨을 헐떡이며 서 있었다. 그러나 일단 숨을 돌리자마자 그가 엄한 소리로 나무랐다.

"거 뻔히 보고 있지만 말고 힘 좀 합칩시다. 좀 도와주쇼!"

나는 그에게 매우 유감스러운 일이지만, 레밍턴 타자기를 꼭 내가겠다면 처음엔 파스쿠알의 시체를 넘어야 할 거고, 다음엔 내 시체도 넘어야 할 거라고 엄포를 놓았다.

그 왜소한 사내는 안간힘을 쓴 바람에 약간 삐딱해진 나비넥타이를 바로잡았다. 그러고는 기가 막히게도, 당황한 표정을 짓더니 유머감각이고 뭐고 없이 침울하게 고개를 끄덕이면서 대답했다.

"도전을 받고서도 결투를 피한다면 그건 신사의 도리가 아니지. 당신 좋을 대로 시간과 장소를 정하시오."

바로 그참에 다행히도 헤나로 2세가 우리 가건물로 올라와서 하마터면 정식으로 결투 약속이 맺어질 뻔했던 상황을 무마시켰다. 그가 안으로 들어선 것은 그 고집센 사내가 얼굴이 시뻘게진 채 다시 한번 더 레밍턴 타자기를 들어올리려고 젖 먹던 힘까지 짜낼 때였다.

"잠깐만 기다리시오, 페드로." 그가 마치 성냥갑을 낚아채듯 카마초에게서 타자기를 받아들었다. 그러고는 나와 페드로의 얼굴 표정을 보더니 얼마간 설명을 해줘야겠다는 생각이 들었는지, 쾌활하게 달래는 듯한 미소를 지으며 말을 건넸다. "그렇게 입 쩍 벌리고 쳐다볼 거 없어. 죽은 사람 아무도 없으니까. 우리 아버님이 며칠 내로 다른 타자기를 구해주실 거라고."

"우린 뭐 있으나마나라 이거군요." 내가 정식으로 항의했다. "저번에도 경리한테 갖다줄 거라고 책상을 빼가더니 이번엔 내 레밍턴 타자기까지 가져가는 겁니까? 더구나 저한테 먼저 한마디 얘기도 없이요."

"우린 저 양반을 도둑이라고밖엔 생각할 수 없습니다." 파스쿠알이 한 수 거들고 나섰다. "여기로 불쑥 쳐들어와서 우리를 실컷 물먹이더니 자기가 주인이라도 되는 것처럼 굴더라니까요."

"동료들끼리 싸워서야 되나." 헤나로 2세가 솔로몬 노릇을 하려고 들었다. 그러고는 레밍턴 타자기를 어깨에 둘러멨는데, 그때 나는 그 조그만 사내의 키가 정확히 헤나로의 어깨까지 닿는다는 것을 알았다. "우리 아버님이 자네들한테 소개시켜주러 올라오지 않으셨나? 아니라면 내가 대신 소개하지. 알고 나면 잘 지낼 수 있을 거라고."

당장에 왜소한 사내가 자동 인형 같은 동작으로 팔을 내뻗더니 내게로 두어 걸음 다가왔다. 그러고는 어린애처럼 작은 손을 내밀고 다시 한번 더 깍듯이 고개를 숙이면서 테너 목소리로 자신을 소개했다.

"페드로 카마초요. 볼리비아 출신이고 예술가올시다."

그는 파스쿠알에게도 똑같은 몸짓과 인사, 그리고 자기소개를 되풀이했다. 파스쿠알은 잠시 이 난쟁이 같은 사내가 자기를 엿먹이는 건지 아니면 언제나 늘 이러는 건지 몰라서 지극히 당혹한 기분을 맛보고 있는 게 분명했다. 페드로 카마초가 건성으로 우리와 악수를 한 뒤에 보도실의 전 직원(이래야 둘밖에 안 되지만)을 바라보며 헤나로 2세의 그림자 속으로 들어가 방 한

가운데에 섰다. 그의 뒤에 서 있는 탓으로 거인처럼 보이는 헤나로 2세는 심각한 표정으로, 누런 이빨을 드러내며 악마 같은 미소를 짓고서 그를 내려다보고 있었고, 페드로 카마초는 이삼 초 동안 그대로 있다가 마법사가 구경꾼들에게 작별을 고할 때 같은 제스처를 하면서 음악처럼 매끄러운 소리로 입을 열었다.

"당신네를 언짢게 생각하진 않겠소. 난 오해를 받는 데라면 이력이 나 있으니까. 자, 그럼 나중에 다시 봅시다."

그러고는 레밍턴 타자기를 어깨에 둘러멘 채 엘리베이터 쪽으로 성큼성큼 걸어가고 있던 '정력적인 프로듀서'를 따라잡기 위해 꼬마처럼 폴짝거리며 가건물 밖으로 급히 사라졌다.

2

제라늄은 더욱 선명한 진홍색으로 빛나고, 장미는 더욱 향기롭고, 잠에서 깨어나는 부겐빌레아는 더욱 함초롬했던 리마의 어느 화창한 봄날 아침, 그 도시의 저명한 내과 의사 알베르토 데 킨테로스 박사—훤한 이마와 매부리코에 꿰뚫어보는 듯한 눈길을 지닌 그지없이 정직하고 선량한 사내—는 산이시드로의 널따란 호화 주택에서 일어나 기지개를 켰다. 커튼 너머로 그는 상록관목 울타리로 둘러싸인 깔끔하게 손질된 정원 잔디밭에 황금빛 햇살을 뿌리는 태양과 맑게 갠 푸른 하늘과 상큼하게 피어난 꽃들을 보면서 원기를 회복시켜준 여덟 시간의 잠과 맑은 정신으로부터 오는 행복감을 느꼈다.

그날은 마침 토요일이어서 병원에 나가지 않아도 되었으므로, 세쌍둥이를 낳은 여자 환자에게 막바지 합병증만 생기지 않는다면 엘리아니타의 결혼식에 참석하기 전 오전 시간을 헬스클럽에서 운동을 하고 사우나를 즐기며 보낼 수 있었다. 그의 아내와 딸은 견문도 넓히고 옷장도 좀 채울 겸 해서 유럽으로 여행을 떠났는데, 한 달은 더 지나야 돌아올 예정이었다. 그 정도의 재산과 인물—우아한 매너와 더불어 관자놀이께가 희끗희끗해진 그의 출중한 외모는 정숙한 기혼녀들까지도 선망의 눈빛을 띠게 했다—이 되는 다른 남자들 같았으면 일시적으로 독신이 된 기회를 틈타 재미를 좀 보았을 것이다. 그러나 킨테로스는 도박에 물들거나 여자들을 쫓아다니거나 술을 진탕 마실 사람이 아니어서, 그의 친구들 사이에서는 "그 친구, 너무 병원일과 식구들, 운동밖에 몰라서 탈이야"라는 말이 오가곤 했다.

그는 아침식사를 올려오도록 시키고 나서 식사가 준비되는 동안 병원으로 전화를 걸었다. 당직 의사는 세쌍둥이를 낳은 여자가 간밤에 평온히 잘 지냈고, 종양 제거 수술을 받은 환자도 출혈이 멎었다고 보고했다. 그는 지시를 내린 뒤에 만약 긴급한 일이 생기면 레미히우스 헬스클럽으로 전화를 걸고, 점심시간일 경우에는 그의 동생인 로베르토 집으로 전화를 하라고 일렀다. 그리고 어쨌건 오후 늦게는 병원에 들르겠다고 했다.

집사가 파파야 주스와 블랙커피, 그리고 꿀을 바른 토스트를 가지고 올라왔을 때 킨테로스는 면도를 끝내고 회색 코르덴 바지에 초록색 터틀넥 스웨터를 입은 다음, 뒤축 없는 신발을 신고 있었다. 아침식사를 하면서 그는 조간신문에 난 사건들과 그날의 가십란을 느긋하게 훑어보았다. 그러고는 운동 가방을 챙겨 들고 집을 나서려다 정원에서 잠시 걸음을 멈추고, 버릇을 싹 망쳐버린 폭스테리어 애완견을 쓰다듬었다. 그놈은 다정하게 멍멍 짖으면서 작별인사를 해주었다.

레미히우스 헬스클럽은 몇 블록밖에 떨어지지 않은 미구엘 다소 가에 있었으므로, 킨테로스 박사는 그곳까지 걸어가기를 좋아했다. 그래서 대개는 길을 따라 천천히 걸으면서 이웃 사람들의 인사에 답례를 하거나, 그 시간쯤이면 새로 물을 뿌리고 울타리를 깔끔하게 손질하는 정원들을 건너다보거나, 때로는 잠시 카스트로 소토 서점에 들러 두어 권의 베스트셀러를 고르곤 했다.

아직 이른 시간이었음에도, 앞자락을 풀어헤친 셔츠 차림에 머리를 헝클어뜨린 젊은 패들은 여느 때처럼 다보리 가로 몰려나와 오토바이나 스포츠카의 범퍼에 앉아 아이스크림을 먹거나, 농담을 주고받거나, 그날 밤에 벌일 파티 계획을 짜고 있었다. 그 젊은이들은 킨테로스 박사에게 공손히 머리를 숙이긴 했지만, 박사가 그들을 지나쳐 채 몇 걸음도 못 갔을 때 누군가가 불쑥 그에게, 헬스클럽에서도 당해야 하는 수난인 몇 마디 충고이자 그가 매일같이 너그러이 꾹 참고 있는, 그의 나이와 직업을 빗댄 케케묵은 농담을 던졌다.

"너무 힘빼지 마세요, 의사 선생님. 손자들을 생각하셔야죠."

하지만 그는 파리의 크리스티앙 디오르에서 디자인한 웨딩드레스를 입은 엘리아니타의 모습이 얼마나 예쁠까를 상상하고 있던 참이어서 그 말을 한 귀로 흘려버렸다.

그날 아침 헬스클럽에는 사람이 많지 않았다. 그러나 사범인 코코와 역도에 미치다시피 한 깜둥이 후미야와 앵무새 사르미엔토 세 사람의 우람한 근육만 해도 보통 사람 열 몫은 되었다. 아직 워밍업을 하고 있는 것으로 보아 바로 얼마 전에 온 게 분명했다.

"야, 이거 황새 영감님이 오시는구면." 코코가 손을 흔들며 그를 맞았다.

"아직까지도 일어서서 돌아다니십니다그려." 깜둥이 후미야가 큰 소리로 떠들어댔다.

앵무새 사르미엔토는 그저 혀로 탁 소리를 내고 두 손가락을 펼쳐 V자를 해 보였는데, 그가 텍사스에서 배워와서는 늘 써먹는 인사법이었다.

킨테로스 박사는 헬스클럽 동료들이 보여주는, 같이 벌거벗고 앉아 함께 땀을 흘리다보니 나이 차며 사회적 지위 따위는 모두 사라져버리고 만민평등주의적인 우애가 생겨난 듯한 그런 쾌활하고 스스럼없는 태도가 좋았다. 그래서 그날 아침에도 박사는 자기의 동료들에게 만일 도움이 필요하다면 언제든 응해줄 것이며, 어질어질한 기미가 있거나 아침에 구역질이 나거나 한다면, 음부를 더듬을 고무장갑이 준비되어 있는 자기 진찰실로 곧장 찾아와야 한다고 응수를 해주었다.

"가서 옷 갈아입고 워밍업을 좀 하십쇼." 코코가 제자리뜀뛰기를 다시 계속하면서 지시했다.

"심장마비가 올 것 같은 느낌이 들면 뻗어버려도 됩니다. 누가 뭐라겠습니까?" 앵무새가 코코의 리듬을 따라잡으면서 한마디 곁들였다.

"거기 파도타기선수가 있을 겁니다." 그가 탈의실로 들어가려는데 깜둥이 후미야가 알려주었다.

거기엔 정말로 그의 조카 리카르도가 운동복으로 갈아입고서 운동화 끈을 조이고 있었다. 그러나 어쩐 일인지 맥이 탁 풀린 듯 마지못해 신발끈을 조이는 손길이 헝겊 인형처럼 흐느적거렸고, 얼굴에는 괴롭고 공허한 표정이 떠올라 있었다. 그는 넋 나간 듯 푸른 눈으로 어느 한곳을 멍하니 바라볼 뿐 큰아버지가 들어온 것도 알아차리지 못해 킨테로스 박사는 자신이 갑자기 보이지 않게 된 건 아닐까 하는 생각이 들었다.

"사랑에 빠진 녀석들이나 그렇게 넋 놓고 생각에 잠기는 거야." 그가 조카에게 다가가서 머리칼을 헝클어뜨리며 말을 건넸다. "그만 꿈에서 깨어나, 이 녀석아."

"죄송해요, 큰아버지." 리카르도가 정신을 차리고는, 해서는 안 될 짓을 하고 있다가 들키기라도 한 것처럼 얼굴을 확 붉히며 대답했다. "생각을 좀 하고 있었어요."

"틀림없이 고약한 생각이겠지?" 킨테로스 박사가 웃으며 말을 받았다. 그러고는 운동 가방을 열고 보관함을 고른 뒤 옷을 벗기 시작했다. "너희 집에선 틀림없이 난리통이 벌어졌겠지? 엘리아니타가 몹시 마음 상해하지 않더냐?"

리카르도가 갑작스럽게 증오의 불길이 치솟은 듯한 눈길로 그를 노려보았고, 의사는 이 녀석이 갑자기 왜 이러나 하는 생각이 들었다. 하지만 그의 조카는 예사롭게 보이려고 눈에 띄게 애를 쓰면서 애매한 미소를 지어 보였다.

"네, 한바탕 난리를 치렀어요. 그게 제가 지방질을 태워버리러 여기 헬스클럽으로 온 이유고요."

의사는 리카르도가 "교수대로 올라갈 시간이 되기 전까지요"라고 덧붙일 것 같은 생각이 들었다. 리카르도의 목소리는 수심에 잠겨 있었고, 그의 안색과 신발끈을 조이는 어설픈 동작과

움찔움찔하는 몸짓이 그가 얼마나 고통스럽고 당황하고 초조해하는지를 분명히 드러내 보여주었다. 그는 마치 뭔가 눈에 띄지 않는 것을 찾기라도 하는 듯 눈길을 고정시키지 못하고, 눈을 떴다가 감았다가, 허공을 응시했다가 다른 데로 돌렸다가 하고 있었다.

리카르도는 보기 드물게 잘생긴 청년으로 그의 신체는 기본적인 스포츠로 단련되어―혹독하게 추운 한겨울에도 파도타기를 했고 농구, 테니스, 수영은 물론 축구에도 뛰어났다―깜둥이 후미야의 말대로라면 '모든 괴짜들의 미친 꿈'이라는 그런 체격이었다. 지방이라곤 단 일 그램도 없는 근육질의 상체에서 V자형으로 빠진 말벌처럼 가는 허리에, 길고 탄탄하고 유연한 다리를 한 그의 몸은 권투선수들을 질투심에 불타오르게 할 만했다. 그래서 킨테로스는 그의 딸 차리토와 그녀의 친구들이 리카르도를 찰턴 헤스턴과 비교하면서 어느 모로 보나 리카르도가 찰턴 헤스턴보다 더 근사해 보인다고 떠들어대는 소리를 듣곤 했다.

리카르도는 건축학과 일학년생이었는데, 그의 부모인 로베르토와 마르가리타의 말에 따르자면 언제나 모범적인 아이, 즉 공부 잘하고 부모 말에 순종하고 제 누이에게도 잘해주는, 정직하고 정이 가는 아이였다. 그리고 킨테로스 박사에게도 리카르도

45

는 엘리아니타와 더불어 가장 아끼는 조카였다. 그래서 무릎 보호대를 차고 운동복을 입고 운동화를 신으면서도 그는 사랑하는 조카—리카르도는 샤워기 옆에서 신발로 타일 바닥을 툭툭 치며 그를 기다리고 있었다—가 그처럼 곤혹스러워하는 것이 안쓰러웠다.

"무슨 걱정이라도 있니, 얘야?" 그가 다정하게 미소를 지으며 슬쩍 말을 돌려 물었다. "내가 뭘 좀 도와주면 안 될까?"

"아뇨, 그런 거 없어요. 왜 그런 생각을 하셨죠?" 리카르도가 또다시 얼굴을 확 붉히면서 급하게 말을 받았다. "전 기분이 아주 그만인걸요. 빨리 워밍업을 하고 싶어서 좀이 쑤실 지경이예요."

"내가 네 누이한테 보낸 결혼 선물 배달됐더냐?" 의사가 언뜻 기억을 떠올리고 물었다. "카사 무르기아에서는 어제 배달해주겠다고 그랬는데."

"굉장히 근사한 팔찌던데요." 리카르도는 그때 라커룸의 타일 바닥에서 펄쩍펄쩍 뛰기 시작한 참이었다. "엘리아니타가 그걸 보고 엄청 기뻐했어요."

"그런 일을 챙기는 건 대개 네 큰어머니다만, 아직까지 유럽을 돌아다니고 있어서 내가 직접 골랐다." 킨테로스 박사의 눈에 다정한 빛이 떠올랐다. "웨딩드레스를 입은 엘리아니타……얼마나 사랑스러운 모습이겠니?"

그의 동생인 로베르토의 딸 엘리아니타는 리카르도가 젊은 남성의 완벽한 표본인 것과 마찬가지로 젊은 여성의 완벽한 표본이었다. 그녀는 일족을 명예롭게 하는 그런 미인 중 하나로 치아를 진주에, 눈을 별에, 머리칼을 아마에 그리고 혈색을 복숭아나 크림에 비유한다면 너무 범속하게 들릴 지경이었다. 검은 머리칼에 호리호리한 몸매, 눈처럼 하얀 피부, 거기에다 숨을 쉬는 동작마저도 우아한 모든 거동. 그녀는 고전적으로 생긴 용모에 페르시아 세밀화가의 그림에 나오는 처녀와도 같은 자태를 하고 있었다. 리카르도보다 한 살 아래인 그녀는 바로 얼마 전에 고등학교를 마쳤는데, 결점이 있다면 수줍음을 몹시 탄다는—수줍음이 너무 커 미스 페루 선발대회 조직위원들은 실망스럽게도 그녀를 대회에 참가하도록 설득할 수가 없었다—것뿐이었다. 그래서 킨테로스 박사를 포함한 모든 사람들은 그녀가 어째서 그처럼 서둘러 시집을 가는지, 무엇보다도 어째서 레드 안투네스에게로 가는지를 설명할 도리가 없었다. 물론 젊은 안투네스에게도 몇 가지 쓸 만한 점—선량한 마음씨와 너그러운 인품, 시카고 대학에서 받은 경영학 학위, 어느 날엔가는 물려받게 될 비료회사, 그리고 사이클 경주에서 탄 몇 개의 우승컵—이 있다는 건 부정할 수 없었지만, 그래도 엘리아니타에게 구혼했던 미라플로레스와 산이시드로의 여러 청년들, 또 그녀와의 결혼을 위해서라면 살인을 하거나 은행이라도 털 수많은 젊은이에 비한 다면 의심할 바 없이 인물도 가장 못할 뿐더러(킨테로스 박사는 몇 시간만 있으면 조카사위가 될 사람에게 그런 생각을 품는 자신이 부끄러웠다) 가장 아둔하고 멍청했다.

"큰아버지는 옷을 갈아입는 데 우리 어머니보다도 시간이 더 걸리는군요." 리카르도가 투덜거렸다.

그들이 체력단련실로 나왔을 때 코코─사범 노릇은 그에게 밥벌이 수단이 아니라 천직이었다─는 깜둥이 후미야의 배를 가리키며 개똥철학 같은 설교를 늘어놓고 있었다.

"밥을 먹을 때건, 일을 할 때건, 영화를 볼 때건, 마누라하고 그 짓을 할 때건, 술을 마실 때건, 살아 있는 동안에는 어느 순간에라도, 그리고 가능하다면 관 속에 들어가서까지도 배를 힘껏 끌어당겨!"

그러다 킨테로스 박사를 보고 명령했다.

"뼈마디가 녹작지근해질 때까지 십 분 동안 워밍업! 늙다리 선생!"

킨테로스 박사는 리카르도 옆에서 줄넘기를 하며 기분 좋은 온기가 전신으로 퍼지는 것을 느꼈고, 그러자 할 말 다 하고 할 일 다 했는데도 자기처럼 몸이 썩 괜찮다면 쉰 살을 먹었다는 게 그리 끔찍한 건 아니라는 생각이 들었다. 동년배인 친구들 중에 그처럼 배가 튀어나오지 않고 근육도 유연한 사람이 단 하나라도 있을까? 멀리 찾아볼 것도 없이, 그의 동생 로베르토만 하더라도 가발을 쓴 데다 배는 뽈록 튀어나오고, 너무 일찍 등이 굽은 탓으로 실제로는 그보다 세 살이 아래이면서도 십 년은 더 나이가 들어 보였다. 가엾은 로베르토…… 그의 동생은 분명 끔찍이도 사랑했던 엘리아니타를 시집보내는 게 슬플 것이었다. 시집을 보낸다는 것은 어떤 의미로는 딸을 잃는 것이나 마찬가지이기에. 물론 그의 딸 차리토도 조만간 결혼을 할 것이고—얼마 안 있으면 그녀의 약혼자인 타토 솔데비야가 토목학 학위를 받게 될 것이었다—그러면 그 역시 슬픔을 느껴 더 늙어 보이겠지만.

킨테로스 박사는 줄이 꼬이거나 발에 걸리는 법 없이, 진짜 운동선수처럼 발을 바꾸고 팔을 엇갈렸다 풀었다 하며, 연습으로 숙달된 경쾌한 동작으로 줄넘기를 계속했고, 그러면서 거울을 통해 그의 조카가 너무 빠르게 뛰는 탓으로 줄이 자꾸만 발에 걸리는 것을 보았다. 이를 악문 리카르도는 이마가 땀으로 번들거렸고 눈은 정신을 좀더 집중시키려는 듯 질끈 감고 있었다. 어쩌면 저 아이 여자 문제로 고민하고 있는 것은 아닐까?

"줄넘기는 그만하면 됐어요, 거기 두 게으름뱅이." 코코는 앵무새와 깜둥이하고 같이 역기를 들고 있었으면서도 그들에게서 눈을 떼지 않고 시간을 재고 있었다. "윗몸일으키기 삼십 회씩 세 차례, 엉덩이 들지 말고, 이 해골들아."

복근운동은 킨테로스 박사의 장기였다. 그는 보드를 2단으로 올리고 손을 목덜미 뒤로 깍지낀 채, 바닥에서 등을 떼어 이마가 거의 무릎에 닿도록 몸을 굽히면서 빠른 속도로 그 운동을 계속했다. 그리고 윗몸일으키기를 하며 삼십 회마다 바닥에 큰대자로 누워 심호흡을 하면서 일 분씩 쉬었다. 구십 회를 다 마친 그는 일어나 앉았고, 만족스럽게도 자기가 리카르도보다 빨랐다는 것을 알았다. 그러나 힘든 운동을 한 뒤라 머리부터 발끝까지 땀이 흘렀고 심장이 힘차게 고동치는 것을 느낄 수 있었다.

"엘리아니타가 어째서 레드 안투네스와 결혼하는지 이해할 수가 없어." 그의 입에서 자기도 모르게 그런 말이 튀어나왔다. "도대체 뭘 보고 그 친구한테 반한 거지?"

그 말은 입 밖에 낼 말이 아니었다. 그는 그런 말을 내뱉은 것이 당장 후회됐다. 그러나 리카르도는 그리 놀란 것 같지 않았다. 그가 숨을 헐떡이며—그는 방금 전에 윗몸일으키기를 끝낸 참이었다—시시껄렁한 농담을 끌어다 대답했다.

"사랑을 하면 눈이 먼다고들 하잖아요, 큰아버지."

"그 친구 착한 젊은이니까 엘리아니타를 행복하게 해줄 걸로 믿는다." 킨테로스 박사는 좀 당황한 기분을 느끼면서 그렇게 생각없는 말이 나왔던 것을 무마할 셈으로 말을 이었다. "내 말은 네 누이에게 연연했던 젊은이 중에서 가장 쓸 만한 짝은 리마에 있다는 거였어. 그런데 어째서 그앤 그런 젊은이들을 차버리고 결국은 레드 안투네스에게 결혼을 승낙했느냐 하는 거지. 그 친구도 좋은 청년이긴 하지만, 그래도 음, 뭐랄까……"

"그런 멍청이, 이 말을 하시려던 게 아닌가요?" 리카르도가 한마디 거들었다.

"글쎄다, 난 그렇게까지 심한 말을 하려는 건 아니었어." 킨테로스 박사가 팔을 벌렸다 오므렸다 하는 동작에 맞춰 숨을 들이쉬었다 내쉬었다 하면서 대답했다. 하지만 사실대로 말하자면 레드 안투네스는 분명히 좀 멍청해 보였다. 다른 처녀에게라면 완벽한 신랑감일지 몰라도 엘리아니타처럼 보기 드물게 아름다운 처녀와는 짝이 맞지가 않았다. 킨테로스 박사는 자기의 솔직한 심정을 어찌할 수 없어서 마음이 편치 못했다. "너 말이다, 분명히 내 말을 좀 잘못 알아들은 모양이구나."

"걱정 마세요, 큰아버지." 리카르도가 미소를 지었다. "레드는 썩 쓸 만한 청년이니까요. 그리고 또 엘리아니타가 그 친구를 찍은 데는 그럴 만한 이유가 있겠죠."

"사이드 벤드 삼 세트, 이 앉은뱅이들!" 코코가 머리 위로 팔십 킬로그램짜리 역기를 들고 두꺼비처럼 식식거리면서 소리쳤다. "배 집어넣고…… 배 내밀지 말라니까!"

킨테로스 박사는 리카르도가 운동에 몰두하면 걱정거리들을 잊게 될 거라고 생각했지만, 사이드 벤드를 하면서 자기의 조카가 다시 치밀어오르는 분노를 삭이려는 듯 심하게 운동하고 있는 것을 보았다. 그의 얼굴이 다시 초조하고 짜증스러운 표정으로 바뀌어 있었다. 박사는 킨테로스 집안에 신경증 환자가 여럿 있었다는 점을 떠올리고 어쩌면 로베르토의 맏아들이 그 기질을 물려받아 젊은 세대들 사이에서 그 전통을 이어가게 되는 것이 아닐까 하는 생각이 들었다. 그다음에는 헬스클럽으로 오기 전에 병원부터 들러 세쌍둥이를 낳은 여자와 종양 제거 수술을 받은 환자를 봐두는 편이 더 나았을 것이라는 생각으로 마음이 혼란스러워졌지만, 곧 그는 생각을 완전히 멈췄다. 운동을 하는 데 있는 힘을 다 쏟아야 했기 때문이다. 코코의 명령에 따라 다리를 올렸다 내렸다("다리 들어올리기 오십 회!"), 몸통을 이쪽저쪽으로 돌렸다("바 쪽으로 몸통 돌리기 삼 세트, 허파가 터질 때까지!") 하면서 등운동, 몸통운동, 팔운동, 목운동을 하는 사이("더 세게, 꼬부랑 할배! 더 빠르게, 산송장!") 그는 단지 숨을 들이쉬었다 내쉬었다 하는 것 외에는 정신이 하나도 없었고 피부에서는 땀이 뚝뚝 떨어졌다. 근육이 긴장되어 피로해지고 아파왔다.

코코가 "덤벨 오십 회씩 들어올리기 삼 세트!" 하고 외쳤을 때 그는 체력의 한계에 달했다. 자존심 상하지 않으려고 십이 킬로그램짜리 덤벨로 일 세트라도 해보려 했지만 그것마저도 할 수가 없었다. 힘이 다 빠져버린 것이었다. 그래서 덤벨을 세번째 들어올리다가 손에서 덤벨이 미끄러져 떨어지는 바람에 역기를 들고 있던 사람들의 농담을 감수할 수밖에 없었다.

"미라는 무덤으로 가고 황새는 동물원으로 가쇼!"

"장의사 불러들여!"

"영령이여 고이 잠드소서, 아멘."

그는 리카르도가 별로 힘들어하지 않고—하지만 여전히 급하고 격렬하게—일상적으로 하던 운동을 마칠 때까지 부러움 담긴 눈으로 말없이 조카를 지켜보았다. 자제, 인내, 균형 잡힌 식사, 규칙적인 습관만으로는 충분치가 못하다고 생각하면서. 어느 정도까지는 나이 차를 극복할 수 있지만 일단 한계를 넘어서면 극복할 수 없는 거리, 넘을 수 없는 벽이 생겨나는 것이다.

운동을 끝낸 뒤 사우나에서 벌거벗고 앉아 눈썹 위에서부터 떨어지는 땀방울로 앞도 보이지 않는 중에 그는 서글픈 심정으로 어떤 책에선가 읽었던 한 구절을 되뇌었다.

"젊음이여, 그 기억은 슬픔을 가져다주노니!"

헬스클럽을 떠나려다 그는 리카르도가 역도선수들 틈에 끼어 함께 운동하고 있는 것을 보았다. 코코가 웃긴다는 투로 리카르도 쪽을 가리키며 입을 열었다.

"이 잘생긴 친구가 죽기로 작정했나봅니다, 의사 선생."

리카르도는 미소조차 짓지 않았다. 그는 머리 위로 역기를 치켜들고 있었는데, 홍당무처럼 시뻘게진 채 땀이 줄줄 흐르고 정맥이 튀어나온 얼굴에 서린 표정이 격앙된 감정을 그대로 드러내고 있어서 당장에라도 그들에게 달려들 것처럼 보였다. 의사의 머릿속에 자기 조카가 손에 들고 있는 역기로 그들 네 사람의 머리통을 박살내버릴 것 같다는 생각이 언뜻 스쳤다.

"자, 이따 교회에서 보자꾸나." 그가 다른 사람들에게 작별인사를 하고 나서 중얼거리듯이 리카르도에게 한마디 건넸다.

집으로 돌아오자 그는 먼저 병원으로 전화부터 걸었다. 세쌍둥이를 낳은 어머니는 그 방에 있는 다른 산모들과 브리지 게임을 하고 싶어하며 종양 제거 수술을 받은 여자는 카마린드* 소스를 친 수프를 좀더 먹어도 되느냐고 물었다는 보고를 받았다. 그는 안심이 되어서 두 환자에게 원하는 대로 해주라고 지시했다. 그러고는 마음이 평온하게 가라앉는 것을 느끼며 하얀 실크 와이셔츠에 진푸른색 양복으로 갈아입고 진주핀을 꽂은 은회색

---

* 열대산 콩과 식물의 일종.

넥타이를 맸다. 그가 손수건에 향수를 뿌리고 있을 때 여행 중인 아내가 보낸 편지와 함께 차리토의 추신이 배달됐다. 그들은 열 네번째로 여행하는 도시인 베네치아에서 그 편지를 부쳤는데, 이런 내용이 적혀 있었다.

'당신이 이 편지를 받을 때쯤이면 우리는 적어도 일곱 군데의 도시를 더 둘러본 다음일 거예요. 모두가 무척 아름다워요.' 그들은 행복했고 차리토는 이탈리아 남자들이 마음에 쏙 드는 모양이었다. '영화배우처럼 멋져요, 아빠. 아빠는 그 사람들이 얼마나 바람둥인지 상상도 못 하실 거예요. 하지만 타토에게는 얘기하지 마세요. 정말 사랑해요, 아빠.'

그는 오발로구티에레스 가에 있는 산타마리아 교회로 건너갔다. 시간이 아직 일러서인지 손님들이 막 도착하기 시작했다. 그는 앞줄에 자리를 잡고 앉아 백합이며 장미꽃으로 장식된 제단과 주교의 모자처럼 생긴 스테인드글라스를 둘러보며 시간을 보냈다. 또 한 번 그는 이 교회가 영 마음에 들지 않는다는 생각이 들었다. 치장 벽토와 벽돌의 조합은 아름답지 못했고 연꽃 모양의 아치들은 너무 두드러져 보였다.

늘 그랬듯이 킨테로스 박사는 미소로 아는 사람들을 맞았다. 당연한 일이지만 그가 한 번이라도 본 적이 있는 사람들—먼 친척, 오랫동안 못 본 친구, 그 도시에서 가장 이름있는 사람들,

즉 은행가, 대사, 사업가, 정치가—이 하나씩 하나씩 들어서고 있었다. 로베르토와 마르가리타가 이 정도로까지 사교계의 명사라니…… 킨테로스 박사는 나약해 보이기만 하던 자기 동생과 제수가 제법 대단하다는 생각에 기분이 흐뭇해졌다. 결혼식 오찬은 아주 성대한 잔치가 될 것임에 틀림없었다.

웨딩마치의 첫 악절이 울려퍼지면서 신부가 들어서는 모습을 보자 그는 가슴이 뭉클하게 벅차오르는 느낌이었다. 얇게 비치는 하얀 드레스 차림의 그녀는 정말로 눈부시게 아름다웠다. 눈을 내리깐 채 로베르토의 팔을 잡고 제단을 향해 걸어오는 동안 면사포 밑으로 옆모습이 살짝 드러난 그녀의 자그마한 얼굴에는 뭔가 보기 드물게 우아하고 신비롭고 영적인 분위기가 서려 있었다. 뚱뚱하고 당당한 그녀의 아버지는 터키 황제처럼 점잔을 빼면서 자신의 감정을 숨기고 있었다. 레드 안투네스는 새로 맞춘 코트를 입고 있어서인지 평소보다는 덜 못생겨 보였고 얼굴은 행복감으로 밝게 빛났다. 심지어 그의 어머니—사반세기 동안 페루에서 살았으면서도 스페인어를 말할 때면 전치사를 헷갈리는 별 볼일 없게 생긴 영국 여자—까지도 기다란 검은 드레스에 이층 높이는 될 만큼 머리를 말아올리고 있어서 얼마쯤은 매력적으로 보였다.

'그 말이 꼭 맞아.' 킨테로스 박사는 생각했다. '인내심은 결

국 보상받는다는.'

그 보잘것없는 레드 안투네스는 어릴 적부터 엘리아니타를 쫓아다녔고, 도도하게 구는 엘리아니타에게 멸시를 당하면서도 늘 사려 깊고 세심한 태도로 그녀를 감싸주었다. 더구나 그는 엘리아니타의 톡톡 쏘는 말과 냉대뿐 아니라 여자아이에게 꼼짝 못하는 그를 두고 놀려대는 이웃 아이들의 지독한 농담들도 다 견뎌냈다.

'끈질긴 녀석이야.' 킨테로스 박사는 그런 생각이 들었다. '그 결의가 보답을 받은 거지. 그리고 지금은 기쁨에 겨워 창백해진 채 리마에서 가장 예쁜 처녀의 약지에 반지를 끼워주고 있어.'

결혼식이 끝나고 킨테로스 박사가 웅성거리는 사람들 틈에서 답례를 하느라 이쪽저쪽으로 고개를 끄덕이며 교회 피로연장 쪽으로 가고 있을 때 리카르도가 언뜻 눈에 들어왔다. 그는 모든 사람들에게 넌더리를 내고 뚝 떨어져 있으려는 듯 기둥 옆에 혼자 서 있었다.

신랑 신부를 축하해주기 위해 줄을 서서 기다리는 동안, 킨테로스 박사는 너무도 닮아서 그 아내들까지도 누가 누군지를 알아보지 못한다는 페브레 형제가 정부를 비꼬면서 떠들어댄 십여 가지 농담에 웃지 않을 수가 없었다. 피로연 장소는 사람들로 미어터져 당장에라도 무너져내릴 것 같았다. 그런데도 수많은 하객들이 안으로 들어갈 차례를 기다리며 바깥 정원에 모여 있었다. 한 무더기의 웨이터들이 샴페인을 날라다주며 이리저리 돌아다녔다. 사방에서 웃음소리, 농담을 주고받는 소리, 건배를 외치는 소리가 들렸고 모두들 신부가 더없이 예쁘다고 입을 모았다. 마침내 킨테로스 박사가 신부에게로 다가갈 차례가 되었다. 엘리아니타는 열기와 몰려드는 사람들로 북새통을 이룬 중에도 평온하고 우아한 모습 그대로였다.

"천년 동안 행복하거라, 애야." 그가 조카딸을 끌어안으며 축하했다.

"차리토가 오늘 아침 제게 축하 전화를 해주었어요. 그리고 메르세데스 큰어머니하고도 통화를 했구요. 일부러 전화까지 걸어주시고, 얼마나 고마운지 모르겠어요." 신부가 그의 귀에다 대고 속삭였다.

레드 안투네스는 비지땀을 흘리고 새우처럼 벌겋게 달아오른 채 그저 좋아서 벙긋거리고 있었다.

"그러면 이제부터 저도 큰아버님이라 부르겠습니다. 그래도 되겠지요, 돈 알베르토?"

"그야 물론이지, 조카." 킨테로스 박사가 그의 등을 두드리며 대답했다. "그리고 이제부터는 나를 부를 때 '돈' 자는 빼버리게."

반쯤 질식할 것 같은 기분으로 그는 피로연 장소를 나섰다. 그리고 빽빽하게 몰려든 사람들 틈에서 플래시 세례를 받으며 인사를 주고받은 끝에 마침내 정원으로 나올 수 있었다. 그곳은 평방센티미터당 인구 밀도가 좀 희박했고, 그래서 적어도 숨은 쉴 수가 있었다. 그는 샴페인 잔을 집어들었다. 하지만 곧 자기가 해외여행을 떠난 자신의 아내를 두고 놀려대는 동료 의사들에게 둘러싸여 있다는 것을 알아차렸다.

"메르세데스는 돌아오지 않을 거라고. 거기서 프랑스놈하고 살고 싶어할걸? 자네 벌써 이마 양옆에 뿔이 돋는 걸 느끼고 있을 텐데? 서방질한 여자 남편들한테 돋는 뿔 말야."

'오늘은 누구건 나를 놀리고 싶은 모양이군.' 킨테로스 박사는 자기를 두고 놀려대는 농담들을 참을성 있게 견뎌야 했던 헬스클럽을 떠올리며 그런 생각을 했다. 이따금 그는 머리통들의 바다 위로, 피로연 장소 저 끝에서 시끌벅적한 청년들과 처녀들 틈에 끼어 있는 리카르도를 곁눈질했다. 그는 침울하게 얼굴을 찌푸린 채 마치 물을 마시듯 샴페인을 계속 들이켜고 있었다. 어쩌면 저 녀석 엘리아니타가 안투네스와 결혼하는 게 마음 아플지도 모르지 하고 킨테로스 박사는 생각했다. 어쩌면 제 동생이 좀더 그럴듯한 신랑감하고 짝 맺는 걸 보고 싶었을지도 모르고. 아니 그보다는 오히려 정체성의 위기를 겪고 있는 건지도. 그러자 킨테로스 박사는 그 자신이 리카르도 나이였을 때 의학을 공부할 것인가, 항공공학 쪽으로 갈 것인가를 결정하지 못하고 얼마나 어려운 과도기를 겪었는지 기억해냈다. 결국에는 그의 아버지의 무게 있는 설득, 즉 페루에서의 항공공학으로 말하자면 나중에 기대할 수 있는 단 한 가지 길은 연이나 모형 비행기를 디자인하면서 평생을 보내게 되는 것뿐이라는 말로 저울을 기울였지만. 어쩌면 사업으로 항상 바쁠 로베르토는 리카르도에게 충고해줄 입장이 못 될 것이었다. 그래서 누구에게건 존경받을 만큼 관대하고 서글서글한 킨테로스 박사는 며칠 내로 조카를 불러 그런 경우에 필요한 정확하고도 교묘한 수법으로 그를 도울 수 있는 가장 나은 방도가 무엇인지를 슬쩍 알아보기로 했다.

로베르토와 마르가리타 부부의 집은 산타마리아 교회에서 몇 블록밖에 떨어지지 않은 산타크루스 가에 있었으므로, 성물 안치소에서 열린 피로연이 끝나자 결혼식 오찬에 초대받은 손님들은 줄줄이 거리로 나와 나무 그늘 밑을 지나기도 하고 산이시드로의 햇볕을 쬐기도 하며 결혼식 파티를 위해 휘황찬란하게 꾸며진, 잔디밭과 꽃나무들과 격자 세공을 한 담장으로 둘러싸인, 판석으로 지붕을 엮은 붉은 벽돌 저택으로 이동했다. 킨테로스 박사가 정문에 도착해보니 연회의 규모는 그의 예상을 훨씬 넘어선 것이었다. 박사는 이제부터 칼럼니스트들이 '성대한 축전' 이라고 대서특필하게 될 사회적 행사에 참석하게 되리라는 것을 알아차렸다.

정원은 온통 테이블과 비치파라솔로 빽빽하게 채워졌고, 개 사육장 옆으로 한쪽 끝에 벽을 따라 길게 쳐놓은 대형 차일이 눈처럼 흰 테이블보를 깔고 가지각색의 카나페* 접시들을 늘어놓은 탁자에 그늘을 드리웠다. 그리고 밝은색을 띤 일본산 어류들로 채워진 연못 옆에 설치된 바에는 일개 군단은 되는 사람들의 목을 축여주기 위해 글라스와 술병, 칵테일 셰이커 그리고 펀치 주전자가 넉넉히 마련되어 있었다. 짧은 재킷 차림의 웨이터들과 머릿수건을 쓰고 앞치마를 두른 웨이트리스들은 하객들이 문으로 들어서는 순간부터 피스코사우어, 캐러브피스코, 보드카, 열대과일, 위스키나 진이 담긴 술잔, 샴페인이 담긴 길쭉한 글라스, 치즈 스틱, 매운 후추를 얹은 조그만 감자, 베이컨으로 속을 채운 시큼한 체리, 빵가루를 입혀 구운 새우, 고기 파이, 그리고 리마 시내의 일급 요리사들이 식욕을 돋우기 위해 창작해낸, 한입에 먹을 수 있는 온갖 맛있는 음식들을 날라다주면서 손님들을 접대하고 있었다.

집 안에는 장미, 글라디올러스, 자라난화, 카네이션, 월하향 등이 담긴 커다란 꽃바구니와 벽에 기대 세워둔 꽃다발들이 계

---

* 치즈나 생선 조각 따위를 얹은 크래커 또는 빵으로 전채의 일종.

단을 따라 쭉 늘어놓여 있거나 창턱과 테이블, 책상, 세면대, 그리고 캐비닛 위에까지 놓여 있어서 방 안 공기를 향기롭게 해주었다. 나무에다 모자이크 세공을 한 마룻바닥은 새로 왁스칠을 했고 커튼은 산뜻한 것으로 바뀌었으며 도자기와 은그릇은 휘황한 빛을 발했다. 그래서 킨테로스 박사는 어쩌면 유리 상자 속에 들어 있는 콜럼버스 이전 시대의 조그만 입상들까지도 반짝반짝하게 닦았을 것이라는 생각에 슬며시 미소를 지었다. 현관 홀에도 뷔페가 마련되었고, 식당에는 여자들로 하여금 감탄한 나머지 않는 소리마저 내게 하는 그물 모양의 명주와 솜사탕으로 장식한 집채만큼이나 큰 웨딩케이크 주위로 가지각색의 디저트— 마르지판*, 아이스크림, 레이디핑거**, 머랭***, 설탕에 졸인 달걀 노른자, 코코넛 사탕, 시럽을 입힌 호두—가 잔뜩 나와 있다. 그러나 무엇보다도 하객들의 관심을 끌었던 것은 일층에 전시된 결혼선물이었는데, 킨테로스 박사는 자신이 선물한 팔찌가 다른 선물들과 나란히 놓여 인상적으로 보이는지 알고 싶은 생각이 들긴 했어도, 그 선물들을 보려는 사람들이 장사진을 이루고 있어서 그 대열에 낄 생각을 애초에 그만두었다.

---

* 설탕, 달걀, 밀가루 반죽에 호두와 아몬드를 으깨어 만든 과자.
** 손가락 모양의 갸름하고 부드러운 과자.
*** 설탕과 달걀 흰자위로 만든 과자.

집 안을 다 둘러보고 나서 그는 악수와 정다운 포옹을 좀더 주고받으며 다시 정원으로 나와 차일 밑에 앉았다. 그러고는 비교적 평온하고 조용하게 두번째 잔의 샴페인을 홀짝거렸다. 모든 일이 나무랄 데 없이 순조롭게 진행되고 있었다. 그도 그럴 것이, 마르가리타와 로베르토는 당당한 태도를 보이는 데서라면 진짜 전문가이기 때문이었다. 캄보 밴드를 불러들인 게—카펫, 다리에 조각을 새긴 테이블, 그리고 상아그릇에 담겼던 음식들은 춤출 공간을 마련하기 위해 치워졌다—좀 유치하게 생각되기는 했어도 킨테로스 박사는 그 점잖지 못한 유흥을 젊은 세대에게 양보한다는 차원에서 이해해주기로 했다. 다들 알다시피, 요즘 젊은이들은 춤이 없는 파티는 파티라고도 생각하지 않으니까.

칠면조 요리와 와인이 나오기 시작했고, 엘리아니타는 이제 현관 홀의 두번째 계단에 서서, 신부의 부케를 잡으려는 기대로 팔을 내뻗고 기다리는 십여 명의 학교 친구와 이웃의 여자 친구들에게 그것을 던지려는 참이었다. 그러나 정원 한 귀퉁이에서는 엘리아니타가 태어났을 적부터 그녀의 유모였던 늙은 베난시아가 감정이 복받쳐서 앞치마 자락으로 눈물을 훔치고 있었다.

킨테로스 박사의 미각으로는 어느 포도주가 언제 어디에서 생산된 것인지 식별할 수는 없었지만, 한 모금 맛을 보자 당장에 그것이 수입품이라는 것은 알 수 있었다. 어쩌면 스페인산이거나 칠레산, 또는 요즘 시대의 미친 듯한 사치와 낭비를 감안한다면 프랑스산인지도 몰랐다. 칠면조 요리는 어찌나 부드러운지 입안에서 살살 녹았고 퓌레*는 버터처럼 매끄러웠다. 그리고 양배추에 건포도를 넣은 샐러드는 철저히 다이어트를 하는 그로서도 두번째 접시가 돌 때 그냥 지나칠 수가 없을 정도였다. 그는 와인을 한 잔 더 들었고 그래서 기분 좋게 졸리기 시작했는데, 바로 그때 리카르도가 위스키 잔을 손에 들고 앞뒤로 흔들리면서 다가오는 것을 보았다. 그의 눈이 번들거렸고 목소리는 떨렸다.

"결혼 피로연보다 더 황당한 게 또 있을까요, 큰아버지?" 그가 주위의 모든 것들을 비웃는 투로 손을 내저으며 웅얼거리고는 옆에 놓인 의자에 털썩 주저앉았다. 그의 넥타이는 풀어헤쳐져 있었고 회색 양복 깃에는 방금 생긴 얼룩이 묻어 있었다. 그리고 눈은 그가 온갖 종류의 독한 술을 다 마셨을 뿐 아니라 엄청난 분노를 간신히 누르고 있음을 드러내 보였다.

"글쎄다, 내가 파티를 썩 좋아하지 않는다는 건 인정한다만." 킨테로스 박사가 사람 좋게 대꾸했다. "하지만 너처럼 젊은 사

---

* 야채와 고기를 삶아서 거른 진한 수프.

람이 파티를 좋아하지 않는다니 놀랍구나, 리카르도."

"전 아주 지독히 싫어합니다." 그가 마치 손님들을 마지막 한 사람까지 싹 쓸어버리고 싶기라도 한 것처럼 주위를 노려보며 투덜거렸다. "도대체 뭐하러 여기 와 있는지도 모르겠고요."

"네가 동생 결혼식에 참석하지 않았더라면 그애 기분이 어땠을지 생각해봐라." 킨테로스 박사는 술 취한 사람의 입에서 나올 수 있는 별별 뚱딴지 같은 말들을 생각해보았다. 그는 리카르도가 수도 없이 많은 파티에서 기뻐 날뛰는 것을 보지 않았던가? 그는 보기 드물게 춤 잘 추는 젊은이가 아니었던가? 더구나 이 조카는 마음 내키는 대로 춤을 추기 위해 걸핏하면 한 무리의 젊은이들과 처녀들을 끌고 차리토의 방으로 들이닥치지 않았던가? 하지만 그는 조카 앞에서 그런 말은 입 밖에도 내지 않았고, 다만 그가 잔을 쭉 비우는 걸 지켜보고 나서 웨이터에게 위스키를 한 잔 더 청했다.

"어찌 됐건, 크게 신경쓰지 않는 게 좋겠다." 그가 조카를 달랬다. "네가 결혼할 때는 네 어머니와 아버지가 이것보다도 더 성대한 파티를 열어줄 테니까."

리카르도가 새로 가져온 위스키 잔을 집어들더니 눈을 반쯤 감고 천천히 한 모금을 마셨다. 그러고는 머리도 들지 않고 의사의 귓가에다 목멘 소리로 천천히, 거의 알아들을 수도 없을 만큼

65

조그맣게 중얼거렸다.

"전 절대로 결혼 따윈 안 할 겁니다, 큰아버지. 하느님께 맹세하지요. 절대로요."

그가 뭐라고 대답하기도 전에 푸른 옷을 입은 호리호리한 금발 처녀가 도도하게 그들 옆으로 와서 딱 멈춰 섰다. 그러더니 리카르도의 팔을 잡아쥐고는 손을 뿌리칠 틈도 주지 않고 그를 벌떡 일으켜 세웠다.

"이런 데서 노인네하고 같이 있다니, 어떻게 된 거 아냐?" 킨테로스 박사는 그 둘이 현관문 안으로 사라지는 것을 보고 있다가 갑자기 입맛이 싹 사라졌다. 그 한마디 말이, 그의 친구이자 건축가인 아람부루의 막내딸이 아무 생각 없이 애교 있게 지저귀는 듯한 소리로 입 밖에 낸 '노인네'라는 그 한마디 말이 끈질긴 메아리처럼 그의 귓전을 맴돌았다. 커피잔을 비우고 나자, 그는 일어서서 거실에서 무슨 일이 벌어지고 있는지 보러 갔다.

파티는 이제 한창 흥이 올라서, 밴드가 자리한 벽난로 앞에서부터 시작된 춤이 이제는 옆방까지 퍼져나가, 사람들이 쌍쌍으로 차차차, 메렝게*, 쿰비아 또는 왈츠에 맞춰 춤을 추면서 목청껏 노래를 따라 부르고 있었다. 음악과 햇빛과 술에 들뜬 기쁨의

---

* 아이티, 도미니카의 춤곡.

66

파도는 젊은이들로부터 어른들에게로, 어른들로부터 늙은이들에게로까지 퍼져나갔고, 킨테로스 박사는 놀랍게도, 그의 집안하고 어찌어찌 연줄이 닿는 여든도 넘은 늙은이 돈 마르셀리노 우아파야가 제수인 마르가리타의 손을 잡고 〈누베 그리스〉의 리듬에 맞춰 삐걱거리는 늙은 뼈다귀를 흔들어대고 있는 것까지 보았다. 담배 연기와 소음, 몸동작, 햇빛 그리고 행복감으로 가득 찬 방 안 공기로 인해 킨테로스 박사는 갑자기 어질어질한 느낌이 들어 계단 난간에 등을 기댄 채 잠시 눈을 감았다. 그러고는 다시 눈을 뜨고 흐뭇하게 미소를 지으며, 아직 웨딩드레스는 입은 채였지만 베일은 걷어내고서 춤을 리드하고 있는 엘리아니타를 지켜보았다. 그녀는 잠시도 춤을 멈추지 않았는데 한 곡 한 곡이 끝날 때마다 스무 명쯤 되는 남자들이 그녀 주위로 몰려들어 다음번 파트너가 되기를 청했고, 신부는 발갛게 달아오른 뺨에 눈을 빛내며 곡이 바뀔 때마다 다른 파트너를 택해 춤의 소용돌이 속으로 다시 빠져들었다.

어느샌가 그의 동생이 옆으로 다가와 있었다. 그는 이제 모닝코트 대신 가벼운 갈색 양복 차림이었지만 춤을 춰서인지 땀을 흘리고 있었다.

"저애가 결혼을 하다니 믿을 수가 없군요, 형님." 그가 엘리아니타를 가리키며 말했다.

"정말로 사랑스럽게 보이는구나." 킨테로스 박사가 미소를 지으며 말을 받았다. "넌 저애한테 정말로 성대한 결혼식을 마련해주었고, 로베르토."

"이 세상에서 제일 좋은 거라도 저애한테는 미흡하지요." 그의 동생이 서운한 기색이 밴 목소리로 대답했다.

"저애들 신혼여행은 어디로 갈 거지?" 의사가 물었다.

"브라질을 거쳐 유럽으로요. 여행은 레드의 부모가 주는 결혼 선물이지요." 그가 웃으면서 바 쪽을 가리켰다. "저애들 내일 아침 일찍 떠날 예정이지만 이대로 가다간 내 사위 녀석은 신혼여행이고 뭐고 생각도 못 할 것 같아요."

레드 안투네스는 친구들에게 둘러싸여 축하주를 받고 있었는데, 어느 때보다도 더 벌겋게 달아오른 얼굴에 약간은 초조한 기색을 띤 채 술잔을 받을 때마다 싱글거리면서 입술을 축이는 시늉만 하려고 들었다. 하지만 그의 친구들은 짓궂게도 어림없는 짓 말라며 마지막 한 방울까지 다 마시게 했다. 킨테로스 박사는 리카르도를 찾아 둘러보았지만 바에서도 무도장에서도 창으로 내다보이는 정원 어느 곳에서도 눈에 띄지 않았다.

바로 그때 일이 벌어졌다. 왈츠곡 〈이돌로〉가 막 끝나서 쌍쌍이 춤을 추던 사람들이 박수칠 준비를 하고 악사들은 기타에서 손을 떼려는 순간—레드는 그때 스무번째 잔을 받고 있었다—

신부가 갑자기 모기를 쫓는 것처럼 오른손을 눈 높이까지 들어 올리더니 함께 춤을 추던 파트너가 붙잡을 틈도 없이 비틀거리며 바닥으로 쓰러졌다. 그녀의 아버지와 킨테로스 박사는 그녀가 발이 미끄러져 넘어졌을 뿐이고 잠시 뒤에는 깔깔대면서 제 발로 일어날 거라는 생각에 그대로 보고만 있었다. 그러나 거실에서 동요—외침 소리, 그녀에게로 몰려가기 위해 밀치락거리는 사람들, "엘리아니타! 엘리아니타! 아이구 이 가엾은 것!" 하고 외치는 신부 어머니의 목소리—가 일자 그들도 신부에게로 달려갔다. 레드 안투네스가 한달음에 뛰어와서 그녀를 번쩍 안아들더니 위층으로 옮겼고 한패의 친구들이 그 뒤를 바짝 쫓았다. 마르가리타는 "이쪽, 저애 방으로, 천천히, 발조심하고"라는 말을 몇 번씩이고 되뇌면서, "의사! 누구 의사를 불러! 좀 불러줘요!"라고 외치면서 길을 트고 있었다. 그리고 몇몇 집안사람들—페르난도 아저씨, 사촌 차부카, 돈 마르셀리노—은 악사들에게 다시 음악을 연주하라면서 손님들을 안심시키고 있었다. 그러던 중에 킨테로스 박사는 로베르토가 계단 꼭대기에서 자기에게 손짓하고 있는 것을 보았다. 그는 이런 참, 나도 멍청하기는, 내가 의산데 누굴 기다리고 있는 거지 하는 생각이 들었다. 그리고 사람들이 길을 내주기 위해 옆으로 비켜서자 한 걸음에 두 계단씩 뛰어 올라갔다.

엘리아니타는 핑크색으로 장식된, 정원이 내다보이는 그녀의 침실로 옮겨져 있었다. 로베르토, 레드 그리고 유모 베난시아가 침대 주위로 둘러서 있었다. 신부는 아직도 몹시 창백했지만 그녀의 어머니가 침대머리에 앉아 알코올에 적신 수건으로 이마를 문질러주는 사이 정신이 들기 시작해 눈을 깜박 떴다. 레드는 신부의 한 손을 잡아쥐고서 환희와 불안이 뒤섞인 눈으로 그녀를 내려다보고 있었다.

"잠시 나하고 신부만 남겨놓고 모두 밖으로 나가 있어." 킨테로스 박사가 자기의 직업적인 역할을 떠올리고 명령했다. 그리고 사람들을 문 쪽으로 몰아가며 한마디 덧붙였다. "걱정들 말아. 별일 아닌 게 분명하니까. 하지만 밖으로들 나가 있어. 저애가 어떤지 좀 봐야 하니까."

늙은 베난시아만은 그 방을 나가려고 들지 않아 마르가리타가 억지로 끌어내다시피 해야 했다. 킨테로스 박사는 다시 침대로 가서 엘리아니타 옆에 앉았다. 그녀가 겁에 질린 눈으로 그를 올려다보았다. 그녀의 기다랗고 검은 속눈썹이 바르르 떨렸다. 그는 조카딸의 이마에 키스를 해주고 미소를 지어 보이면서 그녀의 체온을 쟀다. 별일은 아니군, 이애는 놀란 건 분명 아니야 하는 생각이 들었다. 그녀는 맥박이 약간 불안정했고 숨을 몰아쉬었다. 의사는 그녀의 드레스가 가슴 아래로 너무 꽉 조이는 것을 알아차리고 그녀가 단추를 풀고 옷을 벗도록 도와주었다.

"아무튼 너는 옷을 갈아입어야 하니까, 그런 식으로 시간을 좀 끌도록 해라."

잔인하리만큼 꽉 조여진 거들을 보는 순간 그는 무엇이 잘못되었는지 당장에 알아차렸지만, 조카딸에게는 비밀을 눈치챘다는 어떤 기색도 보이지 않았고 단 한마디도 물어보지 않았다. 옷을 벗는 동안 엘리아니타의 얼굴이 점점 더 빨개졌고 이제는 너무도 당황해서 눈을 들지도 입을 열지도 못했다. 킨테로스 박사는 그녀에게 속옷까지 다 벗을 건 없고 숨을 쉬기 어려울 테니 거들만 벗으라고 했다. 그리고 속마음은 다른 데다 둔 채 내내 미소를 지어 보이면서, 결혼식 당일에는 마음이 몹시 들뜬 데다 그 성대한 날을 준비하기 위해 이리저리 바쁘게 돌아다닌 뒤라 몹시 피곤하기 마련이고, 또 그렇게 잠시도 쉬지 않고서 몇 시간씩 계속 춤을 춘다면 신부가 기절하는 일은 얼마든지 있을 수 있다고 조카딸을 안심시켰다. 그러면서 엘리아니타의 가슴과 배를 진찰해본 뒤에—그녀의 배는 꽉 조이는 거들을 벗자 눈에 띄게 튀어나왔다—임신한 여자들의 배를 수천 번이나 지나갔던 손을 통해 전문가적인 확실성을 갖고서 그녀가 임신 사 개월이라고 결론지었다. 하지만 그는 아무 내색도 하지 않은 채 엘리아니타의 눈동자를 검사했다. 그러고는 조카딸의 마음을 다른 데로 돌리기 위해 두어 가지 엉뚱한 질문을 던지고 나서 아래층으로 내려가기 전에 잠시 더 쉬라고, 특히 그런 식으로 계속 춤을 춰서는 안 된다고 일러주었다.

"너도 알 테지만 그저 좀 피로한 것뿐이야. 어찌 됐건, 내가 오늘 네가 누릴 기쁨을 좀 망친 것 같구나."

그는 조카딸의 머리를 쓰다듬어주고 나서 그녀의 부모가 다시 들어오기 전에 마음을 진정시켜줄 요량으로 신혼여행에 대해 몇 마디 물었다. 그녀는 노곤한 목소리로 힘없이 대답했다. 그렇게 여러 나라를 여행한다는 것은 이 세상 누구에게나 더없이 좋은 일인데도 킨테로스 박사는 일 때문에 그런 여행은 꿈도 꿀 수가 없었다. 심지어는 그가 가장 좋아하는 도시 런던에 가본 지도 벌써 삼 년이 다 되어가고 있었다. 이야기를 주고받는 사이 그는 엘리아니타가 살며시 거들을 치우고 목욕가운을 걸쳐 입은 뒤에 스커트와 목 둘레에 수가 놓인 블라우스, 그리고 커프스와 신발을 의자에 올려놓고 나서 다시 자리에 누워 오리가슴털 누비이불을 덮는 것까지 지켜보았다. 그러면서 마음 한구석으로 조카딸과 솔직하게 이야기를 해보고 나서 그녀에게 신혼여행 기간 동안 뭘 해야 되고 뭘 해서는 안 되는지를 알려주는 편이 좋지 않을까 하는 생각도 해보았다. 그러나 아니었다. 그 가엾은 아이는 그때껏 내내 그 일로 고민해왔을 것이고 몹시 당황해할 것이었다. 게다가 그녀는 몰래 의사를 찾아가봤던 게 분명했고 또 자기가 해야 할 일이 무엇이고 해서는 안 될 일이 무엇인지도 분명히 알고 있을 터였다. 하지만 그렇다고는 해도, 그렇게 꽉 조인 거들을 입는 것은 위험스러워서 만일 계속 그런 것을 입는다면 그녀에게 정말로 큰일이 생기거나 태아를 해칠 수도 있었다. 그러나 또 한편으로는 엘리아니타가, 그로서는 어린아이로밖에 생각할 수 없었던 조카딸이 아기를 가졌다는 데 생각이 미치자 가슴이 뭉클해졌다. 그는 문 쪽으로 가서 문을 열고 신부에게도 다 들리도록 큰 소리로 가족들을 안심시켰다.

"저애는 여기 있는 누구보다도 건강해. 하지만 몹시 지쳐 있어. 사람을 시켜서 내가 적어준 진정제를 사다 먹이고 잠시 쉬게 해야 돼." 베난시아는 이미 침실로 달려 들어와 있었는데 킨테로스 박사는 어깨너머로 엘리아니타의 늙은 유모가 그녀를 달래며 안심시키는 것을 보았다. 그녀의 아버지와 어머니도 역시 방 안으로 들어섰고 레드 안투네스는 막 들어서려는 참이었다. 그러나 의사가 조심스럽게 그의 팔을 잡아끌고, 현관 홀을 지나 욕실로 데려가서 문을 닫았다.

"저 아이 상태로는 저녁 내내 그렇게 춤을 춘다는 건 무분별한 짓이야, 레드." 그가 비누로 손을 씻으면서 침착한 목소리로 말을 꺼냈다. "저애 하마터면 유산할 뻔했어. 거들을 입지 못하게 해. 그리고 특히 꽉 조이는 건 절대로 안 돼. 저애 임신한 지 얼마나 됐지? 삼 개월, 사 개월?"

바로 그 순간 킨테로스 박사의 머릿속으로 끔찍한 진실의 첫 번째 암시가 방울방울 독이 퍼지듯 신속하고도 결정적으로 스쳐 갔다. 그는 소스라치게 놀라 욕실 안에서의 침묵이 전기 불꽃으로 바뀌는 것을 느끼며 거울을 들여다보았다. 레드가 얼어붙은 듯 꼼짝도 않고 서서 믿을 수도 없을 만큼 휘둥그레진 눈으로 그를 노려보고 있었다. 죽은 사람처럼 창백해진 그의 얼굴이 입술까지 뒤틀려 있어서 기괴해 보였다.

"삼 개월, 사 개월이라니요?" 그는 조카사위의 더듬거리는 목멘 소리를 들었다. "유산이라니요?"

킨테로스 박사는 발밑에서 땅이 꺼져내리는 느낌이었다. 이런 멍청하고 주변머리 없는 바보 같으니! 그는 자신을 저주했다. 그제야 소름이 끼칠 정도로 분명하게, 그 모든 일—엘리아니타의 약혼과 결혼—이 불과 몇 주 동안에 이루어졌다는 사실을 떠올렸던 것이다. 그는 안투네스에게서 눈길을 돌리고 천천히 손을 말리면서 마음속으로 적당한 거짓말, 이제 막 뛰어든 지옥으로부터 조카사위를 구해낼 적당한 변명을 절망적으로 찾고 있었다. 하지만 그는 기껏, 자기 귀에도 똑같이 어리석게 들리는 말밖에는 꺼낼 수가 없었다.

"엘리아니타는 내가 알고 있다는 걸 모르는 게 분명해. 그런 생각이 들지 않도록 했으니까. 그리고 무엇보다도 걱정하지 말게. 그앤 아무렇지도 않으니까."

그는 안투네스를 곁눈질하면서 재빨리 그를 지나쳐 문 쪽으로 걸어갔다. 안투네스는 얼굴이 땀으로 흥건해진 채 입을 쩍 벌리고 허공을 응시하며 그 자리에 못 박힌 듯 서 있었다. 그가 욕실을 나서자 문이 안에서 잠기는 소리가 들렸다. 그 친구 울음을 터뜨리겠지 하고 그는 생각했다. 벽에다 머리를 들이박고 머리칼을 쥐어뜯으면서. 저 친구 나를 저주할 테고, 엘리아니타보다도 나를 더 미워하겠지. 그리고 심지어는…… 누구보다도? 그는 죄책감에 휩싸여 불안한 마음으로 짓눌린 채 천천히 계단을 내려왔고 그러는 사이 자동응답 인형처럼 사람들에게 엘리아니타는 아무렇지도 않다, 몇 분만 더 있으면 아래층으로 내려올 거다라는 말을 계속 되뇌었다.

그는 정원으로 나와 신선한 공기를 마셨고, 기분이 좀 나아지자 바로 걸어갔다. 그리고 위스키를 스트레이트로 한 잔 마신 뒤자기가 순진하게도 아무 생각 없이 긁어 부스럼을 만들었던 그 드라마의 결말이 어떻게 끝날지를 기다리지 않고 돌아가기로 작정했다. 그가 원하는 단 한 가지는 서재에 틀어박혀 검은 가죽 안락의자에 웅크리고 앉아 모차르트의 음악 속으로 빠져드는 것뿐이었다.

정문을 나서려다 그는 한심한 모습으로 잔디밭에 앉아 있는 리카르도를 보았다. 그는 담장에 등을 기대고서 부처처럼 가부좌를 틀고 앉아 있었는데 양복이 엉망으로 구겨진 데다 먼지, 얼룩, 풀잎 따위로 뒤덮여 있었다. 그러나 의사가 레드와 엘리아니타의 생각을 내몰아버리고 멈춰 섰던 것은 바로 그의 얼굴 표정 때문이었다. 리카르도의 충혈된 눈은 술기운과 분노가 똑같은 정도로 끓어오르게 한 번민을 터뜨리고 있는 것 같았다. 그의 입술에서는 두 줄기 침이 질질 흘러내렸고 얼굴에 서린 표정은 처참하고도 기괴했다.

"이래서는 안 돼, 리카르도." 킨테로스 박사가 몸을 굽혀 조카를 일으켜 세우면서 중얼거렸다. "네 어머니와 아버지가 이런 모습을 봐서는 안 된다. 자, 술이 깰 때까지 우리 집에 가 있도록 하자. 난 이런 꼴을 하고 있는 널 보게 되리라고는 생각도 못 했어, 이 녀석아."

리카르도는 그를 올려다보았지만 초점을 맞추지는 못하는 것 같았다. 그의 머리가 이리저리 흔들렸고, 시키는 대로 순순히 일어서려고 안간힘을 쓰는데도 다리가 버텨주지를 못했다. 의사가 그의 팔을 잡고 마치 물건을 들어올리듯 그를 끌어당겨 세웠다. 그리고 어깨를 부축해서 그럭저럭 걷게 할 수가 있었다. 리카르도는 마치 헝겊 인형처럼 앞뒤로 흔들거렸고 어느 순간이라도 곤두박질칠 것 같았다.

"택시를 잡을 수 있나 봐야겠다. 이대로 걷다간 모퉁이까지도 못 가겠어, 이 녀석아." 그가 산타크루스 가에서 걸음을 멈추고 한 손으로 리카르도를 붙들면서 투덜거렸다.

몇 대의 택시가 지나갔지만 모두 손님을 태우고 있었다. 의사는 계속해서 택시를 잡아보려고 손을 흔들었다. 엘리아니타와 안투네스 생각에다 정신없이 취해 있는 조카로 인한 조바심까지 겹쳐서, 그렇게 한참을 기다리는 동안 그는 신경질이 나기 시작했다. 결코 평정을 잃어본 적이 없는 그 킨테로스 박사가.

바로 그때 푹푹 내쉬는 한숨에 섞여 리카르도의 입에서 횡설수설하는 말이 흘러나왔고, 그는 권총이라는 말을 알아들을 수 있었다. 그는 곤경에 처해 있는 중에도 실소를 금할 수가 없었다. 그래서 혼잣말처럼, 리카르도가 자기의 말을 알아듣거나 대답하리라고는 기대하지 않고 물었다.

"권총은 어디다 쓰려고, 이 녀석아?"

리카르도가 험악하게 번들거리는 눈으로 허공을 응시하면서 목쉰 소리로 느릿느릿, 그러나 분명히 알아들을 수 있게 대답했다.

"레드를 죽이려구요." 그가 등골이 서늘할 만큼 증오에 찬 목소리로 내뱉었다. 그러고는 말을 멈췄다가 갈라진 목소리로 불쑥 덧붙였다. "아니면 내가 죽거나요."

그는 다시 뭐라고 웅얼거리기 시작했지만 킨테로스는 무슨 말인지 더이상 알아들을 수가 없었다. 바로 그때 택시가 한 대 와서 멈췄다. 의사는 리카르도를 안쪽으로 밀어넣고 운전사에게 주소를 대준 다음 자기도 차에 올라탔다. 택시가 출발하자 리카르도가 울음을 터뜨렸다. 킨테로스 박사는 조카를 돌아보았다. 그 젊은이는 몸을 잔뜩 웅크려 고개를 가슴에 묻은 채 흐느끼고 있었다. 그의 몸이 발작적으로 들썩이며 떨렸다. 의사는 한 팔로 리카르도의 어깨를 감싸안고 바로 몇 분 전에 엘리아니타에게 그랬던 것처럼 머리를 쓸어주었다. 그러고는 백미러를 통해 '그 청년 너무 취한 것 같은데요' 하는 눈길로 그를 쳐다보고 있던 택시 운전사를 안심시켰다. 그는 리카르도가 옆자리에 웅크리고 앉아 울면서 눈물과 침과 끈끈한 점액으로 양복이며 회색 넥타이를 더럽히건 말건 그대로 놓아두었다. 또 조카의 알아들을 수 없는 독백에서 두세 차례 반복된 그 말, 끔찍하면서도 동시에 아름답고 순결하게까지 들린 그 말의 의미를 알아차렸을 때도 눈하나 꿈쩍하지 않았고 가슴이 덜컥 내려앉지도 않았다. "전 그애를 남자가 여자를 사랑하듯 사랑했어요. 그것말고는 아무것도 생각하지 않았어요, 큰아버지."

킨테로스 박사의 집 정원에서 리카르도는 사지가 뒤틀릴 정
도로 경련을 일으키며 토했다. 폭스테리어 애완견이 놀라서 짖
어댔고 집사와 하녀의 얼굴에는 못마땅한 기색이 떠올랐다. 킨
테로스 박사는 리카르도의 팔을 붙들고 손님용 침실로 데려가서
물로 입을 헹구게 한 다음 옷을 벗기고 침대에 눕혔다. 그리고
강력한 수면제를 삼키도록 한 뒤에 그 젊은이가 깊은 잠 속으로
빠져들었다고 여겨질 때까지 다정한 말과 몸짓으로—하지만 그
는 리카르도가 자기의 말을 듣지도, 자기의 몸짓을 보지도 못한
다는 것을 알고 있었다—그를 진정시키며 곁에 머물러 있었다.

다음에 그는 병원으로 전화를 걸어 당직 의사에게 긴급한 비
상사태가 생겨나지 않는 한 다음 날이나 되어야 출근할 것이라
고 알렸다. 그리고 집사에게는 누가 전화를 걸거나 집으로 찾아
오더라도 무조건 없다고 하라고 이른 뒤에 위스키를 더블로 마
시고 음악실에 틀어박혔다. 그는 알비노니, 비발디, 그리고 스카
를라티의 레코드를 턴테이블에 얹었다. 몇 곡의 가벼운 바로크
음악과 베네치아 음악이 마음속에 드리워진 어두운 그림자를 걷
어줄 좋은 해독제가 될 것 같아서였다. 부드러운 가죽의자에 몸
을 묻은 채 그는 입술 사이에 스코틀랜드 해포석(海泡石) 파이
프를 물고 눈을 감았다. 그리고 음악이 언제나처럼 변함없는 기
적을 일으켜주길 기다렸다. 그의 머릿속으로 이번 일은 그가 젊

었을 적부터 지키려고 노력해온 도덕 규범과, 사람을 판단하기보다는 이해하려고 애쓰는 편이 낫다는 원칙을 시험해보기에 알맞은 기회라는 생각이 떠올랐다. 그는 아연실색했다거나 화가 났다거나 심하게 놀랐다거나 하지는 않았다. 그저 마음속으로, 어째서 그토록 예쁜 처녀가 갑자기 멍청한 녀석에게 시집을 가기로 작정했는지, 또 어째서 파도타기의 명수이자 부근에서 가장 잘생긴 젊은이에게 이제껏 홀딱 반했거나 심각한 사이가 됐던 여자친구가 하나도 없었는지, 그리고 어째서 리카르도가 기특하게도 제 여동생의 보호자로서 맡은 역할을 아무 불평 없이 열성적으로 이행했는지가 이제는 불을 보듯 명확해졌다는 생각을 떠올렸고, 그러는 사이 가슴속에서, 아니 그보다는 숨겨진 감정 속에서 애정과 뒤섞인 억누를 수 없는 연민과 자비심이 이는 것을 느꼈다.

향기로운 담배 연기 냄새를 맡고 기분 좋게 속이 화끈해지는 위스키를 홀짝이면서 그는 리카르도에 대해서는 크게 걱정할 이유가 없다는 생각을 했다. 로베르토를 설득하면 리카르도를 외국으로, 그가 과거를 잊고서 새롭고 흥미있는 일들을 얼마든지 찾아낼 수 있는 그런 곳으로, 예를 들면 런던 같은 도시로 유학 보낼 방법을 찾을 수 있을 것이었다. 그러나 또 한편으로 신랑신부에게 무슨 일이 벌어졌을까 걱정이 되었고 궁금해서 애가 달았다. 하지만 그의 마음속에서 맴돌던 해답을 얻지 못한 의문의 소용돌이는 음악이 조금씩 조금씩 그를 도취시켜감에 따라 점점 희미해지면서 멀어져갔다.

레드 안투네스는 그날 밤 당장 그의 무분별하고 생각없는 배우자를 버리게 될까? 어쩌면 벌써 그렇게 해버린 것은 아닐까? 아니면 그저 입 꾹 다물고, 그토록 끈질기게 쫓아다녔던 믿을 수 없는 여자와 함께 지냄으로써 자기가 보기 드물게 고매하거나 보기 드물게 멍청하다는 사실을 입증해 보일까? 그 엄청난 추문이 공공연하게 퍼져나갔을까? 아니면 정숙한 척하는 위선의 베일과 짓밟힌 자존심이 산이시드로에서 벌어진 이 비극을 언제까지고 숨기게 될까?

3

타자기 사건이 있고 며칠 뒤에 나는 페드로 카마초를 다시 보았다. 아침 일곱시 삼십분쯤 나는 첫번째 뉴스 시보 준비를 마친 뒤 모닝 커피를 마시러 브란사로 걸음을 옮기고 있었다. 그러다 라디오 센트랄 수위실의 조그만 창문 곁을 지나면서 내 레밍턴 타자기를 슬쩍 훔쳐보았는데, 그 타자기의 묵직한 키들이 롤러를 치는 소리는 들을 수 있었지만 그 앞에서 자판을 두드리는 사람은 보이지가 않았다. 나는 창문으로 머리를 디밀고 타자기를 쳐대는 사람이 페드로 카마초 — 수위실에 그가 쓸 조그만 작업실이 하나 마련되었다 — 라는 걸 알았다. 천장은 야트막하고 벽은 잔뜩 습기를 먹은 데다 오랫동안 손을 보지 않아 형편없이 망가지고 무수한 낙서가 휘갈겨진 그 조그만 방에, 너무 낡아서 금

방 무너질 것 같으면서도 흔들거리는 거대한 타자기를 떠받칠
만큼은 당당한, 엄청나게 큰 나무 책상이 놓여 있었고, 방에 비
해 지나치게 큰 책상과 레밍턴 타자기가 말 그대로 그 꼬맹이 같
은 사내를 삼켜버렸다. 그는 의자에 쿠션을 두 개나 올려놓았지
만 그의 얼굴은 자판보다 높지 않았다. 그래서 손을 눈 높이까지
들어올려 자판을 치고 있는 그의 모습이 마치 권투를 하는 것처
럼 보였다.

그는 너무도 열중해 있어서 내가 바로 그의 머리 위에까지 몸
을 굽히고 있는데도 알아차리지 못했다. 혀를 물고 두 손가락으
로 자판을 두들겨대는 그의 툭 불거져 나온 눈이 종이에 못 박혀
있었다. 그는 첫날 입었던 검은 양복 차림이었는데, 상의도 벗지
않았고 조그만 나비넥타이도 풀지 않은 채였다. 장발에 19세기
시인을 생각나게 하는 차림새를 하고, 체구에 비해 너무 큰 책상
과 타자기 앞에서, 그리고 책상과 사람과 타자기에 비해서는 너
무 비좁은 방구석에서, 지독히 심각한 표정으로 허리를 꼿꼿이
편 채 원고에다 온 정신을 쏟으며 그처럼 격렬하게 타자기를 두
들겨대는 그를 보자, 나는 그 정경이 눈물나게 가엾은 건지 무지
막지하게 우스운 건지 알 수가 없었다.

"무척 일찍 일어나시는 모양이군요, 카마초 씨." 내가 방 안으
로 몸을 반쯤 들이밀고 인사를 건넸다.

그는 종잇장에서 눈도 들지 않고 거만하게 고개만 한 번 까닥했다. 입 닥치든지 기다리든지 아니면 입 닥치고 기다리든지 하라는 제스처인 모양이었다. 나는 입 닥치고 기다리는 쪽을 택했다.

그가 한 문장을 마쳤을 때 나는 책상 위에 타이프친 종잇장들이 널려 있고, 바닥에는 아무도 그에게 휴지통을 가져다줄 생각을 하지 않아서인지 공처럼 뚤뚤 뭉쳐 내던진 종잇장들이 흩어져 있는 것을 보았다. 잠시 뒤에 그가 자판에서 손을 내리더니 나를 올려다보고는 일어서서 건성으로 오른손을 내밀었다. 그리고 격언을 하나 끌어다 내 인사에 답했다.

"예술에 관계되는 한 시간은 아무 의미도 없는 거요. 안녕하시오, 친구."

나는 그에게 이 비좁은 방에서 폐소공포증으로 고생하고 있지 않느냐고는 묻지 않았다. 예술을 하는 데는 불편한 게 득이 된다는 대답을 듣게 될 것이 뻔했기 때문이다. 그래서 나는 대신 커피나 한잔 같이하자고 청했다. 그가 앙상한 손목에 찬 케케묵은 고물 시계를 괜히 올렸다 내렸다 하면서 중얼거렸다.

"한 시간 반 동안 일을 한 참이니까 기분 전환을 좀 해도 되겠지."

브란사 쪽으로 건너가면서 나는 그에게 언제나 그렇게 아침 일찍 일을 시작하느냐고 물었다. 그랬더니 그는 자기 경우엔 다른 '창작자'들과는 달리 영감이 햇빛에 정비례한다고 대답했다.

"그건 태양과 함께 떠오르기 시작해서 햇빛이 밝아질수록 점점 더 활발해지지요." 잠이 덜 깬 웨이터가 우리 발밑에서 담배꽁초며 쓰레기로 더럽혀진 톱밥을 가게 밖으로 쓸어내가고 있을 때 그가 노래를 부르는 듯한 목소리로 설명했다. "나는 해가 뜨면서 글을 쓰기 시작하는데 정오쯤이면 내 머리는 타오르는 햇불이 되지요. 다음엔 그 불길이 조금씩 조금씩 사그라져서 해가 질 무렵이면 재밖에 남지 않으니까 일을 그만둡니다. 하지만 그래도 별 상관은 없어요. 오후와 밤중에는 배우 기질이 더 성해지니까요. 나는 내 자신을 아주 세심하게 둘로 쪼개 쓰고 있지요." 그는 지독히 심각한 투로 장광설을 늘어놓았는데, 내가 보기에 그는 내가 여전히 자기 앞에 있다는 걸 거의 알아차리지 못하는 것 같았다. 말하자면 그는 대화 상대를 전혀 필요로 하지 않는 그런 사람 중 하나였다. 그에게 필요한 것은 자기 말을 들어주는 사람뿐이었다. 우리가 처음 만났을 때와 마찬가지로, 나는 그가 자기의 독백을 윤색하는 꼭두각시 인형 같은 미소—양옆으로 올라간 입술, 주름잡힌 이마, 갑자기 드러나는 이—를 짓고 있으면서도 유머감각이 전혀 없다는 데 놀랐다. 그의 입에서 흘러나오는 말은 하나같이 엄청날 정도로 근엄했는데, 그런 말 한마디 한마디가 완벽한 말투, 난쟁이 같은 체구, 기묘한 차림새, 그리고 연극조의 몸짓과 더불어 그를 괴상하기 짝이 없는 작자로 보이게 했다. 그는 자기가 말하는 모든 것을 절대적인 진리라고 여기는 게 분명했고, 그럼으로써 당장에라도 이 세상에서 가장 호의적이고 가장 성실한 사람이 되겠다는 듯한 인상을 풍겼다. 나는 그가 호언장담하며 떠들어대는 예술의 고지로부터 일상적인 문제들이라는 좀더 세속적인 차원으로 그를 끌어내리기 위해 최선을 다하면서, 그에게 기거할 곳은 찾았는지, 여기에도 친구들이 있는지, 그리고 리마를 어떻게 생각하는지 등등을 물었다. 하지만 그런 현세적인 생각들이 그에게는 도대체 아무런 흥미도 없는 것들이었다. 그가 성급하게 줄줄이 쏟아내던 웅변을 딱 멈추더니, 자기는 라디오 센트랄에서 멀지 않은 킬카 가에 '아틀리에'를 하나 구했고 자기가 와 있는 곳이라면 어디든 고향처럼 느껴진다면서, 예술가에게는 온 세상이 다 고향이 아니냐고 되물었다.

커피 대신 그는 레몬 박하차를 주문했는데, 그의 설명으로는 그 차가 맛도 좋을 뿐 아니라 '정신을 고양시키는 작용'도 한다는 것이었다. 그는 마치 컵을 입에 갖다 대는 사이사이의 간격을 정확하게 계산이라도 하듯, 잠깐잠깐 한 모금씩 홀짝거렸다. 그러고는 차를 다 마시자마자 발딱 일어서서 찻값을 각자 지불하자고 우기더니, 리마의 거리와 구역이 잘 표시된 지도를 사러 갈 건데 같이 가자고 했다.

우리는 그가 원하는 것을 우니온 가에 있는 신문 가판대에서 찾아냈다. 그가 지도를 펼쳐들고 햇빛에 비춰 살펴보더니 도시의 여러 구역들이 각기 다른 색으로 칠해진 것을 보고 마음에 들어했다. 그는 또 자기가 지도값으로 지불한 이십 솔에 대한 영수증도 청구했다.

"이건 내가 일을 하는 데 필요한 거니까 당연히 내 고용주가 대신 치러야지요." 우리가 각자의 사무실로 돌아오는 길에 그가 선언했다.

그의 걸음걸이 역시 아주 이상해서, 마치 기차를 놓칠까봐 무서워하는 사람처럼 빠르고 신경질적이었다.

라디오 센트랄 입구에서 헤어지려는 참에 그가 자랑스럽게 궁전을 과시해 보이듯 답답하고 비좁은 사무실 쪽을 가리켰다. "저건 사실 길거리 한가운데 있는 거나 마찬가지죠." 그가 자기 자신은 물론 모든 것이 다 만족스럽다는 투로 말했다. "그래서 마치 길가에서 일을 하는 듯한 기분이 들어요."

"그 많은 사람과 차들이 지나가는데, 시끄러워서 일에 방해되지 않습니까?" 내가 당돌하게 물었다.

"그와 반대죠." 그는 내게 마지막으로 한번 더 교훈적인 격언을 끌어다 댈 수 있게 된 것이 즐거운 듯 설명했다. "나는 삶에 대해 씁니다. 그래서 내가 하는 일에는 현실의 충격이 극히 중요하지요."

내가 막 돌아서려는데 그가 검지손가락을 까닥해서 나를 불러세웠다. 그러고는 리마 시내 지도를 가리키며 은근한 목소리로, 오늘이나 내일 자기에게 리마에 대해 좀더 알려줄 의향이 있느냐고 물었다. 나는 기꺼이 그렇게 해주겠다고 대답했다.

판아메리카나의 뉴스 보도실로 돌아와보니 파스쿠알이 아침 아홉시 뉴스 원고를 다 작성해놓고 있었다. 그 원고는 그에게 몹시 흥미가 당기는 항목 중 하나로 작성되었는데, 조간신문 〈라크로니카〉 지에서 베껴낸 기사를 학교 시절에 주워들은 터무니없는 형용사들로 윤색해 늘 쓰던 식으로 요란한 문장을 만들어놓았다.

'어젯밤 폭풍이 몰아치는 앤틸리스제도*의 바다에서 파나마 선적의 화물선 샤크 호가 침몰하여 그 선박에 승선해 있던 열여덟 명의 선원이 사망했습니다. 사망한 선원들은 익사했거나 전술한 그 바다에 출몰하는 상어 떼에게 삼켜졌습니다.' 나는 OK를 놓기 전에 '삼켜졌습니다'를 '희생되었습니다'로 고치고 '폭

---

* 서인도제도에서 바하마제도를 제외한 섬들로 이루어진 제도.

풍이 몰아치는'과 '전술한'을 빼버렸다. 파스쿠알은 불끈 화를 내지는 않았지만—그것은 그의 스타일이 아니었다—그래도 정식으로 항의를 하고 나섰다. "언제건 내 문장을 깡그리 조져 놓다니 잘하는 짓이오, 마리오 씨."

일주일 내내 나는 앙카시의 대토지가 딸린 영지에서 의사 노릇을 하는 페드로 아저씨가 전해준 어떤 사건에 근거한 단편소설을 쓰기 위해 애를 먹고 있었는데, 그 사건이란 이런 것이었다.

어느 날 밤 어떤 농부가 귀신으로 변장하고 대나무 숲 한가운데서 뛰쳐나와 다른 농부에게 달려들어 그를 혼비백산하게 만들었다. 그런 장난질을 당하고 까무러치게 놀란 농부는 가지 치는 커다란 칼로 귀신을 내리쳤다. 그래서 머리통을 둘로 쪼개 그 귀신을 저세상으로 보내고 줄행랑을 쳐버렸다. 얼마 뒤 안식일 휴가를 떠나는 한패의 농부들이 마을 주위를 배회하는 귀신과 맞닥뜨리게 되자 그를 두들겨 패 죽여버렸다. 나중에 알고 보니 죽은 사람은 첫번째 귀신을 죽인 범인이었는데, 밤중에 가족들을 찾아오기 위해 귀신으로 변장을 하곤 했던 것이다. 어쨌건 그렇게 해서 이번에는 두번째 귀신을 죽인 범인들이 줄행랑을 쳤고, 밤이면 아는 사람들을 만나기 위해 마을로 내려오곤 했는데, 그들 중 두 사람은 이미 겁에 질린 마을 사람들에게 커다란 칼로 요절이 나버렸고 그다음에는 또 어쩌고저쩌고……

내가 그 소설에서 자세히 얘기하고 싶었던 것은 페드로 아저씨가 고용되어 있는 그 영지에서 실제로 일어났던 일이라기보다는 갑자기 내 머릿속에 떠오른 그 이야기의 결말, 즉 어떤 순간에 발길질도 하고 꼬리도 흔드는 실제 악마가 이 가짜 귀신들 틈에 끼어든다는 내용이었다. 나는 내 소설에다 '성질의 급변'이라는 제목을 붙일 생각이었고, 내가 그맘때 막 찾아냈던 작가인 보르헤스의 작품처럼 엄정히 객관적이고 지적이고, 간결하면서도 역설적으로 쓰고 싶었다. 나는 판아메리카나에서 뉴스 시보를 작성하는 시간, 강의를 들으러 가는 시간, 브란사에서 커피를 마시는 시간을 제외하고는 틈이 나는 시간을 모두 그 이야기를 쓰는 데 바쳤고, 우리 할아버지의 집에서도, 그리고 점심식사 시간과 밤중에도 원고를 끼적거렸다. 그 한 주일 동안 나는 어느 삼촌 집으로도 점심식사를 하러 가지 않았고 내 여자 사촌들 집을 찾아가는 일상적인 방문도 걸렀다. 또 영화도 전혀 보러 가지 않았다. 나는 썼고 다음에는 쓴 것을 찢어버렸다. 어떤 문장을 쓰자마자 너무 끔찍하다는 생각이 들어 처음부터 다시 시작했다. 나는 펜이 미끄러지거나 철자를 틀리는 게 절대로 그저 우연한 일이 아니라 내게 생각을 일깨워주는 어떤 경고, 말하자면 문장이 전혀 걸맞지 않으므로 다시 써야만 한다는 경고(내 잠재의식, 신, 또는 다른 어떤 것으로부터 오는)라고 확신했다. 파스쿠알이 잔소리를 늘어놓았다.

"맙소사! 당신이 종잇장을 얼마나 작살내는지 헤나로가 알게 되면 우리 봉급에서 모두 까버릴 겁니다."

마침내 어느 목요일, 내가 보기에 소설이 완성된 것 같았다. 그것은 다섯 페이지나 되는 긴 독백으로, 맨 마지막에 가서 독자들이 화자가 악마 자신이라는 것을 알게 되는 그런 내용이었다. 나는 판아메리카나의 정오 뉴스가 나간 뒤 「성질의 급변」을 내가 일하는 가건물에서 하비에르에게 읽어주었다.

"그거 아주 기찬데! 진짜 일류야." 그가 감탄하며 인정을 해주었다. "하지만 요즘 같은 때 악마 어쩌구 하는 게 먹혀들까? 현실적인 이야기를 써보는 게 어때? 악마 얘기 같은 건 싹 집어치우고 전체를 가짜 귀신들이 나오는 이어진 사건들로 만드는 거지. 아니면 네가 좋아하는 온갖 귀신들로 철저한 공상물을 써보거나. 하지만 악마니 뭐니 하는 건 안 돼. 왜냐하면 종교적인 냄새가 풍긴다든가 위선적으로 경건한 척한다든가 하는 건 요즘에 와서는 형편없이 케케묵은 것들이거든."

그가 가버리자 나는 「성질의 급변」을 발기발기 찢어 쓰레기통 속에다 던져버리고 악마에 대해서는 완전히 잊어버리기로 작심했다. 그리고 루초 삼촌 댁으로 점심식사를 하러 갔는데, 거기서 나는 훌리아와, 한 번도 보지는 못했지만 들은 적은 꽤 많은 한 남자, 그러니까 광대한 영지의 소유자이자 아레키파 출신의 상원의원으로 먼 친척뻘인 아돌포 살세도 사이에서 분명히 로맨스가 싹트고 있다는 것을 알았다.

"다행히 훌리아의 새 구혼자는 돈도 많고 사회적 지위도 높은 데다 영향력도 상당하고, 또 그애한테 순수한 마음을 품고 있어요." 올가 아주머니가 인물평을 했다. "그 사람이 그애한테 결혼하자고 손을 내밀었대요."

"불행히도 아돌포는 쉰 살이고, 전처가 트집을 잡았던 그 찜찜한 소문이 사실무근이라고 증명해 보일 만한 일을 한 번도 못했어." 루초 삼촌이 되받았다. "만일 처제가 그 친구하고 결혼한다면 성녀처럼 살거나 간통을 해야 될걸."

"그 사람하고 카를로타 사이의 얘기는 순전히 아레키파에서 남 헐뜯기 좋아하는 사람들이 떠들어대는 헛소리라구요." 올가 아주머니가 우겼다. "아돌포는 어느 모로 보나 진짜 사내던데요, 뭘."

나는 그 상원의원과 카를로타에 대한 이야기를 처음부터 끝까지 다 알고 있었다. 왜냐하면 그 이야기는 하비에르의 칭찬 덕에 휴지통 속으로 던져졌던 또다른 단편소설의 주제였기 때문이다. 돈 아돌포와 도냐 카를로타의 결혼은 두 사람 모두 푸노에 어마어마한 땅을 가지고 있는 데다 두 사람의 몫을 합침으로써 더 엄청난 영지가 탄생할 것이었기에, 공화국 남부 전 지역에서 화젯거리가 되었다. 그 두 사람은 더없이 성대하게 판을 벌였다. 결혼식은 페루 전역에서 모여든 사람들이 참석한 가운데 으리번쩍한 야나우아라 교회에서 치러졌고 이어서 뻑적지근한 축하 파티가 열렸다. 그러나 신혼여행 둘째 주에 신부가 느닷없이 신랑을 어디엔가 내팽개쳐두고 자기 혼자 짐을 싸가지고 아레키파로 돌아왔다. 그러고는 사람들 모두가 아연실색하게도, 자기는 아돌포와의 결혼을 공식적으로 취소하기 위해 로마에다 청원을 할 참이라고 선언해버린 것이었다.

아돌포 살세도의 어머니는 그다음 주 일요일 열한시 미사가 끝난 뒤에 카를로타를 보자마자 시뻘게져서 성당 중앙 현관 한가운데에 그녀를 닦아세웠다.

"어째서 너는 우리 불쌍한 아들을 네 멋대로 버린 거냐? 이 뻔뻔스러운 것아!"

카를로타는 당당하고 거만하게 손을 저으면서 사람들 모두에게 다 들릴 만큼 큰 소리로 대답했다. "그건요, 부인, 댁의 아드님이 가지고 있는, 남자에게만 달린 그 별난 장비가 소피를 보는 데만 소용이 닿기 때문이지요."

그녀는 별별 수단을 다 써서 그 종교적인 결혼식을 없었던 일로 해버렸고, 그후로 아돌포 살세도는 우리 집안 사람들이 모이기만 하면 끊임없는 농담거리가 되었다. 그런데 어찌 됐건, 그 상원의원은 훌리아를 처음 만났던 날부터 그녀를 볼리바르 그릴이나 91번가 같은 으리으리한 곳으로 초대해 정신을 홀라당 빼놓기도 하고, 향수병 세례를 퍼붓는가 하면, 장미꽃 바구니들로 폭격을 해댄다는 거였다. 나는 그 새로운 구혼자 얘기를 듣자 훌리아를 보기만 하면 실컷 짓궂게 골려줄 생각으로 즐거워져서, 그녀가 나타나기를 기다렸다. 하지만 그녀는 양팔에 선물 꾸러미들을 안은 채 커피를 마시러 식당으로 들어서며 자기가 먼저 선수를 쳤다. 자지러지게 웃으면서 그녀가 말을 꺼냈다.

"그 소문 정말로 사실이더라구. 살세도 의원은 그걸 세울 수가 없대."

"훌리아, 제발 천하게 좀 굴지 마." 올가 아주머니가 나무랐다. "그런 얘길 듣는다면 누구라도……"

"그 사람이 내게 직접 얘기해줬어, 오늘 아침에." 훌리아가 그 상원의원의 비극을 재미있어하면서 설명했다.

그는 스물다섯 살 때까지는 완전히 정상이었다. 그런데 그즈음 휴가를 틈타 미국 여행을 하던 중에 운 나쁘게도 끔찍한 일이 벌어졌다. 시카고인가 샌프란시스코인가 마이애미인가에서─훌리아는 거기가 어디였는지를 정확히 기억하지 못했다─젊은 아돌포는 나이트클럽에 갔다가 어떤 여자를 만나 그녀를 유혹했다(그랬다고 생각했거나). 어쨌든 그 여자에게 이끌려 호텔로 들어간 그는 화끈하고 떡 벌어지게 그 짓을 막 하려는 참이었는데, 갑자기 등 뒤에 칼날 끝이 와 닿는 감촉을 느꼈고 뒤를 돌아다보았더니, 키가 백팔십 센티미터는 실히 되는 애꾸눈이 사내가 버티고 서 있었다. 강도는 그에게 칼을 휘두르거나 때리거나 하지는 않았다. 그저 시계와 금으로 된 종교 메달과 돈을 강탈해 갔을 뿐이었다. 그 일은 모두 그렇게 시작되었다. 그처럼 별것 아닌 일이었다. 하지만 그런 일이 있은 뒤로 그는 여자와 뭔가 진지한 행동을 해보려고 들 때마다, 차가운 금속이 등골에 와 닿는 듯한 기분을 느끼며 애꾸눈이 사내의 험상궂은 얼굴이 보였고, 그러면 땀을 흘리기 시작하면서 모든 욕망이 싹 사라지고 맥이 쭉 빠져버리는 것이었다. 그는 무수히 많은 의사와 심리학자에게 조언을 구했고, 심지어 아레키파에서 퀘이커교도 치료사까지도 만나보았는데, 그 돌팔이 치료사는 달밤에 화산 기슭에서 목만 내놓고 온몸을 땅속에 묻으라고 일러주었다는 것이었다.

"짓궂게 굴지 마, 훌리아. 그 불쌍한 남자를 비웃다니." 그러면서도 올가 아주머니는 배꼽을 쥐고 웃었다.

"만일 그 사람이 쭉 그 상태로 남아 있을 게 확실하다면 나는 돈을 보고 결혼하겠어." 훌리아가 솔직하게 털어놓았다. "하지만 나 때문에 치료가 된다면 어쩌지? 그 영감탱이는 나한테서 자기가 잃어버린 시간을 몽땅 되찾으려고 들 게 빤하지 않아?"

나는 파스쿠알이 아레키파 출신의 그 상원의원에게 닥친 불운을 듣게 된다면 얼마나 기뻐할 것이며, 또 얼마나 열성적으로 뉴스 시보를 온통 그에 관한 기사로 채우려 들 것인지 생각해보았다. 루초 삼촌이 훌리아에게 만일 그처럼 가리는 게 많다면 절대로 페루인 남편을 구할 수 없을 거라고 경고했다. 그러자 이번에는 그녀가 볼리비아와 마찬가지로 잘생긴 남자들은 돈이 없고, 돈 많은 남자들은 못생겼고, 잘생기고 돈 많은 남자가 접근해왔다 싶으면 예외없이 기혼자라고 투덜거렸다. 그러다 느닷없이 내 눈을 똑바로 들여다보더니, 자기가 나를 또 극장으로 끌고 갈까 겁이 나서 일주일 내내 얼굴을 비치지 않은 거냐고 물었다. 나는 그게 아니라 시험 기간이 다가오고 있어서 그랬다고 둘러대며 오늘 밤 함께 영화나 보러 가자고 했다.

"좋았어. 레우로 극장에서 상영하는 걸 보러 가자." 그녀가 단칼에 멋대로 결정했다. "그거 정말로 눈물 짜는 거야."

고물 버스를 타고 라디오 판아메리카나로 돌아오면서, 나는 이번엔 아돌포 살세도의 불운을 소재로 또다른 단편을 한 편 끄적여볼 수 있을까 곰곰이 생각해보았다. 서머싯 몸의 작품처럼 가볍고 재미있는 것이나 아니면 모파상의 소설에서 볼 수 있는 비꼬인 사랑 얘기 같은 것으로.

라디오 방송국으로 돌아와보니 헤나로 2세의 비서인 넬리가 자기 책상에 앉아 혼자 낄낄거리고 있었다.

"뭐가 그렇게 재밌어요?"

"라디오 센트랄에서 페드로 카마초하고 헤나로 1세가 대판 싸움을 벌였어요. 그 볼리비아 사람이 자기는 어떤 경우에도 아르헨티나인이 자기 연속극에서 역을 맡는 걸 원치 않고, 만일 맡긴다면 자기가 떠나겠다고 했대요. 루시아노 판도하고 호세피나 산체스는 자기 보조역으로 쓰기로 했지만 결국엔 그 사람이 바라던 대로 됐어요. 방송국에서는 아르헨티나 사람들하고 맺었던 계약을 취소할 예정이에요. 굉장한 뉴스 아녜요?"

토착민 아나운서, MC, 그리고 성우와 아르헨티나인―그들은 파도가 밀어닥치듯 계속해서 페루로 들어왔는데 그들 중 대부분은 자기네 나라에서 정치적 이유로 추방된 사람들이었다―사이에는 치열한 경쟁이 있어서 나는 그 볼리비아인 방송작가가 페루인인 동료 방송쟁이들의 환심을 사기 위해 그런 태도를 취했던 게 아닌가 하는 생각도 들었다. 하지만 나는 곧 페드로가 그런 종류의 계산된 책략을 쓸 수 없다는 걸 알아차렸다. 그는 대체로 아르헨티나 사람들을 싫어했고 특히 아르헨티나 배우와 성우를 증오했는데, 거기에는 이해관계라고는 조금도 없는 것 같았다.

일곱시 뉴스 시보가 나간 뒤, 나는 그를 만나보고 싶었다. 시간이 좀 나서 그가 필요하다고 했던 일에 도움을 줄 수 있을 것 같아서였다. 그가 나를 자기 소굴로 맞아들이더니 그가 앉은 의자 외에 유일하게 앉을 수 있는 자리, 즉 책상으로 이용하는 테이블 한 모서리를 가리키며 아낌없이 내주겠다는 제스처를 취했다. 그는 여전히 검은 양복 차림에 조그만 나비넥타이를 매고 있었고, 앞에 놓인 레밍턴 타자기 옆에는 가지런히 추려놓은 타이프친 종잇장들이 잔뜩 쌓여 있었다. 리마 시내 지도는 압핀으로 고정되어 벽의 일부를 덮고 있었는데, 그 지도는 이제 색색으로 칠한 부분이 더 많아졌고, 빨간 색연필로 여러 표시들이 휘갈겨진 데다 도시의 각 구역을 특징짓는 이니셜들이 붙어 있었다. 나는 그런 표시와 글자들이 무엇을 뜻하는지 물어보았다.

그가 언제나처럼 생색내는 기미를 띤 그 무감동한 미소를 지으며 거만하게 고개를 끄덕였다. 그러고는 의자에 편안히 등을 기대고 앉아 장광설을 늘어놓기 시작했다.

"나는 인생을 소재로 글을 쓰고, 내 글은 현실에 굳건히 뿌리를 박고 있지요. 포도 넝쿨이 줄기에 단단히 들러붙어 있듯이 말이오. 그게 바로 내가 이걸 필요로 하는 이유요. 나는 여기 있는 세계가 내가 표현하는 세계와 같은지 다른지 그걸 알고 싶소."

그는 지도를 가리키고 있었다. 나는 그가 내게 이해시키려고 하는 게 뭔지 알아낼 수 있을까 해서 좀더 가까이 다가갔다. 이니셜들은 암호 같았고, 내가 말할 수 있는 한 그것들은 알아볼 수 있는 어떤 사람이나 기관에 관계되는 것은 아니었다. 아주 분명한 한 가지 사실은 그가 미라플로레스와 산이시드로와 라빅토리아와 엘카야오 같은, 공통점이라고는 하나도 없는 지역들을 빨간 동그라미를 쳐서 추려냈다는 것이었다. 나는 도무지 이해가 되지 않는다며 설명해달라고 했다.

"그야 아주 간단하지요." 그가 교구 신부 같은 어조로 당장에 대답했다.

"가장 중요한 건 진실인데, 그건 언제나 예술이지요. 반면에 거짓말은 결코, 혹은 여간해서 예술이 될 수 없어요. 나는 리마가 정말로 내가 지도에 나타낸 것과 같은지를 알아내야 합니다. 예를 들자면 두 개의 대문자 A가 산이시드로와 부합합니까? 그곳이 실제로 오래된 가계(Ancient Ancestry), 또는 상류계급이 많은(Affluent Aristocracy) 지역인가요?"

그가 '밝은 날의 햇빛을 볼 수 없는 건 장님뿐이오'라고 암시하는 듯한 억양으로, 그 단어들의 이니셜 A에 강세를 두어 말했다. 그는 리마의 구역들을 사회적 지위에 따라 분류해놓았다. 그러나 이상한 것은 그가 사용한 형용사의 유형과 명명법의 속성이었다. 정곡을 찌른 경우도 있었지만 어떤 경우 그가 붙인 라벨

들은 완전히 멋대로였다. 나는 즉시 이니셜 MCLPH(Middle Class, Liberal Professions, Housewives: 중산층, 자유전문직, 가정주부)는 리마의 헤수스마리아 구역에 부합된다고 인정했지만, 라빅토리아와 엘포르베니르 구역에 BFHH(Bums, Fairies, Hoodlums, Hetaerae: 부랑자, 남색꾼, 깡패, 창녀)라는 끔찍한 딱지를 붙인 것은 좀 온당치 못하다고 귀띔을 해주었다. 그리고 특히 엘카야오를 SFS(Sailors, Fishermen, Sambos: 뱃놈, 어부, 검둥이)니 엘세르카도와 엘아구스티노를 FDFWFI(Female Domestics Factory Workers, Farmhands, Indians: 여성 가내 공장 종업원, 농장 일꾼, 원주민)이라고 격하시킨 이유가 의심스럽다고 했다.

"그건 학문적인 분류가 아니라 예술적인 분류요." 그가 피그미처럼 조그만 손으로 요술쟁이처럼 찌르는 시늉을 하면서 내게 알려주었다. "말하자면 각각의 구역에 살고 있는 주민 전체가 아니라 섬광처럼 아주 당장에 알아볼 수 있는, 도시의 각 구역에 특징적인 향기와 색을 주는 그런 사람들만을 얘기하는 겁니다. 만일 어떤 사람이 산부인과 의사라면 그 사람이 속한 구역에 살아야만 하오. 그건 경찰에 대해서도 마찬가지요."

그는 한참이나 내게 리마의 인문지리에 대해 재미있는(말하자면 내게만 재미있는, 왜냐하면 그의 입장에서는 내내 아주 진지했으므로) 질문들을 던졌는데, 나는 그가 가장 흥미로워하는 것들이 극단적인 것들, 즉 백만장자와 거렁뱅이, 검둥이와 흰둥이, 성인(聖人)과 범죄자 등등이라는 것을 알아냈다. 내 대답에 따라 그는 잠시도 지체하지 않고, 그럼으로써 나로 하여금 그가 그 분류 체계를 얼마 전에 고안한 이후로 일관되게 사용해왔으리라는 생각을 품게 하면서, 재빠른 동작으로 지도에 적힌 이니셜들을 보태거나 바꾸거나 지웠다. 나는 그에게 어째서 미라플로레스, 산이시드로, 라빅토리아, 엘카야오에만 빨간 동그라미를 쳤느냐고 물었다.

"그야 물론 그 지역들이 내 작품의 중요한 배경이 될 거니까 그렇지요." 그가 퉁방울눈으로 그 네 지역을 나폴레옹처럼 거만하게 훑어보며 대답했다. "난 뜨뜻미지근한 물이나 맹숭맹숭한 커피는 딱 질색인 사람이오. 난 예스냐 노냐, 남성적인 남자냐 여성적인 여자냐, 밤이냐 낮이냐, 단도직입적이기를 좋아합니다. 내 작품은 언제나 귀족이냐 하층민이냐, 창녀냐 성녀냐를 따지지요. 중산층은 내게 영감을 주지도 관심을 끌지도 못합니다. 일반 대중도 마찬가지구요."

"선생은 낭만주의 작가와 비슷하군요." 불행히도 내 입에서 그런 말이 튀어나왔다.

"사실을 따지자면 그 사람들이 나하고 비슷하지요." 그가 의자에서 일어났다 앉았다 하면서 분개한 목소리로 되받았다. "난 이제껏 누구도 표절한 적이 없습니다. 또 내 작품을 가지고 무작정 헐뜯는 것만 빼놓는다면 무슨 흠을 잡아서 비판한대도 얼마든지 참을 수가 있어요. 그렇지만 상상도 못 할 악질적인 방법으로 내 작품을 도둑질하는 놈들이 있다 이겁니다!"

나는 그에게 낭만주의자와 비슷하다는 내 말은 감정을 상하게 하려던 게 절대로 아니고 그저 가벼운 농담이었다는 점을 밝히려고 애썼다. 하지만 그는 한 귀로도 들으려 하지 않았다. 갑자기 그가 시뻘겋게 화를 내며 튀어오르더니, 마치 그의 말 한마디 한마디에 귀를 기울이려고 기다리는 청중들 앞에서처럼 굉장한 목소리로 고함을 질러댔다.

"아르헨티나는 형편없는 삼류 글쟁이들이 깡그리 망쳐버린 내 작품들로 온통 들끓고 있소! 당신 이제까지 아르헨티나놈을 상대해본 적 있소? 만약 길거리에서 아르헨티나놈과 마주치면 길을 건너서 다른 쪽 길로 걸어가시오. 아르헨티나놈들의 국민성은 홍역 같은 전염병처럼 옮는 거니까."

그의 얼굴이 창백해졌고 목소리는 떨렸다. 그가 이를 악물고 구역질이 날 것 같은지 인상을 찌푸렸다. 나는 그의 새로운 모습에 당황해 라틴아메리카에는 엄격한 저작권법도 없는 데다 지적 소유권에 대한 법적 보호가 전혀 안 된다는 게 아주 통탄스러운 일이니 어쩌고 하면서 더듬더듬 모호하고 하나마나 한 말들을 늘어놓았다. 하지만 나는 또다시 실언을 하고 만 것이었다.

"그건 절대로 문제가 안 돼요! 나는 내 작품이 표절당하는 것은 상관 않습니다." 그가 더욱 화를 내며 되받았다. "우리 예술가들은 명예나 영광을 위해서가 아니라 인간에 대한 사랑 때문에 창작을 하니까요. 내 작품이 다른 사람의 이름으로라도 점점 더 넓게 온 세상으로 퍼져나가는 걸 보는 것보다 더 바랄 게 뭐가 있겠습니까? 하지만 내가 철자법도 제대로 모르는 그 아르헨티나놈들을 용서할 수 없는 이유는, 그자들이 내 원고를 멋대로 바꿔가지고 형편없이 만들어놓기 때문입니다. 그자들이 내 작품을 어떻게 하는지 압니까? 제목을 바꾸고 등장인물의 이름을 바꾸는 정도로 끝나는 줄 압니까? 그자들은 멋을 부리려고 거기에다 순 아르헨티나식으로 양념을 쳐서……"

"뻔뻔하고 야비한 짓이지요." 이번에는 아주 정확한 말을 했다고 확신하면서 내가 끼어들었다.

그가 경멸투로 고개를 젓고는 그 비좁은 방의 벽에 되튀기는 공허한 소리로 비극적이리만큼 근엄하게 한 음절 한 음절을 길게 끌면서, 내 귀에는 두 마디 더러운 욕밖에 들어오지 않는 말을 내뱉었다. "씹구멍을 후비고 후장을 따는 거지요."

나는 아르헨티나인에 대한 그의 증오가 어째서 보통 사람들보다 더 격렬한지를 알아내기 위해 그를 살살 꾀어보고 싶은 생각이 들었다. 하지만 그가 작품에 굉장히 공을 들인다는 것을 알고 있었기에 감히 그럴 수가 없었다. 그의 얼굴에 괴로워하는 기색이 스치더니, 마치 과거의 악령들을 지워버리기라도 하려는 듯 손으로 눈을 문질렀다. 그러고는 침울한 표정을 지으며 그 비좁은 방의 창문을 닫고 레밍턴 타자기의 롤러를 중간 위치로 맞춘 다음 그 위에다 커버를 덮었다. 그런 뒤에 조그만 나비넥타이를 바로잡더니 책상에서 묵직한 책을 하나 집어 팔 밑에 끼고는, 이제 그만 가봐야겠다는 듯 나를 쳐다보며 문 쪽을 가리켰다. 그리고 불을 끈 뒤에 밖으로 나와 자기 소굴에 열쇠를 채웠다. 나는 그가 들고 나온 책이 무슨 책인지 물어보았다. 그가 마치 사랑스러운 고양이를 쓰다듬듯 다정스럽게 책등을 쓰다듬었다.

"좋을 때나 어려울 때나 함께 지낸 오랜 길벗이지요." 그가 내게 그 책을 넘겨주며 감동 어린 목소리로 웅얼거렸다. "믿음직한 친구이자 내 일에 무한한 도움을 주는."

호랑이 담배 피우던 시절에 에스파사 칼페라는 출판사에서 발행된 그 책—두껍고 낡은 표지는 온갖 종류의 얼룩과 휘갈겨 쓴 글씨들로 뒤덮였고 책장들은 세월에 바래 노랗게 변한—은 저자의 거창한 이력(아달베르토 카스테혼 데 라 레게라, 고전문학, 문법학 및 수사학 박사)에도 불구하고 이름조차 들어보지 못한 사람이 쓴 것이었고 '세계적인 작가들의 작품에서 인용한 만 가지의 문학적 인용구'라는 원제에 '세르반테스, 셰익스피어, 몰리에르 등이 인생, 죽음, 사랑, 고통 등에 관하여 한 말들……'이라는 부제가 붙은 그 제목도 범위만 광대할 뿐 별것 아니었다.

우리는 어느새 벨렌 로까지 와 있었다. 나는 그와 헤어지려고 악수를 하던 참에 얼핏 내 시계를 들여다보고는 기겁했다. 벌써 오후 열시였다. 나는 그와 함께 보낸 시간이 기껏해야 삼십 분쯤일 거라는 느낌이었지만 실제로는 그와 리마의 구역적 특성들이며 아르헨티나인의 가증스러운 인간성에 대한 사회학적 분석 등 이런저런 잡담을 하는 데 세 시간이나 지나가버린 것이었다. 나는 파스쿠알이 틀림없이 십오 분짜리 아홉시 뉴스를 온통 터키의 방화광이나 엘포르베니르의 살인마 얘기로 채웠을 것이라는 생각에 내 다리가 나를 옮겨줄 수 있는 한 최고 속도로 달려 판아메리카나로 돌아갔다. 그러나 일이 그렇게까지는 되지 않은 게 분명했다. 엘리베이터에서 헤나로 부자와 마주쳤을 때 그들의 얼굴에 화가 나서 제정신이 아니라는 기색 같은 것은 없었기 때문이다. 그들은 내게 바로 그날 저녁 볼레로 가수 루초 가티카와의 계약에 서명했고, 일주일 동안 그를 리마로 불러들여 판아메리카나를 통해서만 공연 실황을 내보내기로 했다고 알려주었다. 옥상에 있는 가건물로 들어서자 나는 이미 방송으로 나간 뉴스 시보 원고부터 훑어보았고 대체로 만족했다. 마음이 느긋해진 나는 버스를 타기 위해 어슬렁어슬렁 산마르틴 광장으로 내려왔다.

열한시쯤 할아버지 댁에 도착해보니 모두들 잠이 들어 있었다. 그분들은 내 저녁식사를 오븐 안에다 남겨두곤 했는데 이번에는 쌀밥과 달걀 프라이와 빵가루를 입힌 스테이크─언제나 변함없는 내 저녁식사─외에도 떨리는 손으로 적은 쪽지가 한 장 더 있었다.

'루초가 전화를 걸어서 네가 훌리아를 바람맞혔다고 하더구나. 그 여자가 너하고 같이 영화 구경을 가기로 했었다면서, 너더러 무례하고 막돼먹은 놈이라고 했다는구나. 그리고 반드시 자신에게 전화를 걸어 사과해야 한다고 했다는구나. 할아비.'

그 볼리비아 방송작가가 너무 극단으로 흐르는 바람에 뉴스 시보 원고를 쓰는 일과 훌리아와의 데이트를 까맣게 잊은 것이었다. 나는 뜻하지 않게 그런 결례를 저지른 게 속상해서 언짢은 기분으로 잠자리에 들었다. 그리고 마침내 잠이 들기 전까지 함께 영화를 보러 가자고 고집을 피웠던 것도, 또 그렇게 자기 멋대로 결정을 했던 것도 순전히 훌리아 탓이라고 나 자신을 설득하면서, 다음 날 전화를 걸어 그녀에게 둘러댈 수 있는 변명을 이리저리 궁리하면서, 마음속으로 끝없이 별별 생각들을 다 짜내보았다. 하지만 그럴듯한 생각은 한 가지도 떠오르지 않았고, 그렇다고 사실대로 털어놓을 수도 없었다. 결국 나는 감동적인 제스처를 동원해서 호소하기로 작정했다. 다음 날 여덟시 뉴스 시보가 나간 뒤에 나는 시내에 있는 꽃가게로 가서 꽃을 산 다음, 한참을 망설인 끝에 쪽지에다 나 스스로도 간결과 우아의 극치라고 감동할 만한 구절, '다만 겸허하게 사과드릴 뿐입니다'를 적어 거금 십 솔을 치르고 장미 꽃다발을 배달시켰다.

그날 저녁 뉴스 시보와 다음 뉴스 시보 사이에 틈을 내어 나는 아레키파 출신 상원의원의 비극을 소재로 한, 피카레스크 형식의 에로틱한 단편소설의 몇 가지 아우트라인을 잡았다. 그리고 바로 그날 밤부터라도 열심히 소설을 써내려갈 작정이었지만 근무를 마친 하비에르가 바리오스알토스에 사는 강신술사를 보러 가자고 방송국으로 나를 찾아왔다. 그 영매는 내가 스타테 레세르베 은행 사무실에서 소개받은 적이 있는 은행원이었다. 하비에르는 걸핏하면 그 영매 얘기를 늘어놓곤 했는데, 그 이유는 그 영매로부터 공식적인 심령부흥회에서뿐만 아니라 전혀 예기치 않은 상황에서까지도 영혼들이 얘기를 하자고 졸라대며 접촉을 시도한다는 얘기를 자주 들었기 때문이었다. 영혼들은 새벽에 그의 집으로 전화를 걸어 장난을 치는 버릇이 있는데, 수화기를 집어들면 저쪽에서 죽은 지가 벌써 오십 년이 넘고 죽은 뒤로는 연옥에 거주하고 있는 증조할머니의 웃음소리인 게 분명한 소리가 들려온다는 것이었다. 죽은 사람들의 영혼은 버스 안에서나 길거리를 걷고 있을 때도 그에게 접근했다. 그러고는 귀에다 대고 무슨 말인가를 속삭이는데 그럴 때면 그는 아무 말도 않고 듣기만 해야 되었으므로(그는 말을 하는 것이 곧 영혼들을 무시하는 처사라고 누누이 강조했다고 한다) 다른 사람들 눈에는 그가 돌아버린 것으로 보이진 않는다는 거였다. 나는 호기심이 동해서 하비에르에게 그 은행원 영매와 심령부흥회를 한번 가져보자고 청해둔 참이었다. 그 은행원은 내 제안에 동의는 했지만 일주 이 주 계속해서 심령부흥회를 연기했다. 그의 말에 따르자면 기상적인 이유 때문이었다. 즉 영혼들은 습도, 별자리의 위치, 풍향 등에 민감한 탓으로 달이 어느 일정한 위치에 오고 조류의 방향이 바뀌고 또 그 밖에도 다른 특별한 조건들이 바뀔 때까지 기다려야 한다는 것이었다.

그 은행원 영매가 살고 있는 곳, 그러니까 캉가요 로의 주택단지 뒤편에 처박힌 너저분한 아파트를 찾아내기란 절대로 쉬운 일이 아니었다. 그 남자를 직접 만나보니 하비에르가 얘기했던 것처럼 그렇게 흥미를 끌 만한 인물은 못 되었다. 이마가 훌렁 벗겨진 데다 이상한 냄새를 풀풀 풍기는 육십대의 홀아비로, 눈초리는 소처럼 멀건했고 하는 이야기도 절대로 특색 있는 것은 못 되어서, 누구도 그가 혼령들과 밀접하게 접촉하고 있다는 사실을 눈치조차 채지 못할 것 같았다. 그는 헐어빠진 누추한 거실로 우리를 맞아들이고서 크래커와 자잘하게 썬 신선한 치즈 몇 쪽과 쩨쩨하게도 몇 개 안 되는 사탕을 내놓았다. 그러고는 시계가 열두시를 칠 때까지 그저 죽치고 앉아 저승과 관련된 자기의 경험담을 지루하게 늘어놓았다. 그 일은 이십 년 전쯤 그의 아내가 세상을 뜬 뒤부터 시작되었다. 아내의 죽음으로 인해 견딜 수 없는 절망에 빠져 있던 그를 어느 날 한 친구가 강신술의 길로 들어서게 함으로써 구해주었다는 것이었다. 그 일은 평생 동안 그에게 일어났던 가장 중요한 사건이었다.

"계속해서 사랑하는 사람들의 목소리를 듣고 모습을 볼 수 있을 뿐 아니라……" 그는 우리에게 세례식 파티에 대해 이러쿵저러쿵 평가하는 사람 같은 목소리로 늘어놓았다. "아주 쓸 만한 심심풀이가 되기도 하니까 말이야. 알아차리지도 못하는 사이에 몇 시간이 후딱 지나가버리거든."

그의 이야기를 듣고 있다보니 죽은 자와 만난다는 것은 영화를 보거나 축구 경기를 관람하는 것과 좀 비슷한 게 아닐까 하는 생각이 들었다(물론 의심할 바 없이 재미는 훨씬 덜하겠지만). 내세의 삶에 대한 그의 설명은 지독히도 범속하고 실망스러운 것이었다. 혼령들이 그에게 얘기해준 것으로 판단하건대 이승과 저승 사이에는 본질적인 차이점이라고는 도대체가 없었다. 혼령들은 질병으로 고통받고 사랑에 빠지고 결혼을 해서 자식을 낳고 또 여행도 한다. 단 한 가지 다른 점은 절대로 죽지 않는다는 점이었다. 나는 지긋지긋하리만큼 따분해서 시계가 열두시를 치자 잡아먹을 듯이 하비에르를 노려보았다. 은행원 영매는 우리를 테이블 주위에(그 테이블은 둥근 것이 아니라 사각형이었다) 앉혀놓았는데 불을 끄더니 우리에게 양손을 모아쥐라고 지시했다. 몇 초간의 침묵이 흘렀고, 그러는 사이 나는 기대감에 바짝 긴장을 하고서 이제부터 바야흐로 일이 좀더 재미있게 되어가나 보다 하는 (잘못된) 느낌을 받았다. 그렇지만 혼령들이 나타나기 시작했어도 그 은행원은 전처럼 희미하고 맥빠진 소리로 이 세상에서도 가장 따분한 질문들을 하기 시작했다.

"어이, 이봐 거기 소일리타. 요즘 어떻게 지내? 당신 목소리를 듣게 되어 정말 기쁘군. 나는 여기 두 친구하고 같이 앉아 있는데 둘 다 아주 좋은 사람이고 당신이 사는 세상과 접하는 일에 흥미가 있어, 소일리타. 뭐라구? 이 사람들한테 안부 전해달라구? 그야 물론이지, 소일리타. 아내가 자녀들에게 애정 깊은 관심을 보이겠다누만. 그리고 때때로 시간이 있으면 자기가 되도록 빨리 연옥에서 벗어날 수 있도록 기도해달래."

소일리타 다음에 계속해서 친척들과 친구들이 나타났고 은행원은 그들 모두와도 비슷비슷한 얘기를 주고받았다. 그들은 모두 연옥에 있었는데 하나같이 우리에게 안부를 전했고 자기네를 위해 기도해달라고 부탁했다. 하비에르는 우리가 완전히 믿을 수 있게끔 지옥에 있는 누군가를 불러내보라고 졸라댔지만 영매는 잠시도 주저하지 않고 그건 말도 안 되는 소리라고 딱 잘랐다. 거기에 있는 혼령들과는 홀수 달의 처음 사흘 동안만 접촉이 가능한 데다 그들의 목소리마저 거의 알아들을 수가 없다는 것이었다. 그러자 하비에르는 자기의 어머니와 형들, 그리고 자신을 키워준 보모 할머니를 불러내보라고 요구했다. 도냐 구메르신다가 굼뜨게 나타나서 안부를 전하더니 자기는 하비에르에 대해 애정 깊은 기억을 갖고 있으며 이제 곧 연옥을 떠나 하느님을 만나러 가기 위해 짐을 꾸리는 중이라고 했다. 나는 그 은행원에게 내 형인 후안을 불러달라고 요구했는데 놀랍게도(왜냐하면 내겐 형이라고는 없었으므로) 그 형이라는 자가 나타나서 영매의 다정한 목소리를 통해 자기는 하느님과 같이 있으며 늘 나를 위해 기도하고 있으니 자기 걱정은 말라는 것이었다. 나는 그 심령부흥회에 흥미를 잃고 마음속으로 아레키파 출신의 상원의원에 대한 내 소설을 쓰기 시작했다. 수수께끼 같은 제목이 내 머리에 떠올랐다. '미완의 얼굴.' 하비에르가 물릴 줄도 모르고 그 은행원에게 천사나 아니면 적어도 만코 카팍* 같은 어떤 역사적 인물을 불러내보라고 졸라대는 동안, 나는 상원의원이 결국에는 아내와 그 짓을 할 때면 아내에게 외눈박이 해적 눈가리개를 착용하게 하는 프로이트 학파의 엉뚱한 발상 덕분으로 그의 문제를 해결할 수 있도록 하기로 작정했다.

그 심령부흥회는 새벽 두시경에 끝났다. 나는 버스를 탈 수 있는 산마르틴 광장까지 우리를 태워다줄 택시가 있나 둘러보면서 바리오스알토스의 거리를 따라 걷는 동안, 내게서 저승의 시적이고 신비한 분위기를 앗아가버린 것은 순전히 형 책임이다, 사람이 죽으면 멍청이가 된다는 뒤집을 수 없는 명제를 갖게 된 것도 순전히 형 탓이다, 나는 더이상 불가지론자가 될 수 없고 그래서 이제부터 존재하는 게 분명한 내세에서 나를 기다리고 있는 건 끝없이 따분하고 지루한 삶이라는 확신을 갖고 살아가게 된 것도 순전히 형 때문이다 어쩌고 하면서 하비에르를 윽박질렀다. 우리는 빈 택시를 하나 잡았고 하비에르가 별로 요금을 지불했다.

집으로 돌아와보니 빵가루를 입힌 스테이크와 달걀 프라이와 쌀밥 옆에 또다른 쪽지가 놓여 있었다.

---

* 잉카 제국의 초대 황제.

'훌리아가 내게 전화했다. 네가 보내준 장미꽃 받았는데 아주 예뻐서 무척 기뻤다고 하더구나. 하지만 쪽지를 보낸 걸로 요 며칠 내에 같이 영화를 보러 가지 않아도 된다고는 생각하지 말라고 그러더라. 할아비.'

그다음 날은 루초 삼촌의 생일이었다. 나는 삼촌에게 선물할 넥타이를 하나 사서 정오에 삼촌 댁으로 찾아갈 참이었다. 그런데 하필이면 바로 그때 헤나로 2세가 우리 가건물로 불쑥 들어서더니 자기하고 같이 점심식사나 하자며 라이몬디로 나를 잡아끌었다. 그는 다음 주 월요일부터 방송이 시작될 페드로 카마초의 연속극에 대해 알려주면서 신문들의 일요일판에 실릴 광고 문안의 초안을 작성하는 데 내 손을 좀 빌리자고 했다.

"하지만 그런 광고라면 작가가 직접 쓰는 게 자연스럽지 않을까요?"

"문제는 카마초가 그런 거에 대해서는 손 하나 까딱하려고 들지 않는다는 거야." 헤나로 2세가 너구리 잡듯이 담배를 피워대면서 설명했다. "그 사람 얘기론 자기 작품은 광고할 필요가 없고, 그 자체로 관심을 끌게 되어 있으니까 그 나머지는 모두 쓸데없는 짓이라는 거야. 그 친구 무슨 꿍꿍이속인지 알 수가 있어야지. 별별 광기를 다 부린다니까. 자네 그 사람이 아르헨티나인을 두고 하는 그 지독한 욕지거리 들어봤나? 그러더니 우리한테 다짜고짜로 위약금을 물고 계약을 취소하라는 거야. 나는 그 사람의 연속극들이 지금까지 보였던 오만하고 독선적인 태도를 보상해주기만 바랄 뿐이야."

우리는 광고 문안을 작성하면서 농어 두 마리를 해치웠고 얼음처럼 차가운 맥주를 마시면서 라이몬디가 얼마나 유서 깊은 곳인가를 일부러 증명이라도 해 보이듯 들보를 쪼르르 가로지르는 조그만 회색 쥐들을 지켜보았다. 헤나로 2세가 페드로 카마초와의 또다른 싸움을 입에 올렸다. 이번에 말다툼을 벌였던 이유는 리마에서 그의 데뷔를 알릴 네 가지 연속극의 주인공들 때문이었는데 네 작품 모두에서 남자 주인공은 하나같이 '기적처럼 젊음을 유지하고 있는' 오십대의 사내였다.

"우리는 그 사람한테 어느 청취율 조사를 보건, 남자 주인공은 서른에서 서른다섯 살 사이인 게 선호도가 가장 높다고 누누이 설명했지만 그 사람은 당나귀마냥 고집을 피우더라고." 헤나로 2세가 입과 콧구멍으로 담배 연기를 내뿜더니 겁먹은 소리로 물었다.

"내가 끔찍한 실수를 저지른 건 아닐까? 그 볼리비아인을 쓴 게 엄청난 실패로 끝나면 어쩌지?"

그 순간 나는 전날 저녁에 페드로 카마초가 라디오 센트랄의 비좁은 작업실에서 오십대의 남자들을 주제로 거창하게 늘어놓왔던 독선적인 이야기를 떠올렸다. 그의 말대로라면 사람의 지력과 감수성은 그 나이에 전성기를 맞으며, 또 그 나이가 되어야 모든 경험을 흡수할 수 있다. 그래서 오십대에 있는 사람이 여자에게 가장 바람직하고 남자에게는 가장 위엄 있게 보인다는 거였다. 그는 또 아주 미심쩍게도 노령이 '바람직한' 현상이라고 까지 주장했는데, 나는 그 볼리비아 방송작가 자신이 쉰 살이고 앞으로 더 나이가 드는 걸 무서워한다는 생각이 들었다. 대리석처럼 단단한 영혼을 지닌 사람에게서 인간적인 나약함이라는 미세한 틈을 보았던 것일까?

우리가 광고 문안을 다 작성했을 때는 미라플로레스를 찾아가기엔 너무 늦은 오후 시간이었으므로, 나는 루초 삼촌에게 전화를 걸어 저녁때 찾아뵙고 생일선물을 드리겠다고 했다.

나는 삼촌의 생일을 축하해주기 위해 친척들이 잔뜩 모였을 거라고 생각했지만 올가 아주머니와 훌리아 외에는 아무도 없었다. 친척들은 한꺼번에 우르르 몰려왔다가 날이 저물기 전에 다 돌아갔다는 것이었다. 두 아주머니는 위스키를 마시고 있었는데 내게도 한잔 따라주었다. 훌리아가 장미꽃을 보내줘서 고맙다고 다시 치하를 하더니—나는 몇 송이 되지 않아 멋진 꽃다발을 만들기는 어려운 그 꽃들이 찬장 위에 올려져 있는 것을 보았다—언제나 늘 그랬던 것처럼, 자기를 바람맞히고서 무슨 짓을 했는지 고백해라, 학교에서 가무잡잡한 바람둥이 계집애를 만났느냐, 아니면 라디오 센트럴에 긴급 사태가 벌어졌던 거냐 넘겨짚으면서 나를 놀리기 시작했다. 그녀는 푸른 옷에 하얀 신발을 신었고 미장원에서 화장과 머리 손질을 한 뒤였다. 그녀의 웃음소리는 마음속에서 우러난 듯 거리낌이 없었고 목소리는 약간 허스키했으며 눈에 서린 표정은 노골적이고 도발적이었다. 나는 뒤늦게야 그녀가 매력적이라는 것을 알았다.

갑자기 루초 삼촌이 쉰번째 생일은 일생에 단 한 번밖에 축하받지 못하는 것이므로 우리 모두를 볼리바르 그릴로 데려가서 한턱내겠다고 열을 올렸다. 내 머릿속으로 길을 잘못 들어 고자가 된 상원의원(그 구절을 제목으로 썼더라면 어땠을까?)에 대한 소설을 이틀 동안 연달아 미뤄야 한다는 생각이 떠올랐다. 하지만 나는 그 일을 제쳐둔다는 게 후회스럽지 않았고 호사스런 저녁식사에 끼게 되었다는 게 오히려 더 즐거웠다. 올가 아주머니가 내 모양새를 한번 훑어보더니 그런 차림으로는 볼리바르 그릴로 가기가 좀 뭣하겠다며 난색을 보였다. 그러자 루초 삼촌이 내게 실밥이 드러난 데다 형편없이 구겨진 양복을 얼마쯤은 상쇄해줄 깨끗한 와이셔츠와 야한 넥타이를 빌려주었는데, 와이셔츠는 소매가 도포 자락처럼 길고 목 사이즈도 형편없이 커서 나는 내 목이 칼라 안에서 빙빙 돌아가는 것처럼 보일까봐 여간

신경이 쓰이는 게 아니었다(그 바람에 훌리아는 나를 뽀빠이라고 부르기 시작했다).

볼리바르 그릴을 구경도 못 해본 터여서 내 눈에는 그곳이 이 세상에서 가장 세련되고 우아한 장소로 보였다. 그리고 저녁식사로 나온 음식도 내가 그때껏 먹어본 중에서 가장 비싼 것들이었다. 악단이 볼레로, 파소도블레, 블루스 같은 춤곡을 연주했고 살결이 눈처럼 흰 프랑스 여자 가수가 남자의 물건을 애무하듯 마이크를 어루만지면서 흘리는 목소리로 한 소절 한 소절을 노래했다. 루초 삼촌은 술을 한 잔 두 잔 들이켜고는 거나해져서 프랑스어랍시고 얼토당토않은 발음으로 그녀에게 환호를 보냈다.

"브하부우—브하부우우—마무아젤 셰리!"

용감하게도 올가 아주머니를 끌고 맨 처음 댄스 플로어로 나간 사람은 나였는데, 나 스스로도 놀라 자빠질 일이었다. 그도 그럴 것이, 나는 춤이라고는 출 줄 몰랐으니까(그 당시 나는 문학적인 직업이란 춤이나 스포츠와는 양립하지 않는다고 단단히 믿고 있었다). 그러나 다행히도 플로어가 사람들로 붐벼서 몸뚱이들이 서로 부딪치는 데다 어두웠기 때문에 아무도 그것을 눈치채지 못했다. 다음에는 훌리아가 루초 삼촌과 춤을 추러 나갔다가 자기 혼자서만 멋지게 트위스트를 추거나 턴을 도는 바람

117

에 삼촌은 한참 동안 곤욕을 치러야 했다. 그녀는 춤을 썩 잘 추었고 많은 여자들이 부러운 눈으로 그녀의 움직임을 지켜보았다. 다음 곡이 연주되자 나는 훌리아를 플로어로 끌고 나가 춤을 출 줄 모르니까 잘 알아서 해달라고 미리 귀띔을 해두었다. 하지만 악단이 아주 느린 블루스 곡을 연주하고 있었으므로 나는 꽤 그럴듯한 파트너가 될 수 있었다.

우리는 다음 몇 곡이 연주되는 동안에도 함께 춤을 추었고, 그러면서 차츰차츰 루초 삼촌과 올가 아주머니가 앉아 있는 테이블로부터 멀어져갔다. 악단이 연주를 멈추고 훌리아가 내게서 한 걸음 물러서려고 할 때 나는 그녀의 허리를 껴안고 그녀의 뺨에다, 그러니까 입술 바로 옆에다 키스를 했다. 그녀는 마치 기적을 보기라도 한 것처럼 깜짝 놀라서 나를 쳐다보았다. 그러나 다른 악단이 대신 들어설 때까지 한동안 음악이 끊겼으므로 우리는 다시 테이블로 돌아와야 했다.

자리에 앉자마자 훌리아는 루초 삼촌에게 쉰 살이라는 나이는 남자들이 제2의 청년기에 도달하고 추한 늙은이가 되기 시작하는 때라며 놀려대기 시작했다. 하지만 그러면서도 그녀는 내가 정말로 거기에 있다는 것을 확인이라도 하듯 자주 내 쪽을 잽싸게 곁눈질했는데, 눈빛으로 보아 그녀는 내 키스를 받았다는 사실에서 헤어나지 못한 게 분명했다. 올가 아주머니가 이제 피

곤하니 그만 일어서자고 했지만 나는 한 곡 더 추고 가야겠다고
고집을 피웠다.

"우리 인텔리가 길을 잘못 들고 있군." 루초 삼촌이 한마디 던
지고는 올가 아주머니를 끌고 마지막 춤을 추러 댄스 플로어로
나갔다.

나는 훌리아와 함께 그 뒤를 따랐는데, 함께 춤을 추는 동안
처음으로 그녀의 입에서 짓궂은 농담이 튀어나오지 않았다. 루
초 삼촌과 올가 아주머니가 댄스 플로어에서 춤추는 쌍쌍들에
묻혀 보이지 않게 되자 나는 그녀를 좀더 바짝 끌어안고 그녀의
뺨에 내 뺨을 밀착시켰다.

"내 말 들어봐, 마리토." 나는 그녀가 당황해서 더듬거리는 소
리를 들었지만 그녀의 귀에다 대고 귓속말을 함으로써 말을 끊
었다.

"이제부터는 절대로 나를 마리토라고 부르지 말아요. 나는 이
제 어린애가 아니란 말입니다."

그녀가 내 얼굴을 보려고 고개를 뒤로 빼고는 억지 미소를 지
었다. 바로 그때 나는 거의 무의식적으로 몸을 굽혀 그녀의 입에
다 키스했다. 우리의 입술은 살짝 스친 정도였지만 그녀는 내가
그런 짓을 하리라고는 전혀 생각지도 못했던 터라 이번에는 너
무도 놀라 춤을 딱 멈췄다. 그러고는 말문이 막힌 채 눈이 휘둥

그레져서 입을 떡 벌리고 서 있었다.

음악이 끝나자 루초 삼촌이 계산을 치르고 우리는 일어섰다. 그리고 미라플로레스까지 돌아오는 사이—훌리아 아주머니와 나는 뒷좌석에 앉아 있었다—나는 그녀의 손을 끌어다 다정스럽게 꼭 감싸쥐었다. 그녀는 내게서 손을 빼지는 않았지만 그때까지도 얼떨떨한 기분에서 헤어나지 못한 게 분명한 듯 단 한 번도 입을 열지 않았다. 할아버지 집에 당도해서 차를 내렸을 때나는 느닷없이 그녀가 나보다 몇 살이나 위인지가 궁금해졌다.

4

늘대 아가리처럼 습기차고 컴컴한 엘카야오의 한밤중, 리투마 경사는 코트 깃을 세우고 양손을 비비며 근무에 나설 채비를 차렸다. 인생의 절정기인 오십대에 이른 사내로서 모든 경찰의 존경을 한 몸에 받고 있던 그는 불평 한마디 없이 가장 험한 구역을 담당한 경찰서들에서 근무해왔고, 그 덕분에 그의 몸에는 아직까지도 범죄와의 전투에서 입은 상처들이 남아 있었다. 그리고 페루의 감옥들은 그가 수갑을 채운 범죄자들로 가득 차 있었다. 그는 질서를 수호하는 본보기로 인용되었고 여러 차례에 걸쳐 공식적인 찬사를 들었으며 훈장도 두 번이나 탔다. 하지만 그런 명예를 얻었다고 해서 그의 겸손한 태도나 용기, 또는 정직함이 바뀐 건 아니었다. 그는 엘카야오의 제4경찰서에서 꼬박

일 년을 근무했고, 지난 석 달 동안은 그 항구 지역에서 경사의 몫으로 떨어질 수 있는 가장 험한 임무, 즉 야간순찰 임무를 맡았다.

멀리서 들려오는 누에스트라 세뇨라 델 카르멘 데 라 레과 교회의 종이 열두시를 치자, 언제나처럼 일 분도 어김없이 리투마 경사—훤한 이마와 매부리코에 꿰뚫어보는 듯한 눈을 지닌 그 지없이 정직하고 선량한 사내—는 어둠 속에 불을 밝힌 제4경찰서의 낡은 목조 본부를 뒤로하고 순찰을 돌기 시작했다. 그의 마음속에 경찰서 안의 정경이 떠올랐다. 부서장인 하이메 콘차는 만화 『도널드 덕』을 읽고 있을 것이고 순경 코흘리개 카마초와 뚱보 아레발로는 갓 끓인 커피에 설탕을 치고 있을 것이며, 그날 잡아들인 유일한 피의자—추쿠이토와 라파라다 사이를 운행하는 버스 안에서 현행범으로 잡혀 대여섯쯤 되는 격분한 승객들에게 흠씬 두들겨 맞는 바람에 머리부터 발끝까지 시퍼렇게 멍이 든 채 경찰서로 끌려온 소매치기—는 몸을 잔뜩 웅크린 채 감방 마룻바닥에서 잠을 자고 있을 것이다.

그는 푸에르토누에보 구역에서 순찰을 돌기 시작했는데, 그곳의 당직 순경은 땅딸보 솔데비야라는, 우렁찬 목소리로 노래를 뽑아젖히는 툼베스 출신의 젊은이였다. 푸에르토누에보는 엘 카야오 경찰서의 순경과 형사에게는 공포의 대상이었다. 그도 그럴 것이, 나무며 생철, 골진 함석, 회벽돌 따위로 얼기설기 지은 판잣집들의 미궁인 그곳에서는 주민 중 극소수만 부두 노동자나 어부로 생활비를 벌 뿐, 나머지 대다수는 깡패, 좀도둑, 주정뱅이, 소매치기, 뚜쟁이, 동성애자였는데(수도 없이 많은 창녀들은 말할 것도 없고) 그들은 별것 아닌 일에도 칼을 들고 설치거나 때로는 서로를 쏴 죽이기도 했기 때문이다.

상하수도며 포장도로는 물론 전기도 들어오지 않는 그 구역은 법을 지키려는 관리들의 피로 여러 번 붉게 물들었다. 하지만 그날 밤은 예외적으로 평온했다.

"추위 때문에 밤새들이 일찍 잠자리에 든 모양이군." 리투마 경사는 보이지 않는 돌부리에 걸려 비틀거리고, 배설물이며 썩은 쓰레기에서 풍기는 악취에 코를 찡그리면서, 땅딸보를 찾아 근처의 좁고 구불구불한 길을 누비고 다니는 동안 그런 생각을 했다. 사실, 때는 8월 중순의 한겨울이어서 대기를 적시는 구질구질한 가랑비와 함께 온 세상을 부옇게 흐리는 짙은 안개가 그 밤을 을씨년스럽고 스산하게 바꾸어놓고 있었다. 땅딸보 솔데비야는 어디에 있을까? 뼛속까지 추위를 느꼈거나 아니면 흉악한 폭력배들이 무서워 툼베스 출신의 그 햇병아리는 몸도 녹이고 한잔 걸치기도 할 겸 우아스카르 가를 따라 늘어서 있는 술집 중어느 한 곳에 처박혀 있는지도 몰랐다. 아니, 그 친구는 그럴 만한 배짱도 없어, 하고 리투마 경사는 생각했다. 내가 순찰을 돌고 있을 때 근무지를 이탈했다는 것을 들키면 어떤 불벼락이 떨어질지 알고 있을 테니까.

경사는 마침내 국영 도살장과 냉동창고 맞은편 모퉁이에서 가로등 밑에 서 있는 그를 찾아냈다. 그는 열심히 양손을 비벼대고 있었는데 그의 얼굴은 괴상망측한 머플러로 가려진 채 눈만 빠끔히 내놓아서 유령처럼 보였다. 경사의 모습이 눈에 띄자 땅딸보가 흠칫 놀라 손을 권총 벨트에 갖다 댔다. 그러나 곧 그를 알아보고 차렷 자세를 취했다.

"사람 놀라게 하시는군요, 경사님." 그가 웃으며 말했다. "그렇게 어둠 속에서 떠오르는 모습이 멀리서 보니까 꼭 유령이 나타나는 것 같더라구요."

"유령이라구? 웃기고 있군." 리투마가 악수를 하면서 되받았다. "자넨 나를 폭력배쯤으로 생각했겠지."

"무슨 말씀을요. 이런 추위에 나돌아다닐 폭력배가 어딨습니까?" 땅딸보가 다시 양손을 비벼대며 대꾸했다. "이런 날씨에 밖으로 나와 있는 미친놈은 경사님하고 저뿐입니다. 그리고 저 까마귀들하고요."

그가 도살장 지붕을 가리켰다. 경사는 곁눈질로 지붕 꼭대기에서 부리를 날개 밑으로 쑤셔 박은 채 일렬로 웅크리고 앉은 대여섯 마리의 까마귀를 보았다. 그러자 저놈들은 얼마나 배가 고플까 하는 생각이 들었다. 그놈들은 추위에 꽁꽁 얼면서도 죽음의 냄새를 맡으려고 거기에 앉아 있었다. 땅딸보 솔데비야가 곱은 손에서 자꾸만 미끄러지는, 질겅질겅 씹은 몽당연필로 가로등의 희미한 불빛 아래서 보고서에 사인했다. 특별히 보고할 만한 일은 아무것도 없었다. 사고도 범죄도 술주정뱅이의 난동도.

"조용한 밤이군요, 경사님." 땅딸보 솔데비야가 경사와 함께 만코카팍 가까지 몇 블록을 걸으면서 말했다. "제가 임무 교대를 할 때까지 이런 상태가 지속됐으면 좋겠습니다. 그다음에는 세상이 두 쪽 난다 해도 저하고는 상관없는 일이니까요." 그가 굉장히 우스운 얘기라도 한 것처럼 웃어댔다. 리투마 경사는 순경들의 이런 정신 상태가 신뢰를 말살시켜버린다는 생각이 들었다. 경사가 무슨 생각을 하고 있는지 짐작이라도 한 듯 땅딸보 솔데비야가 진지한 목소리로 한마디 덧붙였다. "저는 경사님하곤 다릅니다. 이 일이 조금도 마음에 들지가 않아요. 제가 이 제복을 입고 있는 이유는 순전히 목구멍에 풀칠을 하기 위해섭니다."

"그런 생각이라면 제복을 입지 말아야지." 경사가 나무랐다. "내가 경찰에 남길 원하는 사람은 제복을 입는 것에 백 퍼센트 믿음을 가진 사람뿐일세."

125

"그건 이곳 경찰들에겐 절대로 안 통하는 얘길 겁니다." 땅딸보가 되받았다.

"나쁜 친구들하고 같이 있는 것보단 혼자 있는 편이 더 낫지." 경사가 웃으면서 받아넘겼다.

땅딸보도 같이 웃었다. 그들은 거리의 개구쟁이들이 고무줄 총으로 끊임없이 가로등의 전구를 쏘아 깨뜨리곤 하는 과달루페 중개상 창고 근처의 공터를 지나 어둠 속에서 나란히 걸었다. 멀리서 파도 소리가 들려왔고 이따금 아르헨티나 가를 따라 내려가는 택시들의 엔진 소리가 들려왔다.

"경사님은 우리 모두가 영웅이 되기를 바라시겠죠." 땅딸보가 불쑥 말을 꺼냈다. "이 똥 같은 것들을 지키기 위해 우리의 정신과 마음과 삶을 모두 바치기를요." 그가 엘카야오를, 리마를, 아니 온 세상을 손가락질했다. "그 개자식들이 우리에게 고마워할 거라고 생각합니까? 경사님은 그놈들이 길거리에서 우리 뒤에다 대고 떠들어대는 소리도 못 들어봤습니까? 우리를 존경하는 사람이 누가 있습니까? 놈들은 우리를 경멸밖에 하지 않습니다, 경사님."

"이제 그만 헤어져야 할 곳이네." 만코카팍 가에 이르자 리투마가 말했다. "자네 구역을 떠나지 말게. 또 그렇게 기죽어 있지도 말고. 자넨 기다렸다가 원할 때 경찰을 떠날 수 있는 게 아냐.

경찰에서 자네 손에 해고장을 쥐여주는 그날로 자네는 빌어먹는 개처럼 고생을 하게 될 거라구. 왕초 안테사나의 경우가 바로 그래. 그 친구 걸핏하면 경찰서 근처로 우리를 찾아와 눈물을 글썽이곤 해. 그리고 한다는 말이 '난 우리 가족을 잃었습니다'야."

등 뒤에서 그는 땅딸보의 투덜대는 목소리를 들었다. "여자도 하나 없는 집구석, 그게 어디 집구석이라고 할 수나 있는 겁니까?"

리투마 경사는 한밤중에 인적 없는 거리를 따라 내려가면서 어쩌면 땅딸보의 말이 옳을지도 모른다고 생각했다. 그것은 사실이었다. 사람들은 경찰을 좋아하지 않았고 자기네들이 졸지에 뭔가에 겁을 먹지 않는 한 경찰을 두 번 다시 돌아다보는 일이라고는 없었다. 하지만 그래서 어떻다는 말인가? 그는 사람들이 자기를 좋아하거나 존경하도록 안달을 내고 싶지는 않았다. 그렇다고 사람들에게 관심을 덜 가질 수는 없어, 하고 그는 생각했다. 그런데 어째서 리투마는 그의 동료들처럼 자신을 희생하는 법 없이 그저 맡겨진 일이나 하고 좋은 게 좋다는 식으로 대강대강 넘겨버리면서, 틈만 보이면 빈둥거린다거나 근처에 상관들이 보이지 않으면 여기저기서 뇌물로 몇 푼 안 되는 더러운 돈을 받아 챙기지 않는 것일까? 그는 어째서 그럴까? 그것은 경찰에 몸담고 있는 게 좋아서라고 그는 생각했다. 말하자면 그는 다른 사람들이 축구 경기나 승마를 좋아하는 것과 똑같이 자기의 일을 좋아했다. 그의 머릿속에 지난번에 어떤 축구광이 물었던 말이 떠올랐다. "당신은 어느 팀을 좋아합니까, 리투마? 스포츠 보이 팀입니까, 찰라코 팀입니까?"

그때 그는 이렇게 대답했다. "나는 경찰팀을 좋아하지요."

그는 자기가 했던 가벼운 농담이 마음에 들어 어슴푸레한 안개 속에서 혼자 미소를 지었다. 바로 그때 이상한 소리가 들렸다. 그는 소스라치게 놀라 손을 권총 벨트에 올리고 얼어붙은 듯 그 자리에 멈춰 섰다. 너무도 놀란 나머지 정신이 하나도 없을 지경이었다. 하지만 거의 동시에 그는 이런 생각을 떠올렸다. 너는 두려워하지 않고 앞으로도 두려워하지 않을 것이고 두려움이라는 게 뭔지조차 모른다, 리투마.

그의 왼편은 공터였고 오른편으로는 항구 지역의 제1도크 창고들이 늘어서 있었다. 그 이상한 소리, 나무 궤짝이며 북 따위가 다른 물건들과 함께 와장창 무너져내리는 그 요란한 소리는 그곳에서 흘러나온 것이었다. 그러나 이제는 사방이 다시 고요해졌고, 멀리서 파도가 철썩이는 소리와 바람이 항구 터미널의 양철 지붕에 부딪혔다가 철조망에 걸리는 소리밖에 들리지 않았다. 아마도 고양이가 쥐를 쫓다가 어떤 궤짝 위로 떨어지고 그 궤짝이 또다른 궤짝 위로 떨어지는 바람에 모든 것이 한꺼번에 무너져내렸을 것이라고 그는 생각했다. 그러자 쥐와 함께 산더미 같은 상자며 술통 밑에 깔려 죽었을 고양이가 불쌍하다는 생각이 들었다.

이제 그는 촌뜨기 로만의 구역에 와 있었다. 하지만 물론 촌뜨기는 근처 어디에도 보이지 않았다. 리투마는 그가 순찰 구역의 다른 쪽 끝, 해피랜드나 블루스타 또는 엘카야오의 입 험한 주민들이 '좆병 골목'이라고 부르는 좁은 길거리의 반대편 끝에 늘어선 싸구려 술집들이나 선원들이 드나드는 갈보집 중 어느 한 곳에 처박혀 있으리라는 것을 훤히 알고 있었다. 아마도 그는 어느 헐어빠진 술집 카운터에서 주인 여자를 을러 얻어낸 공짜 맥주를 마시고 있을 것이었다. 그 죄악의 소굴을 향해 길을 따라 내려가면서 리투마는 자기가 느닷없이 그의 등 뒤에 나타났을 때 로만의 얼굴에 떠오를 놀란 표정을 상상해보았다.

"그러니까 근무 중에 술을 마시고 있다 이거지, 촌뜨기? 볼장 다 본 줄 알라구!"

그는 이백 미터쯤을 더 걸어가다가 갑자기 딱 멈춰 섰다. 그러고는 뒤를 돌아다보았다. 개구쟁이들의 고무줄총 사격으로부터 기적적으로 살아남은 한 가로등의 희미한 불빛에 한쪽 벽이 어슴푸레하게 비친, 이제는 아무 소리도 들리지 않는 창고가 저쪽 어둠 속에 웅크리고 있었다. 그건 고양이가 아니었어. 그는 생각했다. 쥐도 아니었고, 그건 도둑이었어. 그러자 가슴이 두근거리기 시작하면서 이마와 손바닥에 식은땀이 배어나오는 것을 느낄 수 있었다. 그건 도둑이었어, 도둑. 그는 자기가 되돌아가야 한다는 것을 이미 알고 있으면서도 몇 초 동안 꼼짝도 하지 않고 그대로 서 있었다. 그의 짐작은 확실했다. 전에도 그런 직감을 느꼈던 적이 있었기 때문이다. 그는 권총 케이스에서 총을 뽑아들고 안전장치를 풀었다. 그러고는 왼손으로 손전등을 움켜쥐었다. 그런 다음 두근거리는 가슴을 안고 창고 쪽으로 성큼성큼 걸어갔다. 그래, 그건 분명히 도둑이었어. 창고에 이르자 그는 숨을 헐떡이며 다시 멈춰 섰다. 도둑놈이 하나가 아니라 여럿이면 어쩌지? 안으로 들어가기 전에 땅딸보와 촌뜨기를 찾아 데려오는 게 더 낫지 않을까? 그는 고개를 저었다. 그에게는 누구의 도움도 필요하지 않았다. 혼자서도 그 상황을 처리할 수 있었다. 만일 도둑놈이 여럿이라면 그놈들에게는 그만큼 더 불리하고 그에게는 더 유리할 것이었다. 그는 벽에 귀를 갖다 붙이고 숨을 죽였다. 쥐 죽은 듯 고요했다. 들리는 소리는 멀리서 파도가 철썩이는 소리와 이따금 지나가는 자동차 소리뿐이었다. 도둑이라니, 이런 멍청이. 내가 상상을 했던 거야. 그건 고양이, 쥐였어. 그런 생각이 들자 더이상은 춥지도 않았고 몸이 더워지며 피로가 몰려왔다. 그는 문을 찾아 창고 주위를 한 바퀴 돌았고 문을 찾아내자 손전등 불빛으로 자물쇠가 부서져나가지 않았다는 것을 알 수 있었다. 그러나 마지막으로 손전등 불빛을 이리저리 비춰보다가—그가 "나도 참 지독한 멍청이군. 예전처럼 그렇게 냄새를 잘 맡을 수가 없어"라고 혼잣말을 하면서 막 떠나려던 참에—노란 빛줄기 속에서 문 옆으로 삼사 미터쯤 되는 곳의 벽에 구멍이 나 있는 것을 발견했다. 도둑놈들은 아마도 판자벽을 도끼로 후려치거나 발로 걷어차서 구멍을 낸 다음 거칠게 침입해 들어간 모양이었다. 구멍의 크기는 꼭 어른이 기어 들어갈 수 있을 정도였다.

그는 심장이 미친 듯이 쿵쿵거리는 것을 느끼며 손전등을 껐다. 그리고 권총의 안전장치가 풀려 있는지 확인한 다음 주위를 둘러보았다. 칠흑 같은 어둠 외에는 아무것도 없었고 멀리서 우아스카르 가의 가로등 불빛들이 성냥불처럼 보였다. 그는 숨을 깊이 들이쉬었다가 목청껏 큰 소리로 고함을 질렀다.

"자네 부하들에게 이 창고를 포위하라고 해, 경장! 도망치는 놈이 있으면 쏴버려도 좋아. 자, 모두들 움직이라구!"

자기 말이 좀더 실감나게 들리도록 그는 요란스럽게 발을 구르며 이쪽저쪽으로 뛰어다니기 시작했다. 그러고는 창고 벽에 귀를 바짝 붙인 채 허파가 터져라 외쳐댔다.

"이봐, 거기 안에 있는 놈들! 일은 다 틀렸다. 끝장났다고! 너희들은 포위됐다. 한 놈씩 한 놈씩 들어갔던 구멍으로 기어 나와. 삼십 초 동안만 여유를 주겠다!"

그는 자기가 외친 소리의 메아리가 어둠 속으로 사라져가는 것을 들었고 다음엔 파도 소리와 멀리서 개들이 짖는 소리밖에는 아무 소리도 들리지 않았다. 그는 시간을 쟀다. 삼십 초가 아니라 육십 초였다. 그러고는 생각했다. 이거 내가 정말로 멍청한 짓을 하고 있구먼.

그는 화가 치밀어오르는 것을 느끼며 다시 한번 외쳤다. "이것 봐, 똑똑히들 지켜보라고. 누구든 튀려고 들면 그대로 쏴버려, 경장!"

그는 있는 용기를 다 짜내 적지 않은 나이와 묵직한 외투에도 불구하고 민첩하게 안으로 기어 들어갔다. 일단 안으로 들어서자 잽싸게 일어서서 발끝으로 벽까지 뛰어가 등을 기댔다. 그는 아무것도 볼 수 없었지만 손전등을 켜고 싶지는 않았다. 또 아무 소리도 들리지 않았지만 누군가가 있다는 것은 분명했다. 누군가가 어둠 속에 몸을 숨기고 귀를 기울인 채, 그를 찾아내려 애를 쓰고 있었다. 누군가의 헐떡이는 숨소리를 들은 것 같다는 생각이 들자 그는 방아쇠에 손가락을 걸어 권총을 가슴 높이로 들어올렸다. 그리고 셋을 센 뒤에 손전등을 켰다. 느닷없이 비명소리가 터져나왔고, 그가 깜짝 놀라는 바람에 그의 손에서 미끄러져 바닥으로 떨어진 손전등이 목면 꾸러미며 술통이며 널판 따위의 부피 큰 물체들을 비췄다. 그리고 믿을 수 없게도, 완전히 벌거벗은 시커먼 형체가 몸을 웅크리고서 겁에 질려 손으로 눈을 가린 채 손가락 틈 사이로, 마치 불빛이 그가 맞닥뜨리게 된 위험이기라도 한 것처럼 손전등을 노려보고 있었다.

"그대로 있지 않으면 쏴버리겠다! 꼼짝 마라, 검둥이. 그러지 않으면 넌 죽은 목숨이야!" 리투마가 몸을 굽혀 손전등을 잡으려고 더듬거리면서 목구멍이 얼얼할 만큼 큰 소리로 외쳤다. 그런 다음에는 야만스러운 만족감을 느끼며 한 번 더 으름장을 놓았다. "넌 볼장 다 봤어, 검둥이! 넌 끝장난 거라고, 이 검둥아!"

너무 격렬하게 소리를 질러대서 머리가 어질어질했다. 그는 손전등을 다시 잡아쥐었고, 빛줄기가 검둥이를 찾아 이리저리 움직였다. 검둥이는 도망치지 않고 여전히 그 자리에 그대로 있었다. 리투마는 믿을 수가 없어서 눈이 휘둥그레져 검둥이를 노려보았다. 그것은 상상도 꿈도 아니었다. 그 검둥이는 정말로 완전히 알몸이었다. 갓 태어난 아이처럼 벌거숭이였다. 신발도, 팬티도, 셔츠도, 아무것도 걸치지 않은. 그런데도 검둥이는 당황한 듯 보이지 않았고, 자기가 벌거벗었다는 사실도 알아차리지 못한 듯 손전등 불빛을 받아 이리저리 우습게 흔들거리는 불알을 가리려고도 하지 않았다. 그저 손으로 얼굴을 반쯤 가린 채 손전등의 조그맣고 둥근 빛줄기에 마비된 듯 꼼짝도 않고 그 자리에 웅크리고 있을 뿐이었다.

"머리 위로 손 올려, 검둥이!" 경사가 그에게로 더이상 가까이 다가서지는 않은 채 명령했다. "벌집이 되고 싶지 않으면 얌전하게 굴어. 사유재산권 침해와 불알을 달랑거리면서 돌아다닌 죄목으로 너를 체포하겠다."

그러나 동시에—그의 귀는 창고의 칠흑 같은 어둠 속에 다른 공범이 또 숨어 있다는 사실을 밝혀줄 아주 작은 소리라도 듣기 위해 바짝 곤두서 있었다—경사는 마음속으로 이런 생각을 하고 있었다. 이 친구는 도둑이 아니야. 이건 미친놈이야. 이 한겨울에 홀랑 벗고 있는 걸 봐도 그렇고 들켰을 때 지른 비명 소리만 해도 그래. 그건 정상적인 사람의 비명이 아니었어. 그것은 정말로 이상한, 말하자면 으르렁대는 소리와 당나귀 울음소리와 왁자하게 웃어대는 소리와 개 짖는 소리의 중간쯤에 있는, 목에서만이 아니라 배와 가슴과 영혼에서 울려나오는 것처럼 들리는 그런 소리였다.

"손을 머리 위로 올리랬잖아, 이 자식아!" 경사가 벌거벗은 사내에게로 한 발짝 다가서며 으르렁거렸다. 하지만 검둥이는 명령에 따르지 않았다. 손가락 하나도 꼼짝하지 않았다. 그는 아주 새까맸는데 너무도 야위어서 리투마 경사는 흐릿한 불빛 속에서도 검은 피부 위로 툭툭 불거져 나온 갈비뼈와 대꼬챙이처럼 마른 다리를 알아볼 수 있었다. 하지만 배만은 엄청나게 커서 음부 위로 축 늘어져 있었는데, 그것을 보자 리투마 경사는 기생충이 가득 들어차 배가 불거져 나온, 빈민가의 해골같이 마른 아이들이 생각났다. 그 검둥이는 손으로 얼굴을 가린 채 꼼짝도 하지 않았다. 경사는 그가 어느 순간에라도 도망치기 시작할 것이라는 생각으로 주의 깊게 그를 지켜보면서 앞으로 두 발짝을 내디뎠다. 미친놈들은 권총을 무서워하지 않아. 그는 생각했다. 그리고 두 걸음을 더 내디뎠다. 이제 그는 검둥이에게서 몇 발짝밖에 떨어져 있지 않았다. 그런데 바로 그때 검둥이의 어깨와 팔과 등허리에 가로세로로 그어진 흉터들이 처음으로 경사의 눈에 띄었다. 맙소사! 리투마는 깜짝 놀랐다. 이 흉터들은 병을 앓아서 생긴 걸까? 아니면 다쳤거나 불에 덴 걸까?

그는 검둥이가 놀라지 않도록 조용한 목소리로 말을 걸었다. "고분고분 얌전히 시키는 대로 해, 검둥이. 손을 머리에 올리고 네가 들어왔던 구멍 쪽으로 걸어가. 말 잘 들으면 경찰서에서 커피를 좀 줄 테니까. 이런 날씨에 그렇게 벌거벗고 돌아다니다니, 얼어 죽지 않은 게 다행이다."

그가 검둥이에게로 한 발짝을 더 내디디려고 하는 찰나 검둥이가 갑자기 얼굴에서 손을 떼더니—리투마는 그 검둥이의 꼬불꼬불하게 얽힌 머리칼 밑으로 공포에 사로잡힌 눈과 소름 끼치는 흉터와 입술이 엄청나게 두꺼운 입과 그 입에서 삐죽 튀어나온, 줄로 뾰족하게 간 이를 보고 기가 질려 멍하니 서 있었다—사람 목소리인지 짐승 목소리인지 구별이 가지 않는 고함을 질렀다. 그러고는 도망갈 구멍을 찾는 짐승처럼 초조하고 불안한 눈초리로 사방을 둘러보다가 마침내는 완전히 잘못된 방향, 즉 경사의 몸이 가로막고 서 있는 쪽으로 내달렸다. 하지만 그를 넘어뜨리려고 했던 것은 아니고 그냥 지나쳐 똑바로 도망치려는 것이었다. 전혀 예기치 못했던 동작이어서 리투마는 저지할 틈도 없이 검둥이와 부딪쳤다. 그러나 경사는 배짱이 두둑했다. 그의 손가락은 방아쇠를 당기지 않았고 총은 발사되지 않았다. 경사에게 부딪치자 검둥이가 짐승처럼 콧김을 내뿜었다. 경사는 검둥이를 밀치고 나서 그가 헝겊 인형처럼 마룻바닥에 쓰러지는 것을 보았다. 그리고 반항을 하지 못하도록 몇 차례 발로 걷어찼다.

"일어서!" 그가 명령했다. "이거 미친놈에다 멍청한 바보로구만. 게다가 이 지독한 냄새하고는."

그는 타르 냄새인지 아세톤 냄새인지 고양이 오줌 냄새인지 알 수 없는 고약한 냄새를 풍기고 있었다. 그가 몸을 굴려 바닥에 등을 대고 눕더니 공포에 질린 눈으로 리투마를 올려다보았다.

"너 도대체 어디서 온 놈이냐? 이거야 원." 경사가 툴툴거렸다. 그러고는 손전등을 좀더 가까이 들이대고서 한동안 넋을 놓은 채 얼기설기 직선으로 그어진 칼자국, 뺨과 코와 이마, 턱 그리고 목의 주름살이 접힌 곳에까지 그물처럼 얽힌 미세한 칼자국을 들여다보았다. 이런 상판을 한 데다 불알을 달랑달랑 내놓은 녀석이 어떻게 신고 한번 당하지 않고 엘카야오의 거리를 돌아다닐 수 있었을까?

"일어서라고 했다. 안 그러면 정말로 본때를 보여줄 테니." 리투마가 으르렁거렸다. "미쳤건 아니건 네놈한테는 질렸다."

하지만 검둥이는 꼼짝도 하지 않고 사람의 말이라기보다는 새나 곤충이나 야생 동물 소리에 좀더 가깝게 들리는 알아듣지 못할 소리를 웅얼대다 목을 그르렁거리다 했다. 여전히 공포에 질린 눈으로 손전등을 빤히 쳐다보면서.

"일어나. 두려워하지 말고." 경사가 한 손을 뻗어 검둥이의 팔을 움켜쥐었다.

검둥이는 반항하지는 않았지만 동시에 자기 발로 일어서려는 최소한의 노력도 보이지 않았다. 어쩌면 이렇게 말랐을까, 그리고 나를 얼마나 무서워하고 있을까. 경사는 검둥이의 입에서 끊임없이 흘러나오는 야옹거리고 그르렁대고 지저귀는 듯한 소리에 즐거운 기분을 맛보기까지 하면서 그런 생각을 했다.

리투마 경사가 검둥이를 벌떡 일으켜 세웠다. 그 검둥이는 믿어지지 않을 만큼 체중이 너무도 가벼워 벽에 뚫린 구멍 쪽으로 살짝 밀었을 뿐인데도 비틀거리며 바닥에 쓰러졌다. 그러나 이번에는 엄청난 노력을 들여 기름통을 붙잡고 자기 스스로 일어섰다.

"너 어디 아프냐?" 경사가 물었다. "제대로 걷지도 못하잖나, 검둥이. 그런데 도대체 어디서 너 같은 얼간이가 나타난 거지?"

그는 검둥이를 벽에 뚫린 구멍까지 끌고 가서 엎드리게 한 다음 먼저 길거리로 내보냈다. 검둥이는 마치 입안에 쇳조각이 박혀 있어서 그걸 뱉으려고 끙끙거리기라도 하듯 잠시도 쉬지 않고 이상한 소리를 토해내고 있었다. 그래, 이건 미친놈이야. 경사는 생각했다. 이제 가랑비는 멎었지만 리투마가 검둥이를 재촉하기 위해 떠밀고 끌며 경찰서를 향해 가는 동안 강한 바람이 휘몰아치며 길거리를 휩쓸고 있었다. 두툼한 외투로 단단히 차려입은 경사까지도 한기를 느낄 정도로 드세게.

"너 온몸이 꽁꽁 얼겠구나." 리투마가 말했다. "이런 날씨, 이런 시간에 불알까지 내놓은 알몸이라니, 폐렴에 걸리지 않는다면 그건 기적일 거다."

검둥이는 이빨을 딱딱 부딪치면서 팔을 가슴에 포갠 채 가장 추위를 타는 곳이 갈비뼈이기라도 한 것처럼, 커다랗고 앙상한 손으로 옆구리를 문지르며 걸었다. 그는 아직도 콧김을 내뿜거나 으르렁대거나 웅얼거리는 소리를 내고 있었지만, 이제는 혼잣말처럼 그러는 것에 불과했고 경사가 방향을 돌리라는 몸짓을 할 때마다 순순히 복종했다. 그렇게 길을 따라 걸으면서, 그들은 자동차는 물론 개 한 마리, 주정뱅이 하나 보지 못했다. 그들이 경찰서에 당도했을 때―리투마는 그곳의 창문들에서 훤하게 흘러나오는 노란 불빛을 보자 난파를 당한 사람이 해안을 발견한 것만큼이나 기뻤다―누에스트라 세뇨라 델 카르멘 데 라 레과 교회의 종소리가 막 두시를 알리고 있었다.

경사와 함께 들어선 벌거숭이 검둥이를 보자, 잘생긴 젊은 경위 하이메 콘차는 읽고 있던 만화책 『도널드 덕』―세 권의 『슈퍼맨』과 두 권의 『맨드레이크』를 읽어치운 것은 두말할 것도 없고 그날 밤에만 네번째 읽는 것이었다―을 떨어뜨리지는 않았지만 입을 떡 벌리는 바람에 턱뼈가 빠질 지경이었다. 푼돈을 걸고 바둑을 두고 있던 카마초와 아레발로 역시 놀라서 눈이 휘둥그레졌다.

"아니 도대체 어디서 그런 말라깽이를 끌어오는 거요?" 마침내 경위가 물었다.

"그거 사람입니까, 짐승입니까, 아니면 물건입니까?" 뚱보 아레발로가 벌떡 일어서더니 검둥이 쪽에다 대고 코를 킁킁거리면서 물었다.

그 검둥이는 경찰서에 발을 들여놓은 뒤로 소리를 내지는 않았지만 전구와 타자기와 경찰을 난생처음 본 듯 겁에 질린 표정으로 사방을 두리번거렸다. 그러다 아레발로가 자기에게로 다가오는 것을 보더니 또다시 그 머리칼이 곤두서는 이상한 소리를 내지르고는—리투마는 콘차 경위가 질겁하여 하마터면 의자에 앉은 채로 나뒹굴 뻔했고 코흘리개 카마초는 바둑판을 뒤집어엎을 뻔했다는 걸 알아차렸다—다시 밖으로 도망치려고 했다. 경사가 한 손으로 그를 붙들어 세우고 가볍게 흔들었다. "가만히 있어, 검둥이. 무서워할 거 없어."

"이 친구 저쪽 항구 터미널에 새로 지은 창고에서 찾아낸 놈입니다, 경위님." 경사가 보고했다. "벽에다 구멍을 내고 안으로 들어갔더군요. 체포 보고서를 어떻게 작성해야 되겠습니까? 강도, 손괴 및 무단 침입, 또는 풍기 문란 셋 중에서요. 아니면 그 세 가지 모두로 해야 될까요?"

검둥이는 경위와 카마초와 아레발로가 자기를 머리끝부터 발끝까지 훑어보자 다시 웅크리고 앉았다.

"이건 천연두 자국이 아닙니다, 경위님." 뚱보가 검둥이의 얼굴과 몸에 나 있는 난도질 자국을 가리키며 말했다. "저것들은 믿기 어려우시겠지만 칼로 그어서 생긴 겁니다."

"저렇게 지독한 말라깽이는 난생처음 봅니다." 코흘리개가 벌거숭이 검둥이의 뼈마디들을 훑어보면서 한마디 거들었다. "정말 지독히도 못생겼군요. 맙소사, 저 꼬불꼬불한 머리카락하고는! 게다가 손은 또 엄청나게 크구만."

"이거 호기심이 당기는데." 경위가 말했다. "자, 네 이력을 한번 불어봐, 검둥이."

리투마 경사는 모자를 벗고 외투 단추를 끌렀다. 그러고는 타자기 앞에 앉아 보고서를 작성하기 시작하려다 그쪽에 대고 외쳤다. "저 친구 말을 할 줄 모릅니다, 경위님. 알아들을 수도 없는 이상한 소리만 내더라구요."

"너 바보인 척하는 그런 놈들 중 하나 아냐?" 경위가 점점 더 호기심이 당기는 듯 말을 이었다. "너도 알 테지만 우린 그런 술수에 넘어갈 바보들이 아냐. 네가 누구고 어디 출신이고 부모가 누군지 얘기해봐."

"안 그러면 네놈 주둥이에다 멋지게 서너 방 먹여서 촬촬 불도록 해줄 테니까." 뚱보가 덧붙였다. "다 까놓고 불어, 이 검둥이 새끼야."

"하지만 이게 정말로 난도질 자국이라면, 이 친구 틀림없이 수천 번은 칼질을 당했다는 얘긴데." 코흘리개가 검둥이의 얼굴에 얼기설기 그어진 자잘한 칼자국을 자세히 들여다보며 놀란 소리로 말을 이었다. "어떻게 사람 몸에 이런 자국을 낼 수 있지?"

"그 친구 얼어 죽겠어." 뚱보가 끼어들었다. "앞니를 사시나무 떨듯 떨고 있다구."

"어금니가 그렇다는 거겠지." 코흘리개가 마치 개미를 들여다보듯 검둥이에게 얼굴을 바짝 들이대고 뜯어보면서 말을 바꿨다. "자네 이 친구 앞니가 하나밖에 없는 거 보이지? 여기 이 코끼리 뼈드렁니 말야. 이거 보기만 해도 끔찍한 녀석이군. 꿈에 나타날까봐 무섭네."

"내 생각엔 그 친구 머리가 이상한 것 같아." 리투마가 타자기에서 눈을 떼지 않고 말했다. "제정신을 가진 놈이라면 이런 추위에 저런 꼴을 하고 돌아다니진 않을 테니까. 안 그렇습니까, 경위님?"

바로 그때 소동이 벌어졌다. 갑자기 무엇엔가 몹시 놀란 듯, 검둥이가 경위를 옆으로 밀치며 카마초와 아레발로 사이로 쏜살같이 달려든 것이었다. 그러나 길거리 쪽을 향해서가 아니라 바둑판 쪽을 향해서였다. 리투마는 고개를 돌렸다가 그 검둥이가 반쯤 먹다 남겨놓은 샌드위치를 움켜쥐고 입에다 쑤셔넣고는, 게걸스러운 짐승처럼 한입에 꿀꺽 삼키는 것을 보았다. 아레발로와 카마초가 달려들어 머리통을 후려치기 시작했을 때 검둥이는 또다시 게걸스럽고 성급하게, 테이블에 있던 다른 샌드위치를 삼키고 있었다.

"이봐, 그 친구 때리지 마!" 경사가 제지했다. "사람이라면 인
정이 있어야지. 그러지 말고 커피나 좀 갖다줘."

"여긴 복지 시설이 아니오." 경위가 되받았다. "빌어먹을, 이
작자를 도대체 어떻게 해야 하지?"

검둥이는 샌드위치를 삼킨 뒤 코흘리개와 뚱보에게 얻어맞아
혹이 났는데도 눈 하나 꿈쩍하지 않고 가볍게 숨을 헐떡이면서
마룻바닥에 조용히 누웠다. 경위가 검둥이를 내려다보고 있다가
불쌍한 생각이 들었는지 웅얼거리는 소리로 입을 열었다.

"좋아, 이 친구한테 커피를 좀 갖다주고 유치장에 집어넣어."

코흘리개가 보온병에서 커피를 반 잔쯤 따라 검둥이에게 건
네주었다. 검둥이는 눈을 감고 천천히 조금씩 마셨고, 다 마신
뒤에는 밑바닥에 남아 있는 마지막 한 방울까지도 남기지 않으
려고 알루미늄 컵이 반짝반짝해질 때까지 싹싹 핥았다. 그런 다
음엔 순경들이 유치장 쪽으로 잡아끌자 조용하고 평온하게 그들
을 따라갔다.

리투마는 보고서를 다시 읽었다. 강도 미수, 손괴 및 무단 침
입, 풍기 문란. 하이메 콘차 경위는 자기 책상으로 돌아가 앉아
있는데 눈길을 이리저리 옮기다가 갑자기 재미있다는 듯 씩
웃었다. 그러더니 리투마에게 말을 걸었다.

"아, 이제야 저 친구가 누군지 생각났소. 타잔 얘기에 나오는 검둥이오, 아프리카에서 온."

카마초와 아레발로는 다시 바둑을 두고 있었다. 리투마는 다시 모자를 쓰고 외투 단추를 채웠다. 그리고 문을 막 나서려고 하는데, 잠을 깼다가 새로 들어온 감방 동료를 보고 기겁을 한 소매치기의 찢어지는 비명이 들렸다.

"도와줘요! 사람 살려! 이 새끼가 내 후장을 따려고 해요!"

"아가리 닥쳐! 안 그러면 우리가 네 후장을 따버릴 거니까." 경위가 으름장을 놓았다. "나 만화책 봐야 되니까 떠들지 말아."

경찰서 밖에서 리투마는 검둥이가 소매치기 — 겁이 나서 까무러칠 지경이 된 빼빼 마른 중국인 — 의 비명에도 아랑곳않고 바닥에 사지를 뻗고 누워 있는 것을 볼 수 있었다. 잠을 깨고 보니 코앞에 저런 도깨비가 있다 이거지? 그런 생각을 하며 리투마는 속으로 쿡쿡 웃었다. 그의 육중한 몸집이 다시 바람과 가랑비와 어둠을 향해 돌아섰다. 그는 손을 주머니에 찌른 채 외투 깃을 세우고 머리를 숙인 자세로 천천히 순찰을 계속했다.

맨 처음 둘러본 곳은 '좆병 골목'이었는데 거기에서 그는 해피랜드의 카운터에 기대앉아 바텐더 산비둘기 — 머리를 염색하고 틀니를 낀 늙은이 — 의 농담에 낄낄거리고 있는 촌뜨기 로만을 찾아냈다. 그는 보고서에다 '순찰경관 로만은 근무 중에 알코올 음료를 마신 흔적이 있음'이라고 적었다. 비록 자신의 잘못은 물론 다른 사람의 잘못에 대해서도 지극히 관대한 콘차 경위는 다른 식으로 볼 것이 뻔하기는 했어도.

다음에 그는 항구 지역을 떠나 한밤중의 그 시간이면 공동묘지보다도 더 음산해지는 사엔스페냐 가로 걸어 올라갔고, 시장 지역의 순찰을 맡고 있는 움베르토 키스페를 찾는 데 굉장히 애를 먹었다. 노점들은 닫혀 있었고 계단이나 트럭 밑에 신문지를 깔고 웅크려 자는 부랑자들이 보통 때보다 훨씬 적었다. 자기가 있는 곳을 알리려고 수없이 호루라기를 불면서 그 구역의 한끝에서 다른 끝까지를 서너 차례나 소득 없이 돌아다닌 끝에, 그는 마침내 콜론 가와 코라네 가의 모퉁이에서 깡패들에게 얻어맞아 머리통이 깨지고 돈을 강탈당한 택시 운전사를 도와주고 있는 키스페를 찾아냈다. 그들은 택시 운전사를 공립 병원으로 데려가 머리를 꿰매도록 해준 뒤에 시장에서 가장 먼저 문을 여는 노점, 즉 어부의 마누라 괄베르타가 하는 노점으로 생선대가리 수프를 한 사발씩 먹으러 내려갔다.

사엔스페냐 가에서 레알펠리페 성채까지는 순찰차가 그를 태워다주었는데, 그곳은 제4경찰서에 배당된 가장 젊은 경관인 조막손 로드리게스가 성벽 아래쪽의 순찰을 맡고 있었다. 리투마는 그가 어둠 속에서 혼자 사방치기를 하고 있는 것에 놀랐다.

145

그는 열심히 신중하게, 때로는 한 발로 때로는 두 발을 모아 한 사각형에서 다른 사각형으로 뛰고 있다가 경사를 보자 당장에 차렷 자세를 취했다.

"운동을 하면 몸이 좀 더워지거든요." 그가 보도에 분필로 그려놓은 사각형들을 가리키면서 말했다. "경사님은 어렸을 때 사방치기 하신 적 없습니까?"

"난 그보다는 팽이치기를 많이 했지. 그리고 연을 날리는 데도 명수였고." 리투마가 대답했다.

조막손 로드리게스가 그날 밤의 교대 근무를 재미있게 만든 황당한 사건을 얘기해주었다.

그는 자정쯤에 파스솔단 로를 따라 순찰을 돌다가 어떤 남자가 창문으로 기어 들어가는 것을 보게 되었다. 그래서 권총을 빼들고 그 사내에게 멈추라고 소리쳤는데, 그 친구는 갑자기 울음을 터뜨리더니 자기는 맹세코 도둑이 아니라 자기 아내가 한밤중에 그런 식으로 창문을 넘어 들어오라고 졸라대서 그랬다는 거였다. 그래서 왜 다른 사람들처럼 문으로 들어가지 않느냐고 물었더니 그 사내는 "그건 아내가 반미치광이기 때문이죠. 아내는 제가 도둑놈처럼 들어오는 걸 보면 나를 더 좋아하게 된다는 겁니다. 상상이 되십니까? 어떤 때는 칼을 가지고 자기에게 겁을 줘서 무섭게 해달라든가 심지어는 악마로 변장하라고까지 합니다. 그런데 만일 아내가 원하는 대로 해주지 않으면 아내는 키스 한번 해주지 않을 거예요"라며 훌쩍거렸다는 것이다.

"그 친구, 자네를 햇병아리로 보고 얼토당토않은 얘기를 꾸며 댄 거라고." 리투마가 싱긋이 웃었다.

"틀림없이 진짜로 그랬다니까요." 조막손이 우겼다. "제가 문을 두드렸고 우린 안으로 들어갔지요. 그 여편네는 건방지게 생겨먹은 쬐그만 검둥이였는데, 그건 사실이라면서 자기하고 남편이 강도놀이를 해서 안 될 이유가 뭐냐고 따지더군요. 그래도 제 말을 못 믿으시겠습니까, 네, 경사님?"

"자네 말대로 믿어주지." 리투마가 검둥이를 생각하면서 마지못해 수긍했다.

"그런데 또 어떻게 생각하면 그런 여자하고 같이 사는 남자는 절대로 따분해질 일이라곤 없겠어요, 경사님." 조막손이 입맛을 다시며 말했다.

그는 부에노스아이레스 가까지 리투마를 따라왔고 거기에서 둘은 헤어졌다. 그리고 베야비스타 구역의 경계선—비질 로, 과르디아찰라카 광장—을 향해, 대개는 그가 처음으로 피로와 졸음기를 느끼기 시작하는 길게 뻗은 길을 따라 내려가면서 경사는 마음속으로 검둥이를 떠올렸다. 그 친구 정신병원에서 도망친 걸까? 하지만 라르코 에레라 정신병원은 꽤 멀리 떨어져 있어서 경찰이나 순찰차가 그 친구를 보고 체포했을 텐데. 그리고 그 흉터들은? 정말로 칼자국일까? 제기랄, 지독히도 아팠을 텐데. 천천히 불에 타 죽는 것처럼. 얼마나 소름 끼치는 일인가. 얼굴이 그렇게 칼자국으로 덮일 때까지 긋고 또 긋고 한다는 게. 아니면 그 친구 원래 그렇게 태어난 걸까?

날은 아직 칠흑같이 어두웠지만 이미 새벽이 다가오는 조짐이 보였다. 자동차, 이따금 지나가는 트럭, 일찍 일어나는 사람들의 실루엣. 지금까지 진짜로 이상한 놈들을 그렇게도 많이 봐왔는데 무슨 이유로 그 홀랑 벗은 녀석에게 관심이 가는 거지? 경사는 궁금해졌다. 그러고는 어깨를 으쓱했다. 그저 호기심에서야. 근무를 마칠 때까지 마음속으로 계속해서 뭔가를 생각하면서 보내기 위한.

아야쿠초에서 순찰을 돌고 있는 순경 사라테를 찾는 데는 별 어려움이 없었다. 경사는 그가 이미 작성해놓은 보고서에 서명했다. 교통사고가 한 건 있었으나 사상자는 없었고 별로 중요한 사건은 아니었다. 리투마는 그에게 검둥이 얘기를 해주었다. 그러나 사라테가 재미있다고 생각한 부분은 샌드위치에 얽힌 일화뿐이었다. 사라테는 굉장한 우표 수집가였는데 경사와 함께 몇 블록을 동행하면서 바로 그날 아침 자기가 어떻게 해서 희귀한 에티오피아 우표를 손에 넣을 수 있었는지 떠벌려댔다. 삼각형

148

모양의 그 우표는 초록색, 빨간색, 파란색 사자와 뱀들이 그려진
것으로, 아무 가치도 없는 아르헨티나 우표 다섯 장과 맞바꿨다
는 것이었다.

"하지만 맞바꾼 사람들은 그것이 상당한 가치가 있다고 생각
했겠지." 리투마가 말을 잘랐다.

평상시 같으면 마음씨 좋게 넘겼을 사라테의 수집벽이 그날
밤에는 왠지 짜증스럽게 느껴져 경사는 사라테와 헤어지자 기분
이 후련했다. 하늘에는 흐릿한 푸른 기운이 감돌기 시작했고 어
둠 속에서 엘카야오의 우중충하고 너절한 건물들이 유령처럼 솟
아올랐다. 경사는 거의 뛰다시피 걸음을 재촉하면서 경찰서로
돌아가기까지 몇 블록을 더 가야 할지 계산했다. 그러나 이번에
는 그처럼 서두르는 이유가 긴긴 밤 동안 돌아다녀 피곤해서라
기보다는 그 검둥이를 다시 보고 싶은 마음에서라는 것을 그 스
스로도 인정했다. 어쩌면 리투마는 그 모든 일들이 꿈이었고 검
둥이가 실재하지 않는다고 믿고 싶었는지도 몰랐다.

하지만 그 검둥이는 정말로 있었고 감방 바닥에서 몸을 잔뜩
웅크린 채 잠을 자는 중이었다. 소매치기는 아직까지도 두려움
이 가시지 않은 얼굴로 다른 한쪽 끝에서 잠들어 있었다. 나머지
사람들도 모두 잠이 들었는데 콘차 경위는 만화책 더미를 베개
삼아 늘어졌고 카마초와 아레발로는 입구의 벤치에 서로 어깨를

기댄 채 곯아떨어져 있었다. 리투마는 그대로 서서 한참 동안이나 검둥이를 지켜보았다. 툭툭 불거져 나온 갈비뼈, 꼬불꼬불한 머리칼, 입술이 엄청나게 두꺼운 입, 수천 개의 칼자국…… 그의 온몸이 머리끝부터 발끝까지 떨고 있었다. 도대체 넌 어디서 온 놈이냐, 검둥이?

마침내 그는 경위에게 보고서를 제출하러 갔다. 경위가 벌겋게 부어오른 눈을 떴다.

"이제 또 한번의 빌어먹을 근무가 끝났군요." 그가 바싹 마른 입을 축이면서 말했다. "경찰에서 근무할 날이 하루 줄어든 거지요, 리투마."

살날도 하루 줄어든 거지 하고 경사는 생각했다. 그러고는 멋지게 경례를 올려붙이고 경찰서를 나섰다. 아침 여섯시, 이제부터는 자유였다. 여느 때와 마찬가지로 그는 뜨거운 수프 한 접시와 고기 파이, 콩을 넣어 끓인 쌀죽, 그리고 커스터드 한 조각을 먹기 위해 시장에 있는 괄베르타 아주머니의 노점에 들렀다가 콜론 로에 있는 그의 조그만 방으로 갔다. 그러나 잠을 이루기가 어려웠고 마침내 잠이 들었을 때에는 그 검둥이의 꿈을 꾸기 시작했다. 그는 검둥이가 아비시니아 고원 한가운데서 실크해트에 가죽 장화 차림으로 조련사의 채찍을 들고 빨간색, 초록색, 푸른색 사자들과 뱀들에 둘러싸여 있는 모습을 보았다. 동물들은 그가 휘두르는 채찍의 리듬에 따라 재주를 부렸고, 새의 노랫소리와 원숭이의 깩깩대는 소리로 더욱 생생하게 살아난 정글의 덩굴식물과 나무줄기와 두꺼운 나뭇잎 사이에 앉은 구경꾼들이 미친 듯이 그에게 갈채를 보냈다. 그러나 검둥이는 관중들에게 인사하는 대신 무릎을 꿇고 눈물이 가득 고인 눈으로 애원하듯 양손을 내뻗었다. 그리고 입술이 두꺼운 그의 입이 열리더니 고뇌에 차서 미친 듯이 지껄여대는 그 얼토당토않은 말들이 쏟아져 나왔다.

리투마는 오후 세시쯤 잠을 깼다. 일곱 시간을 잤는데도 기분이 좋지 않았고 몸이 찌뿌드드했다. 지금쯤은 그 친구를 리마로 이송했겠지 하고 그는 생각했다. 그러고는 고양이 세수를 한 뒤 옷을 주워 입으면서 마음속으로 검둥이가 어떻게 되었을지를 그려보았다. 오전 아홉시에 순찰차가 그를 데리러 왔을 것이고, 경찰들은 그에게 불알을 가릴 넝마를 입힌 다음 관할지로 데려가 그의 기록을 조사한 뒤, 미결수들이 재판을 기다리는 유치장에 집어넣었을 것이다. 그리고 지금은 그 어두컴컴한 감방 안에서 지난 스물네 시간 동안에 잡혀 들어온 부랑자, 절도범, 노상강도, 그리고 난동을 벌인 자들 틈에 끼여 추위에 떨고 굶주림에 시달리며 이에 물린 곳을 긁적이고 있을 것이었다.

날씨는 음산하게 흐렸고 사람들은 더러운 물속에서 흐느적거리는 생선처럼 안개 속을 이리저리 돌아다니고 있었다. 생각에 잠긴 채, 리투마는 롤빵 두 개와 크림치즈, 커피 한 잔으로 점심을 때우기 위해 괄베르타 아주머니의 노점으로 천천히 걸음을 옮겼다.

"오늘은 좀 이상해 보이네요, 리투마." 세상 살아가는 일에 대해 좀 알고 있는 자그만 늙은 여인 괄베르타가 한마디 던졌다. "돈 문젠가요, 아니면 여자 문젠가요?"

"어젯밤에 붙잡은 어떤 검둥이 생각을 하고 있는 겁니다." 경사가 혀끝으로 커피맛을 보면서 대답했다. "그 친구가 저쪽에 있는 항구 터미널 창고로 무단 침입을 했어요."

"그런데요?"

"완전히 알몸인 데다 온몸에 흉터 자국이 있었어요. 그리고 머리칼은 정글처럼 뒤엉켰고 말도 할 줄 모르더군요. 그런 녀석이 도대체 어디서 온 걸까요?"

"지옥에서일 테지요." 그가 계산을 치를 때 늙은 여인이 웃으며 대꾸했다.

리투마는 하급 해군장교인 페드랄베스를 만나러 그라우 광장으로 내려갔다. 그들은 경사가 초짜 순경에 불과하고 페드랄베스는 건장한 수병이었던, 그리고 두 사람 모두 피스코에 배치되었던 때부터 여러 해 동안 서로 알고 지내온 사이였다. 그후로 그들은 각자 근무지로 떠나 십여 년 동안 헤어져 있었지만 최근이 년 동안은 또다시 같은 곳에서 근무하게 되었고 그래서 휴일을 함께 보내는 것이 습관처럼 되었다. 페드랄베스의 집에서 리투마는 한 가족 같은 기분을 느끼곤 했다. 그날 둘은 맥주도 마시고 포켓볼도 치기 위해 수병과 하급장교를 위한 클럽인 라푼타로 갈 예정이었다. 페드랄베스를 만나자마자 경사는 그에게 검둥이 얘기부터 해주었는데, 페드랄베스는 당장에 상황을 파악해냈다.

"그 친구, 배에 숨어서 밀항해 온 아프리카 원주민일걸세. 바다를 건너는 동안 내내 선창에 숨어 있다가 엘카야오에 배가 닿자 캄캄한 밤을 틈타서 불법적으로 페루에 들어온 거라고."

그것은 별안간에 눈앞이 훤해지는 생각이었다. 갑자기 리투마에게 그 모든 일이 불을 보듯 분명해졌다.

"자네 말이 옳아. 바로 그렇게 된 거야." 그가 혀로 탁 소리를 내고 손바닥을 치면서 감탄했다. "맞아, 아프리카에서 온 게 틀림없어. 어느 모로 보나 그게 분명해. 일단 배가 엘카야오에 정박하자 선원들이 어떤 이유엔가, 예를 들면 통관료를 물지 않으려고 배에서 내리게 했겠지. 배 밑 선창에서 그 검둥이를 찾아내가지고 쫓아낸 거야."

"선원들은 우리가 그 검둥이를 입국시키지 않으리라는 걸 알고 당국에 넘겨주지 않은 거라고." 페드랄베스가 이야기의 미진한 부분을 보충했다. "그자들은 강제로 그 검둥이를 배에서 내리게 했겠지. '네 일은 네가 알아서 해, 이 아프리카 야만인놈아' 라면서 말야."

"달리 얘기해서 그 검둥이는 자기가 있는 곳이 어딘지도 모르고 있다는 얘기군." 리투마가 말했다. "또 그자가 내는 이상한 소리도 미친놈 잠소리가 아니라 야만인의 말소리야. 말하자면 그 친구의 모국어인 셈이지."

"그건 꼭 누군가를 비행기에 태워 화성에다 착륙시킨 거나 마찬가지겠군." 페드랄베스가 한 수 거들었다.

"우리 여간 똑똑한 게 아냐." 리투마가 자화자찬을 했다. "그 검둥이의 이력을 죄다 알아냈으니."

"자네 말은 우리가 아니고 내가 그렇다는 거겠지." 페드랄베스가 받아넘겼다. "그런데 이제 그자를 어떻게 할 거지?"

누가 알아? 하고 리투마는 생각했다. 그들은 포켓볼을 여섯 게임 쳤는데 경사가 네 번을 이겨서 맥주값은 페드랄베스가 치렀다. 다음에 그들은 찬차마요 로로 걸음을 옮겼다. 창문에 창살을 댄 페드랄베스의 작은 집이 그곳에 있어서였다. 페드랄베스의 아내 도미틸라는 세 아이에게 밥을 다 먹인 참이었는데 두 사람이 집 안으로 들어서는 것을 보자 막내아이를 침대에 눕히고 나머지 두 아이에게는 문 밖으로 코빼기도 내밀지 말라고 다짐을 해두었다. 그러고는 머리를 좀 손질한 뒤에 두 사람의 팔짱을 끼고 사엔스페냐 가에 있는 포르테뇨 극장으로 이탈리아 영화를 보러 갔다. 리투마와 페드랄베스는 영화가 조금도 마음에 들지 않았지만 도미틸라는 다시 극장으로 되돌아가 한번 더 보자고까지 했다. 그들은 찬차마요 로까지 걸어서 돌아왔고—아이들은 모두 잠이 든 뒤였다—도미틸라는 저녁으로 오유키토스 콘 차르키*를 내놓았다.

열시 삼십분이 되자 리투마는 그곳을 나섰다. 그리고 근무를 시작해야 할 시간인 열한시 정각에 딱 맞춰 제4경찰서에 도착했다.

하이메 콘차 경위가 숨돌릴 틈도 주지 않고 그를 옆으로 불러 세우더니 정신이 어질어질하고 귀가 멍멍할 정도로 큰 소리로 청천벽력 같은 특별 명령을 내렸다.

"높은 사람들이 다 알아서 하는 겁니다." 경위가 용기를 북돋워주려는 듯 그의 등을 철썩 때리며 그를 안심시켰다. "그 사람들에게도 나름대로 이유가 있어요. 그리고 우린 그저 명령에 따르기만 하면 되는 겁니다. 우리 상관들이 틀린 적은 한 번도 없

---

* 감자를 곁들인 짭짤한 말린 고기.

었으니까 말이오. 안 그렇소, 리투마?"

"네, 그야 물론이지요." 경사가 더듬거렸다.

뚱보와 코흘리개는 굉장히 바쁜 척 수선을 떨고 있었다. 곁눈
질로 보니 뚱보는 교통 위반 딱지들을 마치 여자 나체 사진처럼
열심히 들여다보고 있었다. 그리고 코흘리개는 괜히 책상 위에
있는 물건들을 정돈했다 흩뜨렸다 또다시 정돈했다 하고 있었다.

"질문 하나 해도 되겠습니까, 경위님?" 리투마가 물었다.

"얘기해보시오. 내가 대답해줄 수 있을지 어떨지는 모르지만."

"어떻게 해서 높은 사람들이 이 일에 나를 선택하게 된 겁니
까?"

"그거라면 얘기해줄 수 있지요. 두 가지 이유가 있습니다. 그
하나는 당신이 그 친구를 잡아들인 당사자이기 때문인데, 어떤
일을 시작한 사람이 마무리도 해야 한다는 건 당연한 얘기요. 그
리고 두번째로는 당신이 이 경찰서에서, 아니 어쩌면 엘카야오
전체에서 가장 훌륭한 경찰관이기 때문이오."

"칭찬 감사합니다." 리투마가 기꺼워하는 기색이라고는 없이
웅얼거렸다.

"우리 상관들은 이게 아주 어려운 일이라는 걸 잘 알고 있고
그래서 당신한테 이 일을 맡기는 겁니다. 당신은 그들이 리마에
배치된 수백 명의 경찰 중에서 당신을 뽑았다는 걸 자랑스럽게

여겨야 할 거요."

"그러니까 무엇보다도 먼저 내가 그 사람들한테 감사해야 된다……" 리투마가 망연히 고개를 저으며 대꾸했다. 그러고는 잠시 전체적인 상황을 생각해보더니 낮은 목소리로 한마디 덧붙였다. "그 일을 당장에 해야 됩니까?"

"그렇소. 지금 당장이오." 경위가 짐짓 쾌활한 척 대답했다. "오늘 할 일을 내일로 미루지 마시오."

이제야 왜 마음속에서 그 검둥이의 얼굴을 지울 수 없었는지 알겠군 하고 리투마는 생각했다.

"이 친구들 중 하나를 데려가 손을 빌리는 게 어떻겠소?" 그는 경위가 묻는 소리를 들었다.

리투마는 카마초와 아레발로가 앉은 자리에서 돌처럼 굳어버린 것을 느낄 수 있었다. 경사가 그 두 순경을 바라보면서 애를 좀 먹일 속셈으로 둘 중에 누구를 고를까 일부러 시간을 끌고 있는 사이 경찰서 안에는 쥐 죽은 듯한 고요가 내려앉았다. 뚱보는 손을 덜덜 떨면서 교통 위반 딱지 무더기를 들여다보고 있었고 코흘리개는 얼굴이 보이지 않게 책상 위로 고개를 푹 숙이고 있었다.

"저 친구를 데려가겠습니다." 리투마가 아레발로를 가리키며 말했다. 그는 카마초가 깊은 안도의 한숨을 내쉬는 소리를 들었고 뚱보의 눈에 잡아먹을 듯한 증오의 빛이 스쳐가는 것을 보았다. 그 눈에서 즉각 그가 속으로 경사에게 니기미 좆다 라고 욕을 하고 있다는 걸 알 수 있었다.

"저는 감기가 지독하게 들어서 오늘 밤은 안에서 근무하도록 해달라고 요청할 참이었는데요." 아레발로가 목이 잠긴 척 더듬거렸다.

"바보 같은 연극 그만두고 코트나 입어." 리투마가 그를 쳐다보지도 않고 지나가면서 핀잔을 주었다. "지금 바로 떠날 거니까."

그는 감방으로 걸어가 문을 땄다. 그날 처음으로 그 검둥이를 보는 셈이었다. 경찰서에서는 그에게 간신히 무릎까지만 오는 너덜너덜한 바지를 입혔고 가슴과 등은 머리가 빠져나오도록 구멍을 낸 마대 자루로 가려놓았다. 검둥이는 맨발이었고 잠잠했는데, 바닥에 앉아 뭔가를 씹으면서 두려워하지도 기뻐하지도 않는 눈으로 리투마를 쳐다보았다. 그의 손목에는 수갑 대신, 등을 긁거나 음식을 먹기엔 충분히 긴 포승줄이 매여 있었다.

경사가 일어서라고 손짓을 했지만 검둥이는 알아듣지 못하는 것 같았다. 그래서 리투마가 감방 안으로 들어가 팔을 잡고 그를 일으켜 세웠다. 검둥이는 순순히 일어섰다. 그리고 여전히 무관심한 태도로 리투마 앞에서 복도를 따라 걸어나갔다.

뚱보 아레발로는 이미 코트를 걸쳐 입고 목에 머플러를 두른 뒤였다. 콘차 경위는 그들이 떠나는 것을 보지 않으려고 고개도 돌리지 않은 채『도널드 덕』에 코를 박고 있었다(하지만 저 친구 책을 거꾸로 들고 있다는 것도 모르는군, 하고 리투마는 생각했다). 반면 카마초는 그들에게 안됐다는 듯한 웃음을 지어 보였다.

거리로 나서자 경사는 차도 쪽을 맡았고 인도 쪽은 아레발로에게 맡겼다. 검둥이는 그들 사이에서 아직도 뭔가를 씹으며 똑같은 보폭으로 성큼성큼 걸었다.

"이 친구, 지금까지 거의 두 시간 동안이나 저 빵덩어리를 갉고 있는 중입니다." 아레발로가 말했다. "오늘 밤 리마에서 이 친구를 다시 데려왔을 때 우리가 식료품 저장실에 있던 못 먹게 된 빵을 죄다 안겼거든요. 그 왜 돌덩이처럼 굳은 것들 말입니다. 그랬더니 마지막 한 부스러기까지 다 먹어치우는 겁니다. 맷돌처럼 씹어대면서요. 반쯤은 굶어 죽을 뻔했던 모양입니다. 상상이 가십니까?"

임무가 우선이고 감정은 나중이야. 리투마는 그런 생각을 하고 있었다. 그는 마음속으로 갈 길을 그려보았다. 카를로스콘차로가 콘트랄미란테모라 가와 만나는 곳까지 올라갔다가 리막 강둑까지 내려가 강을 따라 바닷가로 나가는. 그리고 소요 시간을 계산했다. 갔다가 돌아오는 데 사십오 분, 기껏해야 한 시간이면 충분했다.

"이건 순전히 경사님 때문입니다." 아레발로가 투덜거렸다. "도둑놈이 아니란 걸 아셨으면 그대로 풀어주셨어야죠. 안 그러시는 바람에 이제 우리까지 이게 뭡니까. 말씀해보십쇼, 높은 사람들하고 생각이 같으십니까? 그러니까 이 친구가 배를 타고 여기로 밀항해 들어왔다는 건가요?"

"페드랄베스도 그렇게 생각해." 리투마가 대답했다. "충분히 가능한 일이야. 그렇지 않고서야 무슨 수로 꼬불꼬불한 머리에 흉터하며 실 한 오라기 안 걸친 데다 알아듣지도 못할 소리를 주절거리는 저 괴상한 친구가 엘카야오 항구에 불쑥 나타난 걸 설명할 수 있겠나? 그 사람들 생각이 옳을 거야."

두 경찰의 구둣발 소리가 어두운 거리로 울려 퍼졌다. 검둥이의 맨발에서는 아무 소리도 나지 않았다.

"저 같으면 이 친구를 그냥 감옥에다 집어넣겠습니다." 아레발로가 말을 이었다. "이 친구가 아프리카 원주민이 맞다면, 아프리카 원주민이라는 게 죄는 아닐 테니까요, 경사님."

"하지만 바로 그 이유 때문에 감옥에다 넣을 수가 없는 거라고." 리투마가 웅얼거렸다. "자네도 경위가 하는 말 들었겠지. 감옥은 절도범, 살인자, 강도가 들어가는 데라고. 무슨 법적 근거로 이 친구를 감옥에다 가둬두지?"

"그렇다면 제 나라로 돌려보내야 할 게 아닙니까." 아레발로가 툴툴거렸다.

"이 친구가 어느 나라에서 왔는지 그걸 무슨 수로 알아내지?" 리투마가 언성을 높였다. "자네도 경위의 얘기를 들었잖나. 리마 경찰국에서는 영어, 프랑스어, 하다못해 이탈리아어까지 동원해서 별별 나라 말로 이 친구와 얘길 해보려고 했어. 하지만 도대체가 말을 할 줄 알아야지. 이 친군 야만인이라고."

"그러니까 다시 말해서, 이 친구가 야만인이기 때문에 어디로 끌고 가서 죽인다는 데 찬성하신다 이건가요?" 뚱보 아레발로가 잔뜩 볼이 부은 소리로 되받았다.

"찬성한다고는 안 했어." 리투마가 더듬거렸다. "난 그저 경위가 높은 사람들한테서 들었다는 말을 반복한 것뿐이라고. 바보 같은 생각 마."

그들이 막 콘트랄미란테모라 가를 따라 내려가기 시작했을 때 누에스트라 세뇨라 델 카르멘 데 라 레과 교회의 종이 열두시를 쳤다. 리투마의 귀에는 애처롭게 울리는 소리였다. 그는 똑바로 앞쪽을 쳐다보면서 단호하게 성큼성큼 걸었지만, 자기도 모르는 새에 그의 눈길은 자꾸만 왼쪽으로 돌아 검둥이를 슬쩍슬쩍 훔쳐보곤 했다. 검둥이는 이제 원추형의 흐릿한 가로등 불빛 아래를 지나는 중이었는데, 매번 볼 때마다 똑같은 모습으로, 여전히 턱을 굼뜨게 우물거리며 불안한 기색이라곤 조금도 없이 그들 사이에서 걷고 있었다. 이 친구한테는 세상에서 제일 중요한 일이 씹는 것인 모양이군, 하고 경사는 생각했다. 그리고 잠시 뒤에는 이런 생각이 들었다. 이 녀석은 제가 죽을 목숨이라는 것도 모르고 있어. 그러자 이번에는 또 거의 동시에 이런 생각이 떠올랐다. 그건 분명해. 이 친구는 야만인이니까.

바로 그때 아레발로의 목소리가 들렸다.

"아무리 그렇다고는 해도, 높은 사람들은 어째서 이 친구가 능력껏 살아가게 풀어주지도 않는 겁니까? 리마에 있는 다른 부랑자들에게 그러는 것처럼 그냥 풀어주면 되잖습니까. 하나쯤 늘어나거나 줄어든다고 해서 뭐 그리 문제가 됩니까?"

"자네 경위 말 들었지?" 리투마가 되받았다. "경찰이 법을 어기도록 부추길 순 없는 거야. 그런데 만일 이자를 리마 시내 한가운데다 풀어준다고 해봐. 살아갈 수 있는 유일한 길은 도둑질뿐이야. 아니면 개처럼 비참하게 죽거나. 우린 사실 이 친구한테 호의를 베푸는 거라고. 총을 맞으면 일 초 내에 거꾸러질 테니까. 그게 굶주림과 추위와 외로움과 슬픔으로 천천히 죽어가는 것보단 훨씬 나아."

그러나 리투마는 자기로서도 자신의 말을 그대로 다 믿을 수가 없었다. 자기 입에서 나오는 말소리를 들으면서도 그는 다른 사람의 얘기를 듣고 있는 것 같은 느낌이 들었다.

"그건 그렇다고 쳐도 얘기할 게 한 가지 더 있습니다." 아레발로가 대들었다. "전 이 일이 조금도 마음에 안 듭니다. 그리고 경사님이 저를 찍었을 때 경사님은 아주 더러운 짓을 하신 겁니다."

"이봐, 나는 이 일을 좋아한다고 생각하나?" 경사가 웅얼거렸다. "그리고 내 상관들이 나를 찍은 건 더러운 짓이라고 생각 안 하나?"

그들이 막 해군 병기창을 지날 때쯤 사이렌이 울렸고, 물기가 마른 도크를 따라 공터를 지날 때는 어둠 속에서 개가 한 마리 튀어나와 그들을 보고 짖어댔다. 그들은 보도에 울리는 발소리와 얼마 떨어지지 않은 바다의 파도 소리를 들으면서, 그리고 콧구멍 속으로 밀려드는 습하고 찝찔한 공기를 느끼면서 계속 걸었다.

"작년에 떠돌이패들이 이 공터에서 야영을 했죠." 뚱보 아레발로가 느닷없이 불쑥 말을 꺼냈다. 그의 목소리가 갈라졌다. "그 친구들, 여기다 천막을 세우고 서커스를 했어요. 점도 치고 요술도 보여줬고요. 그런데 시에서는 시민증이 없다는 이유로 우릴 시켜 그 친구들을 쫓아내게 한 겁니다."

리투마는 아무 대꾸도 하지 않았다. 갑자기 그는 검둥이에 대해서뿐 아니라 뚱보 아레발로와 떠돌이패에 대해서까지도 미안한 생각이 들었다.

"그런데 이 친구 시체를 까마귀 떼가 찢어발기도록 바닷가에 그대로 놔둘 겁니까?" 뚱보는 거의 흐느끼다시피 하고 있었다.

"쓰레기장에다 놓아둘 생각이야. 그러면 시 청소국 트럭들이 찾아내서 시체안치소로 가져가겠지. 다음엔 학생들이 해부용으로 쓰게 의과대학으로 넘길 테고." 리투마가 화난 소리로 대답했다. "자네도 지시 사항을 들었겠지. 내가 다시 반복하게 하지 마."

"들었습니다. 하지만 이렇게 인정사정없이 사람을 쏘아 죽여야 한다는 건 아무래도……" 뚱보가 잠시 말을 끊었다가 이었다. "경사님 역시 아무리 애를 써봐도 저하고 같을 겁니다. 저는 경사님도 이 일에 찬성하지 않으신다는 것을 훤히 꿰뚫어볼 수 있습니다."

"우리 임무는 명령에 찬성하는 게 아니라 수행하는 거야." 경사가 맥없는 목소리로 대꾸했다. 그리고 잠시 뜸을 들였다가 더 힘빠진 소리로 말을 이었다. "물론 자네 말이 옳아. 나 역시 이 일에 찬성하진 않아. 나는 명령에 복종해야 하니까 복종하고 있는 거야."

그때 그들은 포장도로의 끝, 마지막 가로등이 세워진 곳에 다다랐다. 이제 그들은 칠흑 같은 어둠 속에서 퍼석퍼석한 땅을 밟으며 걷기 시작했다. 빽빽하고 짙은 악취가 그들을 휘감았다. 잠시 뒤에 그들은 바다와 아주 가까운 리막 강둑을 따라 해안과 하상(河床), 그리고 길거리 사이에 네모꼴로 설치된 쓰레기장 부지로 들어섰는데, 그곳은 매일 아침 일곱시만 되면 베야비스타, 라페를라, 엘카야오 등지에서 쓰레기를 실어오는 시 위생국 트럭들이 몰려들기 시작하고, 거의 같은 시간부터 한 떼의 아이들, 남자들, 여자들, 그리고 늙은이들이 오물 더미를 파헤치면서 쓸 만한 물건들을 찾고 쓰레기에 섞인 먹을 만한 음식 찌꺼기를 차지하려고 바다새며 말똥가리며 떠돌이 개들과 싸움을 벌이는 곳이었다. 이제 그들은 쓰레기 하치장까지 거의 다 와 있었다. 벤타니야와 안콘으로 통하는 길 옆에 엘카야오의 생선 가공 공장들이 길게 늘어서 있었다.

"여기가 가장 낫겠군." 리투마가 말했다. "쓰레기 트럭 모두가 이 길을 지나가니까."

이제는 파도 소리가 상당히 시끄러웠다. 뚱보 아레발로가 멈춰 섰고 검둥이도 따라 섰다. 경찰들은 손전등을 켜고 자잘한 칼자국이 얼기설기 그어진 검둥이의 얼굴을 이리저리 비춰보았다. 검둥이는 끊임없이 뭔가를 씹고 있었다.

"제일 고약한 건 이 친구가 눈치고 직관이고 아무것도 없다는 거야." 리투마가 구시렁거렸다. "사람이면 누구라도 이제부터 무슨 일이 벌어질지 알아차리고 겁에 질려 도망치려고 들 텐데.

165

하지만 이 친구는, 보라고. 얼마나 태연하고 또 얼마나 우리를 믿고 있는지 말야."

"생각이 하나 떠올랐는데요. 경사님." 아레발로의 이빨이 추워서 떨듯 딱딱 부딪쳤다. "이 친구를 도망치게 하는 겁니다. 우린 이 친구를 죽였다고 하면 될 거고, 또, 왜 시체가 없는지에 대해서는 적당히 꾸며댈 수 있을 테니까……"

리투마가 권총을 뽑아들고 안전장치를 풀었다.

"자네 나더러 상관의 명령을 어기고 처음부터 끝까지 거짓말을 하라는 건가?" 경사가 호통을 쳤다. 그의 목소리가 떨렸다. 그가 오른손을 들어 총구로 검둥이의 관자놀이를 겨눴다.

그러나 이 초, 삼 초, 사 초가 지났어도 그는 총을 쏘지 않았다. 그는 어떻게 할 것인가? 명령에 복종할까? 총성은 울리게 될까? 그 수수께끼 같은 밀입국자의 시신이 썩어가는 쓰레기 더미 위로 구르게 될까? 아니면 그는 목숨을 건지고서, 리투마가 임무를 수행하지 못했다는 자책감에 괴롭고 혼란스러운 심정으로 망연히 서 있는 사이, 지독한 악취가 풍기고 파도 소리 요란한 바닷가를 따라 그 도시 밖으로 갈팡질팡 미친 듯이 도망치게 될까? 엘카야오의 이 비극은 어떻게 끝나게 될까?

5

파스쿠알은 루초 가티카가 리마를 방문한 것에 대해 우리 뉴스 시보에서 '잊을 수 없는 예술적 사건이자 페루의 라디오 방송 사상 가장 획기적인 이벤트'라고 떠들어댔다. 그리고 나는, 그가 판아메리카나 방송국의 전파를 타는 바람에 소설 한 편과 거의 새것인 와이셔츠와 넥타이를 날려버렸고, 훌리아를 두번째로 바람맞혀야 했다.

그 칠레인 볼레로 가수가 리마에 도착하기 전부터 나는 신문에 실린 그의 사진이며 찬양 기사들을 수없이 봐왔지만(헤나로 2세는 "돈 안 드는 광고니, 이게 바로 땡잡는 거 아니고 뭐야!"라며 즐거워했다), 벨렌 로에서 방청권을 얻어보겠답시고 장사진을 친 엄청난 숫자의 여자들을 내 눈으로 직접 보기 전까지는 그 가수가 얼마나 유명한지 전혀 실감을 하지 못했다. 하지만 방송국 공개홀은 별로 크지 않았으므로 — 백 석 정도였다 — 운 좋은 소수의 여자들만이 귀중한 방청권을 손에 넣을 수 있었다.

공개 방송이 열리던 날 저녁, 판아메리카나 방송국 정문 밖에는 사람들이 발 디딜 틈도 없이 몰려들어서, 파스쿠알과 나는 옥상 테라스가 우리 건물과 연결되어 있는 옆 건물을 통해 작업실로 올라가야 했다. 우리는 일곱시 뉴스 시보 원고를 작성했지만 그걸 이층으로 갖고 내려갈 방도가 없었다.

"우라질 여편네들이 계단이건 문이건 엘리베이터건 죄다 막고 있더라고요." 파스쿠알이 투덜거렸다. "뚫고 나가보려고 했지만 나를 강도 취급하더란 말입니다."

나는 헤나로 2세에게 전화를 걸었다. 그는 기뻐서 제정신이 아니었다.

"루초의 방송이 나가려면 한 시간이나 더 남았는데도 밖에 몰려든 사람들이 벌써 벨렌 로의 교통을 막아버렸어! 지금 이 순간 페루 사람 모두가 라디오 판아메리카나에 주파수를 맞춰놓았다고!"

나는 그에게 사정이 이러하니까 일곱시와 여덟시 뉴스 시보를 건너뛰는 게 어떻겠느냐고 물었다. 하지만 그는 언제나처럼 기지를 발휘해서, 아래층에 있는 아나운서들에게 전화로 원고를 받아쓰게 하라는 멋진 아이디어를 내놓았다. 우리는 그의 말대로 했다. 그러고 나서 파스쿠알은 여덟시와 아홉시 사이 한 시간 동안 라디오에서 흘러나오는 루초 가티카의 목소리에 홀린 듯 귀를 기울였고, 나는 고자가 된 상원의원을 소재로 해서 네번째로 고쳐 쓴 내 단편소설—그 소설에다 결국 중세의 괴기소설 비슷하게 '망가진 얼굴'이라는 제목을 붙였다—을 한번 더 읽어보았다.

그 프로그램은 아홉시 정각에 끝났고, 우리는 루초 가티카에게 작별인사를 고하는 마르티네스 모로시니의 목소리와 청중들의 갈채 소리를 녹음이 아니라 실황으로 들었다. 그러고 나서 십초쯤 뒤에 전화벨이 울리더니 헤나로 2세의 당황한 목소리가 흘러나왔다.

"무슨 수를 써서라도 내려와. 일이 손쓸 수 없게 되어가고 있어."

우리는 계단에서, 공개홀 입구에 배치된 다부진 수위 헤수시토가 저지하고 있는, 콩나물 시루처럼 들어찬 여자들의 단단한 벽에다 구멍을 내느라 끔찍한 고생을 했다. 그러는 사이 파스쿠알은 계속해서 "구급반원이오! 구급반원! 저 안에 부상당한 사람이 있단 말이오!"를 외쳐댔다. 하지만 대개가 젊은층인 여자들은 멀거니 쳐다보거나 픽픽 웃기만 할 뿐 비켜주려 들지를 않아 우리는 결국 그들을 밀어붙일 수밖에 없었다. 일단 안으로 들어서자 곤란한 광경이 눈에 들어왔다. 그 유명한 가수가 경찰의 경호를 요구한 것이었다. 그는 작달막한 사내였는데, 낯빛이 해쓱하게 질린 채 자기를 찬양하는 여자들을 향한 증오를 가득 담고 있었다. 그리고 정력적인 프로듀서는 경찰을 불러들인다면 아주 나쁜 인상을 주게 될 것이다, 이 떼거리의 여자들은 당신의 재능에 대한 찬사다, 어쩌고 하면서 그를 진정시키려 하고 있었다. 하지만 그 유명한 가수는 요지부동이었다.

"난 저런 사람들을 너무도 잘 압니다." 그가 반은 겁에 질리고 반은 화가 치솟아서 되받아쳤다. "처음엔 사인을 해달라는 걸로 시작해 나중엔 할퀴고 물어뜯고 그런단 말입니다."

그 말에 우리는 그저 웃어넘기고 말았지만 그의 예상은 정말 한 치도 빗나가지 않았다. 헤나로 2세는 처음엔 루초의 팬들이 결국은 제풀에 지쳐 가버릴 것이라는 생각에서 반 시간쯤 기다리기로 작정했다. 하지만 그들이 지치기를 기다리다가 우리가 먼저 지쳐버리자, 열시 십오분에(내가 훌리아와 영화를 보러 가기로 약속해두었던 시간이었다) 우리는 그대로 밀고 나갈 작심을 해버렸다. 그런 다음, 헤나로 2세와 헤수시토, 파스쿠알, 마르티네스 모로시니, 그리고 내가 서로 팔을 끼고 그 유명 인사를 빙 둘러쌌는데, 우리가 문을 여는 순간 그 가수는 그러잖아도 해쓱했던 얼굴이 백지장처럼 하얗게 질리고 말았다.

우리는 처음엔, 그때까지만 해도 환호성을 지르거나 한숨을 쉬거나 자기들의 우상—그는 핏기가 싹 빠져나간 얼굴에 굳은 미소를 띤 채 계속해서 낮은 목소리로 "조심해요, 여러분, 서로 팔이 풀리지 않게요"라는 말을 웅얼거리고 있었다—을 만져보려고 손을 뻗거나 하는 데 그쳤던 여성 팬들을 팔꿈치며 무릎이며 머리며 가슴으로 밀어붙이면서 별 피해를 입지 않고 첫번째 계단을 내려올 수 있었다. 그러나 바로 다음 순간 우리는 극성팬들의 총공격에 희생물로 내맡겨지고 말았다. 그들은 우리의 옷자락을 움켜쥐어 잡아당겼고 가수의 셔츠며 양복을 찢어발기기 위해 손톱을 곤두세운 채, 목청껏 소리를 지르며 그들의 우상에게 달려들었다. 그러기를 십 분쯤, 거의 죽다시피 숨이 막히고 짓밟힌 끝에 우리는 마침내 출구까지 나왔는데, 우리의 팔이 풀려 그 작은 볼레로 가수가 바로 우리 눈앞에서 극성팬들의 손아귀에 낚아채여 사지가 찢겨나가는 광경을 보게 될 것만 같았다. 물론 그런 일은 생기기 않았지만 우리가 루초 가티카를 헤나로 1세—그는 운전대를 잡고 한 시간 반을 기다리던 중이었다—의 승용차에 밀어넣었을 때쯤엔 그 가수와 그의 강철 호위대는 대재난에서 근근이 살아남은 듯한 몰골로 변해 있었다. 그들은 내 넥타이를 채갔고 와이셔츠를 갈가리 찢어놓았다. 헤수시토는 제복을 찢기고 모자를 빼앗겼고, 헤나로 2세는 누군가의 핸드백에 얻어맞아 이마에 큼직한 자주색 멍자국이 생겼다. 그날의 스타였던 사내는 상처를 입진 않았지만, 그가 걸쳤던 의상 중에서 온전히 남은 것은 구두와 팬티뿐이었다.

다음 날 아침 열시, 쉬는 시간에 나는 브란사에서 페드로 카마초와 커피를 마시다가 루초 가티카를 찬미하는 팬들이 벌였던 놀랄 만한 소동에 대해 들려주었다. 하지만 그는 조금도 놀라지 않았다.

"이봐, 젊은 친구." 그가 아스라한 표정을 띠고 내게 개똥철학 같은 소리를 했다. "음악도 대중의 영혼을 어루만지는 법이거든."

내가 루초 가티카의 육체적 온전함을 지키려고 악전고투하는 사이, 청소부 아주머니 아그라데시다가 우리 작업실을 치우러 올라왔다 상원의원을 소재로 해서 네번째 고쳐 쓴 내 단편소설을 쓰레기통에 처넣어버렸다. 하지만 나는 화가 났다기보다 무거운 부담에서 벗어난 듯한 기분이었고, 그 모든 일을 신의 경고로 받아들였다. 그리고 내가 하비에르에게 그 소설을 다시 쓸 생각이 없다고 했을 때도, 그는 내 마음을 돌리려 드는 게 아니라 그런 결정을 내린 게 다행이라며 축하를 해주었다. 훌리아도 내가 보디가드 역할을 하면서 겪었던 일을 얘기해주자 배를 잡고 웃었다. 볼리바르 그릴에서 남몰래 키스를 했던 그날 밤 이후로 우리는 거의 매일같이 서로 만나고 있었다.

루초 삼촌의 생일 다음 날 나는 예고 없이 삼촌 댁에 들렀는데, 마침 운 좋게도 훌리아 혼자만 있었다.

"다들 오르텐시아 아주머니 댁으로 갔어." 그녀가 거실로 나를 맞아들이며 알려주었다. "난 그 여자가 별별 잡스러운 소리로 내 흉이나 볼 게 뻔해서 안 갔지만."

나는 그녀의 허리를 잡고 내게로 끌어당겨 키스를 하려고 했다. 그녀는 나를 밀쳐내지는 않았지만 그렇다고 키스에 응해준 것도 아니었다. 내가 느낄 수 있었던 것은 내 입술에 와 닿은 그녀의 차가운 입술뿐이었으니까. 우리가 서로 떨어져 섰을 때 나는 그녀가 웃지도 않고, 또 전날 밤처럼 놀란 기색도 없이, 일종의 호기심이 담긴 눈에 은근히 놀리는 듯한 빛을 띠고 나를 보는 것을 알았다.

"이봐, 마리토." 그녀의 목소리는 침착했고 다정스러웠다. "난 지금까지 별별 미친 짓을 다 해봤어. 하지만 이런 짓은 하고 싶지 않아." 그녀가 웃음을 터뜨렸다. "내가 어린애를 꼬시다니? 절대로 안 돼!"

우리는 자리에 앉아 두 시간 가까이 이야기를 나누었고, 나는 그녀에게 내 삶에 대해 모든 것을 얘기해주었다. 그러나 지나온 삶이 아니라 앞으로 작가가 되어 파리에서 살게 될 때의 얘기였다. 나는 그녀에게, 알렉상드르 뒤마의 작품을 처음 읽은 뒤로 늘 작가가 되기를 원해왔다는 것, 프랑스로 떠나 예술가들이 사는 구역의 다락방에서 살기를 꿈꾸었던 순간부터 내 마음과 영혼은 이 세상에서 가장 경이로운 것인 문학을 위해 존재하고 있다는 것 등등을 이야기했다. 또 가족들을 기쁘게 하기 위해 법학을 공부하고는 있지만, 법률가란 지독히도 한심하고 따분한 직업이라는 생각이 들어서 도무지 마음이 내키지 않는다는 말도 했다. 그러다 어느 순간에 나는 내가 가장 진심 어린 목소리로 이야기하고 있다는 사실을 알아차리고는, 여자에게 그런 속내를 고백해보기는 이번이 처음이라고 했다.

"너한테는 내가 엄마처럼 보일 거야. 그게 네가 나를 믿는 이유일 테고." 훌리아가 정신분석학자 노릇을 하려고 들었다. "그러니까 도리타의 아들이 보헤미안이란 말이지. 누가 그걸 생각이라도 해봤겠어? 그런데 문제는 네가, 그러다간 굶어 죽게 된다는 거야."

그녀는 전날 밤 볼리바르 그릴에서의 은밀한 키스를 생각하느라 한잠도 이루지 못했다고 했다. 도리타의 아들이, 자기와 우리 어머니가 라사예 초등학교에 집어넣으려고 코차밤바로 데려갔던 날이 바로 어제 같기만 한 그 꼬맹이가, 아직도 반바지 차림으로 돌아다닐 것 같은 아이가, 자기 혼자 영화 보러 가기가 싫어서 에스코트를 해달렸던 그 어린 녀석이, 어느새 다 자라서 알 것 다 아는 어른처럼 느닷없이 입에다 키스를 했다는 생각을 떨칠 수가 없었다는 것이다.

"하지만 나는 성인이고 경험도 있다고요." 내가 그녀의 손을 잡아올려 입을 맞추면서 그녀를 안심시켰다. "난 열여덟 살이에요. 그리고 동정 딱지를 뗀 건 벌써 오 년 전이고요."

"그러면 서른두 살이고 십오 년 전에 첫 경험을 한 나는 어떻게 되는 거지?" 그녀가 깔깔거렸다. "다 늙어빠진 할망구?"

그녀는 큰 소리로 마음껏 유쾌하게 웃었다. 육감적인 입술을 한 그녀의 소담스러운 입이 크게 벌어졌고 눈가에 잔주름이 잡혔다. 그녀가 재미있다는 듯 장난기가 밴 눈으로 나를 쳐다보더니 자기 눈에는 내가 아직 성인도, 경험 있는 남자도 아닌 아이로 보일 뿐이라고 했다. 하지만 그러고는 일어서서 내게 위스키를 한잔 따라주었다.

"어젯밤 네가 방자하게 군 뒤로 더이상 너한테 콜라 따위나 줄 수가 없어서……" 그녀가 당황한 듯 말끝을 흐렸다. "이제부터는 너를 내 구혼자들처럼 대할 생각이야."

나는 그녀에게 우리 사이의 나이 차는 별 문제 될 게 없다고 했다.

"별 문제 될 게 없다? 그래." 그녀가 되받았다. "하지만 그래도…… 난 네 어머니 나이뻘이야."

그러고 나서 훌리아는 자기의 결혼생활이 어땠는지를 죽 얘기해주었다. 처음 몇 년 동안은 만사가 다 순조로웠다. 그녀의 남편은 내륙 지방에 목장을 갖고 있었는데, 그녀 역시 시골생활에 아주 길이 들어서 라파스로 나가는 일도 거의 없었다. 목장집은 매우 안락했고 그녀는 말을 타고 돌아다니거나 근처로 소풍을 가거나 원주민들의 축제에 한자리 끼거나 하면서 시골의 평화롭고 조용한 분위기와 건강하고 소박한 생활을 즐겼다. 하지만 그녀가 임신을 하지 못한다는 사실로 인해 그들의 결혼생활에는 어두운 구름이 드리워지기 시작했다. 그녀의 남편이 아이를 갖지 못하리라는 생각으로 괴로워서 술을 마시기 시작한 것이었다. 그때부터 그들의 결혼생활은 말다툼, 별거, 재결합이 반복되며 내리막길을 걸었고, 마침내 두 사람은 영원히 갈라섰다. 그러나 이혼을 한 뒤에도 그들은 여전히 좋은 친구로 남아 있었다.

"만일 내가 결혼을 하게 된다면 아이는 절대로 갖지 않을 겁니다." 내가 선언했다. "아이와 문학은 양립할 수 없으니까요."

"그 말은 내가 다른 여자애들하고 나란히 네 결혼 상댓감이 될 수 있다는 얘기야?" 훌리아가 짓궂게 물었다.

그녀는 즉석에서 재치 있는 말로 되받아넘기는 데는 선수였고 외설스러운 이야기들까지도 매혹적으로 들리게 만들었다. 그리고 내가 그때껏 알고 있던 다른 모든 여자와 마찬가지로 문학에 대해서는 문외한이었다. 그녀가 볼리비아의 농가에서 빈둥거리며 보냈던 그 긴긴 시간 동안에 읽은 책이란 고작해야 아르헨티나 잡지들과 델리가 쓴 몇 권의 너절한 책, 그리고 기껏 더해봤자 그녀가 기억할 만하다고 생각하는, E. M. 헐인가 뭔가 하는 사람이 쓴 『호색한』과 『호색한의 아들』이라는 두 권의 소설뿐인 것 같았다.

그날 저녁 내가 작별인사를 하면서 밤에 같이 영화 보러 갈 수 있겠느냐고 묻자 그녀는 그럴 수 있다고 했다. 그래서 우리는 거의 매일 밤 영화를 보러 갔는데, 상당히 여러 편의 멕시코, 아르헨티나 애정영화를 보는 동안 수없이 많은 키스를 주고받았다. 결국, 영화를 보러 간다는 건 차츰차츰 하나의 핑곗거리가 되었고 우리는 되도록이면 오랫동안 함께 있기 위해 아르멘다리스가의 삼촌 댁에서 가장 먼 데 있는 극장들(몬테카를로, 콜리나, 마르사노)을 골랐다. 영화가 끝나면 우리는 '엠파나디타스'(훌리아 말로는 볼리비아에서는 손을 잡는 걸 그렇게 부른다는 거였다)를 하고 한참이나 미라플로레스의 텅 빈 거리들을 이리저리 싸돌아다니면서(우리는 지나가는 사람이나 차가 눈에 띄기만 하면 얼른 손을 풀곤 했다) 끊임없이 내리는 가랑비에 — 왜

나하면 때는 리마에서 겨울이라고 알려진 을씨년스러운 계절이었으므로—속옷까지 다 젖는 줄도 모르고 별별 이야기를 다 나누었다.

훌리아는 매일같이 여러 구혼자 중 어느 한 사람과 점심식사를 하거나 차를 마시러 나갔지만 저녁 시간은 나를 위해 비워두었다. 그리고 우리는 그 저녁 시간을 극장에서, 당연한 얘기지만 맨 뒷줄에 앉아 보냈는데, 거기에서는 다른 관객들에게 방해가 되거나 누군가의 눈에 띌 걱정 없이 키스를 할 수 있었다(특히 공포영화일 경우에는). 우리 사이의 관계는 얼마 안 가서 곧 어정쩡한 단계에 고착되어 연인과 애인이라는 정반대의 두 범주 중간쯤에 놓이게 되었다. 그리고 바로 그것이 우리의 대화에서 끊임없이 떠오르는 하나의 주제였다. 우리는 애인들의 고전적인 특성—내밀함, 남의 눈에 띌지도 모른다는 두려움, 우리가 대단한 모험을 하고 있다는 느낌—을 공유했지만, 그러면서도 성관계는 가진 적이 없었으므로(그런데 하비에르는 나중에 우리가 서로를 '애무한' 적도 없다는 걸 알고 몹시 놀랐다) 정신적인 애인이었다. 동시에 우리는 그 당시 미라플로레스의 청춘남녀들이 지키고 있던 고전적인 연인들의 의례들(영화 보러 가기, 영화 보는 중에 키스하기, 손잡고 길거리 쏘다니기)을 존중했으며 우리의 행동 또한 순결하고 정숙했다. (그 호랑이 담배 피우던 시절에는 미라플로레스의 처녀들 대부분이 결혼식을 올리는 날까지 숫처녀였고, 연인에게 가슴이나 사타구니를 만지도록 허용하는 것도 약혼이 공식적으로 발표되어 연인이 약혼자로 격상된 다음이었다. 더구나 우리에게는 상당한 나이 차와 서로 인척 간이라는 엄연한 사실이 있는데 어떻게 그런 일이 벌어질 수 있었겠는가?) 우리 사이의 관계가 얼마나 엉뚱하고 애매한지를 알게 되자 우리는 장난 삼아 그런 관계를 빗대기에 적당한 재미있는 이름들을 생각해냈고, 우리의 관계를 영국식 약혼이니 스웨덴식 로맨스니 터키식 드라마니 하고 불렀다.

"어찌 됐건 아주머니뻘인 나이든 여자와 새파랗게 젊은 애송이 사이의 사랑놀음⋯⋯" 어느 날 밤 우리가 센트랄 공원을 지나고 있을 때 훌리아가 입을 열었다. "그거 페드로 카마초의 연속극 소재로는 아주 그만이겠어."

나는 그녀에게 우리가 아주머니와 조카 사이인 것은 다만 그녀의 언니가 우리 삼촌에게 시집을 와서 그렇게 된 것뿐이라는 점을 상기시켰다. 그러자 그녀는 세시 라디오 연속극에서 산이시드로 출신의 어떤 기가 막히게 잘생긴 파도타기선수 청년이 자기 동생과 관계를 가진 데다 끔찍하게도 임신까지 시켰다는 얘기로 맞장구를 쳐주었다.

"언제부터 라디오 연속극 같은 걸 다 들었죠?"

"그건 우리 언니한테서 옮은 고약한 버릇이야. 하지만 라디오 센트랄에서 하는 것들은 정말 멋져. 사람 가슴을 얼마나 저미게 하는데."

그런 다음에 그녀는 자기가 올가 아주머니와 함께 눈물이 글 썽해진 채 그 연속극들을 듣곤 한다고 털어놓았다. 그때 나는 처음으로 페드로 카마초의 글재주가 리마의 가정주부들에게 어떤 감동을 주는지 확인한 셈이었다. 그리고 다음 며칠 동안 몇몇 친척들의 집에서도 같은 사실을 확인했다. 이건 내가 어쩌다 라우라 아주머니 댁을 찾아갔을 때의 일인데, 그 아주머니는 볼리비아 방송작가의 목소리를 듣기만 하는 것이 아니라 냄새를 맡고 만지기까지 하려는 것처럼(떨리는가, 거친가, 열렬한가, 또는 투명한가) 라디오 쪽으로 바짝 몸을 당기고 앉아 있다가 내가 거실 문간으로 들어서는 것을 보자마자 입 다물고 있으라는 뜻으로 입술에 손가락을 갖다 댔다. 또 가비 아주머니 댁을 찾아갔을 때는 그녀와 오르텐시아 아주머니가 건성으로 뜨개실 뭉치를 풀면서 루시아노 판도와 호세피나 산체스의 대화에 귀를 기울이고 있는 것을 보았다. 그리고 우리 집에서도, 할머니 말에 따르자면, 늘 소설 나부랭이나 즐겨 읽으시던 우리 할아버지까지도 이제는 라디오 연속극에 상당히 관심을 갖게 되셨다는 것이었다.

그즈음 나는 아침이면 라디오 센트랄의 시그널 음악에 잠을 깨곤 했다. 아침 열시에 방송되는 첫번째 연속극을 어떻게든 놓치지 않으려고 그분들이 꼭두새벽부터 라디오를 틀어놓곤 하셨기 때문이다. 나는 오후 두시에 방송되는 연속극을 들으면서 점심을 먹었고, 몇 시에 집으로 돌아오건 몸집이 자그마한 우리 조부모님과 요리사가 만사 제쳐놓고 찬장만큼이나 커다랗고 묵직한 괴물 같은 라디오(언제나 볼륨을 최대로 높여 틀어놓은)에 온 정신을 집중시킨 채 아래층 응접실에 웅크리고 앉아 있는 모습을 볼 수 있었다.

"왜 그렇게 라디오 연속극을 좋아하세요?" 어느 날 내가 할머니에게 물었다. "연속극이 책보다 더 좋은 게 뭔가요?"

"더 실감이 나지. 배역들이 하는 얘길 듣고 있으면 꼭 진짜 같거든." 할머니가 잠시 생각하신 뒤에 설명했다. "그리고 너도 내 나이가 되면 알 테지만, 시력보다는 청력이 그래도 좀 나은 편이기도 하고."

나는 몇몇 다른 친척들에게도 비슷한 조사를 해봤는데 그 결과는 가지각색이었다. 가비 아주머니는 연속극이 재미있고 슬프고 드라마틱해서 좋아한다고 했고, 라우라 아주머니는 그것들이 재미있을 뿐만 아니라 실생활에서는 불가능한 삶을 살 수 있게 꿈이라도 꾸도록 해줘서 좋다고 했다. 그리고 올가 아주머니는 그것에 배울 만한 진리들이 담겨 있다고 했고, 오르텐시아 아주머니는 여자들이란 누구나 마음속에 어느 정도 로맨틱한 기질이 남아 있기 때문이라고 했다. 그리고 내가 어째서 책보다 라디오 연속극을 더 좋아하느냐고 묻자 그게 무슨 말도 안 되는 소리냐고 되물었다. 즉 책은 교양에 관계된 것이고 라디오 연속극은 그저 듣는 재미로 시간을 보내기에 적당한 것이니까 비교할 수 없다는 것이었다. 그러나 사실 그들은 라디오에 귀를 갖다붙인 채 살고 있다시피 해서 나는 그들 중 누구도 책 한 줄 읽는 것을 본 적이 없었다.

한밤중에 훌리아와 산책을 할 때면 그녀는 때때로 내게 인상 깊었던 일화들을 대강대강 얘기해주었고 나는 그녀에게 방송작가와 나누었던 이야기들을 세세히 알려주었는데, 그러다보니 조금씩 페드로 카마초는 우리의 로맨스에서 없어서는 안 될 요소가 되었다.

내게 새로 시작한 라디오 연속극들이 성공적이라는 가장 확실한 증거를 보여준 사람은 헤나로 2세였다. 내가 골백번씩이나 항의를 한 끝에 타자기를 되돌려받던 바로 그날, 만면에 활짝 웃음을 띤 그가 서류철을 들고 우리 가건물로 들어섰다.

"최대한으로 낙관적인 기대치까지도 넘어섰어." 그가 불쑥 한마디 던졌다. "이 주 사이에 청취율이 이십 퍼센트나 뛰어올랐어. 자네들 그게 무슨 뜻인 줄 아나? 광고주들에게 광고비를 이십 퍼센트 올려 받을 수 있다는 얘기라고!"

"그렇다면 우리 봉급도 이십 퍼센트 오른다는 얘긴가요?" 파스쿠알이 의자에서 일어났다 앉았다 하며 물었다.

"자네가 일하는 곳은 라디오 센트랄이 아니라 판아메리카나야. 여기는 고상한 취향의 방송국이고. 라디오 연속극은 내보내지 않아."

신문들은 연예면마다 엄청난 숫자의 청취자들이 새로운 연속극에 끌렸다는 특집 기사를 실었고 페드로 카마초에 대한 찬사를 늘어놓기 시작했다. 그리고 기도 몬테베르데는 〈울티마 오라〉지에 실린 그의 칼럼에서 페드로 카마초를 '언어에 대한 열대지방의 상상력과 낭만적인 재능을 지닌 뛰어난 방송작가, 라디오 연속극이라는 교향악의 용맹스러운 지휘자이자 감미로운 목소리까지 겸비한 다재다능한 배우'라는 말로 그를 치켜세우면서 최대한의 찬사를 보냈다. 하지만 그런 찬사의 대상이 된 당사자는 자기를 둘러싸고 있는 열광의 파도에 아무런 관심도 보이지 않았다. 어느 날 아침, 늘 하던 대로 함께 브란사로 커피를 마시러 가기 위해 그의 조그만 작업실에 들렀다가 나는 방 창문에 조잡하게 휘갈겨 쓴 쪽지가 풀로 붙여져 있는 것을 보았다.

'신문기자 출입 사절. 자필 서명 요구 사양함. 예술가는 작업 중임! 양해하시압.'

"아까 그 쪽지 진담입니까, 농담입니까?" 나는 토스트를 한쪽 곁들여 커피를 홀짝거리면서, 버베나에 박하 잎이 첨가된 칵테일을 마시고 있는 페드로 카마초에게 물어보았다.

"물론 진담이지. 신문쟁이들이 나를 쫓아다니기 시작해서 말야. 그런데 만일 내가 그 작자들을 출입 금지시키지 않는다면 얼마 안 가서 저쪽에……" 그가 마치 그런 결과가 생길 건 안 봐도 뻔하다는 투로 산마르틴 광장 쪽을 가리켰다. "청취자들이 줄줄이 늘어서게 될 거라구. 사인과 사진을 요구하면서 말야. 금쪽같이 귀한 시간을 멍청하고 시시한 짓에 허비하고 싶진 않거든."

그의 말에는 티끌만큼의 거짓도 없이 진지한 조바심만이 배어 있었다. 그는 늘 그랬던 대로 검은 양복에 조그만 나비넥타이를 맨 차림이었고 아비아시온이라는 냄새 지독한 담배를 피워댔다. 언제나처럼 그는 아주 심각한 기분이어서, 나는 그에게 우리 아주머니들 모두가 광적인 연속극 청취자가 되었다느니, 얼마나 많은 사람들이 그의 연속극에 끌렸는지를 보여주는 청취율 조사 결과에 헤나로 2세가 기뻐 어쩔 줄을 몰랐다느니 하는 말로 그를 즐겁게 해줄 생각이었다. 하지만 그는 내내 따분해만 하다가 내 말을 뚝 자르더니—마치 그런 일은 당연한 것이고 자기는 언제나 그렇게 될 줄 훤히 알고 있었다는 것처럼—자기가 그 장사꾼들(그후로 카마초는 헤나로 부자를 지칭할 때면 항상 그

184

표현을 썼다)의 부족한 감수성에 얼마나 분개하고 있는지를 줄 줄이 늘어놓았다.

"연속극을 내보내다보면 미진한 점이 있게 마련인데 그걸 없 애는 게 내 의무고 나를 돕는 게 그 장사꾼들 의무야." 그가 이 마를 찌푸리면서 투덜거렸다. "하지만 분명히 돈과 예술은 개와 고양이처럼 숙명적인 적이지."

"연속극들에 미진한 점이 있다고요?" 내가 놀라서 물었다. "하지만 완전히 성공을 거뒀는데요?"

"그 장사꾼들이 파블리토를 갈아치우려고 하질 않아. 내가 그 래야만 된다고 우겼는데도 말야. 그 사람들 얘기로는 파블리토 가, 그게 몇 년 전부터인지는 내가 알 바 아니지만, 라디오 센트 랄에서 오랫동안 일했다느니 뭐니 하는 말도 안 되는 소리를 늘 어놓으면서 차마 그럴 수가 없다는 거야. 예술이 자선하고 무슨 큰 관계라도 있는 것처럼 말야! 그 병신 자식이 순 엉터리라서 내 작품을 싹 망치고 있다니까!"

빅 파블리토는 라디오 방송계가 끌어들였거나 아니면 만들어 낸, 뭐라고 꼬집어 말할 수는 없어도 썩 재미있는 인물 중 하나였 다. 그러나 페드로 카마초는 그가 쉰 살씩이나 처먹은 메스티소*

---

* 남미의 스페인계 혼혈. 카마초는 메스티소를 가장 뛰어난 종족으로 여기고 있음.

이면서도 얼간이에 불과하여 걸을 때면 다리를 질질 끄는 데다 천식으로 온 사방에 악취를 풍기면서 기침을 해댄다고 헐뜯었다. 파블리토는 아침부터 밤까지 관리인들을 도와주기도 하고 헤나로 부자에게 공개 방송 때 돌릴 극장표라든가 투우장 입장권을 사다주기도 하는 등 자질구레한 일들을 하면서 라디오 센트랄과 판아메리카나 주위를 맴돌았다. 그에게 맡겨진 가장 고정적인 임무는 연속극에 음향효과를 내는 일이었다.

"저 장사꾼들은 음향효과가 아무 얼간이나 다 해낼 수 있는 하찮은 일인 줄 생각하는데, 사실 그 일도 예술이라고. 그런데 파블리토 같은 반송장에다 얼간이가 어떻게 예술을 알지?" 페드로 카마초가 차갑고 오만스럽게 소리쳤다.

그는 '자기의 작품이 완전해지기 위해서'는 '만일 필요하다면' 자기 손으로 어떤 장애물이라도 제거하는 데 추호도 망설이지 않겠다고 단언했다(그의 말투가 너무도 진지해서 나는 그의 말 한마디 한마디를 믿지 않을 수 없었다). 그러더니 자기는 참으로 유감스럽게도, 음향효과에 대해 처음부터 끝까지 모든 것을 다 가르치면서 기술자를 양성할 시간이 없었지만, 그래도 '페루의 라디오 방송 채널들'을 재빠르게 훑어본 결과 원하던 인물을 하나 찾아냈다고 했다. 그가 목소리를 낮추고 주위를 흘끔흘끔 둘러본 뒤에 음험한 기색으로 결론을 지었다.

"우리 연속극에 써야 할 인물은 라디오 빅토리아에 있어."

하비에르와 나는 빅 파블리토의 목을 자르려는 페드로 카마초의 의도가 실현될 확률이 어느 정도나 될지 분석해보고 나서 파블리토의 운명은 완전히 청취율 조사에 달려 있다는 데 의견을 일치시켰다. 즉 그의 연속극들에 주파수를 맞추는 청취자가 계속 증가한다면 파블리토는 인정사정없이 모가지를 당하게 될 것이었다. 사실 채 일주일도 지나지 않아 헤나로 2세가 불쑥 우리 가건물을 찾아와 또다른 소설을 쓰고 있던 나를 깜짝 놀라게 하더니—그는 내 당황한 표정과 내가 타자기에서 그 페이지를 찢어내 뉴스 시보 원고 사이에 끼워넣는 황급한 몸짓을 본 게 분명했지만 거기에 대해 아무 말도 하지 않을 만큼은 눈치가 있었다—자기가 무슨 마에케나스*라도 되는 것처럼 거창한 제스처를 보이면서 파스쿠알과 내게 통보했다. "자네들이 징징 우는 소리를 해댄 통에 그렇게도 원하던 새로운 편집자를 맞게 됐어. 이게으름뱅이들아. 이제부터 빅 파블리토가 자네들하고 같이 일하게 될 거야. 하지만 지금까지 얻은 명예에 만족하지 말라고."

그러나 보도실의 충원은 실질적이라기보다는 명목상이었다는 것이 곧장 드러났다. 다음 날 아침 빅 파블리토가 일곱시 정

---

* 로마의 문예 보호자.

각에 사무실로 출근해 무엇을 해야 되느냐고 묻기에, 내가 국회
의사록을 간단히 요약해달랬더니 그의 얼굴이 공포에 질려 납빛
으로 변해버린 것이었다. 그러고는 얼굴이 시뻘게질 때까지 발
작적으로 기침을 해대더니 자기로서는 도저히 할 수 없는 일이
라고 간신히 더듬거렸다.

"사실은요, 저는 읽거나 쓸 줄을 모릅니다요."

나는 헤나로 2세가 우리에게 새로운 편집자로 문맹을 한 사람
보내준 것을 그의 장난스러운 유머감각쯤으로 받아들였다. 그러
나 파스쿠알은 자기가 빅 파블리토와 동료 편집자가 된다는 사
실에 기분이 좀 잡쳤다가 그가 문맹이라는 사실을 털어놓자 노
골적으로 히죽거리기 시작했다. 그러고는 내 앞에서 갓 들어온
새 동료의 태도를 호되게 나무랐다. 어째서 자기처럼 다 커서라
도 무료 야간학교에 다니면서 교육을 받지 못했느냐는 거였다.
빅 파블리토는 사색이 된 채 연방 고개를 주억거리며 자동 인형
처럼 같은 말만 되풀이했다.

"맞습니다. 그걸 생각하지 못했어요. 그렇습니다. 당신 말이
절대적으로 옳아요." 그는 당장에라도 모가지가 날아갈까봐 두
려운지 나를 쳐다보고 있었다.

나는 즉시 그가 할 일은 뉴스 시보 원고들을 아래층 아나운서
들에게 가져다주는 것뿐이라고 그를 안심시켰다. 얼마 안 가서

그는 말 그대로 파스쿠알의 노예가 되어, 하루 종일 그에게 담배를 사다주거나 카라바야 로의 노점상에서 다진 고기가 섞인 감자를 사오거나 아니면 그저 밖에 비가 내리고 있는지 보고 오거나 하면서 뉴스 보도실에서 길거리로 또 길거리에서 뉴스 보도실로 바쁘게 뛰어다녔다. 빅 파블리토는 그런 노예짓을 희생정신의 본보기처럼 견뎌냈고, 자기를 박해하는 사람에 대한 그의 태도는 사실 나를 대하는 태도보다도 더 존경스럽고 정답기까지 했다.

파스쿠알의 심부름을 다니지 않을 때면 그는 사무실 한 귀퉁이에 웅크린 채 벽에 머리를 기대고 앉아 천장에 달린 고물 선풍기처럼 식식거리는 소리를 내면서 이내 잠이 들곤 했다. 그는 참으로 너그러운 사람이었다. 페드로 카마초가 자기를 갈아치우기 위해 라디오 빅토리아에서 외부인을 끌어들였어도 그는 티끌만한 악감정도 갖지 않았고 다만 그 볼리비아 방송작가를 칭송할 뿐이었으며 그의 재능에 진심으로 찬탄했다. 그는 종종 내게 아래층으로 내려가 연속극 리허설을 보게 해달라고 허락을 구했는데 매번 갈 때마다 더욱 열에 떠서 돌아오는 것이었다.

"그 사람은 천재입니다." 그는 감동해서 목이 멘 소리로 그런 말을 하곤 했다. "그 사람 머리에서 튀어나오는 생각들은 그저 기적 같다니까요."

그는 언제나 페드로 카마초가 예술가로서의 재능을 발휘하다 만들어내는 재미있는 일화들을 가지고 돌아왔다. 어느 날 그는 페드로 카마초가 루시아노 판도에게 정사 장면의 대사를 읽어내리기에 앞서 수음을 하는 것이 좋겠다고 하는 소리를 자기 귀로 똑똑히 들었다고 맹세했다. 그렇게 해야 목소리가 나른해지고 아주 그럴듯하게 헐떡이는 소리를 낼 수 있다는 것이었다. 물론 루시아노 판도는 당장에 그 지시를 거절했다.

"이제야 어째서 정사 장면이 나올 때마다 페드로 씨가 아래층 화장실로 들어가는지 알 것 같아요, 마리오 씨." 빅 파블리토가 양팔로 자기 몸을 감싸안고 손가락에다 입을 쪽 맞췄다. "걸러내는 거, 바로 그것 때문이죠. 그리고 바로 그런 이유 때문에 그렇게 부드럽고 상냥한 목소리가 나오는 거구요."

하비에르와 나는 그 이야기가 사실인지 또는 우리의 새로운 편집자가 꾸며낸 이야기일 뿐인지에 대해 한참 동안 논쟁을 벌였고 모든 사정을 다 고려해본 뒤에 그게 전혀 사실무근은 아닐 거라는 결론에 도달했다.

"그거야말로 네가 써야 할 얘기라고. 도로테오 마르티에 대해 쓰지 말고 말이야." 하비에르가 나를 부추겼다. "라디오 센트랄은 말 그대로 노다지 광산이구만."

그때 당시 내가 최선을 다해 쓰고 있던 소설은 홀리아가 내게 얘기해준, 그녀가 라파스의 사베드라 극장에서 보았다던 해프닝을 소재로 한 것이었다. 도로테오 마르티는 넘쳐나는 관객들을 〈증오〉와 〈도박사 토도〉 또는 그보다도 더 가슴이 터질 듯 슬픈 연극들로 눈물을 짜내게 하면서 라틴아메리카를 순회하던 스페인 배우였는데, 심지어는 연극이 벌써 한 세기 전에 사라져 호기심 동하는 유물로만 남아 있던 리마에서까지도 도로테오 마르티가 이끄는 연극단은, 전설에 의하면, 〈주님의 삶과 열정과 죽음〉이라는 레퍼토리로 무니시팔 극장에 사람들을 가득 끌어모았다는 것이었다. 그 배우는 현실감각이 뛰어난 사람이었는지, 한번은 밤중에 올리브 동산에서 슬픈 심정으로 흐느끼며 독백하는 그리스도 역을 하다가 대사를 뚝 자르더니, 사근사근한 목소리로 다음 날 밤에는 남자분을 대동하고 오는 숙녀분들께 무료로 입장권을 주겠다고 광고를 하는 바람에(그리스도의 열정은 그뒤에 다시 계속되었다) 좋지 않은 뒷소문이 생겨나기도 했다.

홀리아가 사베드라 극장에서 보았던 연극은 바로 그 〈주님의 삶과 열정과 죽음〉이었다. 연극이 절정에 달해 예수 그리스도가 골고다 언덕에서 죽어가고 있을 때, 관중들은 향 연기가 뭉게뭉게 피어오르는 가운데 그가 묶여 있던 나무 십자가가 무너지기 시작하는 것을 알아차렸다. 그것은 우연한 사고였을까? 아니면 계획적으로 효과를 노린 것이었을까? 성처녀와 사도들과 로마

191

병정들 그리고 군중들은 모두 슬쩍슬쩍 눈길을 교환하면서 기울어지는 십자가에서 물러서기 시작했는데, 십자가에서는 예수-마르티가 그때까지도 고개를 가슴까지 숙인 채 작은 소리로, 그러나 오케스트라 맨 앞줄에서는 충분히 들을 수 있게 웅얼거리기 시작했다.

"나 넘어간다, 나 넘어간다……" 무대 양옆에 남아 있던, 관객들 눈에 보이지 않는 조역들은 의심할 바 없이 신성모독을 범하게 되리라는 공포로 마비되어 누구도 십자가를 붙들어 세우러 달려가지 않았다. 십자가는 이제 배우의 입에서 흘러나오던 기도를 놀란 비명으로 바꿔버린 채 숱한 물리학 법칙들을 무시하고 앞뒤로 흔들거렸다. 몇 초 뒤에 라파스의 관객들은 갈릴리의 마르티가 성황을 이룬 그 무대에서 십자가의 무게에 눌린 채 얼굴을 찧으며 납작하게 엎어지는 꼴을 보았고 극장을 뒤흔드는 엄청난 충돌음을 들었다. 훌리아는 내게 그리스도가 바닥에 곤두박질하기 몇 초 전 짐승처럼 울부짖는 소리를 분명히 들었다고 했다.

"이 개새끼들아! 나 넘어간다니까!"

내가 재구성하고 싶었던 것은 무엇보다도 바로 그 마지막 장면이었다. 그리고 내 소설 역시 예수가 쌍욕을 퍼부으면서 넘어지는 장면으로 끝나게 될 것이었다. 나는 그 소설이 재미있는 애기가 되길 원했고, 그래서 유머스럽게 쓰는 기법을 배우기 위해 일반 버스에서건 직행 버스에서건 잠이 들기 전 침대에서건, 마크 트웨인부터 버나드 쇼, 하르디엘 폰셀라, 그리고 페르난데스 플로레스에 이르기까지 손에 넣을 수 있는 모든 유머러스한 작품들은 닥치는 대로 다 읽었다. 그러나 언제나처럼 나는 소설을 줄줄 써내려갈 수가 없었고 파스쿠알과 빅 파블리토는 내가 쓰레기통 속으로 던져버리는 종잇장 수를 세고 있었다. 다행히 용지에 관해서라면 헤나로 부자는 뉴스 시보에 충분히 쓰고도 남게 줄 만큼은 너그러웠다.

이삼 주쯤 뒤에 나는 빅 파블리토 대신으로 라디오 빅토리아에서 온 그 사내를 보게 되었다. 페드로 카마초가 방송국으로 초빙되기 전에는 원하는 사람이라면 누구든 연속극 녹음 장면을 구경할 수가 있었다. 그러나 이 새로운 별로 떠오른 연출자는 성우와 엔지니어를 제외하고는 누구도 녹음 스튜디오로 들어오지 못하게 막았고, 사전 예방 조치로 문을 잠그라고 명령한 다음 문앞에다 헤수시토라는 위협적인 덩치를 세워놓았다. 심지어 헤나로 2세까지도 그 철칙의 예외가 아니었다.

나는 헤나로 2세가 골치 아픈 일이 생겨 하소연할 사람이 필요할 때면 늘 그러듯, 화가 치밀어서 콧수염을 떨며 가건물로 들어섰던—내게 자기의 불만스러운 점들을 털어놓기 위해서였다—그 저녁을 지금까지도 기억한다.

"내가 스튜디오 안으로 들어가겠다니까 그자가 당장에 하던 일을 그만두더라고. 그리고 내가 꺼져줄 때까지는 녹음을 하지 않겠다는 거야." 그가 분개한 목소리로 말을 꺼냈다. "그러더니 나한테 한 번만 더 리허설을 방해하면 대갈통에다 마이크를 집어던질 거니까 잘 알아두라는 거야. 이거 어떻게 해야 되지? 궁둥이를 걷어차서 쫓아내버려? 아니면 이 모욕을 그냥 꿀걱 삼키고 참아야 돼?"

나는 그에게 원하는 대로 해주라면서, 라디오 연속극의 성공을 감안하여(페루 라디오 방송산업의 더 큰 영광을 위해서라느니 어쩌고 하면서) 그냥 꾹 참고 다시는 그 예술가의 영토에 발을 들여놓지 말라고 했다. 그는 내 충고를 받아들였다. 하지만 사실은 내 편에서도 호기심이 당겨 죽을 지경이었고 그 방송작가가 쓴 연속극 중 어느 하나가 녹음되는 장면을 어떻게 해서든 보고 싶었다.

어느 날 아침 우리가 늘 하던 대로 브란사에서 잠시 쉬고 있을 때, 나는 조심스럽게 페드로 카마초에게 그 얘기를 꺼냈다.

"새로 온 음향효과 담당자가 어떻게 일을 하는지 무척 궁금하군요. 그 사람이 선생께서 말씀하신 것처럼 훌륭한지도 알고 싶고요."

"난 훌륭하다곤 안 했어. 그저 보통이라고 했지." 그가 당장에 말을 고쳤다. "하지만 내가 훈련을 시키고 있으니까 언젠가는 쓸 만해지겠지."

그가 박하차를 한입 찔끔거리더니 그 조그맣고 차갑고 세심한 눈으로 미심쩍다는 듯 나를 빤히 쳐다보았다. 그러나 마침내는 그가 한 걸음 물러서서 마지못해 승낙했다.

"할 수 없지. 내일 세시에 방송되는 걸 보러 와. 하지만 이번이 처음이자 마지막이야. 난 성우들이 흐트러지는 걸 좋아하지 않으니까. 누구건 외부 사람이 와 있으면 주의가 딴 데로 쏠려서 통제할 수가 없게 되거든. 그러면 카타르시스하고는 굿바이라고. 연속극을 녹음하는 건 일종의 미사니까 말이야."

사실 그 일은 미사보다도 더 엄숙했다. 내가 기억하는 모든 미사 중에서도(몇 년 전부터 교회엘 가본 적이 없기는 했지만) 나는 〈알베르토 데 킨테로스의 모험과 재난〉 17장의 녹음처럼 감동적인 의식, 그처럼 감명 깊게 실행된 미사를 본 적이 없었다. 녹음을 하는 데는 삼십 분밖에 걸리지 않았지만—십 분은 예행연습, 이십 분은 녹음—내게는 그것이 몇 시간은 되는 것처럼 보였다. 나는 라디오 센트랄 제1스튜디오라는 이름으로 통하는, 큼직한 유리창이 달리고 먼지 낀 녹색 카펫이 깔린 그 방을 지배하는 경건한 종교적 분위기에 즉각 감명을 받았다. 그 자리에 낀 구경꾼은 빅 파블리토와 나뿐이었고 나머지 사람들은 모두 능동적인 참여자였다. 우리가 스튜디오로 들어서자 페드로 카마초가 싸울 듯한 기색으로 처음부터 끝까지 석고상처럼 꼼짝도 하지 말라고 통고했다. 그 작가-연출자는 더 커지고 더 강해져서, 잘 훈련된 군대에 명령을 내리는 장군처럼 달라 보였다. 훈련된? 아니 그보다는 열광하고 홀리고 세뇌된 광신자들 같았다는 표현이 적당하리라. 나는 콧수염이 거뭇거뭇하고 정맥이 툭툭 불거져 나온 호세피나 산체스―정신은 완전히 딴 데다 둔 채 껌을 씹고 뜨개질을 하면서 녹음에 임하던 모습을 너무도 자주 보아온, 그래서 자기가 하고 있는 말이 무슨 내용인지도 전혀 모른다는 느낌을 주었던―가 마치 기도하는 사람처럼 한 자 한 자 대사를 읽어내리는 데 몰두해 있거나, 아니면 처음으로 영성체를 받는 날 제단을 응시하고 있는 순진무구한 소녀처럼 몸을 떨면서, 훈련된 개마냥 존경이 가득 담긴 공손한 눈길을 방송작가에게 고정시키고 있는 그 사람과 똑같은 인물이라는 것이 좀처럼 믿어지지 않았다. 그것은 루시아노 판도와 다른 세 명의 성우(두 명의 여자 성우와 새파랗게 젊은 남자 성우)도 마찬가지였다. 그들은 마치 자석에 끌리듯 눈길을 대본에서 페드로 카마초에게로 옮겼다 다시 돌렸다 하며 서로 말 한마디 주고받지 않았고 심지어 서로 쳐다보지도 않았다. 그리고 유리창 건너편에서는 잘난 척하는 떠버리 음향기사 오초아까지도 마법에 홀린 듯 신중하게 조정 장치들을 모니터하고 버튼을 누르고 램프를 켰다 껐다 하면서 정신 집중을 위해 얼굴을 잔뜩 찌푸린 채 스튜디오 안에서 벌어지는 모든 일을 열심히 지켜보고 있었다.

다섯 명의 배역들은 페드로 카마초 주위로 빙 둘러서 있었는데 카마초—언제나처럼 검은 양복에 조그만 나비넥타이를 매고 머리칼을 아무렇게나 늘어뜨린—는 그들이 이제부터 읽어내려야 할 장에 대해 설교를 늘어놓고 있었다. 하지만 그가 떠들어대고 있는 것은 대사를 어떻게 읽어내려갈 것인가—평온하게 또는 과장되게, 천천히 또는 빠르게—하는 뻔하고 구체적인 지시가 아니라 늘 하던 버릇대로 심오한 예술적, 철학적 진리와 관련이 있는 고상하고 거룩하고 독단적인 선언이었다. 그리고 당연히, 그 열띤 강연에서 마치 모든 것을 드러내고 설명하는 마법의 공식처럼 가장 자주 반복된 용어는 '예술'과 '예술적'이라는 말이었다. 그 볼리비아 방송작가의 입에서 흘러나오는 말보다 더욱 놀라웠던 것은 그런 말들을 쏟아내면서 보이는 열정이었고, 또 그보다도 더욱 놀라운 것은 그 말들이 불러일으키는 효과였다.

훈시를 하는 내내 그는 격렬한 몸짓을 보이고 까치발을 하면서 널리 알려 깨우치고 납득시켜야만 하는 중대한 진실을 설파

하는 사람처럼 열변을 토했다. 그리고 다섯 사람의 남녀 성우들은 자기네 일(작가는 그것을 '임무'라고 표현했다)과 관련된 그런 격언들을 좀더 잘 이해하려는 듯 눈을 동그랗게 뜨고 온 정신을 쏟아 그의 말 한마디 한마디에 귀를 기울였다.

나는 훌리아가 함께 있지 않은 것이 못내 서운했다. 왜냐하면 그녀는 내가 직접 내 눈으로 본 것, 말하자면 리마에서 가장 비참한 직업을 가진 몇 안 되는 연기자들이 완전히 바뀐 모습으로, 페드로 카마초의 침 튀기는 수사학에 눌려 영원처럼 길었던 그 반 시간 동안 꼼짝도 않고 있었다는 것을 아무리 잘 설명해도 믿으려 들지 않을 것이기 때문이었다.

빅 파블리토와 나는 스튜디오 한구석의 마룻바닥에 앉아 있었고, 우리 앞에는 라디오 빅토리아에서 도망쳐온 음향효과 담당자가 온갖 종류의 이상하고 자질구레한 소도구에 둘러싸여 있었다. 그 역시 이상하다 싶을 정도로 열심히 예술가의 장광설에 귀를 기울이고 있었는데, 녹음이 시작되는 순간 내 눈앞에 펼쳐진 광경의 중심인물이 된 것은 바로 그였다.

그는 구릿빛 피부에 뻣뻣한 직모가 봉두난발인 땅딸막한 사내로, 위아래가 붙은 허름한 작업복에 여기저기 기운 셔츠, 그리고 농부들이 신는 투박한 신발로 거지 같은 차림을 하고 있었다(후에 나는 그가 함석장이라는 이상한 별명으로 불린다는 것을 알게 되었다). 그의 도구는 나무판, 문짝, 물이 가득 찬 세숫대야, 호루라기, 은박지 한 장, 선풍기, 그리고 다른 평범하게 보이는 일용품들로 이루어져 있었다. 함석장이는 복화술, 곡예, 여러 사람의 목소리 동시에 흉내내기, 상상력을 동원하여 물리적 음향 창조하기 등 괴상한 원맨쇼를 벌이기 시작했다. 연출가이자 배우로부터 주어진 신호—대사와 부드러운 한숨과 한탄 따위로 가득 찬 방 안에서 고압적으로 검지손가락을 까닥이는 것—에 따라 함석장이는 신중하게 계산된 보조로 점점 더 세게 또는 약하게 널판을 가로질러 다니며 등장인물이 가까이 다가오거나 멀리 물러가는 발소리를 냈고, 다른 신호에는 은박지에다 선풍기를 각기 다른 속도로 돌려 빗소리나 바람 소리를 만들어냈다. 그리고 또다른 신호에는 손가락을 입에 넣어 휘파람을 불어, 스튜디오 안을 어느 봄날 아침 시골 별장에서 여자 주인공을 깨우는 새들의 지저귐 소리로 가득 채웠다. 특히 인상적이었던 것은 그가 한낮에 도시의 거리에서 들려오는 소음을 만들어냈을 때였다. 엔진 소리며 경적 소리는 오초아가 미리 녹음된 테이프를 이용했지만, 다른 효과는 함석장이가 혓바닥을 튕기거나 휘파람을 불거나 닭 울음소리나 말이 히힝거리는 소리를 내서 만들어냈는데(그는 그 모든 소리를 한꺼번에 내는 것처럼 보였다), 눈을 감고 듣기만 하면 라디오 센트랄의 조그만 스튜디오에서 사람들로 붐비는 길거리를 걸어갈 때 여기저기서 들려오는 목소리, 흩어지는 말소리, 웃음소리, 환호성 등이 그대로 재현되는 것이었다. 하지만 그것만으로도 성이 차지 않은 듯 함석장이는 십여 개의 사람 소리를 흉내내는 동시에, 널판 위에서 걷거나 뛰거나, 두 발과 양손(각각 신발 속에 쑤셔넣은)으로 기어다니거나, 엉덩이를 땅에 대고 쪼그려 앉거나, 원숭이처럼 팔을 달랑거리거나, 팔꿈치와 팔등으로 허벅지를 때리거나 함으로써 길거리를 지나가는 사람들의 발소리와 그들의 몸이 서로 부딪치는 소리까지도 묘사해냈다.

한낮에 아르마스 광장에서 들려오는 소리의 묘사가 끝난 뒤에 실내 음향, 말하자면 두 개의 조그만 쇠막대를 부딪쳐 도자기 컵이 쨍그랑거리는 소리를 내거나, 유리판을 할퀴고 등에다 조그만 나무 막대를 문질러 의자가 끌리는 소리와 두껍고 부드러운 카펫 위를 걷는 숙녀들의 발걸음 소리를 흉내내어 리마 사교계의 점잖은 부인이 자기 저택에서 친구들에게 차 대접하는 소리를 재현한다든지, 또는 으르렁거리고 깩깩 울고 꿀꿀거리고 비명을 질러 바랑코 동물원에서 들려오는 소리(그리고 그곳에서 들어볼 수 없는 다른 여러 동물의 소리까지도)를 음성으로 구현하는 일이란 그에겐 비교적 대수롭지 않은 재주처럼 보였다. 녹음이 끝났을 때쯤 그는 마치 올림픽에서 마라톤을 뛰고 난

선수처럼 숨을 헐떡였고 눈언저리에 거무스름한 그늘이 진 채 땀을 비 오듯 흘리고 있었다.

페드로 카마초는 자기와 함께 일하는 사람들에게 자신의 음산하리만큼 진지한 태도를 불어넣은 것이었다. 그것은 실로 엄청난 변화였다. 쿠바의 CMQ에서 건너온 연속극들은 대개 도떼기시장 같은 분위기에서 녹음되었고, 성우들은 대사를 읽는 동안 그들 자신과 그들이 읽어내리는 내용을 비웃으면서 인상을 쓰거나 서로에게 음탕한 몸짓을 해 보이곤 했다. 그러나 이제는 만일 누군가가 사소한 농담이라도 입에 담는다면 다른 사람들이 그에게 달려들어 신성모독을 범한 죄로 두들겨 팰 것만 같은 분위기였다. 나는 한동안 그들이 자기들의 우두머리에게 환심을 사려고, 또는 아르헨티나 사람들처럼 내쫓기지 않으려고 그러는 척하고 있을 뿐이며 속으로는 스스로를 페드로가 생각하는 것처럼 그렇게 '예술의 성직자들'이라고 확신하지는 않을 것이라고 생각했다. 그러나 내 생각은 잘못이었다.

판아메리카나로 돌아오면서 나는 호세피나 산체스와 벨렌 로를 따라 몇 블록을 걸었다. 그녀는 다음 연속극 녹음이 있기 전에 맛있는 차나 한잔 마시려고 집으로 가는 중이었다. 나는 그녀에게 볼리비아 방송작가가 녹음을 하기 전에 언제나 그런 설교를 늘어놓는지 아니면 내가 들었던 훈시는 좀 예외적인 것이었는지를 물어보았다. 그녀가 이중턱이 떨릴 만큼 경멸하는 표정으로 나를 쏘아보았다.

"그 양반, 오늘은 아주 짧게 얘기한 거예요. 영감이 떠오르질 않았나봐요. 때때로 그분의 이상이 후세에까지 전해질 수 없다는 걸 생각하면 가슴이 미어져요."

내가 생각하기에 그녀는 상당히 경험이 풍부한 사람이었으므로, 나는 그녀에게 정말로 페드로 카마초가 위대한 재능을 지닌 사람 같냐고 물어보았다. 그 질문에 대해 그녀가 자신의 감정을 표현해줄 적당한 말을 찾는 데 조금 시간이 걸렸다.

"그분은 연기라는 직업을 거룩하게 만들고 있어요."

6

어느 맑게 갠 여름날 아침, 리마 고등법원 형사 1부의 심리 판사 페드로 바레다 이 살디바르 박사는 언제나처럼 말쑥한 차림으로 일 분도 늦지 않게 사무실로 들어섰다. 인생의 절정기라 할 오십대 남자인 그는 인품으로 보나 풍채로 보나—훤한 이마와 매부리코에 꿰뚫어보는 듯한 눈길을 지닌 그지없이 정직하고 선량한 사내—첫눈에도 존경심을 불러일으킬 만큼 흠잡을 데 없는 미덕을 갖춘 사람임이 분명했고, 그의 차림새 또한 박봉에 시달릴지언정 천성이 뇌물 따위 받지 못하는 판사답게 지극히 검소하면서도 우아하다는 느낌마저 풍길 정도로 티 한 점 없이 깔끔했다.

법원은 밤의 정적에서 깨어나기 시작했고, 변호사며 서기, 경위, 원고, 공증인, 지방 검사, 법대 학생, 그리고 한가한 구경꾼까지 그 육중한 건물로 모여들고 있었다. 그런 북새통의 한가운데서 바레다 이 살디바르 박사는 서류 가방을 열어 두 가지 서류를 꺼내든 다음 자리에 앉아 그날의 일과를 시작할 채비를 차렸다. 잠시 뒤에 그의 비서가 운석이 허공을 가르듯 신속하고도 조용하게 사무실로 들어섰다. 말을 할 때면 짧은 턱수염이 리드미컬하게 올라갔다 내려왔다 하는 작달막한 안경잡이 사내 셀라야였다.

"좋은 하루 되시기 바랍니다, 판사님." 그가 허리까지 고개를 숙여 판사에게 인사를 올렸다.

"자네도 그러길 바라네, 셀라야." 바레다 이 살디바르 박사가 상냥하게 미소를 지으며 대답했다. "오늘 처리할 사건은 뭔가?"

"협박으로 미성년자를 정신적으로 폭행하고, 강간한 건입니다." 비서가 판사의 책상에 두툼한 서류철을 올려놓으면서 대답했다. "피고는 빅토리아 구에 거주하는 자로, 롬브로소*의 분류에 따르면 전형적인 범죄자형인데 혐의를 부인하고 있습니다. 증인들은 복도에서 기다리고 있습니다."

"그 사람들 말을 듣기 전에 먼저 경찰 조서와 고소장을 다시

* 이탈리아의 정신병 학자. 형사의학의 창시자로 『범죄인론』 『천재론』 등의 저서가 있음.

한번 훑어봐야겠지." 판사가 일의 순서를 바로잡았다.

"그러십시오. 증인들은 얼마든지 기다려줄 겁니다." 비서가
대답하고 방을 나갔다.

살디바르 박사는 법관이라는 근엄한 모습 이면에 시인의 마
음을 감추고 있어서, 차가운 법률 서류들을 한번 훑어보는 것만
으로도 공문서에 관행적으로 쓰이는 어구들과 라틴어 구절들의
수식적인 껍질을 벗겨내고 상상력을 빌려 있는 그대로의 사실을
충분히 도출해냈다. 그래서 라빅토리아 경찰서에서 작성된 조서
를 읽어내리면서 그는 피고를 정식으로 고소까지 한 그 사건을
조목조목 생생하게 재구성할 수가 있었다. 그의 눈앞으로 메르
세데스 카베요 데 카르보네라 공립학교 학생인 사리타 우안카
살라베리아라는 열세 살 난 계집아이가 지난주 월요일에 그 녀
저분하고 우중충한 구역의 경찰서로 들어가는 모습이 선히 떠올
랐다.

그 계집아이는 얼굴이며 팔이며 다리에 멍이 든 채 훌쩍거리
면서 부모인 카시미로 우안카 파드론과 카탈리나 살라베리아 멜
가르에게 이끌려 경찰서를 찾아왔다. 그 전날 밤 루나피사로 가
12번지에 위치한 공동주택 8호실에서 같은 건물 10호실에 세들
어 사는 피고인 구메르신도 테요에게 폭행을 당했다는 이유에서
였다. 당혹함이 가라앉자 사리타는 떨리는 목소리로 법과 질서

205

의 수호자들에게 강간범은 자신을 목표물로 삼아 오랫동안 은밀
히 쫓아다닌 끝에 그런 끔찍한 짓을 저질렀다고 털어놓았다. 즉
지난 팔 개월 동안, 그 강간범이 불길한 조짐을 보이는 이상한
새처럼 12번지로 날아들었던 바로 그날부터, 구메르신도 테요
는 사리타 우안카의 부모나 다른 세입자들이 눈에 띄지 않을 때
마다 점잖지 못한 찬사나 거침없는 음담("네 과수원의 레몬들을
짜고 싶어" "요 며칠 내로 네 우유를 빨아줄게")을 늘어놓으면서
사리타를 꼬드겼다. 그런 다음에는 자기가 했던 말을 공공연히
실행에 옮겨 사리타 우안카가 학교에서 돌아올 때나 심부름을
갈 때, 12번지 건물의 안뜰이나 근처 길거리에서 여러 번 그 사
춘기 계집아이를 더듬고 키스까지 했다. 그러나 피해자 쪽에서
는 추행을 당한 것이 부끄럽기도 하고 또 천성이 수줍기도 해서
부모에게 그 사실을 알릴 수가 없었다.

　일요일 저녁, 사리타 우안카는 숙제를 하고 있다가 노크 소리
를 들었다. 그녀의 부모가 메트로폴리탄 극장으로 영화를 보러
나간 뒤 십 분쯤 되어서였다. 누가 찾아왔는지 알아보려고 문간
으로 나갔다가 그 계집아이는 구메르신도 테요와 마주쳤다.

　"왜 그러세요?" 사리타 우안카가 공손히 물었다.

　강간범은 점잔을 빼면서 휴대용 스토브에 기름이 떨어졌는데
사러 나가기엔 너무 늦었으니까 저녁 준비를 하게 조금만 꾸어

달라고 했다. 바로 다음 날 빌려간 만큼 갚아주겠다는 것이었다. 착하고 순진한 계집아이 사리타는 그 남자를 안으로 들어오게 해서 변기 대신으로 쓰는 양동이와 스토브 사이에 놓인 기름통을 보여주었다.

(살디바르 박사는 경찰이 원고의 진술을 받아 적다가 우안카 살라베리아 가족의 습관까지도 곧이곧대로 다 까발렸다는 생각에 웃음이 나왔다. 사실 부에노스아이레스의 주민들 중에는 먹고 자고 하는 방에서 생리 현상까지 해결하는 경우가 아주 흔했다.)

그런 계략을 써서 용케 8호실로 들어선 피고인은 문을 잠가버렸다. 그러고는 무릎을 꿇더니 양손을 모아쥐고서, 그제야 옆방에 세든 사람이 찾아온 목적을 알아차리고 불안해진 사리타에게 사랑한다느니 하는 말을 웅얼거리기 시작했는데, 그 계집아이가 진술한 대로라면 '황당무계한 소리'로 자기 소원을 들어달라며 졸라댔다는 것이었다. 그런데 그 소원이란? 옷을 다 벗고 자기의 애무와 키스를 받아달라는, 그리고 순순히 처녀성을 잃으라는 것이었다. 당연히 사리타 우안카는 잔뜩 몸을 도사린 채 그의 요구를 단호히 거절했고 구메르신도 테요에게 욕을 하면서 이웃 사람들을 부르겠다고 위협했다. 하지만 그런 말을 듣자마자 피고인은 그때까지 애원하던 태도를 싹 바꾸어 호주머니에서 칼을 꺼내들었다. 소리만 질렀다 하면 그대로 찌르겠다는 것이었다. 그리고 벌떡 일어서더니 사리카에게로 다가왔다.

"자, 자, 옷을 모두 벗어라. 예뻐해줄 테니까."

그래도 사리타 우안카가 말을 듣지 않자 강간범은 계집아이가 바닥에 쓰러질 때까지 주먹질, 발길질을 퍼부었다. 그러고는 폭행을 당한 쪽의 말에 따르자면, 피해자가 겁에 질려 이빨을 달달 떨면서 꼼짝없이 누워 있는 사이에 강간범이 옷을 모두 벗겨낸 뒤 자기 옷도 벗어던지고 확 덮쳐들어 마룻바닥에서 그 짐승 같은 짓을 벌였던 것인데, 아이가 반항하자 다시 한 차례 더 주먹질이 뒤따르는 바람에 아직까지도 혹과 멍자국으로 그 흔적이 남아 있다는 것이었다. 일단 욕심을 채우고 나자 구메르신도 테요는 만수무강하고 싶다면 지금 벌어진 일에 대해서는 입도 뻥끗하지 말라고 사리타 우안카 살라베리아를 협박한 다음(자기 말대로 하겠다는 것을 보여주려고 칼을 휘두르면서) 8호실을 나갔다.

계집아이의 부모들이 메트로폴리탄 극장에서 돌아와보니 사리타 우안카가 엉망이 된 몸으로 눈물을 줄줄 흘리고 있었다. 딸아이의 다친 곳을 치료해주고 나서 그들은 무슨 일이 벌어졌는지 말해보라고 사리타를 구슬렸지만 그 아이는 부끄러워서 입을 열려고 들지 않았다. 밤이 그렇게 지나갔다. 그러나 다음 날 아침, 처녀성을 잃었다는 정신적인 충격이 어느 정도 가시자 그 아이는 부모에게 무슨 일이 있었는지 모두 털어놓았고, 그들은 당장에 라빅토리아 경찰서로 달려가 고소를 제기했다.

살디바르 박사는 잠시 눈을 감았다. 그 계집아이가 당했던 일이 너무도 안돼서였다(비록 날마다 범죄를 접하고는 있어도 그는 무감각해질 수가 없었다). 그러면서도 마음 한구석으로는 이사건이 어느 모로 보아도 기묘하거나 이상한 점이라고는 없는 전형적인 범죄에 해당되며, 사전 범행 계획, 언어적 육체적 폭행 및 정신적 학대 등 전형적인 가중범죄와 더불어 형법상 강간 및 미성년자 추행과 관계된 조항을 면밀하게 적용시키면 되겠다는 생각을 하고 있었다.

그가 다음번으로 재검토한 서류는 구메르신도 테요를 체포한 경찰들의 보고서였다.

상관들의 지시에 따라 G. C. 엔리케 소토 경위와 알베르토 쿠시칸키 아페스테기 순경과 우아시 티토 파리나코차 순경은 전술한 테요의 체포 영장을 들고 루나피사로 가 12번지를 찾아갔지만 문제의 인물은 집에 없었다. 이웃 사람들이 그들에게 테요가 그 구역의 다른 쪽 끝, 즉 엘피노 언덕 기슭에 조금 못 미치는 곳에 있는 엘인티 정비공장에서 일하는 자동차 정비공이라는 사실을 알려주었다. 두 경찰은 즉시 그곳으로 찾아갔다. 그러나 놀랍게도 그들이 정비공장에 도착했을 때는 구메르신도 테요가 막 다른 곳으로 떠난 뒤였고, 정비공장 주인인 카를로스 프린시페는 그가 세례식에 참석하기 위해 그날 하루를 쉬게 해달라고 요청했다고 말했다. 순경들이 다른 정비공들에게 어느 교회에서 테요를 찾을 수 있겠느냐고 묻자 그들은 교활하게 눈짓을 교환하면서 실실 웃기만 할 뿐 대답을 하지 않았다. 프린시페가 구메르신도 테요는 천주교 신자가 아니라 '여호와의 증인'이며, 그 종파에서는 세례가 교회에서 성직자에 의해 거행되지 않고, 야외 어딘가에서 세례를 신청한 사람에게 초주검이 될 때까지 자맥질을 시키는 방식으로 이루어진다고 설명해주었다.

앞서 말한 종파가 사교의 일종이 아닌가 의심하면서(사실 그렇게 밝혀졌지만) 쿠시칸키 아페스테기와 티토 파리나코차는 그들에게 자신들을 테요가 있는 곳으로 안내해달라고 요구했다. 한참을 망설이고 상의를 한 끝에 엘인티의 주인이 직접 그들을 테요가 있음직한 곳으로 데려다주겠다고 했다. 그의 말로는 얼마 전에 테요가 자기와 정비공장에서 일하는 동료 정비공들을 개종시키려고 했을 때 그곳에 한번 가본 적이 있다는 것이었다(하지만 프린시페는 그때 아무런 감동도 받지 못했다).

정비공장 주인이 차를 몰아 두 경찰을 한쪽은 마이나스 로에 맞닿아 있고 다른 한쪽은 마르티네티 공원으로 둘러싸인 공터로 데려다주었다. 그곳은 근처에 사는 사람들이 쓰레기를 태우는 장소인 동시에 리막 강의 좁은 지류가 흐르는 곳이었다. 그런데 정말로 거기에 여호와의 증인들이 모여 있었고, 쿠시칸키 아페스테기와 티토 파리나코차는 수영복 차림이 아니라 옷을 다 입은 채로 흙탕물에 허리까지 잠그고 서 있는 십여 명의 늙고 젊은 남자와 여자를 몰래 지켜보았다. 몇 명의 남자들은 넥타이를 매고 있었고 그중 하나는 실크해트까지 쓰고 있었다. 강둑으로 구경을 나온 이웃 사람들의 농담과 비웃음, 그들에게 던져지는 쓰레기, 그리고 다른 유치하고 못된 장난질에도 아랑곳않고 그들은 열심히, 경찰들이 언뜻 보기엔 사람을 물에 빠뜨려 죽이려는 행위로밖에는 보이지 않는 의식을 계속 진행했다. 그들이 본 것은 목이 터져라 이상한 찬송가를 부르는 여호와의 증인들이 판초 우의에 털모자를 쓴 어떤 늙은 남자의 팔을 단단히 움켜쥐고 그를 연방 더러운 물 속에 처박고 있는 광경이었다. 그것이 자신들의 신에 대한 의도한 희생이었을까? 그러나 두 경찰이 권총을 뽑아들고 각반을 진흙투성이로 만들면서 달려가 범죄 행위를 멈추라고 명령했을 때, 맨 먼저 노발대발하며 '로마놈'들이니 '교황의 앞잡이'니 하는 이상한 욕지거리를 퍼부어대며 물러가라고 소리친 것은 바로 그 노인이었다. 법과 질서의 수호자들은 프린시페가 가리켜준 덕분에 알아볼 수 있었던 구메르신도 테요를 체포하기 위해, 어쩔 수 없이 물러났다가 세례식이 끝날 때까지 기다릴 수밖에 없었다. 의식은 몇 분 동안 더 계속되었는데, 여호와의 증인들은 세례받는 노인이 눈을 까뒤집고 물을 삼키다 질식하기 시작할 때까지 계속 자맥질을 시킨 뒤에야 그를 물가로 끌어냈다. 그리고 거기서 이제 막 그의 앞에 새로운 삶이 시작되었다며 축하를 해주는 것이었다.

경찰들이 구메르신도 테요를 체포한 것은 바로 그때였다. 정비공은 조금도 반항하려 들지 않았고 도망치려고도 하지 않았다. 또 자기가 체포된다는 사실에 대해서도 놀란 기색이라고는 없이 경찰들이 수갑을 채우는 동안 다른 사람들에게 이런 말을 했을 뿐이었다.

"형제님들, 저는 결코 여러분을 잊지 않을 것입니다."

여호와의 증인들이 즉시 흰자위만 보일 정도로 눈을 흡뜬 채 하늘을 쳐다보면서 찬송가를 부르기 시작했고, 똑같은 자세로 프린시페의 자동차를 뒤따랐다. 프린시페는 두 경찰과 그들이 체포한 범인을 라빅토리아 경찰서까지 데려다주었고, 거기서 두 경찰은 도와줘 고맙다면서 그를 돌려보냈다.

경찰서로 들어서자 G. C. 엔리케 소토 경위가 잡혀온 피의자에게 뜰에서 신발과 바지를 말리지 않겠느냐고 물었다. 그러나 구메르신도 테요는 최근 리마에서 생겨난 참된 종교를 믿기 위해 개종하는 사람들이 많아 젖은 옷을 입고 돌아다니는 데 아주 익숙하다고 대답했다.

경위는 피고인의 자발적인 협조를 받으며 심문을 벌이기 시작했다. 신원에 대해 묻자 그는 모케과 출신으로 작고한 구메르신도 테요 부인과 역시 모케과에서 태어났지만 이름은 알지 못하는 아버지 사이에서 이십오 년 전 아니면 이십팔 년 전에 태어났고 이름은 구메르신도 테요라고 대답했다. 그리고 정확한 나이에 대해 의문이 제기되자 그는 어머니가 자기를 낳은 뒤에 바로 전술한 도시에서 가톨릭 교도들이 운영하는 남자아이들을 위한 고아원으로 넘겨주었기 때문에 잘 모르겠다고 설명하면서, 자기는 그 정신이상자들에게 교육을 받긴 했지만 다행히도 열다섯 살 아니면 열여덟 살 때 그곳을 도망쳐 나왔다고 덧붙였다. 그는 또 그 나이까지는 고아원에 남아 있었는데, 큰 화재가 일어나 그 고아원이 홀랑 다 타버리는 바람에 서류들까지 모두 소실되었다는 사실도 덧붙였다. 즉 그런 이유로 해서 자기가 몇 살인지를 정확히 알 길이 없다는 것이었다. 구메르신도 테요는 또 그 화재가 신의 뜻에 의한 것이었다고도 했다. 그 화재 덕에 자기가, 철학의 진리에 대해 눈먼 사람의 눈을 뜨게 해주고 귀머거리의 귀를 틔워주며 칠레에서 리마까지 여행하는 두 현자를 만날 수 있었기 때문이라는 것이었다. 그는 그 현자들과 함께 리마까

213

지 왔다고 했지만 그들의 이름이 무엇인지는, 그런 사람들이 있다는 것을 알면 됐지 굳이 이름까지는 알 필요가 없다고 하면서 밝히기를 거부했다. 이어서 그후로는 하루하루를 정비공(그가 고아원에서 배워둔 일)으로 일하는 시간과 진리를 전파하는 시간으로 나누어 써왔다고 진술했다. 그리고 팔 개월 전 로스바리오스알토스 시의 비타르테 구 브레냐 가에서 라빅토리아로 옮겨온 이유는 전에 살던 곳에서 꽤 멀리 떨어진 엘인티 정비공장에 일자리를 구했기 때문이라는 것이었다.

피고인은 그가 지난 팔 개월 동안 루나피사로 가 12번지에 있는 공동주택에서 세입자로 거주해왔다는 사실을 인정했다. 또 자기가 우안카 살라베리아 집안을 알고 있다는 점도 인정했는데, 그의 말에 따르자면 몇 번인가 그들에게 계몽적인 대화를 제의하고 훌륭한 읽을거리도 건네주었지만 그 건물의 다른 세입자들과 마찬가지로 그들 역시 로마 이단에 깊이 빠져 있었던 탓에 아무런 소용이 없었다는 것이었다. 그에게 추행을 당한 것으로 추정되는 사리타 우안카 살라베리아의 이름이 거론되자 그는 본 기억이 난다면서 그 아이가 어린 나이임을 감안하여 어느 날엔가는 바른길로 인도할 희망을 버리지 않았다고 덧붙였다.

경위가 고소장에 기재된 항목들을 일일이 열거하자 구메르신도 테요는 몹시 놀란 기색을 보이며 고소장의 내용들을 단호히 부인했다. 그리고 잠시 뒤에는(나중에 면책의 근거를 마련할 목적으로 정신이상자인 척했던 것일까?) 즐거운 듯 웃음을 터뜨리며 이것은 여호와께서 자기의 믿음과 희생정신을 가늠해보기 위해 시험에 들도록 한 것이라고 둘러대더니, 자기가 어째서 그렇게도 학수고대했던 병역 의무에 소집되지 않았는지를 이제야 알 것 같다고 했다. 그것은 군복도 입지 않고 국기에 대한 맹세도 거부함으로써—왜냐하면 그런 것들은 사탄에 대한 찬미이므로—포교를 할 수 있기 때문이었다는 것이다. G. C. 엔리케 소토 경위가 그 말은 국가에 반대한다는 뜻이냐고 묻자, 피고인은 그런 뜻으로 얘기한 것은 절대로 아니며 다만 종교와 관련이 있는 문제들에 대해서만 말하고 있는 것이라고 대답했다. 그러고는 소토 경위와 두 순경에게 열렬한 목소리로 그리스도는 신이 아니라 여호와의 증인이며 예수가 실제로는 나무에 못 박혔음을 성경이 증명하고 있는 이상, 가톨릭 교도들이 그가 십자가형을 당했다고 계속 주장한다면 그것은 거짓말을 하는 것이라고 설교를 늘어놓았다. 그러더니 느닷없이 경찰들에게 두 달에 한 번씩 발행되는 이 솔짜리 〈파수대〉를 읽어보면, 그 문제에 대해서는 물론 다른 문화의 관점들에 대해서도 눈을 뜨게 될 것이며 온전한 기쁨을 얻을 수 있을 것이라고 충고했다. 소토 경위는 그에게 경찰서 안에서는 상품 광고가 금지되어 있다며 말을 자른 다음,

사리타 우안카 살라베리아가 그에게 강간과 추행을 당했다고 진술한 시간 이전의 저녁 시간 동안 어디서 무엇을 하고 있었는지 밝힐 것을 요구했다. 구메르신도 테요는 매일 밤 늘 그래왔듯이, 저녁 내내 자기 방에서 혼자 묵시록에 대한 생각에 잠겨 있었다고, 그런데 사실 어떤 사람들이 주장하는 것과는 정반대로, 최후의 심판날에 모든 사람들이 다시 살아난다는 것은 진실이 아니며 영혼의 필멸성을 부정하는 처사라고 떠들어댔다.

두번째로 제지를 당하자 피고인은 미안하다면서 자기는 일부러 경위의 지시를 어기려는 것이 아니라 다른 사람들이 완전한 암흑 속에서 살아가는 모습을 보는 것이 안타까워서 매순간 사람들에게 작은 빛이나마 주려고 노력하지 않을 수가 없다고 했다. 그러고는 자기는 그날 저녁이건 밤늦게건 사리타 우안카 살라베리아를 본 기억이 없다고 맹세하더니 그 고소장 덕분에 사리타라는 여자아이가 자기를 헐뜯었음에도 불구하고 자기는 전혀 악의를 품고 있지 않다는 사실이 드러났을뿐더러 여호와가 그 여자아이를 통해 자기의 믿음을 시험한 것일 테니 고맙기까지 한 것이 아니겠느냐고 되물었다. 일이 그 지경에까지 이르자 G. C. 엔리케 소토 경위는 구메르신토 테요에게서 그 고소 건에 관해 더 자세한 사항을 알아내기란 불가능하다는 것을 알아차리고 그에 대한 심문을 끝냈다. 그리고 심리 판사가 적절하고도 타

당하게 그를 심문할 수 있도록 피고인을 법원 유치장으로 이송시켰다.

살디바르 박사는 피고인 관련 서류철을 덮고 아침결에 들려오는 법원의 웅성거리는 소음 한가운데서 생각에 잠겼다. 여호와의 증인이라구? 판사는 그런 사람들을 너무도 잘 알고 있었다. 바로 몇 해 전 자전거로 세계를 일주한다는 어떤 남자가 그의 집 문을 두드리고 그에게 〈파수대〉를 한 부 건네준 적이 있었는데 그는 차마 거절하기가 뭣해서 그대로 받아두었다. 그러자 바로 다음 순간부터 그 여호와의 증인은 노리고 있었다는 듯 밤이건 낮이건 빛을 주겠다며 끊임없이 그의 집을 들락거렸고 팸플릿이며 책이며, 온갖 크기의 잡지, 그리고 별별 주제와 관련된 설명서를 갖다 안겨서, 마침내는 설득이나 진심 어린 환대나 엄한 훈계 같은 점잖은 방법으로는 여호와의 증인들의 달갑지 않은 방문을 멈추게 할 수 없다는 사실을 깨닫고 경찰을 불러야 했다. 그러니까 이 강간범도 그런 못 말리는 전도자 중 하나란 말이지, 이거 사건이 점점 더 재미있게 돼가는군. 살디바르 박사는 그런 생각이 들었다.

판사는 책상 위에 놓인 길고 날카로운 편지따개(그가 법조계에 근무한 지 이십오 년째 되던 날 부하 직원들에게서 선물로 받은 그의 상관들과 동료들과 부하 직원들의 애정의 상징)를 만지

작거리다 비서를 불러 증인들을 들여보내라고 지시했다.

먼저 두 명의 순경 쿠시칸키 아페스테기와 티토 파리나코차가 들어와 공손한 목소리로 구메르신도 테요를 체포했을 당시의 상황을 설명했고, 피고인이 고소장에 기재된 내용들을 부인하기는 했어도 그의 광적인 신앙심 때문에 약간 피곤했던 점만 제외하고는 매우 협조적이었다고 부연했다. 셀라야는 콧등 위로 안경을 올렸다 내렸다 하며 그들의 증언을 한 자도 빠짐없이 타자기로 받아 치고 있었다.

다음에는 피해자의 부모가 들어왔는데 나이에 비해 너무 늙어 보여서 깜짝 놀랄 지경이었다. 어떻게 이런 꼬부랑 할머니, 할아버지가 십삼 년 전에 딸을 낳았을까? 이빨은 다 빠진 데다 눈에서는 진물이 흐르는 아버지 이사이아스 우안카는 경찰 보고서에 기재된 자신과 관련된 사항을 즉각 인정했다. 그러더니 다급한 소리로 테요가 사리타와 결혼하게 될지 어떨지를 물었는데, 그 질문이 떨어지기가 무섭게 얼굴이 바싹 여윈 자그마한 여인 살라베리아 우안카가 살디바르에게 다가와 손에 입을 맞추고는, 간절한 목소리로 부디 친절을 베풀어 테요가 사리타를 제단으로 데려가게 해달라고 애원했다. 판사는 그 나이든 부부에게 자기가 국가에서 위임받은 의무와 권한에는 중매쟁이의 역할이 포함되지 않는다는 점을 설명하느라 굉장한 곤욕을 치렀다. 어느 모로 보나 그 여자아이의 부모들은 딸을 망친 남자가 감옥에 들어가는 꼴을 보기보다는 딸을 시집보내버리는 데 훨씬 더 관심이 있었고 강간에 대해서는 좀처럼 입을 열려고 들지 않았다. 그리고 어쩔 수 없이 그에 관한 말을 해야 할 때도 마치 딸을 매물로 내놓은 것처럼 사리타의 장점들을 늘어놓는 데 상당한 시간을 허비했다.

판사는 이 보잘것없는 농부들—그들이 안데스 산맥 출신이고 흙과 밀접하게 살아왔다는 것은 분명했다—때문에 자기가 아들에게 결혼을 승낙해주지 않는 엄한 아버지 같다는 기분이 들어 속으로 웃음이 나왔다. 그는 여자아이의 부모들이 그 문제를 명확하게 알고 넘어가도록 하기 위해 최선을 다했다. 어떻게 그들은 자기네 딸이 나약한 여자아이를 능히 강간할 수 있는 남자에게 시집가기를 원할 수 있을까? 하지만 그들은 계속해서 사리타는 참한 아내가 될 것이라는 둥, 비록 그 아이가 겨우 아이 티를 벗었다고는 해도 벌써 요리며 바느질을 할 줄 안다는 둥, 그리고 무엇보다도 자기네 두 사람은 이제 살날이 얼마 남지 않았으므로 얼마 안 가서 딸아이를 의지할 데 없는 고아로 만들게 될 거라는 둥, 테요는 책임감 있고 열심히 일하는 남자처럼 보인다는 둥, 그 사람이 사리타에게 심한 짓을 했던 건 인정하지만 그래도 달리 생각해보면 그 사람이 술에 취한 모습을 본 적이 없고 또 몹시 공손하다는 둥, 그 사람은 매일같이 아침 일찍 연장 가방과 집집마다 돌리는 잡지책 꾸러미를 자전거에 싣고 나간다는 둥 하면서 계속 말을 끊었다. 한마디로, 그처럼 열심히 일하는 젊은이라면 사리타의 좋은 신랑감이 되지 않겠느냐는 거였다. 그러고는 팔을 내뻗으면서 애원까지 하는 것이었다.

"우리를 불쌍히 여기고 도와주십시오, 판사님."

비를 잔뜩 품은 먹구름처럼 살디바르 박사의 마음속으로 한가지 가설이 떠돌아다녔다. 만일 이 사건이 모두 딸을 결혼시키려고 이들 부부가 꾸며낸 음모에 불과하다면 어쩌나 하는 것이었다. 그러나 진단서는 분명히 그 계집아이가 강간당했다는 사실을 밝히고 있었다. 판사는 상당히 애를 먹은 끝에 두 증인을 내보냈고 다음에는 피해자가 불려 들어왔다.

사리타 우안카 살라베리아가 들어서자 심리 판사의 어두컴컴한 방이 당장 환해지는 것 같았다. 살디바르 박사는 범죄의 가해자와 피해자들을 심문하면서 그의 눈앞에서 별별 이상한 인간 유형과 기묘한 정신병적 경우를 다 본 사람이었음에도, 이번에는 정말로 이상한 상대를 만났다는 생각이 들었다. 사리타 우안카 살라베리아는 어린 소녀가 아니던가? 물론 나이 그 자체만 갖고 따진다면 의심의 여지가 없었다. 부드러운 곡선으로 감싸인 그 계집아이의 조그만 몸집은 여자다운 모습을 수줍게 드러내기 시작했고 땋아 늘인 머리채며 여학생들이 입는 블라우스와 스커트, 그러나 또 한편으로는 눈에 띄게 간드러진 거동과 다리를 벌려 한쪽 엉덩이를 내민 채 어깨를 축 늘어뜨리고 서 있는 그 자세, 도발적으로 허리께를 짚은 조그만 손, 그리고 특히 촉촉하면서도 영악스러운 눈빛과 작고 뾰족한 앞니로 아랫입술을 씹는 버릇 때문에 사리타 우안카 살라베리아는 알 것 다 아는 성숙한 여인처럼 보였다.

바레다 이 살디바르 박사는 미성년자들을 심문할 때면 언제나 비상한 재치를 발휘했고 그럼으로써 아이들의 신뢰를 얻을 수 있었다. 그는 심문받는 미성년자들의 마음이 상하지 않도록 완곡한 표현을 쓰면서 인자하고 참을성 있는 태도를 보였으므로, 아이들을 가장 부끄러워하는 이야기로 끌어들이는 것은 그에게 별로 어려운 일이 아니었다. 하지만 이번에는 그의 경험도 아무 소용이 없었다. 그가 완곡한 어조로 구메르신도 테요가 한동안 점잖지 못한 말들로 귀찮게 굴었던 것이 사실이냐고 묻자마자, 그 계집아이는 숨 돌릴 틈도 없이 이야기를 늘어놓기 시작했다.

"네, 맞아요. 그 아저씨가 라빅토리아로 이사 오고 나서 어디에서나 아무 때건 그랬어요. 그 아저씨는 걸핏하면 버스 정류장에서 저를 기다리고 있다가 집까지 따라오면서 이러곤 했어요.

'네 꿀을 빨고 싶어.' '너한테는 조그만 오렌지가 두 개 있고 나한테는 조그만 바나나가 하나 있어.' '난 너를 사랑하고 싶어서 흠뻑 젖어 있어.'"

하지만 판사의 뺨을 벌겋게 달아오르도록 만들고, 셀라야의 손가락을 타자기 문자판에서 얼어붙게 한 것은 그 조그만 계집아이의 입에서 나오기엔 너무도 어울리지 않는 그런 외설스러운 말들이라기보다는 사리타가 그때껏 당했던 추근거림을 예증하기 시작하면서부터 보인 몸짓이었다.

"그 아저씨는 노상 여길 이렇게 만지려고 했어요." 사리타의 조그만 두 손이 위로 올라가 봉긋한 가슴을 감싸고 유두가 일어서도록 애무하기 시작했다. "그리고 여기도요." 이번에는 조그만 손들이 아래로 내려와 무릎을 어루만지다가 스커트에 주름을 잡으며 가녀린 허벅지(바로 얼마 전까지만 해도 사춘기 이전 아이의 허벅지에 불과했던)를 따라 슬금슬금 기어 올라갔다.

살디바르 박사는 눈을 껌뻑이다가 기침을 했다가 비서와 재빠르게 눈길을 교환했다가 인자한 눈길로 계집아이를 바라보며 그렇게까지 분명하게 다 설명할 필요는 없고 대강대강만 얘기해도 된다고 알려주었다.

"그 아저씨는 또 여기도 꼬집었어요." 사리타가 몸을 반 바퀴 빙 돌려 그에게 엉덩이를 내밀어 보였다. 그 엉덩이가 갑자기 점점 더 커지며 풍선처럼 부풀어오르는 것처럼 보였다. 판사는 자기의 집무실이 어느 순간에라도 스트립쇼장으로 변할 것만 같은 아찔한 예감이 들었다.

조바심을 극복하려고 애쓰면서 판사는 그 미성년자에게 침착한 목소리로 그런 얘기는 빼고 강간 행위 그 자체에 대해서만 얘기하라고 일렀다. 그리고 일어났던 일들을 사실 그대로 알리는데 최선을 다해야 되겠지만 그처럼 세세한 일들을 다 열거하는 것이 꼭 필요하지는 않으며 여자로서 말하기 부끄러운 일은— 그 대목에서 살디바르 박사는 약간 당황한 기분을 느끼고 목청을 가다듬었다—빼버려도 된다고 설명했다. 판사는 무엇보다도 그 심문이 되도록이면 일찍 끝나기를 바랐고, 또 볼꼴 사납지 않은 범위 내에서 심문을 진행시키고 싶었다. 그리고 난잡스러운 추행을 그토록 상세히 설명하려면 몹시 당황해야 마땅할 이 여자아이가 되도록이면 간단하게, 요점만 피상적으로 얘기했으면 좋겠다는 생각도 들었다.

그러나 판사의 설명을 듣자 사리타 우안카 살라베리아는 피냄새를 맡은 싸움닭처럼 더욱 대담해져서 예의 따위는 싹 내던져버리고 외설스러운 독백을 늘어놓기 시작했다. 그런 다음에는 강간을 당할 때 냈던 신음 소리를 그대로 재현하는 바람에 살디바르 박사는 숨을 삼켰고, 셀라야는 솔직히 말해 침이 꼴깍 넘어

223

갈 정도로(아니 어쩌면 자위를 하고 싶을 정도로) 흥분 상태에
빠져들었다. 그 정비공은 이렇게 문을 두드렸고 문을 열어주니
까 요렇게 자기를 쳐다보았고, 다음엔 자기한테 이런 말을 했고
또 그다음엔 이런 식으로 가슴에 손을 포개고 이렇게 무릎을 꿇
었고, 자기를 사랑한다고 맹세하면서 이렇고 저런 말로 자기에
대한 열정을 표현했다는 것이었다. 판사와 비서는 아연실색해
서, 그 여자아이가 새처럼 파닥거리다가 발레리나처럼 발끝으로
섰다가 쪼그려 앉았다가 다시 몸을 꼿꼿이 폈다 하면서, 웃었다
가 화를 냈다가 자기와 구메르신도가 했던 말을 흉내내며 두 가
지 다른 목소리로 떠들어댔다 하다가 마침내는 무릎을 꿇고 사
랑을 고백하는 모습을 최면에 걸린 듯 지켜보았다. 살디바르 박
사가 한 손을 내저으며 그만하면 됐다고 웅얼거렸다. 하지만 그
수다스러운 피해자는 이미 정비공이 칼로 자신을 어떻게 위협했
고 어떤 식으로 덮쳤으며, 그 바람에 자기가 어떻게 바닥으로 넘
어져 어떤 자세로 누워 있었는지, 그리고 스커트가 어떻게 걷어
올려졌는지 설명하고 있었다.

"그만! 그만! 그만하면 됐어!" 고상하고 당당했던 판사가 창
백하게 질린 얼굴로, 성서에 나오는 예언자들처럼 분노에 차서
벌떡 일어나 외쳤다.

그가 평생 동안 언성을 높였던 것은 그때가 처음이었다. 생생

한 증언의 절정에 이른 사리타 우안카 살라베리아가 바닥에 대자로 누워 있다가, 깜짝 놀라 마치 제 몸에 벼락을 내릴 것 같은 판사의 검지손가락을 올려다보았다.

"더이상은 알고 싶지 않아." 판사가 좀 누그러진 목소리로 되뇌었다. "일어나서 스커트를 바로잡거라. 그리고 네 부모에게로 돌아가."

피해자는 순순히 일어섰다. 이제 그 아이의 조그만 얼굴은 연극배우 같은 표정이나 외설스러운 기미가 완전히 가시고 눈에 띄게 걱정스러운 표정을 지은 어린아이의 얼굴로 돌아가 있었다. 그 아이가 공손히 인사를 하고 나서 문 쪽으로 뒷걸음쳐 밖으로 나간 뒤에야 판사는 비서에게로 고개를 돌렸다. 그리고 비꼬는 기색이라고는 없는 평온한 목소리로 타이핑을 중단하라고 일렀다. 어쩌면 그는 셀라야가 타자기에서 종잇장이 바닥으로 빠져내린 줄도 모르는 채 빈 롤러에다 글자를 찍고 있었던 것을 눈치채지 못했던 것일까? 얼굴이 새빨개진 셀라야는 방금 전의 그 일로 몹시 당황했다고 더듬거렸다. 살디바르 박사는 그에게 빙긋이 웃어주었다.

"우린 아주 흔치 않은 장면을 목격할 특권을 가졌던 거로구만." 판사가 철학적인 해석을 내렸다. "저 꼬마의 몸속에는 악마가 숨어 있어. 게다가 더 고약한 건 아마도 그걸 알지조차 못 하고 있다는 것일 테고."

"저런 아이를 바로 양키들이 롤리타라고 부르는 것 아닙니까?" 비서가 해박한 지식을 내보일 속셈으로 물었다.

"아마도 분명히 그럴걸세. 전형적인 롤리타야." 판사가 대답했다. 그러고는 태풍으로부터도 낙관적인 교훈을 끌어내려는 고집스러운 베도라치*처럼 가능한 한 그 일을 좋게 해석하려고 애쓰면서 덧붙였다. "적어도 북쪽에 있는 큰 나라가 이 분야에서 독점권을 행사할 수 없다는 건 알게 되었으니 나쁜 일만은 아니지. 저 조그만 국산품이 어느 순간에라도 그들의 롤리타에게서 남자를 빼앗아올 수 있을 테니 말이야."

"저는 처음엔, 저애가 정비공의 정신을 홀랑 빼놓는 바람에 그가 저앨 유린한 걸로 생각했습니다만……" 비서가 짐작으로 넘겨짚었다. "저애가 하는 짓을 보고 들어보니까 바로 저애가 그 사람을 강간한 게 아닌가 하는 생각이 듭니다."

"그쯤에서 그만두지. 그런 식으로 추측하는 건 옳지 않아." 판사가 엄하게 말을 자르자 비서가 머쓱해했다. "함부로 그런 독단적인 소리를 하면 안 돼. 이제 구메르신도 테요를 들여보내도록 해."

---

* 강한 이를 가진 탐욕스러운 어류.

십 분쯤 뒤 두 사람의 간수에게 이끌려 자기 방으로 들어서는 남자를 보자 살디바르 박사는 당장에 그가 자기 비서의 성급한 분류와는 맞지 않는다는 것을 알아차렸다. 이 사람은 롬브로소의 고전적인 범죄인 타입이 아니라 어떤 의미로는 훨씬 더 위험스러운 타입, 즉 광신자였다. 뒷덜미의 털이 곤두서는 끔찍한 기억과 더불어 판사는 구메르신도 테요의 얼굴에서 자전거를 타고 돌아다니던 사람의 가차없는 눈길과 그에게 너무도 많은 악몽을 꾸게 했던 〈파수대〉 사본들, 자기는 모든 것을 다 알고 한 점의 의심도 없으며 자신의 모든 문제를 다 해결했다는 듯한 평온하고도 완고한 눈길을 기억했다. 키가 좀 작은 편인 그는 아직 서른은 안 된 젊은이임이 분명했고 뼈와 가죽뿐인 빈약한 체격은 사방에다 대고 육체적인 자양분과 물질세계에 대한 비웃음을 외쳐대는 것 같았다. 그리고 거기에다 너무 짧게 깎아 피부가 훤히 드러나 보이는 머리칼에 거무튀튀한 안색…… 그는 거지의 옷도 아니고 신사의 옷도 아닌 둘 사이의 중간쯤 되는 우중충한 잿빛 양복—세례식을 치르느라 젖었던 것이 마르기는 했어도 엉망으로 구겨진—과 하얀 와이셔츠 차림에 징을 박은 짤막한 부츠를 신고 있었다. 인류학에 날카로운 안목을 지닌 판사는 그를 한번 흘끗 쳐다보는 것만으로도 그의 독특한 인격, 즉 신중함, 절제, 고정관념, 의연함, 그리고 종교적 소명 등을 당장에 알아볼 수 있었다. 분명히 예의가 바른 사람인 듯 방으로 들어서자 그는 판사와 비서에게 정중하고 상냥한 목소리로 인사를 차렸다.

살디바르 박사는 간수들에게 그 남자의 수갑을 풀어주고 방을 나가라고 명했다. 그것은 판사가 맨 처음 집무를 시작하면서부터 채택해온 습관이었다. 그는 항상 아무리 사악한 범인을 상대할 때라도 경찰들을 입회시키지 않고 또 윽박지르지도 않고서 자상하게 심문을 벌였다. 그렇게 터놓고 이야기를 하는 동안 가장 다루기 힘든 범인까지도 대개는 고해성사를 하는 사람이 신부에게 그러듯 마음을 터놓았으므로, 그는 단 한 차례도 그 위험한 관행을 후회해본 적이 없었다.

구메르신도 테요가 손목을 문지르고 나서 자기를 그처럼 믿어줘 고맙다고 감사를 표했다. 그리고 판사가 의자를 가리키자 정비공은 안락하다는 생각 그 자체에서 불안감을 느끼는 사람처럼 허리를 꼿꼿이 편 채 의자 맨 가장자리에 걸터앉았다. 판사는 마음속으로 여호와의 증인들의 삶을 규율하는 것임이 분명한 원칙들을 떠올려보았다. 아직 졸릴 때 침대에서 빠져나가라. 아직 배고플 때 테이블에서 일어서라. 그리고(만일 어쩌다라도 가게 된다면) 영화가 끝나기 전에 극장을 나서라. 그러면서 판사는 그 정비공이 라빅토리아의 요사스러운 열세 살짜리 계집아이 때문에 불이 붙어 유혹에 빠졌으리라는 상상을 해보았지만 당장에 그런 추론은 피고인의 권리를 해친다는 생각으로 털어내버렸다. 구메르신도 테요는 벌써 이야기를 시작한 뒤였다.

"우리가 정부나 정당, 군대 또는 다른 유형의 기관들에 대한 충성을 맹세하지 않는 것은 사실입니다. 그런 것들은 모두 사탄의 의붓딸들이니까요." 그가 조용한 목소리로 말을 이었다. "또 우리가 색깔 있는 천쪼가리에 대해서도 충성을 맹세하지 않으며 군복 입기를 거부한다는 것도 사실입니다. 우리는 허식과 과장에 속지 않으니까요. 그리고 우리는 과학이 여호와께서 적어두신 바를 망치게 할 수는 없기에 피부 이식도 수혈도 받지 않습니다. 하지만 그게 우리가 의무를 이행하지 않겠다는 뜻은 결코 아닙니다. 판사님, 저는 제 자신을 기꺼이 판사님 처분에 맡길 것이며 비록 제가 그럴 의무는 없다 하더라도 판사님께 정당한 존경을 바치겠습니다."

그는 마치 타자기로 자기의 열변에 반주를 넣어주고 있는 비서가 일을 더 편히 할 수 있게 도와주기라도 하려는 듯, 천천히 신중하게 소신을 밝혔다. 판사는 그에게 친절한 말 고맙다고 치하를 해준 뒤 자기는 모든 사람들의 이상과 믿음, 특히 종교와 관련이 있는 이상과 믿음을 존중한다고 알려주었다. 그리고 이어서 정비공에게 그가 체포된 이유는 그런 공공연한 주장 때문이 아니라 미성년자를 폭행하고 강간한 혐의로 고소를 당했기 때문이라는 점을 일깨워주었다.

모케과 출신 젊은이의 얼굴에 세속을 초월한 미소가 스쳐갔다. "여호와의 증인은 증명이 되는 자, 증언을 하는 자, 증거가 되는 자입니다." 그가 의미론에 관한 지식을 펼쳐 보이며 대답하더니 판사의 눈을 똑바로 쳐다보았다. "여호와께서 존재하심을 아는 사람은 그분의 존재를 알리며 진리를 아는 사람은 진리를 알립니다. 저는 증인입니다. 그리고 여기 계신 두 분께서도 의식적으로 조금만 노력하시면 증인이 될 것입니다."

"고맙소. 나중에 언젠가는 그렇게 될 수도 있겠지요." 판사가 두툼한 서류철을 들어올려, 마치 그것이 생선 접시라도 되는 것처럼 정비공 앞에 내놓으면서 말을 잘랐다. "시간이 촉박한 데다, 중요한 건 바로 이겁니다. 그러니 곧장 본론으로 들어갑시다. 우선 충고를 한마디 해두겠소. 당신의 입장에 가장 유리하도록 진실만을, 온전한 진실만을 있는 그대로 말하길 강력히 요구합니다."

피고가 어떤 은밀한 기억을 떠올려 마음이 움직였는지 깊은 한숨을 내쉬었다. "진실, 진실……" 그가 슬픈 듯이 중얼거렸다. "어떤 진실입니까, 판사님? 판사님께서 추구하시는 것은 오히려 저 바티칸 사람들이 대중의 우매함을 악용하여 진실이라고 속이려 드는 중상과 날조와 계략의 산물이 아닙니까? 겸허히 말씀드리건대 저는 진실을 안다고 믿습니다. 그리고 나쁜 뜻은 아닙니다만, 판사님께서는 진실을 아느냐고 물어도 될까요?"

"진실을 알아내려는 것이 내 목적이오." 판사가 서류철을 두드리며 재치 있게 받아넘겼다.

"그 진실이라는 것은 십자가라는 허구와 베드로의 어릿광대 놀음과 반석이니 주교의 관이니 가톨릭 교회의 영혼 불멸이니 하는 속임수에 관한 것들입니까?" 구메르신도 테요가 비꼬는 투로 물었다.

"당신이 미성년자 사리타 우안카 살라베리아를 욕보임으로써 저지른 범죄에 대한 진실이오." 판사가 되받아쳤다. "당신이 순진한 열세 살짜리 여자아이를 폭행한 데 대한 진실, 그 아이한테 가한 구타와 그 아이를 질리게 한 위협과 그 아이를 치욕스럽게 하고 어쩌면 임신까지 시킬지도 모를 강간에 대한 진실 말이오!" 판사의 목소리가 꾸짖는 기색을 띠고 높아졌다.

구메르신도 테요가 자신이 걸터앉아 있는 의자처럼 뻣뻣하게, 부끄럽다거나 후회하는 빛이라고는 전혀 없이 그를 빤히 쳐다보았다. 그러나 마침내는 순한 소처럼 고개를 끄덕였다.

"저는 여호와께서 제가 들기를 원하시는 어떤 시험에라도 들 준비가 되어 있습니다."

"이건 하느님에 대한 문제가 아니라 당신에 대한 문제요." 판사가 그를 다시 지상으로 끌어내리면서 말했다. "당신의 욕망, 당신의 육욕, 당신의 성본능에 관한 문제란 말이오."

"그건 언제나 주 여호와에 대한 문제지요, 판사님." 구메르신 도 테요가 고집스럽게 우겼다. "결코 판사님이나 저, 또는 다른 누구의 문제도 아닙니다. 다만 주 여호와 그분의 문제지요."

"책임감을 좀 가지시오!" 판사가 꾸짖었다. "사실에 입각해서 죄를 인정하란 말이오. 그러면 법원은 당신의 자백을 참작할 수 도 있을 것이오. 당신은 종교적인 척 행동하면서 나를 속이려 들 고 있소."

"저는 제 모든 죄를 회개합니다. 지은 죄야 끝이 없지요." 구 메르신도 테요가 침울하게 말했다. "저는 제가 죄인이라는 것을 너무도 잘 알고 있습니다, 판사님."

"그렇다면 구체적 사실을 말하시오!" 바레다 이 살디바르 박 사가 재촉했다. "괜한 선언이나 하소연은 하지 말고 어떻게 그 여자아이를 강간했는지 그것만을 사실대로 말하시오."

그러나 여호와의 증인은 손으로 얼굴을 가리며 울음을 터뜨 렸다. 판사는 조금도 마음이 흔들리지 않았다. 그는 심문을 받고 있던 범인들이 갑작스럽게 기분이 바뀌어 조울증적인 증세를 보 이는 데 이력이 나 있었고, 그런 증세를 이용하여 사실을 간파해 낼 줄도 알고 있었다. 살디바르 박사는 구메르신도 테요가 고개를 숙이고 눈물 젖은 손으로 얼굴을 가린 채 머리끝부터 발끝까지 떨면서 앉아 있는 모습을 지켜보았고, 그러면서 자기의 기술이 효과를 발휘했다는 것을 알게 된 데서 오는 직업적인 자부심과 더불어, 피고인이 더이상은 시치미를 뗄 수 없을 만큼 감정이 격앙된 이상 기꺼이 자발적으로 진실을 낱낱이 고백하리라는 생각이 들었다.

"진실, 진실을 말하시오." 판사가 재촉했다. "자, 용기를 내서 당시의 상황, 그리고 했던 말과 행위를 사실대로 모두 말하시오."

"문제는 제가 거짓말을 할 줄 모른다는 겁니다, 판사님." 구메르신도가 딸꾹질을 하는 사이사이 더듬거렸다. "저는 결과가 어떻게 되건, 모욕을 당하건, 감옥엘 가건, 이름을 더럽히건 달게 받을 준비가 되어 있습니다. 하지만 거짓말은 할 수 없습니다. 저는 거짓말을 배운 적이 없고 또 할 수도 없습니다."

"자, 자, 그러니 있는 그대로의 사실을 말하시오." 판사가 용기를 돋워주려는 듯 재촉했다. "그걸 내게 밝히란 말이오. 자, 얘기하시오. 그 여자아이를 어떻게 강간했소?"

"바로 그게 문제인데요." 여호와의 증인이 침을 꿀꺽 삼키고 나서 안타까운 소리로 말했다. "저는 그 아이를 강간하지 않았습니다."

"내 당신한테 몇 마디 좀 해야겠소, 테요 씨." 판사가 교활하고 음흉한 뱀처럼, 사람 현혹시키기 꼭 좋은 온화한 어조로 음절 하나하나를 천천히 분명하게 발음하면서 말을 이었다. "당신은 가짜 여호와의 증인이오! 사칭하는 자란 말이오!"

"전 그애를 건드리지 않았습니다. 둘이서만 얘기한 적도 없구 요. 어제는 그앨 보지도 못했습니다." 구메르신도 테요가 새끼 양처럼 우는 소리를 냈다.

"뻔뻔스러운 가짜! 영혼을 속이는 자!" 판사가 엄하고 차가운 목소리로 외쳤다. "정의와 도덕관이 당신에게 문제가 되지 않는 다면 적어도 당신 입에 그렇게도 자주 이름이 오르내리는 그 여 호와라도 존경해보시오! 지금 이 순간 그 여호와가 당신을 지켜 보면서 어떤 생각을 할 것이고, 또 당신의 거짓말을 들으면서 얼 마나 역겨워할지를 말이오!"

"저는 결코 그 아이를 괴롭히지 않았습니다. 마음속으로도 그 러지 않았고 눈길 한번 주지 않았습니다." 구메르신도 테요가 비통한 어조로 같은 말을 되뇌었다.

"당신은 그 아이를 위협하고 때리고 강간했어!" 판사가 호통 을 쳤다. "당신의 그 더러운 성욕으로 말이오."

"제-더-러-운-성-욕-으로요?" 여호와의 증인이 망치로 머 리를 한 대 얻어맞은 사람처럼 더듬더듬 되뇌었다.

"그렇소. 당신의 더러운 성욕으로." 판사가 되풀이하고 나서

234

일부러 잠시 뜸을 들였다가 덧붙였다. "당신의 그 천벌받을 음경으로 말이오."

"제-천-벌-받-을-음-경-으로요?" 피고소인이 아연실색해서 떨리는 소리로 더듬거렸다. "제-천-벌-받-을-음-경-이라고 하셨습니까?"

놀라 휘둥그레진 그의 눈이 사방을 미친 듯이 두리번거리면서 비서에게서 판사로, 바닥에서 천장으로, 의자에서 책상으로 내달리다가 책상 위에 놓여 있는 서류와 문서, 그리고 경찰 사고 기록지에 떨어져 머뭇거렸다. 다음 순간, 편지따개의 번쩍이는 빛에 이끌린 그의 눈에 불길이 확 일더니 판사와 비서가 제지할 틈도 없이 구메르신도가 편지따개를 향해 달려들어 손잡이를 움켜쥐었다. 하지만 위협적인 제스처를 취한 것이 아니라 정반대로 어머니가 아이를 어르듯 편지따개를 가슴에 품었다. 그러고는 안심을 시키려는 생각에서인지 다정하고도 슬픈 눈길로 돌처럼 굳은 두 사내를 바라보았다.

"제가 당신들을 해치리라고 생각하시는군요. 저는 그게 마음 아픕니다." 그가 고해성사를 하는 듯한 어조로 말했다.

"당신은 도망칠 수 없소. 바보짓 하지 마시오." 판사가 정신을 수습하고 그에게 경고했다. "법원은 간수들로 가득 차 있소. 그들이 당신을 사살할 거요."

"제가 도망을 친다구요?" 정비공이 경멸하듯이 물었다. "저를 너무도 모르시군요, 판사님."

"당신은 지금 스스로를 망치고 있다는 걸 모르시오?" 판사가 밀고 나갔다. "그 편지따개를 돌려주시오."

"저는 제 무죄를 증명하기 위해 이걸 빌렸습니다." 구메르신도 테요가 조용히 설명했다.

판사와 비서가 서로를 쳐다보았다. 피고인이 일어섰다. 그의 얼굴에는 나사렛 예수 같은 표정이 서려 있었다. 오른손에 든 칼이 끔찍하게 불길한 빛을 발했다. 그의 왼손이 천천히 바지 앞춤으로 내려가 지퍼를 열었고, 그러는 사이 그의 입에서 고뇌에 찬 목소리가 흘러나왔다.

"저는 동정입니다, 판사님. 저는 이제껏 단 한 명의 여자도 알지 못했습니다. 다른 사람들이 죄를 짓는 데 쓰는 걸로 오직 소변만을 보았……"

"멈추시오!" 살디바르 박사가 무시무시한 예감이 떠올라 그의 말을 잘랐다. "당신 무슨 짓을 하려는 거요?"

"이게 저한테는 얼마나 하찮은 것인지를 증명하려고요. 이걸 잘라서 쓰레기통에 던질 겁니다." 피고소인이 턱으로 쓰레기통을 가리키며 대답했다.

그의 말에는 괜한 자만심이 아닌 조용한 결의가 서려 있었다.

판사와 서기는 놀라 입을 쩍 벌린 채, 말문이 막혀 비명조차 지를 수 없었다. 구메르신도 테요는 이제 왼손으로 그 '범죄의 주체'를 붙잡고, 마음속으로 사형수의 목을 향해 내리칠 궤적을 그리며 도끼를 휘두르려는 사형 집행인처럼 칼을 치켜든 채 상상도 못 할 방법으로 진실을 증명하려 하고 있었다.

그는 정말로 그 일을 실행에 옮길까? 그래서 단번에 자신의 완전성을 해치게 될까? 그는 윤리적이고도 절대적인 증명의 방법으로 자기의 몸과 젊음과 명예를 훼손시킬까? 구메르신도 테요는 리마에서 가장 존경받는 판사의 집무실을 희생의 제단으로 바꾸어버릴까? 이 법정 드라마는 어떻게 끝이 날까?

7

홀리아와 나의 로맨스는 일사천리로 진행되었다. 비밀을 지키기가 점점 더 어려워지는 바람에 일이 복잡하게 꼬여가고 있었다는 것만 제외하고는.

집안 식구들이 의심스러운 눈초리를 번뜩이지 않도록 나는 루초 삼촌 댁의 방문 횟수를 대폭 줄여버리기로 홀리아와 합의했다. 물론 매주 목요일마다 그 댁에서 점심식사를 하는 행사만큼은 한 차례도 거르지 않았지만.

밤중에 영화를 보러 갈 구실을 만들기 위해 우리는 별별 계략을 다 짜냈다. 그중 하나는 홀리아가 초저녁에 집을 나온 뒤 올가 아주머니에게 전화를 걸어 어떤 여자친구하고 같이 저녁을 먹겠다고 거짓말을 한 다음, 우리가 미리 약속해둔 곳으로 와 나를 기다리는 거였다. 하지만 그 방식은 훌리아가 내가 일이 끝날 때까지 몇 시간씩 길거리에서 시간을 죽여야 하는 데다 대개는 저녁식사까지도 걸러야 되었으므로 불편하기 짝이 없었다. 또다른 수법은 내가 택시에서 내리지 않고 그녀를 태워 오는 것으로, 그녀는 삼촌 댁에서 목을 길게 빼고 기다리다가 택시가 멈추는 것을 보는 순간 달려나오면 되는 거였다. 하지만 그 방식은 너무 위험했다. 만일 집안 식구 중 누구라도 나를 엿보게 되면 훌리아와 나 사이에 뭔가 심상치 않은 일이 벌어지고 있다는 것을 당장 알아차리게 될 것이었고, 그게 아니면 저녁 시간에 그녀를 불러 내면서도 택시 뒷좌석에 몸을 숨기려고만 드는 수수께끼 같은 신사가 누구인지에 대해 조만간 호기심과 심술궂은 뒷소리와 엄청난 의문이 일게 될 터였으므로……

그래서 우리는 밤중엔 다소 뜸하게 만나고, 내가 라디오 방송 국에서 할 일이 없는 낮 시간 동안에 더 자주 만나기로 결정을 보았다. 훌리아는 오전 열한시나 오후 다섯시경에 버스를 타고 시내로 나와 우니온 가의 카마나나 크림 리카 카페에서 나를 기다렸고, 나는 두 꼭지의 뉴스 시보 원고를 작성해 방송으로 내보낼 준비를 하고 나와 그녀와 두 시간을 함께 보낼 수 있었다. 만나는 장소로 브란사나 라콜메나는 피했다. 왜냐하면 라디오 판아메리카나와 라디오 센트랄의 직원 모두가 즐겨 찾는 소굴이었기 때문이다. 때때로(더 정확히 말하자면 봉급날에) 나는 그녀를 불러내 한턱내곤 했는데 그럴 때면 우리는 무려 세 시간 이상 함께 있기가 일쑤였다. 하지만 내 빈약한 봉급으로는 그런 사치를 감당할 수 없었다. 어느 날 아침 페드로 카마초의 연속극들이 성공을 거둔 덕분에 헤나로 2세가 몹시 즐거워하는 틈을 타서, 나는 교묘한 말로 그를 설득한 끝에 내 봉급을 정확히 오천 솔로 올릴 수 있었다. 그중 이천 솔은 살림에 보태 쓰시라고 우리 조부모님께 드렸고 나머지 삼천 솔은 용돈으로 썼는데, 예전 같으면 그 돈으로 담배를 피우고 영화를 보러 가고 책을 사들이고 하는 내 고약한 버릇을 감당하기에 충분했을 것이다. 하지만 훌리아와 사랑놀음을 벌인 뒤로는 돈이 곧장 희박한 공기 속으로 증발해버리는 것 같았다. 나는 언제나 파산 상태에 허덕이면서 친구들에게 돈을 빌려달라고 집적거리거나 심지어는 내가 가지고 있던 몇 가지 소지품을 아르마스 광장에 있는 국립 전당포로 가져가기까지 했다. 게다가 나는 남자와 여자라는 문제에 관해서는 스페인 사람의 편견에 깊이 물들어 있던 터여서, 훌리아 아주머니가 절대로 계산서를 집어들지 못하게 했고, 그러다보니 나의 재정 상태는 말 그대로 엉망진창이 되었다. 그런 상태에서 벗어나기 위해 나는 하비에르가 분개해서 '글을 팔아먹는 짓'이라고 몰아붙인 일을 시작했는데, 리마에서 발행되는 문학잡지 부록과 정기 간행물에 서평과 기사를 써주는 일이었다. 나는 그런 일이 얼마나 형편없는 짓인지를 알고 있었으므로 부끄러움을 덜기 위해 가명으로 글을 썼다. 하지만 그 일을 통해 다달이 여분으로 들어오는 이삼백 솔은 수지를 맞추는 데 큰 도움이 되었다.

리마 중심가의 카페들에서 이루어지는 그 비밀스러운 만남은 참으로 순진하기 짝이 없었다. 우리가 하는 짓이라고는 로맨틱한 이야기를 나눈다거나 손을 잡고 서로의 눈을 들여다본다거나, 만일 밀회 장소의 생겨먹은 꼴이 허락한다면 무릎을 비비는 그런 정도였다. 우리는 아무도 보는 사람이 없을 때면 키스를 하곤 했지만 그런 일은 여간해서 생기질 않았다. 그 시간쯤이면 카페들이 언제나 뻔뻔스럽고 시끄러운 사무실 직원들로 채워지기 때문이었다. 우리는 당연히 우리 자신에 대해서, 그리고 집안 식구들이 알게 되면 기절초풍할 우리의 위험한 장난과 그 위험을 피해가는 방법에 대해서 이야기를 나누었다. 또 마지막으로 만났던 이후(불과 몇 시간 전이나 또는 그 전날) 서로에게 일어난 모든 일을 낱낱이 알려주기도 했다. 그러나 우리는 미래에 대한 어떤 계획 같은 것은 결코 세우지 않았다. 그것은 무언의 합의로 우리의 대화에서 밀려난 주제였다. 의심할 바 없이, 우리 두 사람은 우리의 관계에 미래가 없을 수밖에 없다는 것을 확신하고 있었다. 그럼에도 나는 그저 장난으로 시작한 그 사랑놀이가 리마 시내의 담배 연기 자욱한 까페에서의 조촐한 만남이 거듭될수록 점점 더 심각해져간다는 생각이 들었다. 그런 곳들에서 우리가 알아차리지도 못하는 사이에 사랑이 점점 더 깊어간 것이었다.

우리는 문학에 대해서도 많은 이야기를 나누었다. 아니 그보다는 훌리아는 들었고 내가 떠들었다. 파리의 다락방(내 직업에서 없어서는 안 될 양념), 일단 작가 대열에 끼고 난 뒤 쓰게 될 모든 소설과 희곡과 에세이에 대해서……

하비에르가 우니온 가의 크림 리카에서 함께 있는 우리를 발견했던 날 오후, 나는 훌리아에게 도로테오 마르티를 소재로 한 내 소설—나는 거기에다 '십자가의 수난'이라는 고색창연한 제목을 붙였다—을 읽어주고 있었다. 그 소설은 다섯 페이지 정도 분량으로 내가 그녀에게 읽어준 첫번째 작품이었는데, 나는 그녀의 비평이 어떨지 몰라 조바심을 숨기려고 아주 천천히 뜸을 들였다. 그녀의 비평은 장차 작가가 될 사람의 감수성에 참화를 가져다주는 악영향을 미칠 수도 있었으므로.

내가 소설을 읽어내려가는 사이 훌리아는 계속해서 말을 잘랐다. "하지만 그건 절대로 그렇지가 않아. 너는 얘기를 모두 엉망으로 바꿔버렸어. 내가 얘기했던 건 그게 아냐. 절대로 그런 일이 벌어졌던 게 아니라니까⋯⋯" 그녀는 놀란 기색으로 화를 내기까지 하면서 계속 투덜거렸다.

나는 있는 대로 약이 올라 읽어내리던 것을 멈추고, 그녀에게 이건 그때 일어났던 일을 충실하게 그대로 적은 게 아니라 어디까지나 소설, 소설이며 내가 보태거나 빼버린 것들은 모두 어떤 효과, 즉 '코믹한 효과'를 노리기 위한 수단이라는 점을 분명히 알려주었다. 사실, 나는 그녀가 내 의도를 알아주었으면 하고 기대하면서 그 말을 강조했던 것이다. 하지만 그녀는 내 비참한 꼴이 가엾다는 듯 픽 웃었다.

"아니 바로 그게 문제라니까." 그녀는 한 치도 물러서려고 들지 않았다. "네가 그걸 다 바꾼 바람에 재미라고는 하나도 없는 얘기가 돼버렸잖아. 십자가가 흔들리기 시작해서부터 와장창 넘어질 때까지 그렇게 긴 시간이 걸렸다고 누가 믿으려 들겠어? 그리고 네가 써놓은 식에서 도대체 뭐가 우습다는 거야?"

나는 완전히 짓밟혔다는 생각에 슬그머니 모욕감이 치밀어 도로테오 마르티에 관한 그 소설을 당장에라도 쓰레기통 속으로 집어 던질 작정이었다. 하지만 그러면서도 아득바득 억지 이론으로 문학적 상상력이 현실이라는 한계를 넘어설 권리를 옹호하기 시작했는데, 그때 갑자기 누군가가 내 어깨를 툭 쳤다.

"방해가 됐다면 얘기하라고. 당장에 꺼져줄 테니까. 난 방해

물이 되는 건 딱 질색이거든." 하비에르가 의자를 끌어당겨 앉
으면서 말했다. 그러고는 웨이터에게 커피를 한 잔 시키더니 훌
리아에게 웃음을 지어 보였다. "만나뵙게 돼서 기쁩니다. 저는
하비에르라고 여기 이 작가하고 제일 친한 친구죠. 이봐 친구,
이분을 아주 잘도 숨겨놓았구나?"

"아니, 이분은 훌리아라고 우리 올가 아주머니 동생이야." 내
가 설명했다.

"이런! 볼리비아에서 온 그 유명한 여자분이라고?" 그는 좀
어리뻥뻥한 모양이었다. 우리를 처음 보았을 때 우리는 손을 맞
잡고 있었던 데다 그가 자리에 앉은 뒤에도 손을 풀지 않아서였
다. 이제 그는 우리의 얽힌 손가락을 빤히 쳐다보고 있었는데 바
로 얼마 전까지만 해도 자신만만했던 태도는 싹 사라져버린 뒤
였다.

"가만, 가만, 바르기타스." 그가 더듬거렸다.

"나한테 볼리비아에서 온 유명한 여자라고 했나요? 내가 뭣
땜에 유명한지 물어봐도 돼요?" 훌리아가 물었다.

"아주 못마땅한 점들 때문이죠. 아주머니가 처음 여기로 왔을
때 했던 그 지독한 농담들 때문에요." 내가 그녀에게 설명했다.
"하비에르는 이 이야기의 맨 첫머리밖에 몰라요."

"너, 아주 쓸 만한 부분은 싹 비밀로 했던 거구나. 넌 형편없

는 사기꾼에다 나쁜 친구야." 하비에르는 이렇게 말하고는 태연한 모습으로 돌아와 우리의 꼭 잡은 손을 가리키며 말했다. "자, 나머지를 말씀해보시지요, 부인."

그날 저녁 하비에르는 전광석화 같은 이야기에 온갖 농담과 재치 있는 말들을 곁들이면서 참으로 매력 있게 굴었다. 훌리아는 그와 함께 있는 것이 즐거운 모양이었고 나 역시 그가 우리를 찾아낸 게 기꺼웠다. 사실 나는 나의 연애사를 누구에게건 말하기 싫어했으므로(특히 이런 경우에는 모든 사정이 너무도 복잡했다) 그에게도 훌리아 얘기를 해주지 않을 작정이었다. 하지만 이제 그가 내 비밀을 알아차리게 된 이상, 나는 그녀와 벌인 이 사랑놀이의 자초지종을 털어놓을 수 있게 된 것이 기뻤다.

"전 일류 뚜쟁입니다. 어떤 식으로든 도움이 필요하다면 제게 맡겨주십쇼." 우리와 헤어질 참에 하비에르가 훌리아에게 키스를 하면서 말했다.

"우릴 침대로 몰아넣겠다는 말은 왜 빼먹었어?" 그날 저녁 늦게 하비에르가 세세한 것까지 캐고 싶어서 라디오 판아메리카나의 뉴스 보도실을 찾아왔을 때 내가 대뜸 물었다.

"그 여자 네 친척 아주머니뻘이라고 했지?" 그가 내 등을 철썩 때리면서 되물었다. "어찌 됐건 난 진짜로 감동했어. 나이 많고 돈 많은 이혼녀. 넌 이 분야에선 A학점을 받은 거라고."

"친척 아주머니는 아냐. 우리 삼촌 부인의 동생이니까." 나는 다음 시간에 내보낼 뉴스 시보감으로 〈라 프렌사〉 지에 실린 한국전쟁에 관한 기사를 고쳐 쓰면서 그가 이미 알고 있는 얘기를 되풀이했다. "그 여자는 내 애인도 아니고 나이가 많지도 않고 돈도 없어. 형 얘기 중에서 맞는 건 그 여자가 이혼녀라는 것뿐이야."

"내 말은 나이가 많다는 건 너보다 그렇다는 거고, 돈이 많다는 건 비꼬려는 게 아니라 축하를 해주려는 거였어. 나는 돈 보고 결혼하는 것에 아주 대찬성이니까." 하비에르가 웃음을 터뜨렸다. "한데 그 여자가 네 애인이 아니라는 말을 그대로 믿어야 되나? 그렇다면 정확히 어떤 관계지? 여자친구?"

"그 중간쯤 되는 사이야." 나는 그가 안달이 나도록 그렇게 대답했다.

"그래, 알았어. 시커먼 비밀을 너 혼자서만 지키겠다 이거지. 뭐 그렇담 맘대로 하라고. 한마디 해두겠는데 넌 나쁜 놈이야. 난 너한테 난시하고 어떻게 되어가는지 다 얘기해주는데 넌 네가 낚은 여자에 대해선 입도 뻥긋하려고 들지 않아."

그래서 나는 그에게 맨 처음부터 시작해 우리가 단둘이 만나려고 꾸며냈던 복잡한 계략까지 모든 일을 털어놓았고, 하비에르는 내가 어째서 지난 몇 주 동안 자기에게 몇 번인가 돈을 빌려달라고 했는지를 알게 되었다. 그는 우리의 연애 이야기에 바짝 흥미가 당겨 하나하나 캐묻더니 내 말을 다 듣고 나서는 나의 후견인이 되어주겠다고 맹세했다. 하지만 떠나려고 할 참에는 한마디 근엄한 충고를 던졌다.

"난 이 일을 모두 게임으로 알아두겠어. 하지만 그렇더라도 너하고 난 아직까지 애송이에 불과하다는 걸 잊지 마." 그가 엄하면서도 이해심 많은 아버지처럼 내 눈을 똑바로 들여다보면서 충고했다.

"만일 애가 생긴다면 낙태시키겠다고 맹세할게." 내가 그에게 다짐했다.

그가 떠난 뒤 파스쿠알이 빅 파블리토에게 독일에서 일어난 어이없는 연쇄 추돌 사고, 그러니까 어떤 생각 없는 벨기에 관광객이 고속도로 한가운데서 조그만 개를 치지 않으려고 급브레이크를 밟는 바람에 스무 대쯤의 차가 연달아 추돌한 사고에 대해 떠들어대고 있는 사이, 나는 하비에르가 했던 말을 곰곰이 생각해보았다. 확실히 훌리아와 나는 서로 심각하게 빠져들어서는 안 되는 걸까? 그랬다. 확실했다. 그것은 단지 색다른 경험, 내가 그때껏 겪어보았던 다른 경험들보다는 약간 더 어른스럽고 대담한 경험이었지만, 우리의 연애에 대해 즐거운 기억을 간직하고 싶다면 우리의 관계가 너무 오래 지속되어서는 안 되었다.

나는 헤나로 2세가 점심이나 같이하자고 불러내러 올 때까지
내내 그 생각을 하고 있었다. 그는 나를 스페인 별장처럼 안뜰이
딸린 페루 음식 전문식당 마그달레나로 데려가더니 억지로 쌀밥
을 곁들인 오리고기와 꿀을 바른 프리터*를 시켜주었다. 커피를
마시면서 그가 내게 용건을 털어놓았다.

"그 사람이 친구로 여기는 사람은 자네뿐이야. 그러니 얘기
좀 해줘. 우리를 곤란하게 만들지 말라고 말야. 난 뭐라고 말 한
마디도 걸 수가 없어. 나를 무식쟁이라고 부르는 건 그렇다 치고
어저께는 우리 아버님한테까지 얼간이라고 하더라구. 더이상은
그 사람하고 싸움을 벌이고 싶지 않아. 마음 같아선 당장에 모가
지 자르고 싶지만 그랬다간 엄청난 손해를 입게 될 테고."

문제는 아르헨티나 대사가 라디오 센트랄로 보내온 편지였
다. 그 편지는 라디오 연속극들(그 외교관의 표현대로 하면 '일
화 형식으로 방송되는 선정적인 이야기들')을 악의에 차서 비난
한 것으로, 어디에서건 불쑥불쑥 튀어나오는 아르헨티나의 사르
미엔토와 산마르틴에 대한 '중상적이고 뒤틀리고 정신병적인'
언급들에 항의하는 내용이었다. 대사는 몇 가지 예를 제시했는

---

* 살코기, 과일 등을 넣은 튀김의 일종.

데, 그것들을 일삼아 찾아낸 것이 아니라 그런 종류의 방송에 취미가 있는 대사관 직원들을 통해 무작위로 수집한 것이라고 했다. 그런 예 중 하나는 아르헨티나의 수도에 거주하는 남자들이 예전에는 사내답기로 소문났지만 이제는 거의 모두가 동성애를 하는 바람에(그것도 수동적인 체위를 더 선호하는) 다 옛날 얘기가 되어버렸다는 것이었다. 그리고 다른 예로는 우글우글 모여 살기로 유명한 부에노스아이레스 사람들은 가계 부담을 줄이기 위해 쓸모없는 식구들 — 늙은이와 병자 — 을 굶겨 죽이는 일이 비일비재하다는 것, 또 아르헨티나에서는 가장 쳐주는 육류가 말고기이기 때문에 비육우는 단지 수출을 위해서만 키운다는 것 등이 있었다. 가장 웃기는 예는 아르헨티나인이 너나 할 것 없이 축구를 하는 바람에, 특히 선수들의 머리로 볼을 받는 버릇 때문에 그 나라의 유전인자가 손상을 받았으며, 바로 그런 이유로 누리끼리한 라플라타 강 유역에 저능아, 말단비대증 환자 및 그 밖의 크레틴병* 환자가 점점 늘어나는 현상을 설명할 수 있다는 것이었다. 또 그 외에도 부에노스아이레스 — 편지에서는 유사한 대도시라고 적었다 — 의 가정들에서는 먹고 잠자는 바로 그 방에서 양동이에다 생리적 현상을 처리하는 게 일반

* 갑상선이 비대해져서 백치가 되는 병.

적인 습관이라는 둥 어쩌고저쩌고……

"자네 웃고 있군. 우리도 웃었어. 하지만 오늘 변호사가 다녀가고 나니까 절대로 웃을 일이 아니더라고." 헤나로 2세가 손톱을 잘근잘근 씹으면서 말했다. "만일 그 대사관에서 우리 정부에다 정식으로 항의를 하면 정부에서는 연속극을 중단시키거나 벌금을 물리거나 방송국 문을 닫게 할 수도 있어. 그 사람한테 애원이든 부탁이든 어떻게 좀 해봐. 아르헨티나인을 끌어다 대지 말라고 말야."

나는 할 수 있는 데까지 해보겠다고 말했지만 워낙 고집불통인 사람이기에 큰 기대는 하지 않았다. 사실 페드로 카마초는 일을 하기 위해서인지 고약한 버릇 때문인지는 몰라도 그의 '예술'을 흐트러뜨리는 것이라면 우정이건 무엇이건 일축해버리고 어느 것에도 시간과 정력을 낭비할 수 없는 사람처럼 보였다. 그런데도 나는 그 방송작가에게 진정한 우정을 느끼게 되었고, 그가 불러일으킨 이상야릇한 호기심을 훨씬 넘어서 이젠 정말로 그를 존경하고 있었다. 하지만 그런 느낌이 상호적일까? 물론 그가 다른 사람들보다 내게 더 관대하다는 것만큼은 사실이었다. 우리는 매일같이 함께 커피를 마셨고(아니, 나는 커피를 마셨고 그는 버베나에 박하 잎을 넣은 차를 마셨다) 나는 그와 몇 분씩 잡담을 나누려고 그의 비좁은 작업실을 뺀질나게 들락거렸으며, 그럼으로써 그가 한 페이지를 마치고 다른 페이지로 넘어가는 사이사이에 잠깐이나마 휴식을 취하도록 해주었다. 또 나는 그의 말을 열심히 귀담아듣곤 했는데, 어쩌면 그는 내 그런 태도를 마음에 들어했는지도 몰랐다. 그는 나를 하나의 제자로 생각한 것일 수도 있고 아니면 그저 늙은 하녀가 애완견을 쓰다듬거나 연금생활자가 십자말풀이를 푸는 것처럼, 할 일 없는 시간을 메우는 데 도움이 되는 어떤 것 또는 어떤 사람으로 본 것일 수도 있었다.

페드로 카마초는 세 가지 점에서 나를 매혹시켰다. 그가 하는 말, 어떤 강박관념에 완전히 몰두한 검소한 생활, 그리고 일에 대한 역량이었다. 특히 맨 마지막 것이 그러했다. 나는 에밀 루트비히가 쓴 나폴레옹 전기에서 부관들은 완전히 녹초가 되어버릴 지경인데도 계속해서 군대를 지휘했던 나폴레옹의 엄청난 정력에 대해 읽은 적이 있었는데, 페드로 카마초를 알게 된 후로 그 프랑스 황제가 이 방송작가처럼 매부리코를 하고 얼굴 생김새도 똑같지 않았을까 하는 생각을 해볼 때가 많았다. 그리고 한동안 하비에르와 나는 페드로 카마초를 볼리비아의 나폴레옹(또는 페루의 발자크)이라고 불렀다.

호기심에서 나는 그가 하루 동안에 일하는 시간을 계산해보았다. 그러나 내 계산이 정확하다는 충분한 증거가 있었음에도 그의 스케줄은 언제나 믿기가 어려웠다. 처음에 그는 하루에 네 편의 연속극을 썼지만 그 연속극들이 대단한 성공을 거두자 편수가 점점 더 늘어나 마침내는 월요일부터 토요일까지 방송되는 삼십 분(아니 좀더 정확히 말하자면 상업 광고가 칠 분씩을 잡아먹는 관계로 이십삼 분)짜리 연속극을 열 편까지 쓰게 되었다. 그런데 카마초는 그 한 편 한 편을 모두 연출할 뿐 아니라 배역까지 맡고 있었으므로 각 연속극의 리허설과 녹음에 대략 사십 분씩(일 회분마다 주의할 점을 숙지시키고 예행 연습을 하는 데 십 분 내지 십오 분이 소요되었다)이 걸린다는 사실을 감안한다면 적어도 하루에 일곱 시간은 스튜디오에서 보내야 한다는 얘기였다. 그는 연속극을 그때그때 당일치기로 써서 내보냈는데 나는 그가 일 회분을 쓰는 데 걸리는 시간이 방송으로 나가는 시간의 겨우 두 배, 즉 한 시간밖에 안 된다는 사실을 알아차렸다. 그러나 어찌 되었건, 그것은 하루에 열 시간을 타자기 앞에 붙어 있어야 한다는 뜻이었다. 그는 쉬는 날인 일요일에도 자기의 조그만 작업실로 나와 다음 주에 내보낼 원고의 맨 첫머리 부분을 구상하는 일을 한 덕분에 평일에 일하는 시간을 약간 줄일 수 있었다. 그렇게 해서 월요일부터 토요일까지는 그의 작업 시간이 열다섯 내지 열일곱 시간 정도였고 일요일에는 여덟 시간 내지 열 시간 정도였는데, 그 시간 모두가 놀란 만한 '예술적' 성과를 도출해내는 생산적인 시간이 분명했다.

그는 아침 여덟시에 라디오 센트랄로 출근했다가 자정 무렵에 퇴근했다. 그가 휴식을 취하러 나가는 시간은 나와 함께 브란사로 가서 두뇌의 활동을 자극한다는 그 박하차를 한 잔 마시는 시간뿐이었다. 그는 점심은 자기 소굴에서 헤수시토나 빅 파블리토, 아니면 그의 성우-제자 중 어느 하나가 열심히 사다 바치는 샌드위치나 음료수로 때웠다.

페드로 카마초는 절대로 초대에 응하는 법이 없어서 나는 그가 영화관이라든가 연극 공연, 축구 경기 또는 파티에 갔다 왔다는 말을 들어본 적이 없었다. 또 그가 인용구들이 적힌 두툼한 책과 그에게는 '작업 도구'인 시내 지도를 제외하고는 책이건 잡지건 신문이건 읽는 것을 본 적도 없었다. 아니 그 말은 좀 틀렸다. 어느 날 나는 그가 클럽 나시오날 회원 명단이 적힌 연감에 코를 박고 있는 것을 보았으니까.

그가 연속극을 생산해내는 방식이며 한 회분의 원고를 휘갈겨대는 데 한 시간밖에 걸리지 않는다는 사실이 나로서는 언제보아도 놀랍기만 할 뿐이었다. 나는 종종 그가 연속극을 써대는 모습을 지켜보곤 했는데, 스튜디오에서 벌어지는 일을 철저히 비밀에 부치는 녹음 때와는 달리 원고를 작성할 때는 주위에 사람들이 있건 말건 전혀 개의치 않았다. 그래서 그가 자기의(나의) 레밍턴 타자기를 두드려대는 동안 종종 성우들이나 함석장이 또는 음향기사가 일을 중단시키곤 했는데, 그러면 방송작가는 눈을 들어 그들의 질문에 대답하고 괴상한 지시를 내린 다음, 내가 그때껏 봐왔던 바로는 도저히 웃음이라고 할 수 없는, 웃는 둥 마는 둥 하는 미소를 지어 찾아온 사람을 쫓아보낸 뒤 하던 일을 계속하는 것이었다.

나는 공부할 장소가 마땅치 못하다는 구실로, 즉 위층에 있는 우리 비둘기장은 너무 시끄러운 데다 사람들도 많이 찾아온다는 이유로 걸핏하면 그의 소굴로 내려가곤 했다(그때 나는 법과대학에서 학년말 시험을 치르고 있었는데 시험을 치르자마자 외웠던 것을 홀랑 다 까먹어버렸다. 그런데 내가 한 과목도 낙제하지 않았다는 사실은 내가 시험을 잘 쳤다기보다는 그 대학이 형편없었다는 것을 의미했다). 페드로 카마초는 내가 거기에서 공부하는 데 이의를 달지 않았는데, 사실 자신을 '창작'하는 사람이라고 느끼는 사람이 옆에 있다는 것을 못마땅해하지만은 않는 게 분명했다.

나는 주로 창턱에 걸터앉아 이런저런 법전에 코를 박고 있었다. 그러나 내가 실제로 하고 있던 일은 그를 엿보는 거였다. 그는 두 검지손가락으로만 타이프를 쳐대면서 굉장히 빠른 속도로 원고를 작성했는데 나는 그를 지켜보면서도 내 눈을 믿을 수가 없었다. 그는 어떤 단어를 찾거나 생각을 짜내기 위해 단 한 번이라도 손을 멈추는 법이 없었고 열중하느라 툭 튀어나온 그의 조그만 눈에는 한 점의 미심쩍은 그림자도 어른거리지 않았다. 그는 마치 속으로 외고 있는 어떤 완전한 대본을 쳐나가거나 아니면 누군가가 불러주는 말을 받아 치고 있는 듯한 느낌을 주었다. 어떻게 그의 조그만 손가락들이 키보드 위를 날아다니는 속도로 하루에 아홉 편 내지 열 편이나 되는 그 숱한 다른 이야기들의 상황과 사건과 대화를 설정하는 일이 가능할까? 그러나 분명히 가능했다. 원고들은 그의 기억력 강한 머리와 지칠 줄 모르는 손가락으로부터 마치 공장에서 대량 생산되는 소시지 가락처럼 그 하나하나가 정확하게 분량을 맞춰 차례차례로 쏟아져 나왔다. 일단 일 회분의 원고를 다 치고 나면 그는 절대로 교정을 보거나 심지어 다시 검토하는 일도 없이 그저 복사하라고 비서에게 넘겨준 다음 곧바로 다음 원고에 착수했다. 나는 언젠가 페드로에게 그가 일하는 것을 보고 있으면 프랑스 초현실주의자들의 무의식적인 저술에 관한 이론, 즉 이성이라는 억압력을 거치지 않고 잠재의식에서 흘러나오는 것을 그대로 적어야 한다는 그들의 주장이 생각난다는 말을 했다.

그러나 내가 들었던 대답은 독단적이기 짝이 없는 것이었다.

"우리 메스티소 라틴아메리카인의 두뇌는 그런 하찮은 프랑스 놈들보다 훨씬 더 나은 걸 산출해내지. 그런 쓸데없는 고정관념은 절대로 갖지 말라구."

그런데 어째서 페드로는 그가 볼리비아에서 썼던 원고들을 리마에 관한 이야기의 소재로 쓰지 않았던 것일까? 내가 그 점에 대해 물어보았더니 그는 구체적인 설명이라고 하기엔 거리가 먼 일반론으로 대답했다. 즉 예술은 통조림이 될 수 없고 더더구나 너무 오래되어서 썩어버린 식료품처럼 될 수 없기 때문에, 대중들의 마음에 가 닿기 위해서는 과일이나 야채처럼 신선해야 된다는 것이었다. 그리고 또 연속극이란 모름지기 청취자와 호흡을 같이하는 이야기여야 한다는 것이었다. 다시 말해 청취자들이 리마 사람인 이상 라파스에서 벌어진 에피소드들이 어떻게 흥미를 끌 수 있겠느냐는 거였다. 하지만 페드로 카마초가 그런 이야기를 늘어놓았던 진짜 이유는 그에겐 이론화하려는 욕구, 즉 무엇이건 일반적인 진리, 영원한 공리로 바꾸려는 욕구가 글을 쓰려는 욕구와 마찬가지로 강했기 때문이다. 의심할 바 없이 그가 옛날에 썼던 원고들을 다시 쓰지 않는 이유는 훨씬 더 간단했다. 즉 그는 일할 시간을 줄이는 데 조금도 관심이 없었던 것이다. 그에게 산다는 것은 곧 글을 쓰는 것이었으며 자기의 작품들이 오래도록 지속하느냐 그렇지 않느냐는 조금도 문제가 되지 않았다. 그는 일단 자기의 원고들이 방송되고 나면 썼던 것에 대해서는 완전히 잊어버렸다(그는 언젠가 내게 자기가 썼던 연속극들의 대본을 단 한 장도 갖고 있지 않다고 단언했다). 그의 원고들은 일단 대중들에게 소화되면 그걸로 끝이라는 무언의 확신 하에 쓰여진 것들이었다.

나는 그에게 이제까지 써온 연속극들을 출판할 생각이 없느냐고 물어본 적이 있었다.

"내 글들은 인쇄된 종잇장보다 더 지워지지 않는 형태로 보존되지." 그가 당장에 되받았다. "라디오 청취자들의 기억에 새겨져 있으니까 말야."

헤나로 2세와 점심식사를 같이했던 바로 그날 오후 여섯시경에 나는 페드로의 소굴에 들러서 그를 브란사로 꾀어냈다. 아르헨티나 대사관으로부터 항의가 들어왔다는 얘기를 꺼낼 생각에서였다. 하지만 그가 어떤 반응을 보일지 몰라 겁이 나서 나는 우회적인 방법으로 그 얘기를 입에 올렸다. 즉 세상에는 별것도 아닌 일로 시뻘게지는 사람들이 있다느니, 그런 사람들은 아주 슬쩍 빗대기만 해도 참지를 못한다느니, 페루에서는 명예훼손죄가 굉장히 엄격해서 아주 사소한 일로도 방송국이 문을 닫을 수 있다느니 하는 얘기로 말을 빙빙 돌리면서, 그들이 너무도 막돼먹었다는 얘기를 한참이나 늘어놓은 뒤에 아르헨티나 대사관에서 그런 빗댄 표현에 항의하는 편지를 보내왔고 외무부에 공식적으로 항의를 제기하겠다고 위협하고 있다는 사실을 알려주었다.

"볼리비아에 있을 때는 그 작자들이 외교관계를 끊겠다고까지 했어." 그가 내 말을 잘랐다. "어떤 신문은 그자들이 국경선에 군대를 집결시키고 있다는 기사를 내보내기도 했고."

그의 목소리는 각오가 되어 있다는 투였다. 마치 이런 생각을 하고 있는 것처럼. '태양은 본래 빛을 비추도록 되어 있는데 그 빛이 불을 낸다고 해서 뭐랄 사람이 누구야?'

"경영진 쪽에서 요구하는 건 그저 아르헨티나인을 헐뜯지 말아달라는 것뿐입니다." 마침내 나는 신경질이 돋아서 노골적으로 까놓았다. 그리고 동시에 그를 꺾을 수 있을 거라고 생각되는 논리를 한 가지 떠올렸다. "한마디로 그 사람들에 대해서는 아무 소리도 하지 않는 편이 더 나을 겁니다. 그렇게만 해준다면 그 사람들이 귀찮게 굴 이유도 없지 않습니까?"

"그야 그렇겠지. 한데 그자들이 내 영감을 자극해서 말야." 그가 한마디를 했고 그렇게 말씨름은 끝났다.

방송국으로 돌아오는 길에 그는 장난스러운 목소리로, 라파스에서 〈가우초*들의 야수성〉이라는 연극—그의 말대로라면 아르헨티나놈들의 '급소를 찔렀던'—을 무대에 올린 바람에 그가 야기시켰던 국제적인 사건을 알려주었다.

판아메리카나로 돌아오자 나는 헤나로 2세에게 내가 중재자로서 얼마나 효력을 발휘할 수 있을지에 대해서는 헛된 기대를 갖지 않는 게 좋을 것이라고 다짐을 해두었다.

이삼 일 뒤에 나는 페드로 카마초의 거처를 보게 될 기회를 가졌다. 훌리아가 메트로 극장에서 상영하는, 할리우드의 유명한 로맨스 영화배우 그리어 가슨과 월터 피전이 주연한 영화를 보고 싶다며 마지막 저녁 뉴스 시보가 끝난 뒤에 나를 만나러 방송국으로 찾아왔던 날이었다. 우리가 밤 열두시경에 버스를 잡으려고 산마르틴 광장을 지나고 있을 때 페드로 카마초가 라디오 센트랄에서 나오는 것이 눈에 들어왔다. 그래서 훌리아를 보고 그를 가리켰더니 그녀가 그를 한번 만나보고 싶다는 것이었다. 우리는 그에게로 건너갔다. 훌리아가 자기와 같은 나라 사람이라는 것을 알자 그가 당장에 호의적인 태도를 보였다.

"저는 선생님 연속극을 굉장히 좋아해요." 훌리아가 뻥을 쳤다. 그리고 한술 더 떠서 그를 기분 좋게 해주려고 거짓말까지 했다. "볼리비아에 있을 때부터 선생님 연속극을 듣기 시작했어요. 그 뒤로 하나도 빼놓지 않고 들었고요."

---

* 남미의 카우보이. 스페인인과 인디언의 혼혈.

우리는 거의 알아차리지도 못하는 새에 그와 함께 킬카 가까지 걸었는데, 그러는 동안 페드로 카마초와 훌리아는 나를 제쳐놓고 자기네끼리만 무슨 큰 애국자라도 되는 것처럼 이야기를 주고받았다. 그들의 이야기 중에 포토시*의 광산들이며 타키냐 산(産) 맥주, 라과라고 불리는 옥수수 수프, 크림치즈를 바른 양념구이 옥수수, 코차밤바의 기후, 산타크루스 여인들의 아름다움, 그리고 볼리비아의 다른 자랑거리들이 그리운 듯 지나갔다. 방송작가는 자기 고국의 특출난 점들에 대해 떠들어댈 수 있게 된 것이 즐거운 듯 보였는데, 발코니와 덧문이 달린 어떤 건물 앞에 이르자 그가 걸음을 멈췄다. 그러나 우리에게 작별인사를 하지는 않았다.

"같이 올라갑시다." 그가 제안했다. "저녁식사는 간단히 할 생각이지만 함께 나눌 수 있을 겁니다."

라타파다에 있는 그 하숙집 건물은 리마 시내에서 흔히 볼 수 있는 낡은 삼층짜리 주택 중 하나로 지난 세기에 지은 것이었는데, 한때는 넓고 안락하고 호화롭기까지 했지만, 나중에 가서는 잘사는 사람들이 점차로 시내를 떠나 해변 휴양지로 옮아가는 바람에 점점 더 볼품없고 황폐해졌다. 더군다나 방 수를 두 배

---

* 볼리비아 남부의 은광.

네 배로 늘리고 현관 홀이며 옥상, 심지어는 발코니와 난간의 온
갖 요상한 모퉁이마다 닥치는 대로 조그만 방들을 내는 바람에
점점 더 많은 사람들이 몰려들어 마침내는 진짜 벌통으로 변해
버렸다. 그곳은 금방이라도 무너져내릴 것만 같았고, 우리가 페
드로 카마초의 방까지 따라 올라갔던 계단은 몸무게로 흔들거렸
으며, 발을 디딜 때마다 먼지구름이 피어올라 훌리아는 연방 재
채기를 해댔다. 게다가 벽이고 바닥이고 할 것 없이 어디에나 묵
은 때가 잔뜩 끼어 있어서 비질이나 걸레질을 해본 적이 없다는
게 한눈에도 분명했다.

페드로 카마초의 방은 꼭 지하 감옥처럼 비좁고 가구도 거의
없었다. 그 방에는 머리판이 달아난 싸구려 침대—빛 바랜 담
요로 덮이고 그 위에 베갯잇을 씌우지 않은 베개가 놓인—와
기름종이로 덮인 조그만 탁자 하나, 앉는 부분에 짚을 채운 의자
하나, 트렁크 하나, 그리고 팬티며 양말 따위를 넌 빨랫줄 한 가
닥이 두 벽 사이에 늘어진 채 매여 있었다. 나는 방송작가가 자
기 옷을 직접 빤다는 사실엔 놀라지 않았지만, 요리까지 한다는
것만큼은 놀라웠다. 창턱에는 휴대용 스토브와 기름통, 두 개의
함석 접시, 식사 도구, 그리고 몇 개의 컵이 놓여 있었다.

그가 거창한 몸짓으로 훌리아에게는 의자를, 내게는 침대를
가리켰다.

"자, 앉으세요들, 비록 누추한 곳이지만 진심으로 당신들을 환영합니다."

그가 저녁식사를 준비하는 데는 이 분밖에 걸리지 않았다. 그는 양념들을 서늘하게 보존하기 위해 플라스틱 봉지에 넣어 창턱에 놓아두었다. 메뉴는 달걀 프라이와 삶은 소시지, 버터와 치즈를 바른 빵, 그리고 꿀을 친 요구르트였다. 우리는 그가 요리에서라면 이력이 난 사람처럼 꼭 필요한 동작만을 취하면서 이것저것 만드는 모습을 지켜보았는데, 나는 그가 늘 그런 식으로 요리를 한다는 걸 분명히 알 수 있었다.

식사를 하는 동안 그는 다정하고도 수다스러워져서 컵에다 커스터드 빵을 만드는 법이며(그러자 훌리아는 하나 만들어달라고 했다) 옷을 하얗게 빨려면 어떤 세탁비누가 가장 경제적인지에 대해서까지 늘어놓을 정도로 이야기의 격을 낮췄다. 그가 접시를 다 비우지 않고 옆으로 밀어놓더니 남긴 음식을 가리키며 농담을 한마디 던졌다.

"예술가에게는 먹는 게 죄악이지."

나는 그가 기분이 매우 좋아졌다는 것을 알아차리고 그의 직업 습관에 대해 단도직입적으로 몇 가지를 물어보았다. 그리고 또 갤리선의 노예 같은 스케줄에도 불구하고 피곤해 보이는 적이라고는 없는 대단한 정력이 부럽다고도 했다.

"나한테는 하루하루를 재미있게 보내기 위한 전략이 있지."
그가 고백했다.

그러더니 마치 상상의 경쟁자에게서 비밀을 지키려는 듯 목
소리를 낮추고, 자기는 어느 한 이야기에 절대로 일 회분 이상은
매달리지 않으며 하나의 일에서 다른 일로 넘어가는 게 기분 전
환이 되기 때문에 매시간 그렇게 하면서 이제 막 새로 일을 시작
했다는 느낌을 갖는다고 털어놓았다.

"즐거움은 다양함에서 얻는 거니까." 그가 눈에 즐거운 빛을
띠고 땅귀신처럼 얼굴을 찡그리면서 같은 말을 되풀이했다.

그러니까, 글을 쓸 때는 연속성이 아니라 대조를 문장 작법의
기본 원칙으로 삼아야 한다는 거였다. 말하자면 장소와 환경과
분위기, 주제와 인물을 완전히 바꿈으로써 새롭게 시작한다는
상쾌한 느낌을 갖게 된다는 것이었다. 그리고 버베나에 박하를
넣은 차가 신경세포들의 연결점을 깨끗하게 해줘서 대단한 상상
력을 발휘하게 하므로 도움이 된다고도 했다. 또 자주 타자기 앞
을 떠나 스튜디오로 건너가 글을 쓰는 작업으로부터 연출과 연
기로 전환하는 일 역시 긴장을 풀어주고 정신을 맑게 해주는 일
종의 청량제가 된다는 것이었다. 하지만 그 모든 것 외에도 그는
여러 해에 걸쳐 무식하거나 무감각한 사람들에게는 아주 유치한
짓으로밖에는 보이지 않을 어떤 중요한 사실을 알아냈다고 한

다. 하지만 그런 족속들이 어떻게 생각하건 그게 무슨 상관이었을까?

그는 망설이는 듯 보였다. 잠잠해진 그의 조그맣고 만화에 나오는 듯한 얼굴에 슬픈 표정이 떠올랐다.

"불행히도 난 여기서 그 일을 실행할 수가 없군요." 그가 낙담한 투로 입을 열었다. "나 혼자만 있는 일요일에나 가능하지요. 평일에는 중뿔나게 참견하기 좋아하는 사람들이 너무 많거든요. 이해도 못 하면서 말입니다."

그렇게 초연한 태도로 사람들을 얕잡아보던 그에게 그런 망설임이 있다니? 훌리아 역시 그의 말 한마디 한마디에 귀를 기울이고 있었다.

"그렇게 애길 꺼내다 마시면 어떡해요?" 그녀가 애원조로 캐물었다. "선생님이 알아낸 그 비밀이라는 게 도대체 뭔가요?"

카마초는 자기가 의도했던 대로 궁금증을 불러일으켰다는 게 분명히 만족스러운 듯, 생각에 잠긴 마술사처럼 한동안 말없이 우리를 지켜보았다. 그러고는 사제처럼 천천히 일어나서(그는 휴대용 스토브 옆 창턱에 걸터앉아 있었다) 트렁크 쪽으로 걸어가더니 그것을 열고, 모자에서 토끼며 깃발 따위를 끌어내는 요술쟁이처럼 믿기 힘들 만큼 여러 가지 물건을 끌어내기 시작했다. 영국 판사들이 쓰는 가발, 갖가지 크기의 가짜 콧수염, 어부들이 쓰는 모자, 무공 훈장, 뚱뚱한 여자나 늙은 남자 또는 백치 아이의 가면, 교통경찰의 곤봉, 선장의 모자와 파이프, 외과 의사가 입는 흰 가운, 가짜 귀와 코, 솜으로 만든 턱수염…… 조그만 전기 로봇 같은 동작으로 그가 소품들을 내보이더니—뭔가 속셈을 품고서 그것들이 주는 효과를 우리에게 더 잘 드러내 보이려는 요량에서였을까?—벌써 오래전부터 습관이 되어 끊임없이 해보았던 일이 분명한 재빠른 동작으로 그것들을 몸에 붙였다 뗐다 하기 시작했다. 훌리아와 나는 페드로 카마초가 소품과 의상을 바꾸어 걸치며 우리 눈앞에서 의사가 되었다 선원이 되었다 판사가 되었다 늙은 부인이 되었다 거지가 되었다 괴물이 되었다 추기경이 되었다 하며 변신하는 모습에 놀라 입을 쩍 벌린 채 지켜보고만 있었다. 번개처럼 재빠르게 모습을 바꿔가면서 그는 열띤 목소리로 계속 이야기를 늘어놓았다.

"어째서 내가 나 스스로 창조한 사람들을 닮기 위해 그런 인물이 될 권리가 없다는 겁니까? 내가 그들을 묘사한 대로 그들의 코와 머리와 프록코트를 달고 쓰고 입지 못하게 막을 사람이 누굽니까?" 그가 성직자들이 쓰는 사각모를 벗고 해포석 담배 파이프를 물었다, 해포석 담배 파이프를 빼고 먼지막이 외투를 입었다, 먼지막이 외투를 벗고 목발을 짚었다 하며 떠들어댔다. "내가 이 몇 점의 옷으로 상상력에 기름을 친다고 해서 그게 누구에게건 무슨 상관이 있습니까? 사실주의라는 게 뭡니까, 두 신사 숙녀분? 우리가 그렇게도 자주 듣는 그 유명한 사실주의라는 게? 그리고 사실주의 예술을 창조하는 데 자신을 작중인물과 동일시하는 것보다 더 나은 방법이 뭡니까? 또 그렇게 한다면 하루하루의 일이 더 참을 만하고 더 유쾌하고 더 다양하고 더 다이내믹해지지 않겠습니까?"

그러나 당연히—그의 목소리가 처음엔 격렬했다가 다음엔 슬픈 기색을 띠었다—일반 사람들은 멍청해서 그를 이해하지 못하고 그른 생각을 하게 될 것이었다. 만일 그가 라디오 센트랄에서 작중인물과 같은 차림으로 변장한 모습을 보인다면 당장에 설왕설래 뒷소리가 일기 시작할 것이며, 그가 성도착자라는 소문이 퍼져 그의 사무실은 마치 자석처럼 무식한 사람들의 병적인 호기심을 끌게 될 것이었다. 그는 가면과 다른 소품을 다 벗고 나서 트렁크를 채우고는 다시 창턱으로 돌아가 앉았다. 그는 이제 우울한 기분에 젖었다. 그가 볼리비아에서는, 언제나 자기 아틀리에에서 혼자 일했던 그곳에서는 마음껏 소도구와 의상을 걸치더라도 아무런 문제가 없었다고 중얼거렸다. 그러나 여기에서는 단지 일요일에만 오래전부터 습관이 된 그런 차림으로 글을 쓸 수 있다는 것이었다.

"그런데 작중인물의 성격에 맞추기 위해 그런 변장을 하는 건

266

가요, 아니면 미리 변장을 한 다음 거기에 근거해 작중인물을 창조해내는 건가요?" 내가 아직도 놀라움이 가시지 않은 채 무슨 말이라도 해야겠다는 생각에서 물었다.

그가 마치 갓난아이를 보듯 나를 쳐다보았다.

"그런 질문이나 하는 걸 보니까 아직 너무 어린 게 분명하구만." 그가 점잖게 꾸짖었다. "자넨 맨 처음에 오는 게 '글'이라는 걸 모르나? 그것도 항상."

그에게 초대해줘서 고맙다고 허풍스럽게 치하를 한 다음 다시 거리로 나왔을 때, 나는 훌리아에게 페드로 카마초가 우리에게 자기의 비밀을 털어놓은 건 우리를 믿는다는 보기 드문 증거를 보여준 것이고 그래서 나는 감동했다고 말했다. 그녀 역시 즐거워했다. 그녀는 카마초 같은 지성인이 그처럼 재미있는 인물이라고는 상상도 하지 못했다.

"글쎄요, 꼭 그렇지만은 않을 겁니다." 내가 웃으며 말을 받았다. "페드로 카마초는 인용부호를 써야 하는 '지성인'이죠. 그 사람 방에 책이 한 권도 없는 거 눈치 못 챘어요? 언젠가 그 사람이 내게 이러더군요. 자기는 다른 작가들 때문에 자신의 문체를 망칠까봐 책을 읽지 않는다고요."

우리는 손을 잡고 버스 정류장까지 조용한 시내 중심가를 따라 갔던 길을 되짚어 내려왔는데 그때 나는 훌리아에게 이런 말을 했다. 그 방송작가가 정말로 변장을 하고서 작중인물 중 한 사람이 되는지를 보기 위해 언젠가 일요일에 혼자서 라디오 센트랄을 찾아가보겠다고.

"그 사람 꼭 거지처럼 살고 있던데…… 그건 정말 공평하지가 못해." 훌리아가 심정을 토로했다. "그 사람 연속극들이 너무 유명해서 난 그 사람이 돈방석에 앉았을 거라고 생각했어."

그녀는 라타파다의 셋집에서 욕조라든가 샤워 꼭지를 보지 못했던 기억이 자꾸만 떠오르는 모양이었다. 그녀가 본 것은 맨 아래층에 있는 화장실과 시퍼렇게 곰팡이가 낀 세면대뿐이었다. 나는 페드로 카마초가 목욕이라곤 해본 적이 없지 않을까 하는 생각이 들었지만 훌리아에게는 그 방송작가는 그런 하찮은 일엔 관심이 없다고만 했다. 그녀는 내게 그 셋집이 어찌나 더러운지 속이 다 울렁거릴 지경이었다고, 그리고 소시지와 달걀을 넘길 때는 초인적인 노력을 들여야 했다고 털어놓았다.

일단 버스—아레키파 가를 따라 모퉁이마다 서는 털털이 고물차—에 올라탄 뒤 내가 천천히 그녀의 목이며 귀에 키스를 하고 있을 때 그녀의 경고가 들렸다.

"다시 얘기하지만 너 작가가 되었다가는 가난에 찌들게 돼. 그건 네가 평생 동안 아주 비참하게 살아야 한다는 뜻이야, 바르기타스."

그녀는 하비에르가 나를 그렇게 부르는 걸 들은 뒤로 나를 바르기타스라고 불렀다.

8

　페데리코 테예스 운사테기는 손목시계를 들여다보았다. 정오
였다. 그는 방제회사의 직원 여섯 명에게 점심을 먹으러 나가도
좋다고 일렀다. 그러나 세시 정각까지 일 분도 늦지 않게 돌아와
야 한다는 말은 하지 않았다. 그들 모두 이 회사에서는 시간을
어기는 것이 곧 신성모독이며, 늦은 사람은 벌금을 물거나 심지
어는 그 자리에서 해고당하기까지 한다는 것을 너무도 잘 알고
있었기 때문이다. 직원들이 나가자 페데리코는 늘 그랬던 것처
럼 손수 사무실을 이중으로 잠그고 진회색 모자를 쓴 다음 우안
카벨리카 가의 북적대는 보도를 따라 그의 차(도지 세단)를 세
워둔 주차장까지 내려갔다.

　그는 다른 사람들에게 두려움과 음산한 느낌을 불러일으키는

사람이었고 누구든 길거리에서 옆을 스쳐가기만 해도 당장에 그가 별난 사람이라는 것을 알아차릴 수 있었다. 그는 인생의 절정기에 이른 오십대 남자로 뛰어난 용모와 인품―훤한 이마와 매부리코에 꿰뚫어보는 듯한 눈길을 지닌 그지없이 정직하고 선량한 사내―으로 보아 여자에게 관심만 있었다면 돈 후안처럼 될 수도 있었을 것이다. 그러나 페데리코 테예스 운사테기는 그의 모든 삶을 성전(聖戰)에 바쳤으며 그 밖에는 어느 것에도 또 누구에게도, 그가 먹고 잠자고 가정생활을 하기 위해 따로 떼어두어야 하는 그런 시간만 제외하고는, 정신을 빼앗기려고 하지 않았다. 그는 지금까지 사십 년 동안 그 전쟁을 치러왔고 그의 궁극적인 목표는 이 땅에서 쥐들을 마지막 한 마리까지 없애버리는 것이었다.

그의 친구들은 물론 아내와 네 아이까지도 그 터무니없는 전쟁 뒤에 숨겨진 이유를 알지 못했다. 페데리코 테예스 운사테기가 그 일을 비밀로 해왔기 때문이다. 그러나 결코 잊힐 수 없는 그 일은 끈질긴 악몽처럼 밤이건 낮이건 그의 기억 속으로 떠올랐고, 그는 그 기억으로부터 사람들이 상식을 벗어났다거나 소름 끼친다거나 장삿속이라고 생각하는 그 전쟁에서 버틸 수 있도록 새로운 힘을 끌어내어 증오를 다지곤 했다.

이제 그는 주차장으로 들어가 독수리 같은 눈으로 차가 제대로 닦여 있는지를 점검한 다음, 시동을 걸고 엔진이 덥혀질 때까지 정확히 이 분을 기다렸다. 그의 눈앞에 불꽃 주위에서 맴돌다 날개를 태워버리는 나방들이 어른거리고, 그의 기억은 어린 시절을 보냈던 조그만 마을과 운명을 뒤바꿔놓았던 그 무서운 사건으로 되돌아갔다.

그 일은 팅고마리아가 지도의 조그만 한 점에 불과하고 빽빽한 정글로 둘러싸인 개간지에 몇 채의 집만이 서 있었던, 금세기 초에 일어났다. 처녀림을 정복하겠다는 꿈에 부풀어 도시의 안락한 생활을 버린 모험가들이 숱한 역경을 거친 뒤에 그곳에서 삶을 마감하곤 했던 바로 그 시기였다. 기술자인 일데브란도 테예스가 그의 젊은 아내(그녀의 핏줄에는 마이테라는 이름과 운사테기라는 성에서 분명히 나타나듯 바스크인의 피가 흐르고 있었다)와 어린 아들 페데리코를 데리고 그 지역으로 왔던 것도 그런 이유에서였다. 그 기술자에게는 원대한 꿈이 있었다. 나무를 베어내 부유층의 저택을 짓고 가구를 만드는 데 필요한 값진 목재를 반출하고, 이국적인 맛을 즐기는 전 세계의 미식가들을 위해 파인애플이며 아보카도, 수박, 커스터드애플 등을 재배하는 동시에 때가 되면 아마존 유역의 강들을 따라 증기선도 운행하겠다는 계획이 그것이었다. 하지만 신과 인간들은 그의 열정을 재로 만들어버렸다. 자연재해—폭우, 열병, 홍수—와 인간적인 한계—노동력 부족, 그나마 거느리고 있던 사람들의 나태와 우둔, 술, 신용 부족—로 인해 그 개척자의 원대한 계획들이 차례차례 수포로 돌아갔던 것이다. 그래서 팅고마리아에 발을 들여놓은 지 이 년이 지났을 때 그는 펜덴시아 강 상류의 조그만 농장에서 고구마를 재배하며 아주 초라하고 가난한 삶을 살아갈 수밖에 없었다.

쥐들이 모기장을 치지 않은 요람에 누워 있던, 그들 부부 사이에서 새로 태어난 딸아이 마리아 테예스 운사테기를 산 채로 먹어치웠던 것은 어느 찌는 듯이 무더운 밤, 통나무와 종려 잎사귀로 지은 그곳의 오두막에서였다.

그 끔찍스러운 일이 벌어졌던 과정은 간단하고도 소름 끼쳤다. 페데리코의 아버지와 어머니는 어느 세례식에서 대부모를 서게 되었고, 그런 경우에 벌어지는 의례적인 잔치에 참석하다보니 강 건너편에서 밤을 보내게 되었다. 그래서 그들은 십장에게 농장을 맡기고 떠났는데, 그는 주인의 오두막에서 꽤 멀리 떨어진 원두막에 두 명의 일꾼과 함께 기거하고 있었다. 오두막에서는 페데리코와 어린 누이동생이 자게 될 것이었다. 그러나 날씨가 몹시 더울 때면 그 사내아이는 종종 짚요를 가지고 펜덴시아 강둑으로 내려가곤 했다. 거기에서는 물소리가 들려와 잠이 잘 왔기 때문이다. 바로 그날 밤에도 페데리코는 강가로 내려왔다(그리고 나머지 일생 동안 자신의 행동을 후회하게 될 것이었다). 그 아이는 달밤에 강에서 멱을 감은 뒤 요에 누워 잠이 들었다. 꿈속에서 갓난아이의 울음소리가 들리는 것 같았지만 잠을 깨울 만큼 요란하거나 오래 지속되지는 않았다. 새벽에 그 아이는 자기 발이 날카롭고 조그만 이빨에 물리는 것을 느꼈다. 눈을 뜨자 자기가 죽어간다는, 아니 그보다는 이미 죽어서 지옥에 와 있다는 생각이 들었다. 수십 마리 쥐들이 꿈틀거리고 몸부림치고 서로의 몸 위로 굴러떨어지고 밀치락거리면서, 그리고 주둥이에 닿는 것이면 무엇이든 먹어치우면서 자기를 둘러싸고 있는 것이었다. 그 아이는 펄쩍 뛰어 일어나 막대기를 움켜쥐었고, 목청껏 소리를 질러 십장과 일꾼들을 깨울 수 있었다. 그리고 모두가 힘을 합쳐 횃불과 몽둥이와 발길질로 달려든 쥐 떼를 쫓아버릴 수 있었다. 하지만 그들이 오두막 안으로 들어섰을 때, 거기에 남아 있는 것은 아기의 조그만 뼈무더기(굶주린 쥐 떼가 잔치에서 먹어치울 수 없었던 것)뿐이었다.

이 분이 지나자 페데리코 테예스 운사테기는 출발했다. 그리고 차들의 장사진 속에서 윌슨과 아레키파를 지나 점심식사가 기다리는 바란코로 가기 위해 타크나 가를 따라 천천히 차를 몰았다. 빨간 신호등에 걸려 멈춰 서자 그는 눈을 감았고, 그 끔찍한 새벽을 기억할 때면 언제나 그러듯, 자기 몸속에서 산(酸)이

끓고 있는 것처럼 화끈하고 부글거리는 느낌을 맛보았다.

　속담으로 하는 말마따나 '불행은 엎친 데 덮친 격'이었다. 그 소름 끼치는 일이 벌어진 뒤로 바스크 혈통의 젊은 여인이었던 그의 어머니는 고질병처럼 딸꾹질이 계속되어 경련까지 일으켰고 아무것도 먹을 수가 없었다. 다른 사람들 눈에는 그녀의 고통스러워하는 모습이 꽤나 우스워 보였겠지만, 그녀는 단 한마디 말도 입 밖에 내지 못했다. 단지 끅끅거리고 그르렁거릴 뿐이었다. 그녀는 공포에 질린 눈으로 끊임없이 딸꾹질을 하며 돌아다녔고, 그러는 사이 점점 더 여위고 쇠약해져 마침내는 몇 달 뒤에 영양실조로 말라 죽었다. 그의 아버지는 모든 야망과 정력은 물론 몸을 깨끗이 하는 버릇까지도 잃어버린 채 만사를 포기해버렸다. 그리고 순전히 자기 방임의 결과로 농장마저 채권자들에게 넘어가 경매에 부쳐진 뒤로는 뗏목꾼이 되어 승객과 화물과 짐승을 우아야가 강의 한쪽에서 다른 쪽으로 날라다주며 삶을 꾸려갔다. 그러나 어느 날 강이 범람했을 때 물살이 뗏목을 나무 덤불 속으로 몰고 가 완전히 박살내버리자, 그는 맥이 탁 풀려서 뗏목을 다시 만들어볼 기력조차 잃었다. 결국 그는 사람들이 '잠자는 미녀'라고 부르는, 임산부의 유방이나 치켜든 궁둥이처럼 외설스러운 형상을 한 산기슭으로 옮겨가 나뭇가지와 잎사귀로 움막을 지었고, 머리칼이며 턱수염이 그냥 자라도록 내버려둔 채, 야생 식물을 먹고 머리를 핑핑 돌게 하는 잎사귀를 말아 피우며 거기에서 몇 년을 더 살았다. 사춘기 소년이 된 페데리코가 정글을 떠날 무렵 전직 기술자는 팅고마리아에서 요술쟁이로 알려져 있었다. 그는 라스파바스 동굴 근처에서 우아누코 태생인 세 명의 원주민 여자와 함께 살았는데 그 여자들은 그에게 배가 툭 불거진 반쯤은 야수 같은 아이를 서넛 낳아주었다.

오직 페데리코만이 그 재난에 창조적으로 대처할 수 있었다. 제 누이를 오두막에 혼자 남겨두었다는 이유로 몹시 매를 맞았던 바로 그날 아침, 불과 몇 시간 동안에 어른이 되어버린 그 소년은 마리아를 묻은 조그만 흙무더기 옆에서 무릎을 꿇고 마지막 숨을 거두는 날까지 평생을 그 살인적인 종족의 박멸에 바치겠다고 맹세했다. 그리고 자기의 맹세를 다지기 위해 그 아이는 누이의 시체를 덮은 흙 위에 얻어맞아 생긴 상처에서 흘러나온 핏방울을 뿌렸다.

사십 년이 흐른 뒤, 산이라도 떠 옮길 기세로 자신과의 약속에 충실했던 남자의 전형적 본보기인 페데리코 테예스 운사테기는 소박한 점심을 먹기 위해 세단 승용차를 몰고 가면서, 그 스스로도 자기는 약속을 지키는 사람임을 입증했다고 말할 수 있었다. 그도 그럴 것이, 몇십 년에 걸친 그의 노력과 창의력 덕분에 페루에서 죽어간 쥐의 숫자가 그 나라에서 태어난 쥐의 숫자를 능

가하게 되었기 때문이다. 하지만 그는 숱한 어려움—그가 아직 어린아이였던 시절, 일을 처음 시작할 당시 가장 어려운 부분이 그 더러운 회색 동물에 대한 혐오감을 극복하는 것이었다—이 따르면서도 대가는 별로 없는 그 일에 종사하다보니 음침하고 완고하고 이상한 버릇이 생겨 친구도 없는 사내가 되어버렸다.

그가 맨 처음 썼던 수법은 그저 쥐덫을 놓는 원시적인 방법이었다. 주머니돈을 털어 그는 라이몬디 가의 침대 매트리스 숍과 잡화점에서 쥐덫을 샀고 그것을 모델로 여러 개의 쥐덫을 만들어—나무와 철사를 적당한 크기로 잘라 쥐덫을 조립하여—하루에 두 번씩 온 들판에 설치해두었다. 때로는 쥐덫에 그 조그만 동물이 산 채로 걸리는 적도 있었는데, 그럴 때면 페데리코는 흥분에 몸을 떨며 잡은 쥐들을 천천히 불태워 죽이거나 그러기 전에 꼬챙이로 찌르고 사지를 절단하고 눈을 후벼파면서 잔인하게 고문을 가했다.

그러나 비록 어리기는 했어도 총명했던 그 아이는 곧, 만일 자기가 계속 그런 짓에만 몰두한다면 처음에 하겠다고 다짐했던 일을 못하게 되리라는 것과 자신의 목표는 질이 아니고 양이라는 것을 알아차렸다. 문제는 하나하나의 쥐에게 최대한으로 고통을 주는 것이 아니라 가능한 한 많은 쥐를 한꺼번에 죽여 없애는 것이었다. 그래서 페데리코는 또래의 어린아이치고는 보기 드문 명석함과 의지력으로 마지막 남은 감상의 흔적까지도 뿌리째 뽑아버렸고, 그후로는 완벽하게 객관적인 기준에 따라 차갑고 통계적이고 과학적으로 대량 학살 목표를 추구해나갔다. 캐나다인 신부들이 운영하는 학교에서의 공부 시간과 잠자는 시간을 쪼개(노는 시간을 쪼개지는 않았다. 왜냐하면 그 비극이 있은 뒤로는 결코 노는 법이 없었으므로) 그 아이는 일단 쥐가 걸리고 나면 절대로 살아남지 못하도록 희생물의 몸통을 잘라버리는(쥐의 고통을 덜어주기 위해서가 아니라 죽이는 데 시간을 허비하지 않기 위해서였다) 칼날이 달린 쥐덫을 완성했다. 그런 다음에는 구부러진 꼬챙이들을 설치해 한꺼번에 여러 마리의 쥐를 처치할 수 있는 다중식 쥐덫을 만들었다. 얼마 안 가서 그 지방 사람들은 누구나 그 아이의 쥐 잡는 기술에 대해 듣게 되었고, 조금씩 조금씩 그 일은 개인적인 속죄와 복수를 떠나 지역사회에 대한 서비스가 되어갔다. 아주 약간의 보수를 받는. 그러나 하잘것없는 보수라도 전혀 없는 것보다는 나았다.

페데리코는 쥐들이 습격한 기미가 보이면 가까운 곳이건 먼 곳이건 어느 농장으로든 불려갔다. 그리고 쉴 줄 모르는 개미처럼 부지런히 일하면서, 며칠 내로 마지막 남은 쥐까지도 다 없애버리곤 한 끝에, 마침내는 팅고마리아에서도 오두막이며 집이며 사무실에서 쥐 떼를 몰아내달라는 요청이 들어오기 시작했다.

하지만 그 아이가 정말로 영광의 순간을 맞게 되었던 것은 그곳 경찰서장이 경찰서 안에서 설치고 돌아다니는 쥐들을 없애달라고 일을 맡겼을 때였는데, 페데리코는 그때 받았던 돈을 모두 더 많은 쥐덫을 만드는 데 투자했다. 고지식한 사람들이 그의 일이겠거니—또는 괴상한 버릇이겠거니—하고 생각하던 사업을 더욱 확장하기 위해서였다. 그리고 전직 기술자가 '잠자는 미녀' 산의 정글에서 자라는 최음제 덩굴 밑에서 죽었을 무렵 학교를 뛰쳐나온 페데리코는 그의 쥐잡이 무기인 덫을 좀더 교활한 또다른 무기, 즉 쥐약으로 보완하기 시작했다.

쥐를 잡는 일로 그는 다른 아이들이 아직도 팽이를 돌릴 나이에 혼자 힘으로 살아갈 수가 있었다. 하지만 그 일은 또한 그를 버림받은 사람으로 바꾸어버리기도 했다. 사람들은 설치고 돌아다니는 쥐 떼를 몰아내기 위해 그를 부르곤 했지만, 자기네와 한 식탁에서 식사를 같이하자고 청하거나 한마디라도 다정한 말을 건네는 법이 절대로 없었다. 페데리코는 물론 그런 일로 기분이 상했더라도 자기의 감정을 내보이지는 않았다. 아니 그와는 반대로, 사람들이 자기를 멀리하는 데서 즐거움을 느끼기까지 하는 것 같았다. 그는 말이 없는 젊은이였고 사람들을 피했으며 아무도 그를 웃긴 적도 또는 그가 웃는 모습을 본 적도 없었다. 그의 유일한 열정은 철천지원수인 더러운 동물을 죽이는 데 있을 뿐이었다. 그는 일한 대가로 아주 근소한 액수만을 요구했다. 그리고 가난한 사람들의 집에서는 공짜로 그 전쟁을 치러주었다. 쥐들이 우글거린다는 것을 알기만 하면 그가 쥐덫과 쥐약병이 가득 찬 마대 자루를 짊어지고 그들의 문간에 나타나는 것이었다. 하지만 그 젊은이가 끊임없이 발전시킨, 납빛의 해로운 동물을 죽이는 기술 외에도 문제는 또 있었다. 죽은 쥐를 치우는— 어느 집에서건 주부나 하녀가 가장 싫어하는— 일이 바로 그것이었다. 그러나 페데리코는 역으로 마을의 백치와 성 요셉 수녀원에서 살고 있던 사팔뜨기 곱사를 채용해 사업을 확장했다. 그들에게 약간의 보수를 줌으로써 죽은 쥐를 모아 아바드 극장 뒤로 가져가서 태우게 하거나 팅고마리아의 개, 돼지, 고양이 그리고 독수리에게 던져주도록 한 것이었다.

그로부터 얼마나 오랜 세월이 흘러갔던가! 하비에르프라도가의 모퉁이에서 빨간 신호등에 걸려 차를 세웠을 때 페데리코 테예스 운사테기는 속으로 이런 생각을 해보았다. 자기는 어린 누이 마리아를 죽였던 적과 전쟁을 치르느라, 자기의 재간과 기술을 유일한 무기로 삼아 아직 새파란 아이 적에 백치를 뒤따르게 하고, 해뜰 녘부터 해 질 때까지 팅고마리아의 진흙탕 길을 올라갔다 내려갔다 했던 그 시절부터 계속 출세를 해온 것이 분명하다고. 사실 당시 그는 겨우 아이 티를 벗었고 가진 것이라고는 걸친 옷뿐이었으며 도와줄 사람도 하나 없었다. 하지만 그후로 삼십오 년이 흐른 지금, 그는 페루의 각 도시에 지점을 두고 열다섯 대의 트럭에다, 쥐구멍에 연기를 피우고 쥐약을 제조하고 쥐덫을 설치하는 일흔여덟 명의 노련한 직원을 거느린 거대한 방제회사의 우두머리가 되었다. 그리고 일선에서—전국의 거리와 집 그리고 들판에서—쥐를 잡는 사람들은 사장 휘하의 본사 직원들(이제 막 점심을 먹으러 나간 여섯 명의 기술자들)로부터 명령과 충고와 이론적인 지원을 받아 쥐를 찾아내고 포위하고 섬멸하는 데 전심전력으로 헌신하고 있었다. 그러나 페데리코는 거기에 만족하지 않고 자기의 성스러운 전쟁에 도움을 얻기 위해 두 명의 화학자와 계약을 체결했다(그 돈은 사실상 정부 지원 보조금이었지만). 쥐에게 생기는 놀라운 면역력을 감안하여 치명적인 전략으로 새로운 쥐약을 끊임없이 개발해내려는 생각에서였다. 어느 한 쥐약으로 두세 번 전쟁을 치른 뒤에는 쥐에게 면역이 생겨서, 쥐를 죽이려고 놓은 약이 그 생물에게는 단지 식량원이 되곤 했기 때문이다. 또 그 외에도 페데리코는— 바로 그때 신호등이 초록색으로 바뀌었으므로 그는 기어를 1단으로 넣고 해변 도로를 따라 거주 구역 쪽으로 차를 몰았다—쥐약에 대한 연구를 진척시키기 위해 해마다 화학과를 갓 졸업한 학생을 하나씩 선발하여 배턴루지 대학교로 유학을 보내도록 장학 기금도 마련해놓고 있었다.

　이십 년 전에 페데리코 테예스 운사테기가 어쩔 수 없이 결혼을 했던 것도 바로 그런 이유 — 과학이 그의 종교에 봉사하도록 하려는 — 에서였다. 그 역시 결국은 인간이었기에 어느 날부터인가 그는 남자라면 다 갖는 생각을 품기 시작했다. 자신의 피와 영혼을 물려받은 자식들에게 어머니 품에 안긴 어린 시절부터 구역질 나는 쥐에 대한 분노를 가르치고 싶었던 것이다. 그러면 아이들은 남다르게 길러지고 교육받은 덕분에 그의 직무를 물려받을 것이며, 어쩌면 저희 나라의 국경선을 넘어서까지 그 일을 확장할 수도 있을 것이었다. 일류 교육 기관에서 박사학위를 받고 대를 이어 그가 다짐했던 맹세를 지속시켜나갈 여섯 명, 일곱 명이나 되는 자식들…… 그 얼굴들이 눈앞에 어른거리자 결혼에는 전혀 관심이 없었던 남자인 그도 결혼상담소에 의뢰를 할 수밖에 없었다. 그리고 결혼상담소에서는 꽤 비싼 소개료를 받고 그에게 썩 미인은 아닐지라도 — 그녀는 이빨이 몇 개 빠져나갔고 라플라타 강이라고 불리는, 말로만 은빛 젖줄인 그 강에서 물을 대는 지역 출신의 보잘것없는 여자들이라면 다 그렇듯 허리와 장딴지에 비곗살이 뒤룩뒤룩한 여자였다 — 그가 요구한 세 가지 조건, 즉 완벽한 건강, 손상되지 않은 처녀막, 그리고 왕성한 번식력을 갖춘 스물다섯 살짜리 신부를 구해주었다.

소일라 사라비아 두란은 우아누코 출신 처녀로 그녀의 집안은 장난질치기 좋아하는 운명의 수레바퀴가 한번 잘못 도는 바람에 지방 귀족에서 도시 빈민으로 전락한 케이스였다. 그녀는 학생들이 수업료를 내고 다니는 학교 바로 옆의, 살레시오 수녀회에서 무료로 운영하는—양심적인 이유에서였을까, 아니면 선전 목적에서였을까?—학교에서 교육을 받았다. 그리고 다른 급우들과 마찬가지로 자라나면서 아르헨티나 콤플렉스를 겪었는데 그녀의 경우에는 그것이 온순함, 조용함 그리고 식탐의 형태로 나타났다. 학교를 마친 뒤 그녀는 살레시오 수녀회를 위해 학생들의 감시자 노릇을 했고, 그 애매모호한 지위—그녀는 하녀였을까, 일꾼이었을까, 아니면 월급을 받는 피고용인이었을까?—로 인해 노예처럼 비굴한 근성이 몸에 배어 어느 경우에건 아무 때나 순한 암소처럼 고분고분 따르고 고개를 끄덕이게 되었다. 그러다 스물네 살이 되었을 때, 부모가 모두 세상을 뜨자 그녀는 상당한 망설임과 갈등을 겪은 끝에 마침내 용기를 짜내 장차 그녀의 군주이자 주인이 될 남자와 만나게 해줄 결혼상담소를 찾아갔다.

두 사람 모두 사랑을 해본 경험이 없었던 탓으로, 신혼부부의 첫날밤 치르기는 말 그대로 지지부진이었다. 시작부터 일을 그르쳐 겨냥을 잘못하거나 때이른 사정을 하거나 또는 체위가 잘못되는 등 실수 연발이다보니 욕망은 간 데 없이 사라져버렸고 완고한 처녀막은 손상되지 않은 채 남아 있었던 것이다. 그래서 역설적이게도 소일라는, 그들 부부가 지극히 도덕적인 한 쌍이었다는 사실에도 불구하고, 그녀의 처녀성을 변태적으로, 다시 말해 계간(鷄姦)으로(일부러 그럴 작정이었던 것이 아니라 그 신혼부부가 경험이 없던 탓으로 어떻게 하다보니) 잃고 말았다.

그 뜻하지 않았던 변태적인 행위만 제외한다면 그들 부부의 결혼생활은 그지없이 도덕적인 삶의 한 본보기였다. 소일라는 양심적이고 열심히 일하고 근검절약하는 아내였으며 남편이 정한 원칙들(어떤 사람들은 자기 중심적이라고 부를 만한)을 존중하기로 굳게 다짐했다. 예를 들자면 그녀는 결혼 후 이십 년이 지나도록, 샤워를 하고 나오면 추워서 피부가 시퍼렇게 변하는데도 더운물을 사용해서는 안 된다는(페데리코의 말에 따르면 더운물이란 의지를 약하게 하고 머리를 감기 들게 하는 것이었으므로) 가장의 엄명을 단 한 번도 어긴 적이 없었다. 또 식구 중 누구도 나태해지는 일이 없도록 매일 새벽 다섯시에 자명종이 울리기만 하면, 악어처럼 입을 벌리고 하품을 빡빡 해대는 통에 유리창이 흔들거리는 한이 있더라도 다섯 시간 이상은 자지 못하게 규정한 집안의 계율(명문화되지는 않았지만 집안 식구 각자의 기억 속에 새겨진)에 따르지 않은 적도 한번 없었다. 그리고 영화, 춤, 연극, 라디오 등을 부도덕하다는 이유로 집안 식구들의 오락에서 배제시킨 칙령은 물론, 몸을 치장한다든가 집안을 꾸민다든가 하는 일 역시 가계에 너무 많은 부담을 안겨주므로 금한다는 명령까지도 순순히 받아들였다. 소일라가 남편의 지시에 복종할 수 없었던 단 한 가지는 그녀의 유일한 나쁜 버릇인 식탐뿐이었다. 그래서 식탁에 자주 고기며 생선이며 크림을 듬뿍 친 풍성한 후식이 오르곤 했는데, 그것 하나만이 엄격한 채식주의자 페데리코가 결혼생활에서 자기 뜻대로 관철시킬 수 없었던 단 한 가지 악습이었다.

그러나 소일라는 남편의 등 뒤에서 몰래 그녀의 나쁜 버릇에 빠져들려고 했던 적은 단 한 차례도 없었다. 그래서 페데리코는 그의 세단 승용차가 그림 같은 미라플로레스로 접어들 즈음, 그 점으로 볼 때, 아내의 솔직성이 나쁜 버릇을 벌충해주지는 못하겠지만 용서해줄 수는 있다는 생각을 해보았다. 그녀는 억누를 수 없는 식욕이 복종하려는 의지보다 더 강해질 때면 부끄러움으로 양볼을 빨갛게 물들인 채 남편이 보는 앞에서 양파를 넣은 소고기 스테이크나 고추를 얹은 혀가자미, 크림을 듬뿍 친 애플파이를 게걸스럽게 먹어치웠다. 그러고는 남편의 교시를 어긴 죄로 자기에게 떨어질 처벌에 미리 몸을 맡기고서 남편이 가한 제재에는 절대로 이의를 달지 않았다. 만일 석쇠에 구운 고기나 초콜릿바를 먹은 벌로 페데리코가 사흘 동안 입을 열지 못하게 하면 그녀는 잠을 자면서까지도 그 명령을 지키기 위해 입에다 재갈을 쑤셔넣었고, 만일 처벌의 내용이 알궁둥이를 스무 차례 얻어맞는 것이라면 그녀는 재빨리 치마를 벗고 엉덩이를 내놓았다.

페데리코 테예스 운사테기는 그의 세단 승용차가 이제 막 가로지르기 시작한 미라플로레스의 안벽(岸碧) 너머로 회색빛(그가 혐오하는 빛깔) 태평양을 멍하니 바라보면서 마음속으로 이런 생각을 해보았다. 이것저것 다 감안해본다면 소일라는 자기를 실망시키지 않았다고. 살아오면서 그가 겪었던 가장 큰 실패는 그의 아이들이었다. 그가 꿈꾸어왔던 방제계의 왕자들이라는 용감한 전위(前衛)들과 그의 식탐하는 아내가 낳아준 네 자녀 사이에는 얼마나 엄청난 차이가 있었던가!

처음 두 아이는 모두 사내애였다. 하지만 그다음부터는 거친 볼이 날아들었다. 그의 머릿속에는 소일라가 계집아이를 낳으리라는 생각은 스쳐지나간 적도 없었다. 첫번째 딸아이는 실망스럽긴 했어도 어쩌다보니 그렇게 된 것으로 돌릴 수 있었다. 그러나 네번째 임신에서도 고추와 불알이 달리지 않은 아이가 태어나자 페데리코는 앞으로도 계속해서 쓸데없는 자식들이 생겨나리라는 생각에 겁이 나기 시작했다. 그리고 마침내 부부가 쓰던 큼직한 더블 침대를 두 개의 싱글 침대로 바꾸어놓음으로써 순간적인 충동에 이끌려 자식을 더 낳게 될지도 모르는 가능성을 완전히 없애버렸다. 물론 그는 여자를 증오하지는 않았지만, 아주 간단히 얘기해서 그가 색정광도 아니고 식도락가도 아닌 이상, 간음과 요리 만들기가 가장 큰 욕구인 계집아이를 더 낳아봤자 무슨 소용이 있을까? 그가 자손을 번식시키려는 한 가지 이유는 자기의 성스러운 전쟁을 후세에까지 이어나가게 하려는 것이었다. 그러나 페데리코는 여자가 클리토리스뿐만 아니라 머리도 가졌으며 남자와 대등한 자격으로 나란히 일할 수도 있다고 주장하는 진보주의자가 아니었으므로 테레사와 라우라가 태어나자 그의 희망은 물거품이 되어버렸다.

게다가 그는 자기 가문의 이름이 진흙탕에서 짓밟힐지도 모른다는 불안감 때문에 몹시 걱정이 되었다. 통계에서 여자의 구십오 퍼센트는 창녀였거나 창녀이며 또는 창녀가 될 것이라는 점을 누누이 밝히지 않았던가? 그래서 페데리코는 자기 딸들이 평생토록 오 퍼센트의 정숙한 여자들 사이에서 살아가도록 확실히 해두기 위해 가혹하리만큼 세세하게 딸아이들의 생활을 속박했다. 즉 어떤 경우에도 젖가슴이 드러나는 옷은 절대로 안 되었으며 겨울이건 여름이건 짙은색 양말에 소매가 긴 옷과 스웨터를 입어야 하고 매니큐어, 립스틱, 눈화장, 애교머리, 땋은 머리,

말 꼬랑지 머리는 물론 여자가 남자를 유혹하기 위해 써먹는 다른 어떤 짓도 해서는 안 되며 해수욕을 간다든가 생일 파티에 참가한다든가 하는, 남자와 가까이 접하게 될 스포츠나 유희도 일체 금지였다. 그리고 만일 그런 규칙을 어겼다가는 언제나 예외 없이 체벌을 당하게 마련이었다.

하지만 그를 실망시켰던 것은 자식 중에 딸아이들이 끼어든 것만이 아니었다. 그의 두 아들 리카르도와 페데리코 2세 또한 저희 아버지의 자질을 물려받지 않았다. 그들은 의지가 약하고 게을렀으며 껌을 씹는다든가 축구를 한다든가 하는 쓸데없는 짓을 좋아했고 페데리코가 그들 앞에 얼마나 영광스러운 미래가 놓여 있는지를 설명할 때도 귀담아듣는 기색이라고는 전혀 없었다. 그리고 방학 동안에 그들을 훈련시키기 위해 전투원과 함께 싸우도록 일선으로 내보냈을 때는 둘 다 게으름뱅이라는 사실이 입증되었을 뿐 아니라 쥐를 보자마자 질겁해서 전쟁터를 이탈해버렸다. 심지어 그는 자기의 두 아들이 저희 아버지의 평생 직업에 대해 추잡한 말들을 늘어놓으면서 솔직히 아버지가 부끄럽다고 속닥거리는 소리를 우연히 엿듣기까지 했다. 그때 페데리코는 당장에 두 아들의 머리를 죄수처럼 박박 밀어놓았지만, 그랬어도 그 괘씸한 이야기가 마음속에 불러일으킨 배신감이 가실 리가 없었다. 이제 그는 더이상 착각에 빠져 있지는 않았다. 자기가 죽거나 나이들어 쇠약해지기만 하면 리카르도와 페데리코 2세는 그가 계획해두었던 길을 벗어나 좀더 돈벌이가 잘되는 다른 직업을 택할 것이며, 자기의 일은 어떤 유명한 교향곡처럼 미완성으로 끝나리라는 것을 그는 너무도 잘 알고 있었다.

그런 생각을 하고 있던 바로 그참에 페데리코 테예스 운사테기는 불행히도 어떤 신문팔이가 그의 세단 승용차 유리창으로 밀어넣은 그 잡지를 보게 되었다. 그 표지에는 해변을 배경으로, 창녀들이 뻔뻔스럽게 손님들을 유혹할 때 입는 그 입으나마나한 수영복만 걸친 두 여자 피서객이 찍혀 있었다. 그 사진이 눈에 들어오자 페데리코는 당장에 혐오감이 치밀어 얼굴을 잔뜩 찌푸렸다. 그러나 다음 순간, 그의 시선이 고통스럽게 흐트러지면서 입이 달을 보고 짖어대는 늑대 아가리처럼 떡 벌어졌다. 음탕한 미소를 짓고 있는 그 반벌거숭이 피서객들이 누구인지 알아본 것이었다. 그는 갑자기 아마존 강의 지류인 펜덴시아 강변에서의 그 이른 아침, 쥐똥이 시커멓게 덮인 그 요람에서 누이동생의 흩어진 뼈들을 보았을 때 느꼈던 공포와 맞먹는 공포를 맛보았다.

신호등이 초록색으로 바뀌었고 뒤쪽에 있는 차들이 경적을 울려댔다. 떨리는 손으로 그는 지갑을 꺼내들고 그 음란한 출판물의 값을 치른 다음 기어를 1단으로 넣고 차를 출발시켰다. 하

지만 당장에라도 충돌 사고를 낼 것만 같은 느낌이어서 — 운전
대가 그의 손에서 미끄러지면서 차가 멋대로 나가고 있었다 —
그는 길모퉁이에 차를 세울 수밖에 없었다.

운전석에 앉아 분노로 치를 떨면서 그는 한참이나 그 끔찍한
증거를 응시했다. 거기에는 의심의 여지라고는 없었다. 그 사진
에 나온 것은 분명히 그의 두 딸이었다. 아마도 틀림없이 그 아
이들은 알아차리지도 못하는 사이에 다른 수영객들 틈에 숨어
있던 어느 철면피한 사진쟁이에게 찍혔을 것이다. 카메라를 보
고 있지 않았으므로. 아과둘세인가 라에라두라인가 하는 육욕을
자극하는 백사장에 누워 잡담을 주거니 받거니 하는 것 같았다.
조금씩 페데리코는 숨을 돌렸고, 도저히 정신을 가눌 수 없는 상
태에서도 그 믿을 수 없는 뜻밖의 사건에 대해 차근차근 생각해
보았다. 어떤 떠돌이 사진쟁이가 기회를 엿보다 라우라와 테레
사의 스냅사진을 찍었고, 다음에는 어떤 비열한 잡지사에서 그
사진을 이 썩은 세상에 내놓았을 것이며, 그다음에는 우연히 그
사진이 자기의 눈에 띄었다. 그랬다. 그렇게 해서 순전히 우연의
장난으로 그 끔찍한 현실이 야한 색채로 그의 눈앞에 펼쳐진 것
이었다. 그렇다면 이제껏 자기에게 복종했던 딸들은 분명히 그
의 눈앞에서만 그랬던 것이고 그가 등을 돌리기만 하면 제 오빠
들, 그리고 비참하게도 — 그 순간 페데리코는 가슴이 저미는 고

통을 느꼈다—자신의 아내와 공모하여 그의 명령을 무시한 채 바닷가로 나가 옷을 벗어던지고 몸을 노출시켰을 것이다. 그의 얼굴에 두 줄기 눈물이 흘러내렸다. 그는 딸들이 입고 있는 수영복을 자세히 들여다보았다. 그것은 어디를 가려주기보다는 그저 비뚤어진 변태성욕자의 상상력을 불러일으키기 꼭 좋은 두 개의 조그만 천쪼가리일 뿐이었다. 거기에 누구건 얼마든지 볼 수 있도록 다리와 팔과 배와 어깨와 목을 그대로 다 드러낸 테레사와 라우라가 있었다. 그는 이제껏 그런 변태성욕자들과 온 세상 사람들의 눈앞에 알몸을 내보이고 있는 딸들을 단 한 번도 본 적이 없다는 생각에 이루 말할 수 없이 황당한 기분이었다.

그는 눈물을 훔친 뒤에 다시 시동을 걸었다. 겉으로는 평온해진 모습이었지만 마음속 깊은 곳에서는 작열하는 불길이 타오르고 있었다. 그의 세단 승용차가 페드로 데 오스마 가를 따라 그의 아담한 집을 향해 천천히 나아가고 있는 사이, 그는 마음속으로 식구들이 바닷가로 나가서 벌거벗은 이상, 자기가 없는 동안에는 파티에도 가고 짧은 바지도 입고 남자들과 함께 돌아다니기도 하고 몸을 팔기도 할 거라고 가정하는 것은 지극히 당연하다는 생각을 했다. 어쩌면 딸아이들은 자기네가 유혹한 남자들을 바로 자기 집 지붕 아래, 저희의 침실로 불러들이는 건 아닐까? 가격을 정하고 돈을 챙기는 사람은 소일라가 아닐까? 리카르도와 페데리코 2세는 어쩌면 제 누이동생들에게 손님들을 끌어다주는, 입에도 담지 못할 일을 맡지 않았을까? 숨을 트려고 헐떡거리면서 페데리코 테예스 운사테기는 그 끔찍한 배역들이 바로 자기 눈앞에 모여 있는 것을 보았다. 그의 딸들은 창녀였고, 그의 아들들은 뚜쟁이였고, 그의 아내는 마담이었다.

매일같이 거친 일을 접하다보니—누가 뭐래도 그는 살아 있는 것들을 수천 수만 마리씩 죽여왔으므로—페데리코는 화가 뻗쳤다 하면 지독히 위험스러워지는 사내가 되었다. 언젠가 어떤 농경학자가 영양학의 권위자인 척하려고, 감히 그의 면전에서 페루의 육우 부족을 감안한다면 국민을 위한 식량원으로 기니피그 사육을 장려하는 것이 필요하다고 역설했던 적이 있었다. 그때 페데리코 테예스 운사테기는 그 당돌한 입안자에게 기니피그는 쥐와 가장 가까운 동물이라는 점을 점잖게 일깨워주었다. 하지만 그 전문가는 조금도 물러서지 않고 통계를 끌어다대면서 기니피그의 굉장한 영양학적 가치와 그 고기의 쓸 만한 맛에 대해 열변을 토했다. 결국 페데리코는 그 영양학자에게 따귀를 한 대 올려붙였고, 그가 얼굴을 감싸쥐며 바닥에 쓰러지자 부끄러운 줄도 모르는 놈이니 살인 동물을 펀드는 광고쟁이니 하면서 사정없이 욕을 퍼부어댔다.

집에 당도하자 그는 차에서 내려 문을 잠갔고, 창백하게 질린 얼굴을 잔뜩 찌푸린 채 천천히 대문 쪽으로 걸어갔다. 팅고마리아 출신인 그 남자의 마음속에서 영양학 전문가에게 본때를 보여주었던 그날처럼 화산의 용암이 들끓었다. 그는 눈이 몹시 근질거리는 기분을 느끼면서 오른손에 마치 뜨겁게 달군 쇠몽둥이라도 되는 양 그 음란한 잡지를 들고 있었다.

그는 너무도 혼란스러워 그 가증스러운 죄악에 마땅한 처벌을 생각해낼 수도 없었다. 그리고 정신이 몽롱한 중에도, 치미는 화로 인해 생각을 제대로 할 수 없다는 사실을 알아차렸고 그 때문에 더욱 화가 났다. 그도 그럴 것이, 페데리코는 이성으로 행위를 규율하는, 그리고 확신에 의해서라기보다는 짐승처럼 순전히 본능과 직감으로 행동하는 그 막돼먹은 족속들을 경멸하는 사람이었기 때문이다. 하지만 이번에는 분노에 떨리는 손으로 열쇠를 꺼내 더듬더듬 열쇠 구멍에 키를 꽂으면서, 그리고 마침내 열쇠로 문을 따고 밀어 열면서, 자기가 침착하고 신중하게 행동할 수 있기보다는 분노가 지시하는 대로 순간의 직감에 따라 행동하리라는 것을 알아차렸다. 문을 닫으면서 그는 자신을 지탱하기 위해 깊은 숨을 들이쉬었다. 배은망덕한 가족들이 자기를 얼마나 심하게 욕보였는지를 분명히 알고 있으리라는 생각에 치가 떨렸다.

그의 집은 일층에 좁은 현관 홀과 조그만 거실, 식당 그리고 주방이 있었고 침실들은 위층에 있었다. 페데리코는 거실 문간에서 몰래 아내를 지켜보았다. 그녀는 찬장 옆에 서서 뭔가 구역질이 날 정도로 끈끈한 단것—캐러멜이나 초콜릿 아니면 터키 과자 또는 토피*일 거라고 페데리코는 생각했다—을 황홀한 듯 우물거리고 있었다. 그녀의 손에는 아직 먹지 않은 조각이 들려 있었다. 남편이 눈에 띄자 그녀가 겁먹은 빛으로 그에게 미소를 지어 보였다가 체념한 듯 자신을 비하하는 투로 먹고 있던 것을 가리켰다.

페데리코는 천천히 아내에게로 다가가 그녀가 천박한 사진으로 뒤덮인 표지를 똑똑히 볼 수 있도록 잡지를 펼쳐 양손으로 받쳐들었다. 그러고는 잡지를 아내의 코앞에다 들이민 채 한마디 말도 없이, 죽은 사람처럼 얼굴이 창백해지면서 눈알이 튀어나오다시피 하고 입이 쩍 벌어져 비스킷 쪼가리들이 섞인 침이 질질 흘러내리기 시작하는 그녀의 모습을 지켜보았다. 팅고마리아 출신 사내가 오른손을 높이 치켜들었다가 겁에 질려 떨고 있는 아내의 뺨을 있는 힘껏 세게 후려쳤다. 그녀가 신음 소리를 토해내고 비틀거리다 무릎을 꿇었다. 그러나 눈길만은 여전히 요란한 색채로 뒤덮인 표지 사진을 좇고 있었다. 페데리코가 엄하고

---

* 설탕, 버터 등으로 만든 단 과자.

완고한 표정으로 그녀 앞에 우뚝 서서 꾸짖는 눈길로 그녀를 노려보다 위층에 대고 벽력처럼 죄지은 두 딸을 불렀다.

"라우라! 테레사!"

부스럭거리는 소리에 그는 고개를 돌렸다. 그의 두 딸이 계단 아래로 내려와 있었다. 그는 딸들이 내려오는 소리를 듣지 못했었다. 큰딸 테레사는 집 안을 청소하고 있었던 듯 긴 덧옷 차림이었고, 라우라는 교복을 입고 있었다. 두 딸이 당황한 표정으로 주방 바닥에 무릎을 꿇고 있는 어머니를 쳐다보았다가, 칼과 순결한 처녀가 대기 중인 희생의 제단으로 접근하는 고위 성직자처럼 천천히 자기들에게로 다가오는 아버지를 쳐다보았다가, 마침내 페데리코가 손을 내뻗어 코앞에다 들이민 잡지를 들여다보았다. 하지만 딸들의 반응은 전혀 예상 밖이었다. 창백하게 질려 무릎을 꿇고 웅얼웅얼 변명을 둘러대는 대신 그 조숙한 것들은 얼굴을 붉히며 공모라고밖에는 할 수 없는 눈길을 교환했다. 페데리코는 깊은 절망과 분노를 느끼며 자기가 아직도 그날의 쓴 잔을 끝까지 다 마시지 않았다는 생각이 들었다. 라우라와 테레사는 저희가 사진 찍혔다는 것, 또 그 사진이 출판되리라는 것을 미리 다 알고 있었고, 심지어는 그렇게 된 것을 즐거워하고 있는 듯 싶었다. 그렇지 않다면 그들의 눈에서 반짝이는 그 빛이 무엇을 의미하겠는가? 페데리코는 자기가 이제껏 순결하리만큼 정숙하다고 믿어왔던 자신의 집 안에서 저희들 멋대로 옷을 홀랑 벗어버릴 뿐 아니라, 벗은 몸뚱이를 과시하기까지 하는 죄악을 키워왔다는(그런데, 그래서 안 될 이유가 뭘까? 여자란 색정광인데) 의외의 사실에 힘이 쭉 빠졌고 입안이 뻑뻑해졌고 삶이 과연 살 만한 가치가 있는가를 생각하게 되었다. 그리고 스스로에게—하지만 그 모든 생각을 하는 데는 단 일 초도 걸리지 않았다—그런 구역질 나는 행위에 대한 단 한 가지 마땅한 처벌은 죽음이 아닐까 하고 물어보았다. 비속 살해를 범한다는 생각이 그에게는 수천 수만의 사람들이 딸들의 벌거벗은 모습을 즐긴다는(그런데 단지 눈만으로?) 사실을 안 것보다는 덜 괴로웠다.

그는 행동을 개시했다. 양손을 자유롭게 쓸 수 있도록 잡지를 바닥에다 팽개친 다음, 왼손으로 라우라의 교복 상의를 움켜쥐고 손이 좀더 잘 미칠 수 있도록 이삼 센티미터쯤 끌어당겼다. 그리고 증오심에 불타 오른손을 올릴 수 있는 만큼 높이 추켜올렸다 있는 힘을 다해 내리쳤다. 그러나 곧 페데리코는 그 이상한 날에 믿을 수 없이 놀라운 일을 두번째로 경험했다. 이번 것은 음란한 표지 사진보다도 더 숨이 막힐 노릇이었다. 어이없고 황당하게도 그의 손은 라우라의 보드라운 뺨에 가 닿는 대신 허공을 갈랐고 표적이 빗나가는 바람에 아플 정도로 팔이 뒤틀렸다. 하지만 그것만이 아니었다. 그보다도 더 지독한 일이 그를 기다리고 있었다. 라우라는 따귀를 맞지 않으려고 몸을 홱 돌린 데 그친 것이 아니었다. 그 일만으로도 페데리코는 더없이 쓰라린 심정으로 느닷없이 집안 식구들이 전에는 아무도 그런 적이 없다는 사실을 떠올렸다. 기가 막히게도 그 열네 살밖에 안 된 딸이 한 걸음 뒤로 물러섰다가 증오심에 뒤틀린 얼굴로 그에게, 제 아버지에게 달려들더니 주먹으로 때리고 할퀴고 밀어붙이고 발길로 차기 시작한 것이었다.

그는 망연자실, 혈관의 피가 흐름을 멈춘 것 같은 느낌을 받았다. 그것은 마치 별들이 갑자기 궤도를 이탈해 한곳으로 몰려들었다가 충돌을 일으키고 산산이 부서져 미친 듯이 우주 공간 속으로 퍼져나가는 것과도 같았다. 얼이 빠져 반격할 생각도 못 한 채 그는 눈을 휘둥그렇게 뜨고 딸에게 쫓기며 뒤로 물러섰다. 그의 딸은 이제 화가 치밀어 제정신을 잃고 점점 더 대담해져서 있는 대로 소리를 지르며 욕을 퍼붓고 있었다.

"이 짐승, 개자식! 꼬라지도 보기 싫어! 죽어, 뒈져버리라구! 이 쌍!"

그는 테레사가 자기에게로 달려드는, 그러나 제 동생을 떼어놓기 위해서가 아니라 같이 대들기 위해 달려드는 것을 보자—그 모든 일이 너무도 순식간에 벌어져서 그가 무슨 일이 일어나고 있는지를 알아차렸을 때는 상황이 완전히 돌변해 있었다—

자기가 미쳐버린 것이 아닐까 하는 생각이 들었다. 이제 그의 큰딸 역시 입에 담지도 못할 끔찍한 욕설을 퍼부어대며 — "노랭이, 백치, 미치광이, 더러운 짐승, 폭군, 미친놈, 쥐잡이꾼" — 그를 공격하는 중이었고, 그는 두 사춘기 소녀의 분노에 밀려 조금씩 조금씩 벽 한 귀퉁이로 몰리고 있었다. 마침내 그는 아연실색 마비된 상태에서 벗어나 자신을 방어하기 시작했지만, 손으로 얼굴을 가리려다 목덜미에 날카로운 아픔을 느꼈다. 그는 뒤를 돌아다보았다. 소일라가 벌떡 일어나 그를 물어뜯고 있었다.

그런 와중에도 그는 아내가 딸들보다도 더 지독하게 변했다는 사실을 알아차리고 엄청난 놀라움을 느꼈다. 단 한 번도 불만스럽게 투덜거리지 않았고, 단 한 번도 언성을 높이지 않았고, 단 한 번도 기분 나쁜 기색을 보이지 않았던 그 소일라가 지금 눈에 불을 켜고 야수처럼 달려들어 주먹으로 그의 얼굴을 때리고, 그에게 침을 뱉고, 그의 셔츠를 찢고, 미친 사람처럼 "죽여버려! 복수를 하자고! 다시는 광기를 부리지 못하게 해야 돼! 눈을 그냥 후벼파버려!"라고 비명을 지르는 이 여자와 같은 사람일까? 그 셋은 목청이 터져라 소리를 질러댔다. 페데리코는 그들의 비명에 고막이 찢어질 것 같은 느낌이었다. 그는 맞받아 주먹을 날리면서 있는 힘을 다해 자신을 방어하려고 했지만 그러기란 불가능했다. 둘이서 번갈아 그의 팔을 잡는 사이 나머지 하나는 망치와 부젓가락을 들고 그에게 달려들었기 때문이다. 그들은 불충하게도 몰래 그런 기술을 연마해두었던 것은 아니었을까? 그는 타는 듯한 아픔과 부어오르면서 욱신거리는 고통을 느꼈고, 눈앞에 별이 번쩍하는 것을 보았고, 가해자들의 손에 언뜻 비친 조그만 얼룩들로 자기가 피를 흘리고 있다는 것을 알았다.

리카르도와 페데리코 2세가 계단 발치에 나타난 것을 보았을 때, 그는 더이상 착각을 하지 않았다. 불과 몇 초 사이에 완전한 회의론자로 변해버린 그는 두 아들이 상해에 가담하여 자기에게 최후의 일격을 가하리라고 확신했다. 공포에 질린 채 위엄이나 명예심이라고는 없이, 그는 단 한 가지 생각, 현관까지 뚫고 나가서 도망치자는 생각뿐이었다. 하지만 그 일도 쉽지가 않았다. 그가 가까스로 두세 걸음을 내달렸을 때 그들 중 하나가 발을 걸어 그를 바닥에 꼬꾸라뜨린 것이었다. 그는 자신의 아래쪽을 보호하기 위해 몸을 잔뜩 웅크리고 바닥에 쓰러진 채, 자기의 상속자들이 난폭한 발길질로 공격을 가하고 아내와 딸들이 그를 해치우기 위해 빗자루, 먼지떨이, 난로 불쏘시개로 무장하고 있는 것을 보았다. 그리고 온 세상이 다 미쳤다는 것 외에는 무슨 일이 벌어지고 있는지도 모르겠다는 생각이 미처 떠오르기도 전에, 자기를 미치광이, 노랭이, 더러운 짐승, 쥐잡이꾼이라고 욕하는 두 아들의 목소리를 들었다. 그들은 한마디 한마디 욕을 할 때마다 박자에 맞춰 발길질을 해댔다. 그의 눈앞이 캄캄해지기 시작했을 때 거실 한 모퉁이의 눈에 띄지 않는 구멍에서 느닷없이 조그만 회색 훼방꾼이 튀어나왔다. 하얀 송곳니가 튀어나온 쥐새끼였다. 그 쥐가 밝은색 눈에 고소하다는 듯한 빛을 띠고 바닥에 널브러져 있는 사내를 빤히 쳐다보았다.

페루의 굽힐 줄 모르는 쥐 사냥꾼 페데리코 테예스 운사테기는 죽었을까? 존속 살해나 남편 살해가 벌어졌을까? 아니면 그는 단지 기절했을 뿐이고 이 남편이자 아버지인 남자가 앞서 벌어진 난장판 통에 식당 테이블 밑에 쓰러져 있는 사이 식구들은 잽싸게 소지품을 챙겨가지고 희희낙락하여 집과 가정을 버렸을까? 바란코에서 일어난 이 불행한 사건은 어떻게 끝이 날까?

9

도로테오 마르티를 소재로 한 내 소설이 죽을 쑨 뒤로 며칠 동
안 나는 낙심천만이었다. 그러나 파스쿠알이 빅 파블리토에게
공항에서 보았던 일에 대해 떠들어대는 소리를 들었던 날 아침,
나는 작가 근성이 되살아나는 기분을 느끼고 다른 소설을 구상
하기 시작했다. 파스쿠알은 위험하고도 흥미진진한 놀이를 하는
한 떼의 부랑아들을 보고 몹시 놀랐다. 어둠이 깔리기 시작하면
그 아이들은 리마탐보 공항의 활주로 끝에 누워 있곤 하는데, 파
스쿠알은 비행기가 뜰 때마다 활주로에 누워 있던 아이들의 몸
이 밀려드는 공기의 압력으로 몇 센티미터씩 들어올려져 마치
마술쇼에서처럼 몇 초 동안 허공에 떠 있다가 양력(揚力)이 사
라지고 나면 다시 땅으로 내려오곤 하는 것을 자기 눈으로 분명

히 보았다고 맹세했다. 그런데 바로 그 무렵 나는 멕시코 영화 〈부랑자들〉을 보고는 기가 막히게 재미있다고 느꼈던 참이어서 (하지만 내가 그 영화의 주인공이 부뉴엘이며 그가 어떤 사람인지를 알게 된 것은 몇 년이 지난 뒤였다) 비슷한 조의 소설을 한 편 쓰기로 작정했다. 변두리의 가혹한 생활 조건으로 인해 거칠어진 젊은 늑대 새끼들, 즉 어른 같은 아이들을 다룬 이야기였다. 그러나 하비에르는 고개를 갸우뚱거리며 파스쿠알이 한 얘기는 사실일 리가 없다고, 비행기가 이륙할 때 생겨나는 공기 압력의 변화로는 갓난아이 하나도 제대로 띄워올릴 수가 없다고 주장했다. 한참이나 그와 공방전을 벌인 끝에 나는 내 소설에 나오는 인물들이 공중에 뜨기는 해도 그건 어디까지나 사실적인 이야기라고 우겼다(그는 "아니, 공상적이야!"라고 외쳤다). 그리고 결국엔 파스쿠알이 얘기했던 그 위험한 장난(나는 그것을 소설 제목으로 택했다)에서 무엇이 사실이고 무엇이 거짓인지를 우리 눈으로 직접 확인하기 위해 언제 날을 잡아 밤중에 코르팍의 공터를 찾아가보기로 합의했다.

그날 나는 훌리아를 만나지 않았지만 다음 날인 목요일에 루초 삼촌 댁에서 그녀를 보기로 되어 있었다. 하지만 목요일 정오에 늘 그러듯 아르멘다리스 가의 삼촌 댁을 찾아가보니 그녀는 거기에 없었다. 올가 아주머니가 그녀는 '아주 쓸 만한 신랑감'

의 점심 초대를 받아 나갔다고 알려주었다. 기예르모 오소레스라는 사람으로 우리 집안하고 먼 친척뻘 되는 내과 의사인데, 바로 얼마 전에 아내를 잃었으며 나이는 오십줄이고 재산이 상당한 데다 인간성도 썩 좋다는 것이었다.

"아주 쓸 만한 신랑감이지." 올가 아주머니가 내게 윙크를 하면서 했던 소리를 또 했다. "부자고 책임감 있고 잘생겼고, 아들 둘뿐인데 걔들도 거의 다 컸어. 그 사람이야말로 내 동생한테 맞는 신랑감 아니겠니?"

"처제는 요 몇 주 동안 쓸데없이 빈둥거리면서 시간만 허비했어." 루초 삼촌 역시 그 새로운 일의 전개에 즐거워하면서 한마디 거들었다. "누구하고도 같이 나가려고 들지 않으면서 노처녀처럼 지냈거든. 하지만 그 내분비학자는 처제의 마음에 쏙 든 모양이야."

나는 입맛을 싹 잃을 정도로 질투심에 불타올라 그저 괴롭고 쓰라린 심정으로 앉아 있었다. 아주머니와 삼촌이 내가 얼마나 속상해하는지를 알아차리고 어째서 그런 기분이 되었는지 확실히 짐작하게 될 것 같았다. 훌리아와 오소레스 박사에 대해서는 더 자세히 캐물어볼 필요가 없었다. 이미 들었던 얘기만으로도 충분했다. 그녀는 열흘쯤 전에 볼리비아 대사관에서 열린 칵테일 파티에서 그를 만났는데, 그 뒤에 오소레스 박사가 그녀의 거처를 알아내 직접 그녀를 찾아온 것이었다. 그는 훌리아에게 꽃을 보내고 전화를 걸고 차를 마시자며 볼리바르 그릴로 불러냈고 이제는 우니온 클럽에서 그녀와 함께 점심식사를 하고 있었다. 그리고 루초 삼촌에게는 농담조로 이런 말까지 했다는 것이었다.

"처제분이 정말 매력적이군요, 루이스. 저 여자야말로 제가 결혼이라는 자살 행위를 또 해보고자 찾고 있던 후보감이 될 수 있지 않을까요?"

나는 그 이야기에 무관심한 척 보이려고 별별 애를 다 썼지만, 혼란스러운 감정을 숨기는 일에는 서툴기 짝이 없어서, 우리 둘만 남게 되자 루초 삼촌이 무슨 고민거리가 생겼느냐고 물었다. 혹시 가지 말아야 할 곳을 쑤시고 돌아다니다가 늘씬하게 성병에라도 걸린 게 아니냐는 거였다. 그러나 다행히도 올가 아주머니가 라디오 연속극에 대해 떠들어대기 시작하는 바람에 나는 숨을 좀 돌릴 수가 있었다.

아주머니가 페드로 카마초는 때때로 너무 막 나간다느니, 자기 친구들은 모두 그가 여호와의 증인 얘기에서 남자 주인공이 열세 살짜리 계집아이를 강간하지 않았다는 걸 증명해 보이려고 판사 앞에서 편지따개로 '제 몸을 병신으로 만들려고' 한 건 너무했다고 생각한다느니 하면서 이야기를 계속하는 사이, 내 기분은 분노에서 환멸로 다시 환멸에서 분노로 오락가락했다. 어째서 훌리아는 그 의사 얘기를 한마디도 하지 않았을까? 우리는 지난 열흘 동안 적어도 서너 번은 만났는데…… 하지만 그녀는 단 한 차례도 그 사람 얘기를 꺼낸 적이 없었다. 올가 아주머니 말대로 그녀가 마침내 누군가에게 흥미를 느낀 게 사실일까?

버스를 타고 라디오 판아메리카나로 돌아오는 사이 내 기분은 갑작스럽게 모욕감에서 안도감으로 바뀌었다. 어찌 되었건, 우리의 천진난만한 연애는 그래도 오랫동안 지속된 셈이었다. 또 우리는 어느 순간에라도 다른 사람들 눈에 띄게 될 것이며, 그렇게 된다면 온 집안에 지독한 추문과 고통을 불러일으킬 것이 너무도 뻔했다. 더구나 내가 하고 있던 짓은 그녀 말마따나 거의 우리 어머니 나이뻘이나 되는 여자와 시간을 낭비하는 게 아니었던가. 경험 삼아 하는 것으로는 우리가 이미 함께 겪었던 것만으로도 충분했다. 오소레스의 등장은 미리 정해져 있던 일이었으며, 그 덕분에 나는 그녀를 차버리는 골치 아픈 일에서 벗어난 것이었다. 하지만 나는 심사가 뒤틀려 술을 마시거나 아니면 누군가의 코빼기를 한 방 갈기고 싶다는 얼토당토않은 기분을 느꼈고, 라디오 방송국으로 돌아와서는 파스쿠알과 한 차례 말다툼을 벌였다. 그가 자기 좋을 대로 세시 뉴스 시보의 절반을 십여 명의 터키 이주민이 타 죽은 함부르크 화재 사건으로 채워

버렸기 때문이다. 나는 그에게 앞으로는 먼저 내 승낙을 받지 않
는 한 뉴스에 사람 죽은 얘기는 어떤 것이든 집어넣지 말라고 엄
중히 경고했다. 그리고 내게 전화를 걸어 법대 강의가 여전히 계
속되고 있으며 바로 다음 날 형법학 시험이 치러질 것이라는 사
실을 알려준 산마르코스 대학 동료에게도 퉁명스럽고 불친절하
게 굴었다. 수화기를 내려놓기가 무섭게 전화벨이 다시 울렸다.
훌리아에게서 온 전화였다.

"내과 의사를 만나느라고 널 바람맞혔어, 바르기타스. 너 나
보고 싶을 것 같은데?" 그녀의 태연한 목소리가 흘러나왔다. "화
나지 않았니?"

"화가 나요? 내가 왜 화가 나죠?" 내가 퉁퉁거렸다. "얼마든
지 거기 좋을 대로 할 수 있잖습니까?"

"아, 그러니까 너 진짜 화났구나." 그녀의 목소리가 좀더 진지
해졌다. "바보 같은 생각 마. 우리 언제 만날 수 있지? 그래야 내
가 설명을 해줄 수 있으니까."

"오늘은 만날 시간 없습니다." 내가 퉁명스럽게 대답했다. "나
중에 전화하지요."

나는 그녀에게라기보다는 나 자신에게 더 화가 나서, 그리고
내가 나 자신을 바보로 만들고 있다는 기분이 들어서 전화를 끊
어버렸다. 파스쿠알과 빅 파블리토가 재미있다는 듯 나를 쳐다

보았다. 대재난을 좋아하는 친구가 내게서 호통을 당했던 것에 슬쩍 앙갚음을 하려고 들었다.

"어이구, 이거 우리 마리오 씨는 분명히 여자분들한테 고압적인 모양이구만."

"여자는 그렇게 다뤄야 합니다." 빅 파블리토가 나를 두둔하고 나섰다. "탄탄한 가죽끈으로 꽉 묶어두는 게 그저 제일이죠. 여자란 그렇게 해주는 걸 최고로 여기거든요."

나는 그 두 편집자에게 입 닥치라고 하고 나서 네시 뉴스 시보 원고를 작성한 다음, 페드로 카마초를 보러 갔다. 하지만 그는 녹음실로 가고 없었다. 나는 비좁은 작업실에서 그를 기다리며 할 일 없이 그의 책상 위에 놓여 있는 원고지들을 훑어보았다. 그러나 내가 읽고 있는 것이 무슨 내용인지도 알 수 없었다. 마음이 온통 방금 전에 홀리아와 했던 통화로 우리의 관계는 이제 끝난 것이 아닐까 하는 생각으로 채워져 있어서였다. 그래서 나는 채 몇 초도 안 되는 사이에 온 마음으로 그녀를 미워했다가 다시 그리워했다 하고 있었다.

"쥐약을 좀 사야겠는데 같이 가자고." 페드로 카마초가 문간에서 사자 갈기 같은 머리칼을 흔들어대며 음침한 소리로 말을 건넸다. "뭘 마시는 건 그다음에 하기로 하고."

우리가 쥐약 파는 곳을 찾아서 우니온 가의 좁은 길거리들을 헤매고 돌아다니는 사이 그 예술가는 라타파다의 셋집에서 쥐들이 극성을 떠는 바람에 견딜 수가 없다고 설명을 늘어놓았다.

"그놈들이 내 침대 밑에서 뛰어 돌아다니기만 하는 정도라면 상관 않겠어. 그것들은 어린애도 아니고 또 나는 동물에 대해서라면 공포증 같은 건 없으니까." 그가, 가게 주인의 말에 따르자면 황소라도 죽일 수 있다는 노란 가루에다 그 큼직한 코를 대고 킁킁거리더니 잠시 뒤에 말을 이었다. "하지만 그 망할 수염 달린 것들이 내 음식을 먹어치운다고. 서늘하게 보관하려고 창턱에다 놓아둔 식량을 매일 밤마다 갉아버린다니까. 다른 방법이 없어. 깡그리 죽여 없앨밖에는."

그는 쥐약 값을 놓고 말도 안 되는 소리로 가게 주인과 승강이를 벌이고는 값을 치른 뒤 노란 가루약이 든 봉지들을 포장하게 했다. 그런 다음 우리는 라콜메나에 있는 카페를 찾아갔는데 그는 늘 마시던 박하차를 주문했고 나는 커피를 주문했다.

"애인과 문제가 생겼습니다, 카마초 선생님." 내가 단도직입적으로 까놓았다. 나는 내 입으로 라디오 연속극에나 나올 법한 말을 했다는 게 놀라웠지만, 다른 한편으로는 그런 식으로 이야기를 꺼내야 나 자신이 스스로의 하소연으로부터 좀더 초연해지는 동시에 내 감정도 속시원히 털어놓을 수 있을 것 같았다. "제 애인이 다른 남자를 만나면서 저를 속이고 있어요."

그가 어느 때보다도 더 차갑고 유머 없게 보이는 조그만 퉁방울눈으로 나를 빤히 쳐다보았다. 그의 검은색 양복은 새로 세탁하고 다림질도 했지만 지독히 낡아서 양파 껍질처럼 번들거렸다.

"이 근방에 있는 나라에서는 예절과 도덕이 너무도 타락하고 저속해져서 결투마저 감옥살이를 당하는 범죄가 되어버렸어." 그가 손을 홱홱 치켜올리면서 아주 심각한 어조로 입을 열었다. "또 자살도 요즘엔 아무도 알아주지 않는 제스처가 되었고, 자살하는 사람은 후회와 등골 서늘한 전율과 감탄을 불러일으키기보다는 비웃음밖에 사지 못해. 그러니까 최선책은 실제적인 묘책을 쓰는 거라고."

나는 그에게 내 말을 믿도록 한 것이 기뻤다. 물론 페드로 카마초에게는 그 자신을 제외하고는 아무것도 중요하지 않으며 따라서 내 문제는 그가 전혀 개의치 않을 일이라는 것, 또 그가 충고 비슷한 말을 했던 것도 단지 체계적인 이론을 떠벌리려는 그의 욕구를 충족시키기 위한 수단이었다는 것을 훤히 알고는 있었지만, 카마초의 충고를 들었다는 사실이 내게는 술을 마시러 나가는 것보다도 더 위안이 되었고, 뒷감당도 좀더 수월하게 할 수 있을 것 같았다.

애매하게 미소를 지어 보이고 나서 페드로 카마초가 상세히 처방을 늘어놓았다.

"간부(姦婦)에게는 딱딱하고 짤막한 묘비명체의 편지를 보내." 그가 태연자약하게 즐겨 쓰는 형용사들을 휘둘러대며 말했다. "그 여자가 풀숲에 숨은 비참한 뱀이나 더러운 하이에나 같은 기분을 느끼도록 말야. 자네는 바보가 아니라는 거, 또 그 여자가 자넬 어떻게 배반했는지 다 알고 있다는 거, 그걸 증명해 보여. 경멸이 뚝뚝 떨어지는 편지로 그 여자한테 간통을 하면 어떻게 되는지를 보여주라고." 그가 잠시 말을 멈추고 생각을 해보더니 약간 달라진 어조로, 내가 그에게서 기대할 수 있는 가장 후한 호의를 보였다. "괜찮다면 내가 대신 써주지."

나는 그에게 너무도 고마운 말씀이지만 내 개인적인 일로 부담을 더해줄 수 없다고 대답했다. 그가 얼마나 많은 시간을 갤리선의 노예처럼 일하는지 훤히 알고 있어서였다(하지만 나중에는 그렇게 사양했던 것이 후회스러웠다. 그 작가의 자필 원고를 입수할 기회가 날아가버려서였다).

"그리고 밀통한 남자한테는……" 페드로 카마초가 눈에 악마 같은 빛을 번뜩이며 곧장 말을 이었다. "가장 좋은 게 온갖 비방과 중상모략으로 채워진 익명의 편지를 보내는 거야. 어째서 여자를 뺏긴 남자가 오쟁이진 남편처럼 그저 팔짱이나 끼고 앉아 있어야 하지? 무슨 이유로 간통을 한 연놈들이 아무 탈 없이 즐기고 사통을 하도록 그냥 놔둬야 하지? 그 둘의 사련(邪戀)을 망치고 아픈 데를 찌르고 마음속에 의심을 심어줘야 해. 그 둘이 서로를 불신하고 의심하고 서로를 미워하게 해야 돼. 그게 멋진 복수 아니야?"

나는 그에게 익명의 편지에 호소하는 것은 신사답지 못한 게 아니냐고 물어보았지만 그는 당장에 내 말을 뭉개버렸다. 즉 신사와 상대할 때는 신사처럼 행동해야 되지만 후레자식을 상대할 때는 후레자식처럼 굴어야 한다는 것이었다. 그것이 '올바르게 이해된 명예심'이고 그 나머지는 말도 안 되는 헛소리라는 것이었다.

"여자한테 편지를 보내고 남자한테는 익명의 편지를 보내는 게 그 사람들이 받아 마땅한 처벌이기는 하지만요……" 내가 말을 이었다. "제 문제는 어쩝니까? 누가 제 분노와 좌절과 가슴앓이를 낫게 해줍니까?"

"그걸 치료하는 소화제 같은 건 없겠지." 그가 대답했다. 하지만 나는 너무도 실망스러워 웃음이 다 나올 지경이었다. "그래, 알아." 그가 말을 이었다. "그 말이 자네한테는 너무 유물론적인 대답으로 들리겠지. 하지만 내 말을 믿어. 난 살아오면서 별별 일을 다 겪어봤으니. 소위 가슴앓이니 뭐니 하는 건 대개가 그저 단순한 소화불량이라고…… 뱃속에 분해되지 않은 딱딱한 콩들이 들어 있거나 별로 신선하지 못한 생선이 들어 있을 때 나타나는 변비 증세 같은 거야. 소화제 한번 잘 먹으면 그런 하찮은 상사병쯤은 싹 날아가버린다고."

지금 이 순간 그는 교묘한 익살꾼이 분명했다. 그는 자기 청취자들을 놀리는 식으로 나를 놀리고 있었다. 자기가 하는 말을 단한마디도 믿지 않으면서 우리 인간들이 얼마나 가망 없는 천치인가를 그 자신에게 증명해 보일 현학적인 유희를 하고 있었다.

"연애 많이 해보셨습니까?" 내가 그에게 물었다.

"그럼 많이 해보다마다." 그가 입술까지 들어올린 버베나 박하차 잔 너머로 나를 빤히 쳐다보면서 단언했다. "하지만 살아 있는 여자를 사랑한 적은 없어."

그가 연극조로, 마치 내가 얼마나 순진한지, 아니면 멍청한지를 가늠하려는 듯 말을 끊었다.

"자네는 여자들이 내 정력을 뽑아간다면 지금 하고 있는 일이 가능할 거라고 생각하나?" 그가 혐오감 섞인 목소리로 꾸짖듯이 말했다. "자네는 자식과 이야기를 동시에 만들어내는 게 가능하다고 생각하나? 매독에 걸릴 위협 속에 살면서 고안을 하고 상상을 할 수 있다는 건가? 여자와 예술은 서로 배타적이야. 여자에게 빠지면 예술가는 매장당하는 거니까. 새끼를 치는 데 무슨 즐거움이 있지? 그건 개나 거미나 고양이도 하는 짓 아닌가? 우리는 독창적이 되어야 한다고."

마지막 말을 다 끝내기도 전에 그가 벌떡 일어서더니 다섯시 연속극을 녹음하려면 서둘러 스튜디오로 돌아가야 한다고 했다. 나는 실망스러웠다. 나머지 오후 시간을 기꺼이 그의 말을 경청하면서 보낼 작정이었으니까. 나는 내가 조심성 없이 그의 아픈 데를 건드렸다는 인상을 받았다.

판아메리카나 방송국의 사무실로 돌아와보니 훌리아가 나를 기다리고 있었다. 그녀는 내 책상에 여왕처럼 버티고 앉아 파스쿠알과 빅 파블리토의 충성스런 시중을 받고 있었는데, 그 둘은 그녀에게 뉴스 시보 원고들을 보여주기도 하고 보도실이 어떤 기능을 하는지 설명해주기도 하면서 한창 부산을 떠는 중이었다. 그녀는 미소만 띤 채 세상일에 아무런 관심도 없는 듯 보였지만 내가 방으로 들어서자 약간 심각한 표정이 떠오르면서 안색이 좀 창백해졌다.

"이거 놀랄 일인데요?" 내가 무슨 말이라도 하려고 한마디 던졌다. 하지만 훌리아는 그 말을 얌전히 받아넘겨줄 기분이 아니었다.

"너한테 이 얘길 해주러 왔어. 이제껏 내 전화를 먼저 뚝 끊어버린 사람은 아무도 없었다고 말야." 그녀가 결연한 목소리로 내뱉었다. "더구나 너 같은 애송이는. 도대체 무슨 생각으로 그랬는지 친절히 설명 좀 해줄래?"

파스쿠알과 빅 파블리토는 이제 막 벌어진 극적인 장면이 어떻게 끝날지 몰라 궁금해 죽겠다는 듯, 나와 훌리아를 번갈아 쳐다보았다. 내가 그들에게 잠시 우리 둘만 있게 나가달라고 하자 그들은 기분이 잔뜩 상한 눈치였지만 감히 내 요구를 거절하지는 못했다. 그들이 자기들은 훌리아 편이라는 것을 보여주려고 그녀와 음흉한 눈길을 교환하면서 방을 나갔다.

"내가 한 건 전화를 끊은 거지만 정말로는 당신의 목을 비틀고 싶었다구요." 우리 둘만 남게 되자 내가 으르렁거렸다.

"네가 이렇게까지 화를 낼 거라고는 생각 못 했어." 그녀가 나를 똑바로 쳐다보며 말했다. "왜 그렇게 심사가 뒤틀렸는지 물어봐도 돼?"

"내가 왜 그런지는 아주머니도 잘 알잖아요. 그러니까 시치미 떼지 말라고요." 내가 되받았다.

"내가 오소레스 박사하고 점심 먹으러 나갔다고 질투하는 거구나?" 그녀가 약간 놀리는 기색이 밴 목소리로 물었다. "그러니까 넌 아직 어린애밖에 못 되는 거야, 마리토."

"나를 마리토라고 부르지 말랬잖아요!" 내가 쏘아붙였다. 나는 점점 더 주체할 수 없이 화가 치밀어 내 목소리가 떨리고 있는 것을 느낄 수 있었다. 그리고 내가 무슨 말을 하고 있는지도 전혀 알 수 없었다. "그리고 지금부터는 나한테 어린애니 뭐니

314

하지도 말아요."

나는 내 책상 모서리에 앉았다. 그러자 훌리아가 균형을 잡기라도 하려는 듯 의자에서 일어서더니 창 쪽으로 몇 걸음 걸어갔다. 그러고는 팔짱을 끼고서 습기차고 우중충한 회색빛 오후의 창밖 풍경을 내다보았다. 그러나 정말로는 내게 해줄 적당한 말을 찾고 있는 중이었다. 그녀는 양장점에서 맞춘 푸른색 정장에 하얀 구두를 신고 있었는데, 나는 느닷없이 그녀에게 키스가 하고 싶어졌다.

"일을 똑바로 보자고." 그녀가 마침내 입을 열었다. 여전히 내게 등을 돌린 채. "넌 나한테 농담으로라도 뭘 해라 마라 할 권리가 없어. 아주 간단히 얘기해서 너는 내게 아무것도 아니니까. 넌 남편도 아니고 약혼자도 아니고 애인도 아니야. 그저 손이나 잡고 영화나 보다 키스나 하는 그런 하찮은 놀이는 별로 심각할 게 못 돼. 또 그랬다고 해서 네게 나를 어떻게 할 권리가 생기는 것도 아니고. 넌 그걸 분명히 알아둬야 해."

"진짜 문제는 아주머니가 나한테 내 어머니라도 되는 것 같은 투로 얘길 한다는 겁니다." 내가 되받았다.

"사실 나는 네 어머니뻘이 될 수도 있어." 훌리아가 말했다. 그녀의 얼굴에 슬픈 표정이 떠올랐다. 그녀는 화를 누른 것 같았지만 그 대신에 몹시 초조하고 쓰라린 기분을 느끼는 것처럼 보였다. 그녀가 몸을 돌려 책상 쪽으로 걸어오더니 바로 내 옆에서 멈춰 섰다. 그리고 슬픈 표정으로 나를 쳐다보았다. "너를 보면 내가 늙었다는 느낌이 들어, 바르기타스. 사실은 그렇지도 않은데 말야. 난 그게 싫어. 그러니까 우리 사이에 벌어진 일을 더이상 지속시킬 이유가 없어."

나는 그녀의 허리에 팔을 둘러 내 쪽으로 끌어당겼다. 그녀는 저항하지는 않았지만 내가 그녀의 뺨과 목과 귀에 부드럽게 키스하는 동안에도—내 입술에 닿은 그녀의 따뜻한 피부가 고동쳤고, 나는 그녀의 혈관을 통해 흐르는 비밀스러운 생명력을 느끼자 굉장히 행복해졌다—똑같은 어조로 이야기를 계속했다.

"생각 많이 해봤는데, 이런 상태가 계속되는 건 싫어, 바르기타스. 이게 어리석은 짓이라는 거 알잖아? 난 서른두 살이고 이혼녀야. 말해봐, 내가 열여덟 살짜리 아이하고 뭘 어쩔 수 있겠는지 말야. 이건 오십대 여자의 전형적인 성도착 증세인데 난 아직 그런 짓을 할 만큼 늙진 않았어."

나는 그녀의 목이며 손이며 뺨에 키스를 하는 동안, 너무도 흥분하고 열에 들떠서 그녀의 귓불을 잘근거리거나 그녀의 코와 눈으로 바쁘게 입술을 움직이거나 손가락으로 그녀의 머리칼을 감거나 하느라고, 그녀가 하는 말들을 자꾸 놓쳤다. 더구나 그녀의 말소리 역시 올라갔다 내려갔다 하다가 때때로 속삭임으로 잦아들었다.

"처음에는 몰래 만나고 그러는 게 무척 재미있었어." 그녀가 키스하도록 내버려두기는 했지만 같이 키스해주려고는 하지 않으면서 말했다. "특히 내가 다시 처녀 시절로 돌아간 것 같은 느낌 때문에."

"그렇다면 그런 느낌이 어디로 사라져버린 거죠?" 내가 그녀의 귀에다 대고 웅얼거렸다. "내가 아주머니를 성도착증이 있는 오십대 여자로 느끼게 하나요, 아니면 젊은 처녀로 느끼게 하나요?"

"땡전 한 푼 없는 어린애랑 그저 손이나 잡고, 영화를 보러 가서 가벼운 키스나 주고받고 할 때는 꼭 열다섯 살로 되돌아간 것 같은 기분이었어." 훌리아가 말을 이었다. "나를 존중해주고, 더 듣지도 않고, 감히 침대로 가자고도 하지 않고, 또 나를 갓 처녀 티가 나기 시작한 여자애처럼 대해주는 수줍은 청년한테 빠진다는 건 사실 멋진 일이거든. 하지만 이건 위험한 장난이야, 바르기타스. 거짓말에 근거한……"

"그 말 하니까 생각나네요. 나는 「위험한 장난」이라는 소설을 한 편 쓸 계획이거든요." 내가 그녀의 귀에다 대고 소곤거렸다. "공항에서 비행기가 이륙할 때 생기는 양력으로 떠오르는 한 떼의 개구쟁이들을 소재로 한 얘기죠."

나는 그녀가 웃는 소리를 들었다. 잠시 뒤에 그녀가 내 목에 팔을 두르더니 자기 뺨을 내 뺨에 갖다 댔다.

"좋아, 난 벌써 화 다 누그러졌어." 그녀가 말했다. "내가 여기로 온 건 네 눈을 뽑아버릴 생각에서였다고. 하지만 다시 한번 그렇게 전화를 뚝 끊었다간 정말로 큰일날 줄 알아."

"그리고 아주머니도 그 내분비학자하고 다시 나갔다간 큰일날 줄 알아요." 내가 그녀의 입술을 찾아 더듬거리면서 말했다. "그 사람하고 다시는 안 만나겠다고 약속해줘요."

"내가 리마로 신랑감을 찾으러 왔다는 걸 잊지 마." 그녀가 반 농담으로 대답했다. "그런데 이번엔 나한테 꼭 어울리는 사람을 찾아낸 것 같아."

"잘생기고 교양 있고 돈도 많고 나이도 지긋한 그런 굉장한 사람이 아주머니하고 결혼할 거라고 믿어요?" 내가 다시 질투가 솟아서 물었다.

"그 사람이 나한테 장가오도록 할 방법이 있어." 그녀가 요염한 자세로 엉덩이에 손을 걸치고 대답했다.

내 얼굴에 떠오른 표정을 보고 그녀가 웃음을 터뜨리더니 다시 내 목에 팔을 둘렀다. 우리가 한창 열정적으로 키스를 하고 있을 때 하비에르의 목소리가 들렸다.

"거기 두 사람 공연음란죄로 체포해야겠구만."

그가 행복감에 들떠 우리 두 사람을 끌어안았다.

"낸시가 드디어 나하고 같이 투우장엘 가기로 했어. 그 일이 축복을 가져다줄 거라고."

"우린 지금 막 대판 싸움을 끝낸 참이야. 그래서 멋진 화해 장면을 연출하고 있는 중에 형이 마침 우리를 보게 된 거고."

"너 분명히 뭘 잘 모르는 거 같다." 훌리아가 끼어들었다. "내가 정말로 대판 싸움을 벌일 때는 접시를 깨고 할퀴고 죽이려고까지 든다고."

"싸움을 벌이는 것의 가장 좋은 점은 나중에 화해를 한다는 거지." 그 방면에서 전문가인 하비에르가 아는 척을 했다. "그렇지만 젠장할, 나는 영광스러운 승리를 알리려고 숨이 턱에 닿도록 뛰어왔는데 너하고 이분이 내 앞길에 재를 뿌리기 시작했어. 두 분 도대체 어떤 친구 사이지? 이리 와보쇼, 두 분, 이 굉장한 경사를 축하하기 위해 내가 점심을 한턱낼 테니까."

그들은 내가 두 꼭지의 뉴스 시보 원고를 작성하는 동안 나를 기다렸고, 다음에 우리는 벨렌 로에 있는 조그만 카페로 향했다. 지저분한 데다 벽장처럼 비좁기는 했어도 리마 전체에서 가장 맛있는 곱창 요리가 나오기 때문에 하비에르가 몹시 마음에 들어하는 곳이었다. 나는 판아메리카나의 아래층 문간에서 지나가는 처녀들과 시시덕거리고 있던 파스쿠알과 빅 파블리토 사이로 뛰어들어 그들을 위층 뉴스 보도실로 돌려보냈다. 그리고 아직 날이 저물려면 한참 먼 시간에, 그것도 시내 한복판에서 훌리아와 나는 집안 친척이건 친구이건 볼 테면 보라는 투로 손에 손을 잡고 한 발짝씩 옮길 때마다 입을 맞추다시피 하며 걸었다. 그녀의 뺨은 산아가씨처럼 발그레했고 더없이 행복해 보였다.

"음란한 짓거리는 그만하면 됐어, 이 얌체 같은 족속들아. 딱 일 분 동안만 내 생각도 좀 해줘." 하비에르가 항의했다. "우리 난시 얘길 좀 해보자고."

하비에르는 철이 든 뒤로 내내 예쁘장하기는 해도 못 말리는 바람둥이인 내 사촌 난시를 좋아했고 사냥개처럼 끈질기게 그녀를 쫓아다녔다. 그리고 난시는 하비에르를 진지하게 대한 적이라고는 없으면서도, 언제나 그를 자기 주위에다 묶어두고 '어쩌면……' '얼마 안 있으면……' '다음번에는……' 하는 생각을 품게 만들었다. 이 풋내기 사랑은 우리가 고등학교에 다니던 시절부터 계속되었는데, 하비에르의 흉허물없는 친구이자 상담역이자 뚜쟁이였던 나는 그 일에 대해서라면 처음부터 끝까지 다 알고 있었다. 난시는 그를 레우로의 문간에다 기다리라고 세워둔 채 자기는 콜리나나 메트로로 선데이 마티니를 걸치러 가서 수도 없이 그를 바람맞혔고, 또 걸핏하면 다른 남자친구들을 대동하고 토요일 밤의 파티에 나타났다.

내가 머리털 나고 처음 술을 마셨던 것도 하비에르가 에두아르도 티라반티라는 녀석(불이 붙은 담배를 입속에 집어넣었다가 아무 일도 없었던 것처럼 다시 꺼내 피우는 재주를 가졌던 덕에 미라플로레스에서는 인기가 대단했던 토양학과 학생)에게 낚시를 도둑맞았다는 사실을 알게 되었던 날이었다. 그때 나는 스루키요 가에 있는 조그만 술집에서 그가 맥주와 포도주로 괴로운 심정을 풀도록 해주려고 자리를 함께 했는데, 하비에르는 흐느끼다 코를 훌쩍거리다 했고, 나는 그가 기대어 울도록 어깨를 대주는 역할 외에도 엉망진창으로 취할 게 뻔한("나 왕창 퍼마실 작정이야"라고 그는 호르헤 네그레테 흉내를 내며 미리 겁을 줬다) 그를 하숙방까지 데려가 침대에 눕히는 임무까지 떠맡았다. 하지만 몇 차례 먼저 늘어지게 토하고 나서 곤죽이 된 사람은 나였는데, 얼마쯤 뒤에 술을 마시고 있던 다른 술꾼들과 싸움이 붙자—하비에르가 대충 설명한 사건 개요에 따르자면—내가 계산대 위로 기어 올라가 엘트리운포의 단골손님인 모주꾼, 밤샘하는 사람 그리고 싸움꾼들에게 이런 얼토당토않은 소리를 늘어놓았다는 것이었다.

"바지를 내려, 당신들 모두. 당신들 앞에 시인이 서 계시다 이거야."

그는 내가 그 슬프고도 슬픈 날 밤에 자기를 보살피고 위로해주기는커녕, 거꾸로 자기가 미라플로레스의 길거리를 휘저으며 오차란 로에 있는 우리 조부모님의 빌라까지 나를 끌고 가게 했던 일을 두고두고 쾌씸해했다. 하지만 그 역시 꼭지가 돌아서, 깜짝 놀라 뛰어나온 우리 할머니에게 정신없이 취한 나를 넘겨주며 이런 불손한 말을 했다.

"바르기타스가 콱 죽을 모양입니다, 할머니."

그후로 난시는 미라플로레스의 대여섯 명쯤 되는 남자애들에게 홀딱 빠졌다가 차이길 거듭했고, 하비에르 역시 지속적으로 서너 명의 여자친구를 사귀었다. 하지만 그는 다른 여자친구들을 사귀어도 내 사촌에 대한 사랑을 잊기보다는 더욱더 열렬해질 뿐이어서, 난시에게 거절을 당하건 모욕을 당하건 창피를 당하건, 또는 그녀가 자기 멋대로 데이트 약속을 깨건, 불쾌한 기색이라고는 전혀 없이 계속해서 전화를 걸고, 찾아가고, 밖으로 불러내 자기 감정을 털어놓았다. 더구나 하비에르는 열정을 체면 앞에 놓을 줄 아는 그런 남자 중 하나였으므로, 그에게는 자기가 미라플로레스에 사는 모든 친구들의 웃음거리가 되고 있다는 사실—그들 사이에서는 끈질기게 내 사촌을 따라다니는 그가 끊임없는 웃음거리가 되었다—도 별 문제가 되지 않았다(우리 이웃에 사는 그 친구들 중 하나는 어느 토요일, 미사가 끝난 뒤에 하비에르가 슬금슬금 난시에게로 다가가더니 "어이, 거기

난시타, 잘 지냈니? 우리 같이 한잔 마시러 가지 않을래? 콜라나 아니면 샴페인 같은 걸로……" 하면서 굽실거리는 꼴을 자기 눈으로 똑똑히 보았다고 맹세했다). 난시는 이따금 그와 함께 ─ 대개 다른 남자친구들을 만나는 사이사이에 ─ 영화를 보러 가거나 파티에 나타났는데, 그러고 나면 하비에르는 굉장한 기대를 품고서 꼭 몽유병자처럼 행복감에 취해 돌아다니는 것이었다.

그런데 지금이 바로 그런 상태여서, 하비에르는 우리가 벨렌로의 엘팔메로라는 조그만 카페에서 샌드위치를 먹고 커피를 마시고 하는 동안 숨쉴 틈도 없이 난시 얘기를 떠벌려댔다. 그러나 훌리아와 나는 끊임없이 쏟아져 나오는 그의 말을 배경 음악처럼 한 귀로 흘려들으면서, 서로의 손을 잡고 서로의 눈을 들여다보며 테이블 밑으로 무릎을 비벼대기에 바빴다.

"그애가 내 기발한 생각에 감탄한 거라고." 그가 떠들어댔다. "미라플로레스에 있는 다른 녀석들은 하나같이 멍청하거든. 그래서 여자애를 투우장에 데려갈 생각은 꿈에도 못 한 거야, 안 그래?"

"그런데 돈은 어떻게 긁어모았지?" 내가 그에게 물었다. "복권에라도 당첨됐어?"

"하숙집 라디오를 팔아먹었지." 그가 죄지은 기색이라고는 눈곱만큼도 없이 털어놓았다. "그 사람들 요리사 짓인 줄 알고 그 여자를 쫓아냈어. 도둑질을 했다고 말야."

그는 완벽한 계획을 세워놓았다며 설명을 늘어놓았다. 즉 투우 경기가 한창 진행되는 중에 그녀에게 가슴을 녹일 선물, 그러니까 스페인제 만틸라*를 안겨줌으로써 그녀를 감격시키겠다는 것이었다. 하비에르는 스페인과 스페인에 관계된 모든 것, 말하자면 투우, 플라멩코 음악, 그리고 사리타 몬티엘의 열렬한 찬양자였고, 스페인으로 갈 꿈을 꾸고 있었다(내가 프랑스로 갈 꿈을 꾸고 있었듯이). 난시에게 만틸라를 선물하겠다는 생각은 어떤 신문에 난 광고를 보고 떠오른 것이었는데, 그 선물을 사기 위해 하비에르는 레세르베 은행에서 받는 한 달치 봉급을 다 날렸지만 그 투자가 보상받을 것이라고 확신했다. 그는 어떤 식으로 그 선물을 전해줄 계획인지에 대해서도 설명을 늘어놓았다. 만틸라를 수수한 포장지로 조심스럽게 싸서 투우장 안으로 가지고 들어갔다가 관중들이 열광한 틈을 타서, 포장지를 풀고 만틸라를 펼친 다음 그것을 내 사촌의 우아한 어깨에 걸쳐주겠다는 것이었다. 그런데 난시는 어떤 반응을 보일까? 나는 그에게 거기에다 멋진 세비야 산 머리빗과 캐스터네츠를 한 쌍 더 얹어주고 나서 판당고를 한 곡조 뽑아준다면 일이 정말로 멋지게 풀릴

---

* 스페인, 멕시코 등지에서 여자들이 머리에서 어깨까지 뒤집어쓰는 베일의 일종.

거라고 이죽거렸다. 그러나 훌리아 아주머니는 하비에르의 말에 적극 두둔하고 나서서, 그건 정말 멋진 계획이라느니, 만일 난시가 아무 감정도 느끼지 못한다면 자기는 기가 막혀서 눈물이 날 거라느니 하며 허풍을 쳤다. 그리고 만일 어떤 남자가 자기에게 그처럼 감동적으로 애정을 표시한다면 당장에 넘어가줄 거라고도 했다.

"그게 내가 너한테 노상 했던 바로 그 얘기잖아. 너 그거 몰라?" 훌리아가 내게 뭔가 못마땅한 구석이 있는지 눈을 흘겼다. "하비에르는 얼마나 로맨틱해? 사랑하는 사람에게, 여자가 마땅히 구애받아야 하는 식으로 구애를 하고 말야."

하비에르는 그녀의 칭찬에 홀딱 반해서 다음 주에 어느 때건 날을 잡아 우리 넷이서 같이 영화도 보고 차도 마시고 춤도 추자며 열을 올렸다.

"그러다 내 꼬맹이 사촌 난시가 우리 두 사람이 데이트하러 나왔다는 걸 눈치채면 어쩌려고?" 내가 그를 다시 지상으로 끌어내리며 물었다.

하지만 그의 입에서 나온 대답은 이러했다.

"바보 같은 생각 마, 바르기타스. 그애는 벌써 다 알고, 또 멋지다고 생각하니까. 내가 요전에 그애한테 네 얘길 모두 해줬거든." 그러더니 우리가 얼마나 놀랐는지를 알아차리고는 심술맞

게 한쪽 눈을 찡긋하며 덧붙였다. "사실대로 얘기하자면 난 네 사촌한테 아무것도 숨기지 않아. 조만간 죽이 되건 밥이 되건 걔는 나한테 시집오게 될 거니까."

하비에르가 그녀에게 우리의 사랑놀음 얘기를 다 해줬다는 말에 나는 여간 걱정이 되는 게 아니었다. 물론 난시와 나는 아주 가까운 사이였으므로 그녀가 일부러 우리 일을 까발릴 거라고는 생각하지 않았지만 무심결에 한두 마디라도 흘린다면 그 소문이 들불처럼 집안이라는 숲에 번지게 될 것이었다. 훌리아는 잠시 말을 잃었지만 곧 하비에르가 투우에서 펼칠 멋진 계획을 계속 떠벌리도록 부추기면서 놀라움을 숨기기 위해 안간힘을 썼다.

하비에르는 우리와 함께 판아메리카나까지 쫓아왔다가 아래층 문간에서 발길을 돌렸다. 훌리아와 나는 늘 그랬던 대로, 함께 영화나 보러 가겠다는 핑계를 대고서 그날 저녁 다시 만나기로 약속했다.

"그 내분비학자 덕분에 아주머니를 사랑한다는 걸 분명히 알게 됐어요." 그녀에게 작별 키스를 하면서 그녀의 귀에 대고 속삭였다.

"나도 그래, 바르기타스." 그녀가 장단을 맞춰주었다.

나는 그녀가 하비에르와 함께 버스 정류장 쪽으로 가는 모습을 지켜보고 있다가 그제야 라디오 센트랄 문 밖에 남자들이 몇 사람 끼이기는 했어도 대개는 젊은 여자들인 한 무리의 군중이 모여 있는 것을 알아차렸다. 그들은 처음엔 줄을 짓고 있었지만 더 많은 사람들이 몰려들어 밀치락거리기 시작하는 바람에 줄이 흩어졌는데, 나는 그게 무슨 일이건 페드로 카마초와 어떤 관련이 있는 게 틀림없다고 짐작하고서 무슨 일이 벌어지고 있는지 보러 갔다. 아니나 다를까, 그들은 페드로 카마초의 자필 사인을 얻으려는 사람들임이 밝혀졌다. 그 방송작가가 한옆에는 헤수시토를, 다른 쪽에는 헤나로 1세를 세워놓고 자기 소굴의 창문 턱에 버티고 서서 사인첩이며 공책이며 종잇장이며 신문지의 여백에 멋진 장식체로 사인을 휘갈겨준 다음 당당한 제스처로 숭배자들을 쫓아보내고 있는 것이었다. 그리고 사인을 받으려는 사람들은 도취된 듯 그를 응시하면서, 존경스러운 태도로 머뭇머뭇 그에게 다가가 진심에서 우러난 찬사의 말을 웅얼거렸다.

"저 사람 우릴 골치 아프게는 해도 페루 라디오 방송의 왕이라는 것만은 분명해." 헤나로 2세가 내 어깨에 팔을 얹고 군중들을 가리키며 즐거워했다. "자넨 어떻게 생각하지?"

나는 사인회가 언제부터 시작되었느냐고 물었다.

"지금까지 한 일주일쯤 돼. 여섯시에서 여섯시 삼십분까지 하루에 삼십 분씩. 자네 관찰력이 별로인 것 같구만." 진보적인 생각을 지닌 프로듀서가 대답했다. "자네 우리가 낸 광고도 못 봤나? 자네가 일하는 데서 나가는 라디오 방송도 안 들어? 난 처음엔 회의적이었지만, 자네도 이제는 내 생각이 얼마나 잘못됐었는지를 알았을 거야. 내 생각엔 사람들이 한 이틀쯤이나 찾아올까 했거든. 그런데 지금은 이 일이 한 달이라도 더 계속될 수 있다는 걸 알게 됐어."

그가 자기하고 같이 한잔 마시자면서 볼리바르 바로 나를 잡아끌었다. 나는 콜라를 주문했지만 그는 나도 자기처럼 위스키를 마셔야 한다고 고집을 피웠다.

"자네, 사람들이 저렇게 줄을 선 데 대해서 뭐 느끼는 거 없나? 저 사람들은 페드로의 라디오 연속극이 청취자들에게 얼마나 대단한 히트를 쳤는지 보여주는 거라고."

나는 그에게 페드로 카마초가 얼마나 유명한지에 대해서는 털끝만큼의 의심도 없다고 맞장구를 쳐주었다. 그러자 헤나로 2세는 내게도 '문학적 재질'이 있으니까 그 볼리비아인을 본받아서 많은 청취자를 끄는 수법을 배워야 한다는 말로 내 얼굴을 뜨뜻하게 만들더니 한마디 충고를 덧붙였다.

"자네 자신을 상아탑에 가둬서는 안 돼."

그는 페드로 카마초의 사진을 오천 장 인쇄해두었고 다음 주 월요일부터는 사인을 받으러 오는 사람들에게 공짜로 나누어줄 생각이었다. 나는 그에게 방송작가가 아르헨티나인에 대한 비방을 좀 누그러뜨렸는지 물어보았다.

"그건 이제 조금도 문제될 게 없어. 자기 좋을 대로 누구건 다 욕할 수 있게 됐으니까." 그가 수수께끼 같은 소리를 했다. "자네, 그 굉장한 뉴스 못 들어봤나? 대통령이 페드로의 연속극을 하나도 빼놓지 않고 다 듣는다는 거야."

그는 내가 자기 말을 확실하게 믿도록 자세히 설명을 늘어놓았다. 얘기인즉슨, 대통령이 낮 동안에는 국정일로 바빠서 연속극을 들을 시간이 없기 때문에 녹음을 해두라고 했다가 매일 밤 잠이 들기 전에 차례차례로 다 듣는다는 것이었다. 또 그 소문은 대통령 부인이 직접 리마의 여러 고관 부인들에게 퍼뜨린 것이라고도 했다.

"그걸 보면 대통령은 사람들 얘기와는 정반대로 다정다감한 사람인 것 같아." 헤나로 2세가 결론을 내렸다. "그러니까 만일 이 나라의 최고 통치자가 우리 편이라면 페드로가 자기 마음껏 아르헨티나 사람들을 욕하고 씹는대도 그게 무슨 상관이겠어? 또 그 작자들은 그렇게 욕먹어 싸다고. 안 그래?"

헤나로 2세의 칭찬과 훌리아와의 화해로 나는 한껏 기대감에 부풀어서, 눈썹이 휘날리게 우리 가건물로 뛰어 돌아왔다. 그리고 파스쿠알이 뉴스 시보 원고를 작성하는 동안 영감이 작렬하는 듯한 기분으로 땅에서 떠오르는 아이들을 소재로 한 단편소설을 거침없이 써내렸다. 나는 그 소설이 어떻게 끝날지도 벌써 다 알고 있었다. 그런 장난을 치던 중에 다른 애들보다 훨씬 더 높이 떠올랐다가, 갑자기 중심을 잃고 땅에 떨어진 한 개구쟁이 녀석의 목뼈를 부러뜨려 죽이면 되는 것이다. 마지막 문장은 같이 있던 개구쟁이들이 비행기 엔진의 굉음 아래서 죽은 친구의 얼굴을 들여다보는 사이, 그 아이들의 얼굴에 떠오른 놀라움과 겁에 질린 표정을 서술하게 될 것이다. 나는 그 소설을 헤밍웨이 식으로 천문 관측용 시계처럼 정확하게, 그리고 간결하게 쓸 작정이었다.

며칠 뒤에 나는 내 사촌 난시를 보러 갔다. 그녀가 나와 훌리아 사이의 일을 어떻게 받아들이고 있는지 알고 싶어서였다. 하지만 그녀는 아직까지도 '투우 보자기'의 악몽에서 벗어나지 못한 게 분명했다.

"너 그 백치가 나를 어떻게 바보로 만들었는지 알아?" 그녀가 라스키를 찾느라 집 한끝에서 다른 쪽 끝까지 달려가면서 물었다. "느닷없이 아초 광장 한가운데서 포장지를 풀고 투우사 망토를 꺼내더니 내 어깨에다 척 두르더라구. 그 바람에 사람들이 모두 나를 쳐다봤는데 황소까지도 배꼽을 잡더라니까. 거기에다 투우가 끝날 때까지 계속 그러고 있으라지 뭐야. 그리고 길거리로 나왔을 때도 그걸 두르고 있길 바라더라고. 생각을 한번 해봐. 난 이제껏 그런 망신을 당했던 적이 한 번도 없었어."

우리는 집사의 침대 밑에서 라스키—못생긴 데다 털북숭이인 주제에 나만 보면 물려고 대드는 개—를 찾아 밖으로 쫓아냈다. 난시가 그 '문제의 물건'을 보여주려고 나를 자기 방으로 잡아끌었다. 그것은 어떤 패션 디자이너의 창작품으로 열대의 정원이나 집시의 텐트, 또는 고급 갈보집을 연상케 하는 것이었는데, 무지갯빛을 띤 무늬들이 겹치는 자리마다 살벌한 자주색에서 불그스름한 다홍색에 이르기까지 붉은빛이 돌았고, 기다란 검은색 술장식이 달리고 보조 다이아몬드와 운모 조각들이 너무 야하게 번쩍거려 보고 있으려면 속이 다 메스꺼워질 지경이었다. 내 사촌이 꼼짝없이 그걸 두르고서 떠들썩한 웃음소리에 둘러싸여 투우를 구경해야 했다니…… 나는 그녀에게 내 친구를 바보로 알지 말라고 으름장을 놓은 뒤, 그를 구혼자로 생각할 의향은 없느냐고 물었다.

"생각은 하고 있어." 그녀가 시큰둥하게 대답했다. "하지만 그저 재밌는 친구다 싶을 뿐이야."

나는 그녀에게 너는 무정하고 여우 같은 계집애라느니, 하비에르는 너한테 그 선물을 사주려고 도둑질까지 했다느니 하면서 그녀를 몰아세웠다.

"그러는 너는 어떻고?" 그녀가 만틸라를 접어 장롱 속에 집어넣으면서 되받았다. "훌리아 아주머니하고 같이 돌아다닌다는 거 정말이니? 그러고도 부끄럽지 않아? 올가 아주머니 동생하고 심각해지다니."

나는 얼굴이 화끈해지는 걸 느낄 수 있었지만 그러면서도 그건 사실이며 또 부끄러울 것도 없다고 우겼다. 난시 역시 약간은 당황했지만 미라플로레스에서 자란 계집애답게 호기심을 누르지 못하고 단도직입적으로 내 심중을 떠보았다.

"만일 네가 그 여자하고 결혼한다면 이십 년 뒤에 넌 아직 젊고 그 여잔 늙은 부인이 될 텐데?" 그녀가 내 팔을 붙들고 아래층 거실로 잡아끌었다. "이리 와. 우리 음악이라도 들으면서 얘기해. 네 사랑 얘기를 처음부터 끝까지 다 털어놔봐."

그녀가 몇 장의 레코드판—냇 킹 콜, 해리 벨러폰티, 프랭크 시나트라, 사비에르 쿠가트—을 고르면서, 하비에르가 자신에게 우리 얘기를 해준 뒤로 집안 식구들이 알게 되면 무슨 일이 벌어질까 하는 생각이 들 때마다 머리털이 곤두섰다고 털어놓았다. 사실 우리 친척들은 남의 일에 참견하기를 무척이나 좋아하는 사람들인 게 분명했다. 난시가 다른 남자친구와 외출할 때마다 열 명의 아저씨와 여덟 명의 아주머니와 다섯 명의 사촌이 그녀의 어머니에게 전화를 걸곤 했었다나?

"그런데 네가 훌리아 아주머니에게 푹 빠져 있다니! 얼마나 엄청난 추문거리가 되겠니, 마리토."

그녀가 느닷없이 정색을 하더니 온 집안 식구들이 내게 굉장한 기대를 걸고 있으며 나는 집안의 희망이라는 점을 일깨워주었다. 그것은 사실이었다. 나의 그 암적인 집안은 내가 장차 백만장자가 되거나, 아니면 하다못해 페루 공화국 대통령이라도 될 거라고 단단히들 믿었다(나는 그들이 어째서 나를 그처럼 높이 평가했는지를 명확히 알 길이 없다. 내 학교 성적 때문은 절대로 아니었다. 단 한 번도 뛰어났던 적이 없었으니까. 아마도 그 이유는 내가 어린아이였을 적부터 아주머니들에게 시를 지어주었기 때문이거나, 아니면 매사에 소견이 분명했던 조숙한 아이였기 때문일 것이다). 나는 난시에게 우리 일에 대해서는 입도 뻥긋하지 말라고 못을 박아두었다. 하지만 그녀는 우리 사이의 로맨스를 자세히 알고 싶어 죽을 지경인 모양이었다.

"너 훌리아 아주머니를 그저 좀 많이 좋아하는 거니, 아니면 홀딱 반해 있는 거니?"

나는 때때로 그녀와 여자친구 문제를 상의한 적이 있는 데다 그녀가 이미 우리 일을 알고 있기도 해서 있는 그대로 다 털어놓았다. 말하자면, 처음엔 그저 장난에 불과했지만 어느 날 갑자기, 그러니까 내분비학자 때문에 질투심이 끓어올랐던 바로 그날 사랑에 빠졌다는 것을 알아차렸다느니, 그렇지만 생각하면 할수록 우리 사이의 로맨스가 진짜로 골치 아픈 일이 되어가고 있다는 게 더욱 분명해지는데 그건 단순히 나이 차 때문만은 아니라느니, 법학사 학위를 따려면 앞으로 삼 년은 더 다녀야 하는데 내가 정말로 하고 싶은 일은 글을 쓰는 것이기 때문에 절대로 변호사 일을 하게 될 것 같지는 않다느니, 하지만 작가란 굶어 죽게 마련인 데다 지금 현재의 나는 그저 담배와 몇 권의 책을 사고 영화를 보러 갈 돈이나 벌고 있으니 내가 돈을 제대로 벌 수 있을 때까지 훌리아가 나를 기다려줄 것인지, 또 과연 내가 그렇게 돈을 벌 날이 오기나 할 것인지도 모르겠다느니 하는 소리들을 늘어놓았다. 그러나 난시는 내 속마음까지도 다 이해해주는 계집애여서 나무라기는커녕 내 말에 공감해주었다.

"그래, 그게 문제야. 네가 마음이 변해서 그 여자를 버리게 될 날이 올 거라는 얘긴 굳이 안 하더라도." 그녀가 현실적인 판단을 내렸다. "그 불쌍한 여자는 쓸데없이 몇 년을 허비하게 될지도 몰라. 하지만 얘기해봐. 그 여자가 정말로 너를 사랑하는 거니? 아니면 그저 장난으로 그러는 거니?"

나는 그녀에게 훌리아는 너처럼 지독한 바람둥이가 아니라고 (그 말에 그녀는 무진장 기뻐했다) 쏘아붙였다. 하지만 그러면서도 나는 나 자신에게 그 똑같은 질문을 수없이 해보았고 며칠 뒤에는 훌리아에게도 똑같은 말을 물어보았다. 그때 우리는 바닷가로 내려가 발음하기 어려운 이름(도모도솔라인가 뭔가 하는)이 붙여진, 조그맣기는 해도 멋진 공원에 앉아 있었는데, 우리가 미래에 대해 처음으로 이야기를 나누었던 것은 바로 거기서 서로의 품에 안겨 끝없는 키스를 나눌 때였다.

"나는 이 일이 어떻게 될지 훤히 알고 있어. 수정구에서 보았거든." 훌리아가 슬픈 기색이라고는 없이 말을 꺼냈다. "기껏 잘 되어봤자 우리 로맨스는 삼사 년쯤 더 지속될 거야. 그러니까 네가, 애들 어머니가 되어줄 햇병아리 계집애를 만나기 전까지 말이야. 그다음엔 네가 나를 차버릴 거고 그러면 나는 다른 중늙은이를 유혹해야 되겠지. 그리고 거기쯤에서 '끝'이라는 단어가 떠오르는 거야."

나는 그녀의 손에 키스하면서 그녀가 연속극을 너무 많이, 그것도 자기 멋대로 해석하면서 듣는 모양이라고 받아넘겼다.

"너 진짜로 그 연속극들을 듣지 않는 모양이다?" 그녀가 되받았다. "페드로 카마초가 쓴 것에는 연애 사건은 물론 그 비슷한 얘기도 없어. 예를 들자면, 지금 올가 언니하고 나는 오후 세시 연속극에 홀딱 빠져 있는데, 그 연속극만 하더라도 눈을 감기만 하면 자기가 어떻게 그 불쌍한 계집아이를 치여 죽였는지 그 광경이 되살아나 잠을 못 이루는 젊은 남자의 비극에 관한 얘기를

335

하고 있어."

나는 다시 우리가 하고 있던 얘기로 화제를 돌려 그녀에게 내 경우는 좀더 낙관적이라고 했다. 그러고는 그녀뿐 아니라 나 자신에게도 확신을 심어주기 위해 열렬한 목소리로, 나이 차가 있건 없건 간에 순전히 육체적인 것에 바탕을 둔 사랑은 길게 지속될 수가 없다느니, 일단 신비감이 사라지고 일상적인 생활이 자리를 잡으면 성적인 매력은 점점 더 희미해져서 마침내는 사라져버리고 만다느니(특히 남자들의 경우에 있어서), 그래서 부부 사이에는 다른 매력, 즉 영적이거나 지성적이거나 도덕적 매력이 있어야 지속될 수 있는데, 그런 종류의 사랑에는 나이가 별로 문제될 게 없다느니 하고 떠들어댔다.

"네 말대로라면 모든 게 그럴듯하게 들리지. 난 그게 진심이길 바랄 뿐이야." 훌리아가 내 얼굴에 코를 문지르면서 대답했다. 뺨에 와 닿은 그녀의 코가 여느 때처럼 얼음같이 차가웠다. "하지만 그건 처음부터 끝까지 모두 거짓말이야. 육체적인 게 별 문제가 안 된다고? 두 사람이 서로를 견딜 수 있으려면 그게 가장 큰 문제가 되는 거야, 바르기타스."

그녀는 내분비학자와 다시 외출을 했던 것일까?

"그 사람이 나한테 몇 번 전화했어." 그녀가 한마디 던지고 나서 한참이나 궁금하도록 뜸을 들였다. 그러더니 내게 키스를 하

336

면서 내 의심을 몰아내버렸다. "하지만 난 그 사람한테 다시는 같이 외출하지 않겠다고 했어."

기쁨에 들떠서 나는 그녀에게 땅 위로 뜨는 아이들을 소재로 한 내 소설에 대해 자세히 얘기해주었다. 열 페이지 정도 분량으로 쓸 것인데, 멋지게 전개시켜 '훌리아에게 바칩니다'라는 헌사를 붙여 〈엘 코메르시오〉지 문예란에 실리도록 애를 써볼 작정이라고.

10

　어느 모로 보아도 눈앞에 찬란한 미래가 펼쳐져 있던 제약회사의 젊은 신약 홍보원 루초 아브릴 마로킨의 비극은 어느 맑게 갠 여름날, 유서 깊은 도시 피스코의 교외에서 시작되었다. 그는 이제, 십 년 전 전국 각지를 도는 이 직업에 처음 발을 들여놓은 이래로 병원과 약국을 찾아가 바이엘 제약회사의 샘플과 안내문을 돌리면서, 페루의 대도시와 소도시를 두루 돌아다닌 출장을 막 끝내고 리마로 돌아가려는 참이었다.

　피스코의 여러 의사와 약사를 방문하는 데는 대략 세 시간이 걸렸다. 그 도시에는 산안드레스 기지의 제9비행대대에서 대위로 근무하는 동창생—피스코로 출장을 올 때면 그는 보통 그 친구 집에서 점심식사를 했다—이 하나 있었지만 이번엔 곧장 리마로 돌아갈 작정이었다. 그도 그럴 것이, 결혼한 지 얼마 안 된 그에겐 하얀 피부에 프랑스 이름을 가진 예쁘장한 아내가 있어서, 그의 젊은 피와 열정적인 가슴이 한시라도 빨리 아내를 품에 안을 수 있도록 돌아가자고 재촉하고 있었기 때문이다.

정오가 막 지난 시간이었다. 석 달 전 결혼과 동시에 할부로 구입한 그의 새 폭스바겐 승용차는 중앙 광장에 있는 잎이 무성한 유칼립투스나무 그늘 밑에 세워져 있었다. 루초 아브릴 마로킨은 샘플과 명세서가 든 가방을 차 안에 던져넣은 뒤 상의를 벗고 넥타이(스위스 국적의 제약회사에서 정한 엄격한 규칙에 따라 고객을 방문할 때면 신뢰할 만한 전문가라는 느낌을 주기 위해 항상 착용해야 하는 것이었다)를 풀었다. 그리고 다시 한번 비행사 친구에게 들르지 않고 돌아가기로 다짐했다. 점심식사는 간단히 스낵으로 때울 작정이었다. 양껏 식사를 하고 나면 사막을 가로질러 차를 몰아가는 세 시간 동안 더욱 졸음이 오리라는 것을 알고 있어서였다.

그는 광장을 가로질러 피아베 아이스크림 가게로 들어가 이탈리아인 주인에게 콜라 한 잔과 복숭아 아이스크림을 주문했다. 그러고는 테이블에 앉아 음식을 넘기는 동안 이 남쪽 항구도시의 과거, 즉 마음 약한 영웅 산 마르틴과 그가 거느린 해방군의 화려한 상륙에 대해서가 아니라, (어쩌면 열렬한 기질을 지닌 남자의 이기심과 선정적인 마음에서일지도 모르지만) 눈처럼 하얀 피부와 푸른 눈에 곱슬곱슬한 황금빛 머리칼을 한 그의 따뜻하고 귀엽고 자그마한 아내—사실상 어린아이나 마찬가지인—에 대해서, 그리고 밤의 낭만적인 어둠 속에서 그녀가 귓전에 대고 기분 좋고 나른한 새끼 고양이의 갸르릉거리는 소리처럼 에로틱하게 들리는 말(그는 프랑스어를 알아들을 수 없었으므로 그런 소리가 더욱 자극적이었다)과 '고엽'이라는 제목의 노래를 웅얼거림으로써 자기를 어떻게 황홀감의 극치로 몰아갔는지에 대해서 생각했다. 그런 점잖지 못한 생각으로 몸의 어느 부분이 굳어오기 시작한다는 것을 알아차리자 그는 생각을 다른 데로 돌린 다음 계산을 치르고 일어섰다.

그는 근처 주유소에서 탱크에 기름을 넣고 라디에이터에 물을 채운 뒤 출발했다. 햇볕이 가장 뜨거울 때인 그 시간쯤에는 피스코의 거리들이 텅텅 비었음에도, 그는 천천히 조심스럽게 차를 몰았다. 그러나 보행자의 안전을 위해서라기보다는 자기의 노란색 폭스바겐 승용차를 망가뜨리지 않으려는—그 차는 금발의 자그마한 프랑스인 아내만 빼놓고는 가장 소중한 재산이었으므로—생각에서였다.

그는 피스코 시내의 거리들을 지나 고속도로로 향하면서 자신의 삶에 대해 생각해보았다. 이제 스물여덟 살인 그는 십 년 전 고등학교를 졸업하자 곧 직업을 갖기로 결정했다. 취직을 하기 전에 몇 년씩이나 대학을 다닐 만큼 참을성이 많지 않아서였다. 동기야 어찌 되었건, 그는 시험을 치른 뒤 바이엘 제약회사에 들어갔고 지난 십 년 동안 봉급이 꾸준히 올랐다. 그리고 몇 차례 승진을 거듭했으며 하는 일도 따분하지 않았다. 책상에 앉아 빈둥거리기보다는 사무실 밖으로 나가는 편이 더 나았기 때문이었다. 그러나 이제는 프랑스 출신의 그 섬세한 꽃을, 다들 아시다시피, 인어를 노리는 상어로 가득 찬 도시 리마에 남겨둔 채 전국 각지를 떠돌아다니는 생활이 마음에 들 리만무했다. 그래서 루초 아브릴 마로킨은 벌써 높은 사람들에게 부탁을 해두었는데, 그의 상급자들은 그를 높이 평가하고 있었으므로 확실한 보장을 해주었다. 앞으로 서너 달만 더 외근을 하고 나면 다음 해 초쯤 지방에 자리를 하나 만들어주겠다는 것이었다. 그리고 말수 적은 스위스인 슈발프 박사는 이렇게 덧붙였다.

"그 자리는 승진을 하는 셈이 될 걸세."

루초 아브릴 마르킨으로서는 어쩌면 그들이 자기에게 트루히요나 아레키파 또는 치클라요의 지사장 자리를 내줄지도 모른다는 생각이 들 수밖에 없었다. 그리고 또, 그 밖에 무엇을 더 물어볼 수 있었을까?

이제 그는 도시를 벗어나 고속도로로 진입해 리마로 향하고 있었다. 그는 이 도로를 따라 수없이 많은 여행을 했으므로—도시간 직행 버스나 일반 버스로, 또는 다른 사람이 모는 차를 얻어타거나 자기가 직접 운전하면서—앞길을 훤히 꿰뚫고 있었다. 멀리까지 검은 리본처럼 이어진 아스팔트 길이 앞쪽에 다른 차들이 있다는 조짐을 보이는 어떤 은빛의 번쩍임도 없이, 언덕과 헐벗은 산 사이로 빠져들었다. 그의 바로 앞에서 털털이 고물 트럭이 느린 속도로 가고 있었는데, 그가 막 추월하려는 참에 다리와 인터체인지가 얼핏 눈에 들어왔다. 그의 차가 타고 가야 할 도로에서 강철빛을 띤 카스트로비레이나 산맥 쪽으로 뾰족뾰족한 봉우리들을 향해 이어진 남부고속도로가 갈라져나가는 곳이었다.

자기 차를 아끼고 법을 무서워하는 루초 아브릴 마로킨은 신중하게 인터체인지를 지날 때까지 기다리기로 작정했다. 그래서 속도를 늦추고는 시속 오십 킬로미터도 못 되게 덜덜거리며 가고 있는 트럭과 십 미터 정도의 거리를 유지하면서 뒤를 따랐다. 앞쪽으로 그는 다리와 인터체인지의 보잘것없는 건물들—차가운 음료와 담배를 파는 노변 매점들과 남부고속도로 톨게이트 매점—그리고 건물들 주위로 왔다갔다하는 얼굴을 알아볼 수 없는―그들 뒤에서 비치는 태양이 눈을 부시게 했기 때문이었다―사람들의 윤곽을 볼 수 있었다.

그가 막 다리 끝에 이르렀을 때 마치 트럭 밑에서 불쑥 솟아오르기라도 한 것처럼 갑자기 조그만 여자아이가 튀어나왔다. 그의 눈앞에 느닷없이 불쑥 나타나 언제까지고 기억에서 지워지지 않을 아이의 모습. 돌덩이처럼 폭스바겐 승용차에 부딪치기 직전의 그 겁에 질려 얼어붙은 조그만 얼굴과 허공으로 치켜든 양손…… 그 일은 너무도 급작스럽게 닥쳤으므로 재난(아니, 재난의 시작)을 당하기 전에 브레이크를 걸거나 방향을 돌릴 틈이라고는 없었다. 소름 끼치는 공포와 함께 이 일은 자기와 아무 상관도 없다는 이상한 느낌을 맛보면서, 그는 아이가 승용차 앞 범퍼에 둔탁하게 부딪치는 충격을 느꼈고 그 아이의 몸이 포물선을 그리며 공중으로 튕겨져 올랐다가 칠팔 미터쯤 앞에 떨어지는 것을 보았다. 그제야 그는 브레이크를 걸 수 있었다. 너무도 급히 브레이크를 밟는 바람에 운전대가 가슴에 와 받혔다.

머릿속이 휑하고 귀에서는 윙윙거리는 소리가 들리는 중에도 그는 당장 차에서 뛰어내렸다. 그리고 자기 발에 걸려 비틀거리면서 이런 생각을 했다.

'난 아르헨티나인인데 어린애를 죽였으니……'

그는 허둥지둥 달려가 양팔로 아이를 안아 올렸다. 다섯 살이나 여섯 살쯤 되어 보이는 그 아이는 꾀죄죄한 차림에 맨발이었고, 얼굴이며 손이며 무릎 할 것 없이 더럽고 지저분한 부스럼 딱지가 앉아 있었다. 눈에 띄게 피가 흐르는 곳은 없었지만 눈은 감겨 있었고 숨도 쉬지 않는 것 같았다. 술 취한 사람처럼 비틀거리면서, 루초 아브릴 마로킨은 사방을 둘러보다가 모래언덕과 바람과 먼 파도 소리를 향해 외쳤다.

"구급차! 의사를 불러요!"

그는 마치 꿈속에서처럼 언덕길을 따라 내려오는 트럭 소리를 들을 수 있었다. 그리고 어쩌면 그 트럭의 속도가 인터체인지로 다가오는 차치고는 너무 과속이라는 것을 알아차렸는지도 몰랐다. 하지만 설사 그런 사실을 알아차렸더라도 그의 주의는 당장에 매점 건물들 중 한곳에서 자기에게로 달려오는 어떤 경찰에게로 쏠렸다. 자기 임무를 수행하기 위해 숨을 몰아쉬고 땀을 흘리면서 달려온 법과 질서의 수호자가 여자아이를 내려다보고 물었다.

"이 아이 충격으로 기절한 거요? 아니면 죽은 거요?"

나머지 일생 동안 루초 아브릴 마로킨은 그 순간에 옳은 대답이 과연 무엇이었던가를 두고두고 자문하게 될 것이었다. 그 아이는 단지 심하게 충격을 받았던 것일까, 아니면 죽었던 것일까? 하지만 그에게는 헐떡거리는 경찰에게 대답할 틈도 없었다. 그 질문을 던지기가 무섭게 경찰의 얼굴이 하얗게 질렸기 때문이었다. 루초 아브릴 마로킨은 고개를 돌렸다가 그 트럭이 요란스럽게 경적을 울리면서, 언덕길을 내리닫아 그들에게로 곧장 돌진해오고 있다는 것을 알아차렸다. 그는 눈을 감았다. 엄청난 굉음이 그의 팔에서 여자아이를 낚아챘고 그는 조그만 별들이 무수히 번쩍이는 암흑 속으로 빠져들었다. 그리고 거의 신비스럽기까지 한 무감각의 와중에서도 그는 무시무시한 소음과 고함소리와 비명을 들을 수 있었다.

훨씬 뒤에 그는 자기가 트럭에 치여 튕겨졌다는 것을 알게 되었다. 그러나 물론 '눈에는 눈, 이에는 이'와 같은 형평법상의 속담을 충족시키는, 그런 일반적인 정의니 뭐니 하는 것 때문은 아니었고, 광산에서 내려오던 그 트럭의 브레이크가 파열됐기 때문이었다. 그는 또 경찰이 목뼈가 부러져 즉사했으며 그 불쌍한 어린 여자아이 —소포클레스*의 진정한 딸—는 두번째 사고에서 죽었을 뿐 아니라(만일 첫번째 사고가 치명적인 것이 아니었다면) 그 아이의 몸 위로 (장난스러운 악마의 축제처럼) 트럭의 이중 뒷바퀴가 지나가는 바람에 오징어처럼 납작하게 뭉개졌

---

* 고대 그리스의 비극 시인.

다는 것도 알게 되었다.

그러나 몇 년이 더 지나면 루초 아브릴 마로킨은 자신에게 그 날 아침*의 소름 끼치는 경험 중에서 가장 잊히지 않는 것은 첫 번째 사고도 두번째 사고도 아니고 그 뒤에 벌어진 일이었다고 해야 할 것이었다.

참으로 이상한 일이지만, 그토록 엄청난 중상(그는 의사들이 무수한 골절과 탈구, 찰과상, 그리고 타박상을 입은 그의 몸을 수리하는 동안 몇 주씩이나 사회보장병원에 갇혀 있어야 했다)을 입었음에도 그 신약 홍보원은 의식을 잃지 않았고, 만약 그랬다 해도 단지 몇 초 동안만 의식을 잃었을 뿐이었다. 정신이 들자 그는 두번째 사고가 바로 직전에 일어났다는 것을 알아차렸다. 햇빛에 여전히 눈이 부셨지만 길가의 허름한 건물들로부터 열이나 열둘, 아니 어쩌면 열다섯쯤 되는 치마와 바지가 그를 향해 달려오는 것을 볼 수 있었기 때문이다. 그는 몸을 움직일 수 없었지만 고통은 없었고 안도감과 평온한 기분을 느꼈을 뿐이었다. 그리고 이제 더이상 걱정하지 않아도 된다는 생각이 떠오르자 그는 구급차와 의사와 헌신적인 간호사를 생각했다.

그들은 이미 그의 옆으로 다가와 있었다. 그는 자기 위로 몸을

---

* 옳게 보자면 오후여야 함. 여기서부터 방송작가 페드로 카마초가 헷갈리기 시작하는데 뒤로 갈수록 인명, 지명, 스토리 등이 점점 더 뒤섞이게 됨.

굽히고 있는 얼굴들을 향해 미소를 지어 보이려고 했다. 그러나 바로 다음 순간, 그는 자기를 간질이고 찌르고 비집는 손가락들을 느끼고서 이 새로 온 사람들이 자기를 구하러 온 게 아니라는 사실을 알아차렸다. 그들은 시계를 낚아채고 호주머니 속으로 손을 집어넣어 지갑을 빼내고, 그가 첫번째 영성체를 받은 이후로 목에 두르고 다녔던 림피아스의 신부가 새겨진 메달을 잡아뜯었다. 루초 아브릴 마로킨이 인간의 본성에 대한 놀라움을 못 이겨 어둡고도 어두운 밤 속으로 빠져든 것은 바로 그 순간이었다.

그 밤은 사실상 일 년 동안 꼬박 계속된 것이나 마찬가지였다. 처음엔 그 재난의 결과가 단지 육체적인 것으로만 보였다. 루초 아브릴 마로킨이 의식을 회복했을 때, 그는 리마 사회보장병원의 조그만 병실에 머리끝부터 발끝까지 붕대가 둘린 채 누워 있었고, 그의 침대맡에는 금발의 아내 줄리에트 그레코와 바이엘 제약회사의 슈발프 박사(동요된 영혼에 마음의 평화를 가져다주는 수호 천사들)가 근심 어린 눈으로 그를 지켜보고 있었다. 마취제 냄새로 머리가 어질어질한 중에도 그는 갑작스러운 행복감에 휩싸였다. 그리고 이마를 두른 붕대에 아내의 입술이 스치는 감촉을 느끼자 양볼에 눈물이 흘러내렸다.

뼈를 맞추고 근육과 힘줄을 제자리에 갖다붙이고 상처를 꿰

매 아물게 하는 데는—다시 말해 그의 동물적인 측면을 수리하
는 데는—여러 주가 걸렸다. 하지만 그 기간은 의사들의 뛰어
난 기술과 간호사들의 세심한 진료, 그리고 아내의 막달라 마리
아 같은 헌신과 제약회사 측의 배려 덕분에 비교적 견딜 만했다.
특히 제약회사가 그에게 보인 성의는 물심양면으로 어느 한구석
도 나무랄 데가 없었다. 더구나 루초 아브릴 마로킨은 사회보장
병원에서 몸이 회복되어가는 동안 아주 기쁜 소식까지 듣게 되
었다. 그의 자그마한 프랑스인 아내가 임신을 했고 일곱 달 뒤에
는 아이를 낳게 되리라는 것이었다.

　그 두 차례의 사고에서 겪었던 복잡하고 비밀스러운 마음의
상처들이 발현되었던 것은 그가 병원을 나와 산미구엘에 있는
그의 작은 집과 일터로 돌아간 다음이었다. 이제 그에게 닥친 갖
가지 질병 중에서 가장 지독한 것은 불면증이었다. 그는 잠을 이
루지 못하고 수많은 밤을 어둠 속에서 집 안을 이리저리 서성대
거나, 극도로 흥분된 상태에서 줄담배를 피우고 앞뒤도 맞지 않
는 말들—그의 아내가 기겁하게도 '헤롯'이라는 말이 자꾸만
되풀이되었다—을 웅얼거리며 지새웠다. 그리고 수면제를 복
용해 불면증을 화학적으로 극복하고 나자, 그 결과는 더욱더 지
독해 잠들기만 하면 루초 아브릴 마로킨은 자기가 아직 태어나
지도 않은 딸을 토막토막 잘라버리는 악몽에 시달리는 것이었

다. 그의 아내는 남편의 미친 듯한 비명 소리에 처음엔 겁에 질렸고 마침내는 아이를 유산까지 하게 되었다. 태아는 아마도 여자아이였던 것 같았다.

"내 꿈은 실현되었어. 내가 내 딸을 죽였으니까. 이제 남은 일은 부에노스아이레스로 가서 사는 것뿐이야." 꿈속에서 비속 살해를 범한 그는 밤이고 낮이고 처절하게 되뇌었다.

하지만 그것으로 끝난 게 아니었다. 한잠도 못 이루거나 끔찍한 악몽에 시달린 밤이 지나고 나면 지독한 낮 시간이 뒤따랐던 것이다. 사고를 당한 뒤로 루초 아브릴 마로킨은 바퀴가 달린 어떤 탈것에든 마음속에서 일어나는 공포를 느꼈고, 마침내는 자기가 직접 운전하건, 승객으로 타건 차를 타기만 했다 하면 현기증에 시달렸다. 그러고는 지독한 구역질을 참느라 땀을 줄줄 흘리다가 비명을 지르는 것이었다.

그런 증세를 극복하려는 그의 시도는 하나같이 헛수고로 끝났고, 결국 그는 이십 세기 한중간에서 잉카 제국('바퀴'라는 게 알려지지 않았던 사회) 시절로 되돌아간 사람처럼 살아갈 수밖에 없었다. 물론 걸어야 할 길이 그의 집과 바이엘 제약회사 사이의 오 킬로미터 정도뿐이었다면 그것은 별로 심각한 문제가 될 수 없었다. 고통받는 영혼에게는 아침저녁으로 두 시간쯤 걷는 일이 안정 효과를 가져다줄 수도 있었으므로. 하지만 활동 범위가 페루 전역의 방대한 지역인 신약 홍보원에게 바퀴 달린 모든 탈것에 대한 공포증이란 가히 비극적인 것이었다. 걷거나 뛰어서만 돌아다니던 건강한 시대가 부활할 가능성이 눈곱만큼도 없는 이상, 루초 아브릴 마로킨의 직업적 미래는 심각한 위협을 받을 수밖에 없었다.

제약회사에서는 그에게 리마의 사무실에 앉아 근무하는 일자리를 주기로 동의했다. 그러나 비록 봉급이 깎이지는 않았더라도, 도의적 심리적 견지에서 볼 때 그 전보 발령(그는 이제 샘플 목록 작성 업무를 맡고 있었다)은 사실상 좌천이었다. 게다가 설상가상으로, 오를레앙의 처녀 뺨칠 정도로 용감하게 남편의 신경성 노이로제를 견뎌냈던 그의 자그마한 프랑스인 아내까지도 끝내, 특히 유산한 뒤로는, 히스테리 증세를 보이게 되었다. 결국 그들 부부는 좋은 날이 올 때까지 별거하기로 합의를 보았고 남극의 새벽과 밤을 생각나게 할 만큼 뺨이 창백해진 그의 아내는 친정집에서 요양을 하러 프랑스로 떠났다.

사고가 난 뒤 일 년이 지나자 루초 아브릴 마로킨은 아내에게 버림받고 철저한 보행자의 삶을 선고받은 데다 고녀 이외에는 친구 하나 없는 고립무원의 처지가 되었다(거미줄과 담쟁이덩굴로 덮여 있던 노란색 폭스바겐 승용차는 금발머리 아내가 프랑스로 떠날 때 여비를 마련해주기 위해 팔아치웠다). 그의 회사 동료와 지인들이 등 뒤에서 이제 저 친구는 조용히 정신병원으로 떠나거나 극적으로 자살하는 길 외에는 다른 방도가 없다고 수군거리기 시작했던 것도 그 무렵이었다. 그런데 바로 그즈음, 그 젊은이는 성직자도 마술사도 아니지만 그래도 영혼을 치료하는 어떤 사람이 있다는 사실—하늘로부터 떨어진 만나[*], 메마른 사막에 뿌리는 비—을 알게 되었다. 루시아 아세밀라 박사였다.

과학이 이상적이라고 인정한 나이인 오십대에 이른 출중하고 고정관념 없는 여자 아세밀라 박사—훤한 이마와 매부리코에 꿰뚫어보는 듯한 눈길을 지닌 그지없이 정직하고 선량한 숙녀—는 그녀의 성(姓)(문자 그대로라면 짐 싣는 말. 비유적으로는 멍청한 바보. 하지만 그녀는 자기의 괴상한 성을 자랑스러워했고 진료 카드에건 사무실 문의 명패에건 그 성을 빛나는 승리의 깃발처럼 다른 사람들 앞에 과시했다)과는 정반대의 살아 있는 화신으로서 그녀에게 지성이란 곧 육체적 속성, 즉 그녀를 찾는 환자들(그녀는 '친구들'이라고 부르기를 더 좋아했다)이 보고 듣고 냄새 맡을 수 있는 그런 것이었다. 그녀는 세계적인 학문의 거대한 중심지들—우월함을 뻐기는 베를린, 냉담한 런던,

---

[*] 옛날 이스라엘 민족이 황야를 헤맬 때 신이 내려준 음식. 사실은 메뚜기 떼.

죄악에 찬 파리—에서 무수한 학위와 학문적 영예를 얻었지만, 그녀가 인간의 고통과 치료법에 대해 방대한 지식을 습득했던 가장 중요한 대학은 (당연히) 삶이었다. 평균 이상으로 출세한 사람들이 모두 그러하듯, 그녀 역시 동료, 즉 정신과 의사와 심리학자들(하지만 그녀와는 달리 기적을 행할 수 없는 사람들)의 입에 오르내렸고 비판받았고 조롱당했다. 그러나 아세밀라 박사는 그들이 자기를 마녀라고 부르건 또는 악마 숭배자, 썩을 대로 썩은 여자, 미친 여자, 그 밖의 다른 어떤 지독한 욕을 퍼부어도 전혀 개의치 않았다. 그녀는 다만 자신이 옳다는 증거로서 정신분열증 환자, 존속 살해범, 편집증 환자, 방화범, 조울증 환자, 성도착자, 긴장증 환자, 상습 범죄자, 신비주의자 그리고 말더듬이였던 사람들이 일단 자기의 치료(그녀는 '충고'라는 말로 부르기를 더 좋아했다)를 받고 나면 정상인으로 돌아가, 자식을 사랑하는 아버지, 부모에 순종하는 아들, 현모양처, 정직하고 열심히 일하는 직장인, 유창한 달변가, 그리고 병적이리만큼 법률을 잘 준수하는 선량한 시민이 되어 일상생활에 복귀한 '친구들'의 감사를 기억하기만 하면 되었다.

루초 아브릴 마로킨에게 아세밀라 박사를 찾아가 상담해보라고 충고했던, 그리고 자기가 손수 나서서 약속 시간을 정했던 (이 세상에 가장 정확한 시계를 내놓은 스위스인답게 시간을 엄수해서) 사람은 슈발프 박사였다. 그 불면증 환자는 확신보다는 체념을 하고서 정해진 시간에 맞춰 산펠리페의 거주 지역으로 아세밀라 박사의 사무실(영혼의 사원, 고해소, 연구소)이 있는, 분홍색 담장에 향기로운 꽃들이 만발한 정원으로 둘러싸인 저택을 찾아갔다. 깔끔하게 차려입은 간호사가 그의 이력과 병력에 대해 몇 가지를 적고 나서 그를 박사의 사무실로 안내했다. 책장이 가죽 장정본으로 가득하고, 마호가니 책상, 푹신한 카펫, 연초록색 벨벳을 씌운 안락의자가 있는 천장이 높직한 방이었다.

"자, 이제 당신이 함께 가져온 편견을 버리고 양복 저고리를 벗으세요. 넥타이도 풀고요." 아세밀라 박사가 안락의자를 가리키면서 참된 지혜를 가진 사람답게 경계심을 풀어주려는 듯 거리낌없는 태도로 그를 맞았다. "그리고 거기에 편안히 앉으세요. 고개는 들든 숙이든 좋을 대로 하시고요. 이건 내가 프로이트 학설의 신봉자라서가 아니라 당신이 편안한 기분을 느끼도록 하고 싶어서예요. 그리고 지금 당장은 내게 당신의 꿈 얘기를 하거나 어머니를 사랑했다고 고백하지 마세요. 다만 할 수 있는 대로 정확하게 당신의 위가 어떻게 작용하고 있는지만 말씀하세요."

이미 안락의자에 몸을 쭉 펴고 앉아 있던 신약 홍보원은 의사가 자기를 다른 환자와 혼동한 모양이라고 짐작하고서 조심스럽게, 자기는 위장병 때문에 찾아온 것이 아니라 정신병을 치료받으러 왔다고 웅얼거렸다.

"그 둘은 불가분이지요." 여의사가 그에게 알려주었다. "신속하고 완벽하게 비워지는 위장은 맑은 생각과 올바른 정신의 원천이에요. 반면에 나태하고 게으른 위장은 그른 생각을 일으키고, 성격을 망치고, 콤플렉스와 변태성욕을 조장하고, 범죄 성향, 즉 다른 사람의 가장 부끄러운 고민거리를 끄집어내려는 욕구를 키워주지요."

그렇게 깨우침을 받은 뒤 루초 아브릴 마로킨은 자기가 때때로 소화불량과 변비 증세를 겪는다고 털어놓았다. 또 대변이 불규칙할뿐더러 색깔과 양이 다르고, 분명히―비록 최근 몇 주일 동안에는 만져본 기억이 없기는 해도―굵기와 온도도 달랐다는 것까지 이야기했다.

"무슨 말씀인지 알겠어요." 여의사가 수긍이 간다는 듯 고개를 끄덕이며 중얼거렸다.

그러고 나서 아세밀라 박사는 그 젊은이에게 다른 충고가 있을 때까지 매일 아침마다 거르지 말고 공복에 자두 여섯 개를 먹으라고 지시했다.

"자, 이제 기본적인 문제는 풀렸으니까 다른 문제로 넘어가봅시다." 여성 철학자가 말을 이었다. "당신을 괴롭히는 게 뭔지 말씀해보세요. 하지만 먼저 한마디 해두겠는데 나는 당신의 문제를 제거해주진 않아요. 그보다 당신이 그걸 좋아하도록, 그래서 세르반테스*가 그의 쓸모없는 무기를 자랑스러워했거나, 베토벤이 귀머거리라는 사실을 자랑스러워했듯 자랑스럽게 느끼도록 가르쳐주겠어요. 자, 말씀하세요."

십 년 동안 히포크라테스의 제자와 약제사들을 상대로 직업적인 대화를 나눈 덕분에 익힌 유창한 말솜씨로, 루초 아브릴 마로킨은 그동안 있었던 일, 즉 피스코 외곽에서 일어난 사고부터 최근에 꾼 악몽 그리고 이 비극적인 드라마가 그의 결혼생활에 미친 끔찍한 결과까지 솔직하게 요약했다. 그러나 마지막 부분을 이야기할 때는 자기 연민을 못 이겨 울음을 터뜨렸고, 루시아 아세밀라 박사 외에는 누구라도 가슴이 미어질 절규로 이야기를 끝냈다.

"의사 선생님, 저를 도와주세요!"

"당신 얘기는 별로 슬플 것도 없네요. 그와는 반대로 너무 진부하고 흔한 것이라서 따분하기까지 하군요." 영혼을 치료하는 기술자가 다정하게 그를 위로했다. "코를 풀고 이렇게 자신을

---

* 옳게 보자면 돈키호테임.

설득해봐요. 마음의 지도에서 당신의 병은 육체의 지도에서 살 속으로 파고든 발톱이나 마찬가지라고 말예요. 자, 이제부터 내 말을 들으세요."

상류 사교계에 자주 드나든 숙녀다운 태도와 말투로, 그녀는 사람을 미혹시키는 것이 진실에 대한 두려움과 반박을 하려는 마음가짐이라고 설명했다. 그리고 진실에 대한 두려움에 대해서는, 그 사건, 소위 '사고'란 존재하지 않으며 그것은 단지 자기들이 얼마나 사악한지를 감추기 위해 사람들이 꾸며낸 속임수에 불과하다는 설명으로 그를 깨우쳤다.

"한마디로 당신은 그 어린 여자아이를 죽이고 싶었던 거예요. 그래서 당신은 그애를 죽였어요." 의사가 그 문제에 관한 그녀의 생각을 간결하게 요약했다. "그다음엔 당신의 행위가 부끄럽기도 하고 또 경찰이나 지옥이 두렵기도 해서 트럭에 치이고 싶었던 것이지요. 당신이 저지른 일에 대한 응징이나 아니면 살인을 하지 않았다는 알리바이로서 말예요."

"하지만, 하지만……" 그가 더듬거렸다. 그의 휘둥그레진 눈과 땀으로 흥건히 젖은 이마가 참담한 절망을 드러냈다. "그러면 경찰은 어떻게 된 겁니까? 제가 그 사람도 죽인 겁니까?"

"어느 때건 경찰 하나쯤 죽이지 않은 사람이 누가 있겠어요?" 여성 과학자가 반문했다. "어쩌면 당신이 그 사람을 죽였을 수도 있고, 어쩌면 운전사가 죽였거나 아니면 자살한 것일 수도 있 겠죠. 하지만 이건 한 사람 표로 두 사람이 들어가는 특별 공연은 아니에요. 그러니 당신에게만 집중하세요."

그런 다음 아세밀라 박사는, 자연발생적인 충동이 좌절될 경우 사람들은 마음속에 비양심적인 반감을 일으키게 되는데, 그 반감은 악몽, 공포증, 콤플렉스, 조바심, 절망 등을 불러일으킴으로써 보상을 받으려 한다고 설명했다.

"누구도 자신과는 싸울 수 없어요. 왜냐하면 그 전쟁에는 패배자만 있기 때문이죠." 여성 선구자가 말을 이었다. "당신 처지를 부끄러워하지 말아요. 그리고 사람들이란 모두 하이에나이며, 훌륭한 사람이란 단지 시치미를 뗄 줄 아는 사람이라는 생각으로 위안을 찾으세요. 당신 자신을 거울에 비춰보고 이렇게 말해봐요. 나는 유아 살해범이고 겁쟁이 스피드광이다라고 말예요. 이제 완곡한 말은 더이상 쓰지 말기로 합시다. 내게 그 사고나 바퀴 공포증에 대해서는 얘기하지 마세요."

그리고 계속 예를 들어가면서 그녀는 자기를 찾아와 무릎을 꿇고서 치료해달라고 애원하는 변태성욕자에게는 도색잡지들을 보여줌으로써 치료했고, 운명의 장난이니 뭐니 하면서 바닥을 기고 머리칼을 쥐어뜯는 인간 지스러기, 마약중독자에게는 마리화나와 한 줌의 코카 잎을 쥐여줌으로써 치료했다고 설명했다.

357

"그러면 나더러 어린아이를 죽이라는 겁니까?" 신약 홍보원이 별안간에 순한 양에서 호랑이로 변해 으르렁거렸다.

"그 일이 당신에게 즐거움을 가져다준다면 그래서 안 될 게 뭐죠?" 여성 심리학자가 싸늘하게 되받았다. "그리고 경고해두겠어요. 이제부터 나한테 그런 식으로 호통칠 생각은 말아요. 나는 손님이 무조건 왕이라고 믿는 그런 가게 주인이 아니니까요."

루초 아브릴 마로킨은 다시 울음을 터뜨렸다. 그러나 루시아 아세밀라 박사는 그가 어떻게 하고 있건 상관하지 않고, 십 분 동안 우아한 필체로 '진지하게 사는 법을 배우는 훈련'이라는 제목을 달아 몇 장의 종이를 채웠다. 잠시 뒤에 그녀가 젊은 신약 홍보원에게 그 종잇장들을 건네주면서 팔 주 후에 다시 상담해주겠다고 약속했다. 그리고 작별인사로 다정하게 악수를 하면서 매일 아침마다 거르지 말고 자두를 먹어야 한다고 일깨워주었다.

아세밀라 박사를 찾아갔던 대부분의 환자가 다 그렇듯, 루초 아브릴 마로킨 역시 자기가 잠재성 정신병자의 노리개가 되었던 듯한 기분으로 그녀의 사무실을 나왔다. 그리고 자기가 분명히, 만일 어리석게도 시키는 대로 따라 한다면 병을 더 악화시키기만 할 뿐인 완전히 미친 여자의 쓸데없는 짓에 말려들었다는 생각이 들어서 그 '훈련'을 읽어볼 것도 없이 변기에 처넣어 흘려

보내기로 작정했다.

하지만 바로 그날 밤(불면증이 너무 심해 좀 누그러뜨려볼 생
각으로) 그는 아세밀라 박사가 건네준 종잇장을 읽어보았는데,
너무도 황당무계한 내용이라서 배를 잡고 웃다가 딸꾹질까지 하
게 되었다(딸꾹질을 멈추려고 그는 어머니에게서 배웠던 대로
물을 한 잔 다 들이켰다). 그러나 다음에는 타오르는 호기심을
느끼고 잠 안 오는 긴긴 밤을 보낼 작정으로, 치료 효과를 믿어
서가 아니라 그저 심심풀이 삼아 한번 따라 해보기로 했다.

시어스의 장난감 가게 구역에서 그는 어렵지 않게 필요한 승
용차와 1호 트럭과 2호 트럭을 구할 수 있었고, 또 여자아이와
경찰과 날치기꾼과 자기 자신을 대신할 작은 인형들도 구했다.
그리고 의사의 처방에 따라 자동차들과 조그만 인형들의 옷을
그가 기억하는 것과 똑같은 색으로 칠했다(그는 미술에 소질이
있었으므로 경찰 유니폼이며 어린 여자아이의 초라한 옷과 덕지
덕지 낀 때를 아주 그럴듯하게 표현했다). 피스코의 모래언덕을
묘사하기 위해 포장지를 이용했는데, 진짜처럼 만들어보려는 강
박적인 욕망에서 그는 한쪽 가장자리에 태평양, 즉 하얀 거품이
이는 경계선까지 포함된 푸른 띠도 하나 그렸다.

첫날, 집의 거실 겸 주방에서 무릎을 꿇고 앉아 그 사건을 복
원하는 데는 거의 한 시간이 걸렸다. 그리고 마지막 장면, 즉 날

치기꾼들이 신약 홍보원을 강탈하려고 달려들었던 장면에 이르러서는 그 일이 실제로 벌어졌던 날에 느꼈던 것과 맞먹는 공포와 비탄에 휩싸인 채, 마룻바닥에 사지를 뻗고 누워 식은땀을 흘리며 흐느껴 울었다. 하지만 다음 날에는 정신적 충격이 좀 덜해졌고 그 일은 일종의 스포츠, 말하자면 그를 어린 시절로 되돌아가게 해주는 일종의 훈련이 되었다. 그뿐만 아니라, 그는 자기가 물릴 줄 모르는 독서가라든가 굉장한 음악 애호가라고 내세울 만한 입장이 못 되었던 만큼, 아내마저 가버린 지금 그 일은 어떻게 보내야 할지 모르는 시간을 채워주는 수단이 되어주기도 했다.

그것은 마치 조립식 장난감을 가지고 놀거나 조각그림 맞추기를 하거나 십자말풀이를 푸는 것과도 같았다. 때때로 그는 바이엘 제약회사의 창고에서 신약 홍보원들에게 샘플을 내주고 있다가도, 저녁에 집으로 돌아갔을 때 일어났던 사건에 변화를 가져다주고 그 사건을 재구성하는 것을 연장시켜줄 어떤 세세한 일이나 몸짓 또는 동기를 찾아 기억을 더듬고 있는 자신의 모습에 놀랐다.

거실 겸 주방의 마룻바닥에 온통 흩어져 있는 조그만 나무 인형들과 작은 플라스틱 장난감 차들을 보자, 가사도우미는 그에게 양자를 들일 생각이냐고 묻더니 만일 그럴 거라면 돈을 더 받아야겠다고 미리 못을 박았다. 이제 그는 '훈련'에 개술된 과정에 따라 매일 밤 미니어처로 그 사고를 열여섯번째 재구성하는 단계에 있었다.

'진지하게 사는 법을 배우는 훈련'에서 어린아이와 관계된 항목들은 장난감을 가지고 하는 일보다 더 황당해 보였지만, 그 과정 역시(관성적으로 행하는 괴상한 버릇이나 과학적 발전을 위한 호기심 때문이었을까?) 그는 충실하게 따랐다. 그 항목은 '이론적인 연습'과 '실제적인 연습', 두 부분으로 나뉘어 있었다.

아세밀라 박사는 이론적인 연습이 반드시 실제적인 연습보다 선행되어야 한다는 점을 강조해두었다. 하긴 인간이란 생각이 행동에 앞서는 이성적 동물이 아니던가? 그러나 이론적인 연습 부분은 제약회사 대리인의 관찰력과 사고력으로는 애매모호한 영역으로 남아 있었다. 그 처방이란 게 고작 이런 것이었기 때문이다.

'어린아이가 인간에게 미치는 해악을 매일 생각해볼 것.'

그는 어느 곳에 가 있건 시간이 나기만 하면 체계적으로 그런 해악을 생각해보았다. 그러나 어린아이가 인간에게 무슨 해악을 미칠까? 아이들은 우아하고 순결하고 보기만 해도 즐거운, 삶 그 자체가 아닌가? 이론적인 연습을 처음 시작한 날 아침, 루초 아브릴 마로킨은 사무실까지 오 킬로미터를 걸어가는 동안 그렇게 자문했다. 하지만 마음에서 우러난 확신에서라기보다는 자기에게 주어진 그 '연습'을 되도록이면 더 재미있게 해볼 생각에서, 그는 아이들이 때때로 지나치게 시끄러울 수 있다는 사실을 인정했다. 사실 아이들은 시도 때도 없이 갖가지 이유로 시끄럽게 울어대지만 아직은 이성적인 존재가 못 되다보니 그런 버릇 때문에 생겨나는 피해를 깨닫지도 못할 뿐더러 조용히 하는 것이 좋다고 그들을 설득할 수도 없다. 그리고 그는 온종일 광산에서 뼈빠지게 일하고 돌아오면 갓 태어난 아이가 악을 쓰고 빽빽 우는 바람에 밤잠을 잘 수 없었던, 그래서 마침내는 아이를 죽여버렸던(?) 어떤 노동자의 사례를 떠올렸다. 이 지구상에 그 비슷한 사례가 몇백만 곳에서나 벌어지고 있을까? 얼마나 많은 노동자와 농부, 가게 주인, 사무실 직원이 비싼 물가와 박봉에, 살아갈 집이 없는 탓으로 비좁은 셋집에서 아이들과 한 방을 쓰며 제 부모에게 설사가 나서 우는지, 젖을 먹여달라고 우는지 밝힐 수 없는 어린아이의 칭얼거림에 마땅히 자야 할 밤잠을 설치고 있을까?

그날 저녁, 사무실에서 집까지 오 킬로미터를 걸어오는 동안 루초 아브릴 마로킨은 별별 생각을 다 해본 끝에 아이들이 엄청난 재난을 가져오고도 책임을 지지 않는다는 것을 알아차렸다.

다른 동물과는 달리, 아이들은 순간순간마다 지켜보지 않아도 저 혼자 그럭저럭 해낼 수 있을 때까지 너무도 엄청난 시간을 잡아먹는데, 그러한 결점에서 얼마나 큰 손해가 생겨나는가? 아이들은 예술적인 골동품부터 수정 꽃병에 이르기까지 손 닿는 것이면 무엇이건 깨뜨리고, 주부들이 눈 아프게 바느질한 커튼을 잡아뜯고, 풀먹인 테이블보나 애정을 담아 절약하여 구입한 레이스 달린 만틸라에 아무 거리낌도 없이 '응가'가 묻은 손을 올려놓는다. 또 아이들은 전구 소켓에 손가락을 집어넣는 버릇이 있어서 합선을 시키거나 아니면 멍청하게도 감전을 당해서 죽는 바람에, 집안 식구들로 하여금 조그만 관을 사고, 무덤을 파고, 밤샘을 하고, 〈엘 코메르시오〉 지에 부고를 싣고, 상복을 입고 사별의 아픔을 겪게까지 하지 않는가!

그는 제약회사와 산미구엘 사이를 걸어 오가는 사이 그런 정신적 운동에 몰두하는 습관이 들었다. 그리고 같은 생각을 반복하지 않기 위해 먼젓번에 생각해낸 아이들의 해악을 재빨리 요약한 뒤 다른 것에 대한 생각으로 넘어가기 시작했다. 그렇게 해서 한 가지 생각은 자연스럽게 다른 생각으로 이어졌고, 아이들을 탓할 건수가 부족했던 적은 단 한 번도 없었다. 예를 들어 아이들이 끼치는 경제적 손실만 떠올리면서도 그는 삼십 킬로미터는 족히 걸을 수 있었다. 아이들은 집안 살림을 얼마나 망치는

가! 그것은 정말 괴로운 일이다. 아이들이란 끊임없이 음식을 탐하고 별난 요리를 해달라고 조를 뿐 아니라, 낳아서 키울 때까지 산파, 유모, 베이비시터, 탁아소, 유치원, 서커스, 어린이 놀이터, 장난감 가게, 소년 재판소, 소년원 등 셀 수도 없이 많은 뒷감당으로 몸집의 크기에 정비례해서 부모의 수입을 거덜낸다. 거기에다 의학, 심리학, 치과학 및 다른 과학에서 파생된 아동 전문가(아버지라는 나무에 기생하는 겨우살이들)까지, 그들은 한마디로 불쌍한 아버지들이 낸 돈으로 먹이고 입히고 봉급을 주어야만 하는 군대이다.

어느 날, 루초 아브릴 마로킨은 남들이 뭐라고 하건 열심히 도덕적 책임을 다하면서, 자식을 돌보기 위해 파티고 영화고 휴가 여행이고 다 포기한 채 자신을 산 채로 묻어버리는, 그러다 결국엔 뻔질나게 자기들끼리만 나가서 틀림없이 못된 짓을 하게 마련인 남편으로부터 버림받게 될, 그 젊은 어머니들을 생각하는 것만으로도 눈물이 다 쏟아질 지경이었다. 그런데 이 어린아이들은 그 숱한 잠 못 자는 밤들과 그 모든 고통에 어떻게 보답을 할까? 머리가 커지면 집을 떠나 저희 자신의 가정을 꾸리고 늙은 어머니를 천애 고아처럼 내버려두는 게 고작이었다.

그렇게 해서 자기도 모르는 사이에 루초 아브릴 마로킨은 아이들이 천진난만하고 선하다는 신화를 깨뜨렸다. 아이들은 이성

의 힘이 결여되어 있다는 익히 알려진 사실을 악용하여 나비의
날개를 잡아뜯고, 병아리를 산 채로 오븐에다 굽고, 거북이를 뒤
집어 죽게 내버려두고 다람쥐의 눈을 후벼파지 않는가? 그리고
새를 죽이는 고무줄총은 아이들의 무기인 셈이 아닌가? 또 저희
보다 더 약한 것에 대해서는 인정사정없는 게 아이들이지 않은
가? 더군다나, 고양이 새끼라면 벌써 제 몫의 먹이를 사냥할 나
이에 아직도 서툴게 뒤뚱거리고 돌아다니다가 벽에 부딪혀서 여
기저기 시퍼렇게 멍이 드는 그런 것들에게 '똑똑하다'라는 말을
쓰는 것이 가당키나 할까?

　루초 아브릴 마로킨은 날카로운 관찰력을 갖추고 있던 덕으
로 집과 사무실 사이를 오가는 동안 생각할 거리를 얼마든지 찾
을 수 있었다. 그는 모든 여자가 폐경기까지는 나긋나긋하고 유
연한 몸매를 지켰으면 싶었다. 그는 출산의 결과로 어머니의 몸
이 황폐해지는 항목들을 하나하나 적어나가기가 고통스러웠다.
한 손 안에 들어올 만큼 가늘던 허리에는 기름기가 끼고, 매끈했
던 유방이며 엉덩이며 배에도 군살이 붙지 않는가! 잇자국도 나
지 않던 탄탄한 살은 흐물흐물해지고 부풀고 늘어져서 주름이
잡히며, 어떤 여자들은 산고를 거듭 치른 결과로 나중에는 오리
처럼 어기적거리고 걷는다. 루초 아브릴 마로킨은 자기의 성을
받은 프랑스 여인의 조각상 같은 아담한 몸이 떠오르자, 그녀가

몸매를 싹 망쳐버릴 토실토실한 아이를 낳지 않고 작은 핏방울에 불과한 인간 파편을 유산했다는 생각에 기쁘고도 안심이 되었다.

어느 날 그는 변기에 앉아 있다가—자두가 그의 창자를 영국의 기차처럼 정확히 시간을 지키게 해주었다—자기가 이제부터는 헤롯 증후군으로 두려움에 떨지 않아도 된다는 것을 알아차렸다. 또 어느 날 아침에는 자기도 모르게 조그만 거지 녀석의 '대갈통'을 한 대 쥐어박기도 했다. 그러고 나서 그는 자기가 의식적인 노력을 들이지 않고서도(별들이 자연스럽게 낮에서 밤으로 운행하듯) 실제적인 연습으로 넘어갔다는 것을 알게 되었다.

아세밀라 박사는 그 항목에 '직접 행동'이라는 부제를 달았는데 루초 아브릴 마로킨은 그것을 거듭 읽으면서 여성 과학자의 말소리를 직접 듣고 있는 것 같은 느낌이 들었다. 이론적인 연습에서의 지시와는 달리 이것들은 매우 확실했다. 그도 그럴 것이, 아이들이 불러일으키는 해악을 분명히 알아차리고 난 지금, 그 일은 개인적인 차원에서 슬쩍슬쩍 앙갚음을 하기만 하면 되는 것이기 때문이었다. 하지만 그 일은 '아이들에겐 방어할 힘이 없다'라든가, '하다못해 장미꽃으로도 아이를 때려서는 안 된다'라든가, '매질은 콤플렉스의 원인이 된다'라는 등의 감상이 깔린 독단적인 선동 때문에 몰래 해야만 했다.

처음에는 분명히 그러한 처방을 따르기가 어려웠다. 그래서 길거리로 나가 아이들과 마주치게 되었을 때도, 쥐어박는 쪽에서건 쥐어박히는 쪽에서건 어린것들의 머리에 놓여 있는 손이 응징인지 또는 서툰 토닥임인지를 알 수 없었다. 하지만 실행의 반복에서 오는 자신감과 더불어 그는 차츰차츰 소심한 태도를 벗어던지고 예로부터 전해 내려온 금기를 극복했다. 그리고 점점 더 대담해져서 수단이 늘고 이력이 붙자, 몇 주 뒤에는 '연습'에 예언된 대로, 그는 길모퉁이에서 머리에 혹이 나도록 주먹질을 가하고 멍이 들도록 꼬집고 녀석이 아파서 울부짖도록 발길로 걷어차는 것이, 이제는 도의적이고 이론적인 이유로 자기에게 떠맡겨진 의무가 아니라 일종의 즐거움이라는 것을 알게 되었다.

그는 복권을 파는 꼬마녀석들이 행운의 숫자를 알려주겠다고 쫓아왔다가, 기가 막히게도 눈앞에서 별이 번쩍하게 따귀를 얻어맞고 질질 짜는 모습이 보기 좋았다. 또 아침결에 눈먼 여자를 끌고 동냥 접시를 짤랑대며 다가온 거지 아이가, 한 방 멋지게 걷어차이는 바람에 정강이뼈를 문지르면서 주저앉을 때는 투우를 구경하는 것 못지않게 신이 났다. 그 실제적인 연습은 위험했지만, 마음속으로 자기는 겁이 없고 대담하다는 확신이 서자, 그 위험성은 그를 저지하기보다는 오히려 더 부추겼다. 심지어 그는 축구공을 짓밟아 터뜨리고 나서, 한 떼의 꼬맹이로부터 막대기며 돌멩이 세례를 받은 날에도 결의가 꺾이지 않았다.

그런 식으로 치료가 계속되는 몇 주 동안, 그는 정신적인 게으름이 사람들을 백치로 바꾸어버린 탓에 대개는 악행으로 치부되는 그런 행위를 수도 없이 저질렀다. 그는 공원에서 유치원 보모들이 아이들을 즐겁게 해주려고 놀리는 인형들의 목을 잘랐고, 조그만 계집아이들이 입에다 막 집어넣으려는 막대사탕이며 과자며 캐러멜 따위를 빼앗아 발로 뭉개버리거나 지나가는 개에게 던져주었다. 또 서커스며 놀이터며 인형 극장을 찾아 돌아다니면서, 손가락이 얼얼해질 때까지 머리채와 귀를 잡아당기고 연약한 팔다리를 꼬집은 다음, 옛날부터 써먹어온 수법대로 혓바닥을 날름거리고 '용용 죽겠지' 하면서 약을 올렸다. 그리고 나중에는 목이 쉬거나 목소리가 완전히 잠길 때까지, 아이들에게 도깨비 얘기며 커다란 살인 늑대, 경찰, 해골, 마녀, 흡혈귀, 그리고 어른이 어린아이들을 놀래키려고 꾸며낸 온갖 괴물 얘기로 겁을 주었다.

그러나 (산기슭으로 굴린 눈덩이 하나가 산사태로 변하듯이) 어느 날 루초 아브릴 마로킨은 자기가 벌였던 짓에 기겁해서, 최대한 빨리 가기 위해 택시를 잡아타고 아세밀라 박사의 사무실로 달려갔다. 그리고 박사의 검소한* 사무실로 들어서자마자 식은땀을 흘리며 떨리는 목소리로 외쳤다.

"산미구엘에서 하마터면 어떤 계집아이를 전차 바퀴 밑으로 밀어넣을 뻔했습니다! 마지막 순간에 경찰이 눈에 띄어 그만두긴 했지만요." 그리고 어린애처럼 훌쩍거리면서 외쳤다. "저는 이제 범죄자가 되어가고 있습니다, 박사님!"

"당신은 벌써 범죄자예요, 젊은이. 그걸 잊었어요?" 여성 심리학자가 한 음절 한 음절에 강세를 두면서 그를 일깨웠다. 그리고 아래위로 그를 훑어본 뒤 흡족한 목소리로 통고했다. "당신은 치료됐어요."

그제야 루초 아브릴 마로킨은 갑자기 (깜깜한 밤하늘에서 눈이 멀 듯 번뜩이는 번개, 바다로 쏟아져 내리는 유성의 소나기처럼) 자기가 그곳까지 택시로 달려왔다는 것을 기억했다. 그가 막 무릎을 꿇으려는 참에 여성 석학이 그를 말렸다.

"우리 강아지만 빼놓고는 아무도 내 손을 핥지 않아요. 고마운 표시는 그만하면 됐어요. 자, 이제 그만 가보세요. 새로운 친구들이 나를 기다리고 있으니까요. 며칠 뒤에 내 청구서를 받게 될 거예요."

---

* 여기서도 방송작가가 헷갈린 것임.

"정말이야. 나는 치료됐어." 신약 홍보원은 기쁨에 넘쳐 혼잣말을 되뇌었다.

마지막 일주일 동안 그는 일곱 시간씩 잠을 잤고, 악몽을 꾸는 대신 어느 외국의 바닷가에 누워 축구공처럼 둥글고 빛나는 태양 아래서, 잎사귀가 뾰족뾰족한 키 큰 종려나무 사이로 엄청나게 큰 거북이 기어다니고, 푸른 물속에서는 돌고래가 장난스럽게 교미를 하는 중에 일광욕을 즐기는 유쾌한 꿈을 꾸었다. 드디어 (불로 세례를 치른 사내의 결의와 무모함으로) 그는 제약회사까지 또다른 택시를 잡아탔고, 타고 가는 내내 자기를 평생 동안 따라다닐 그 사고의 결과는 죽음 같은 두려움이 아니라 끝없이 불안한 나날이 지난 뒤의 가벼운 현기증일 뿐이라는 것을 알아차리고 히죽거렸다.

그는 페데리코 테예스 운사테기*에게로 달려가 그의 두툼한 손에 입을 맞추면서, 그를 '현명한 조언자' '나의 구세주' '새로운 아버지'라고 불렀다. 그의 상관은 자부심 강한 주인이 충성스러운 노예에게 표하는 경의로서 루초 아브릴 마로킨의 몸짓과 찬사를 받아들였지만, 그러면서도 감정에는 무딘 칼뱅교도답게, 그 살인적인 콤플렉스가 치료되었건 치료되지 않았건 시간에 맞

---

* 옳게 하자면 슈발프 박사임. 여기서도 페드로 카마초가 헷갈린 것임. 이후로는 독자 제위께서 판단하시기 바람.

춰서 일터로 나와야 할 것이며, 그렇지 않으면 벌금을 물게 될 것이라고 통고했다.

그렇게 해서 루초 아브릴 마로킨은 피스코 교외에서의 흙먼지 자욱한 사고의 여파로 겪었던 고생의 터널로부터 빠져나왔고 그후로는 매사가 탄탄대로였다. 그의 귀여운 프랑스인 아내는 친정집에서 노르망디의 점액이 뚝뚝 듣는 카망베르 치즈와 미끈미끈한 달팽이 요리로 원기를 회복하고 재난과 시련을 잊은 뒤, 발그레하게 달아오른 뺨에 사랑으로 충만한 가슴을 안고 잉카의 땅으로 돌아왔다. 그들 부부의 재결합은 신혼 기간의 연장이나 마찬가지여서, 황홀한 키스와 시도 때도 없는 포옹과 정서적 방탕으로 그 사랑에 빠진 한 쌍은 빈혈 증세까지 보일 정도였다. 그러나 어찌 되었건, 신약 홍보 담당자는 허물을 벗고 난 뒤 힘이 곱절로 불어난 뱀처럼 신속하게, 그가 예전에 회사에서 누리고 있던 탁월한 지위를 되찾았다. 그리고 자기가 예전과 똑같이 능력 있는 남자라는 사실을 증명해 보이고 싶은 욕망에서 슈발프 박사에게 부탁하여 하늘과 땅과 강과 바다로 페루의 대도시와 소도시를 방문하면서, 의사와 약사에게 바이엘 제약회사 제품들의 장점을 알리는 책임을 다시 맡았다.

아내의 근검절약하는 습관 덕분으로, 그들 부부는 얼마 안 가서 곧 위기 시절에 졌던 빚을 모두 갚을 수 있었고, 할부로 폭스바겐 승용차도 한 대 — 물론 노란 것으로 — 새로 사들였다. 외견상으로 보기에는(하지만 외양을 믿지 말라는 속담이 있지 않던가?) 지평선 저 끝까지 루초 아브릴 마로킨 부부가 꾸려가는 삶을 흐리겠다고 위협하는 구름은 한 점도 없었다. 이제 바이엘 제약회사의 대리인은 그 사고를 떠올리는 적이 별로 없었고 또 떠올리더라도 후회스럽기보다는 자랑스러움을 느꼈다. 그리고 사회적 관습을 존중하는 중산층으로서, 그는 사고가 났던 사실을 조심스럽게 혼자 속으로만 간직했다.

그러나 자기 집(비발디의 바이올린 협주곡에 맞춰 난로에서 불길이 타오르는 원앙 둥지)의 사생활 내에서는 아세밀라 박사의 치료법으로부터, 마치 사라져버린 별에서 방출된 빛이 우주 공간에서 계속 빛나고 죽은 사람의 손톱과 머리칼이 계속 자라듯, 어떤 일이 되살아났다. 루초 아브릴 마로킨이 나이에 걸맞지 않게 나무 인형과 조립식 장난감, 장난감 기차, 납인형 따위를 가지고 노는 습관이 밴 것이었다. 그의 집은 차츰차츰 장난감들로 어질러져 하녀들을 짜증스럽게 했고 이웃 사람들을 당황케 했다. 그리고 부부의 조화로운 결혼생활에도 첫번째 그림자가 드리워져서, 그의 자그마한 프랑스 아내까지도 남편이 일요일과 공휴일을 욕조에서 작은 종이배를 띄우거나 옥상에서 연을 날리며 보낸다고 불평을 늘어놓기 시작했다.

그러나 장난감을 몹시 좋아한다는 것보다도 더욱 심각했던 것은 그런 취미와 분명히 양립하지 않는, 아이들에 대한 공포증이었다. 그 공포증은 실제적인 연습을 실행하기 시작했던 날 이후로 루초 아브릴 마로킨의 마음속에 심어진 것이었는데, 길거리에서건 공원에서건, 그는 아이들을 보기만 하면 무식한 사람들이 지독한 욕설을 퍼부어댈 짓을 하지 않고는 못 배겼고, 또 아내와 이야기를 하는 중에도 어린아이를 지칭할 때면 '애새끼들'이니 '덜떨어진 것들'이니 하는 경멸스러운 표현을 쓰는 습관이 들었다. 그리고 이 적대감은 금발머리 아내가 다시 임신을 하게 되자 극심한 불안감으로 바뀌었다.

　마침내 그들 부부는 도덕적, 과학적 조언을 얻기 위해 발뒤꿈치에 프로펠러를 달고 아세밀라 박사에게로 날아갔다. 박사는 조금도 놀란 기색을 보이지 않고 그들의 말을 끝까지 다 들었다.

　"당신은 유치증(幼稚症)을 앓고 있는 동시에 잠재적인 유아 살해 상습범이군요." 그것이 그녀의 능숙하고도 간결한 처방이었다. "하지만 그 두 가지 하찮은 증세를 심각하게 받아들일 필요는 없어요. 그걸 치료하기는 식은 죽 먹기보다도 더 쉬우니까요. 두려워하지 마세요. 태아에게 눈이 생기기 전에 괜찮아질 거예요."

　그녀는 그를 치료할 수 있을까? 그녀는 루초 아브릴 마로킨을 그 망령 같은 증세에서 해방시켜줄까? 아이들에 대한 혐오증과 잠재적 유아 살해의 치료법은, 어쩌면 그를 바퀴 콤플렉스와 죄를 지었다는 강박관념에서 구해주었던 치료법처럼 위험한 것이 아닐까? 산미구엘에서 벌어진 이 사이코 드라마는 어떻게 끝이 날까?

(2권으로 계속)

지은이 **마리오 바르가스 요사**

1936년 페루 아레키파에서 태어났다. 리마의 산마르코스 대학에서 문학과 법학을 공부했고, 스페인의 마드리드 대학에서 박사학위를 받았다. 1963년 『도시와 개들』로 주목받는 작가로 떠올랐다. 1966년 『녹색의 집』으로 페루 국가 소설상, 스페인 비평상, 로물로 가예고스 문학상을 수상하면서 세계적 명성을 얻었다. 1994년 스페인어권에서 가장 권위 있는 문학상인 세르반테스 상을 받았고, 2010년 노벨문학상을 수상했다. 대표작으로 『판탈레온과 특별봉사대』 『새엄마 찬양』 『염소의 축제』 『나쁜 소녀의 짓궂음』 『세상 종말 전쟁』 『리고베르토 씨의 비밀노트』 등이 있다.

옮긴이 **황보석**

1935년 충북 청주 출생. 서울대 불어교육과를 졸업했다. 현재 전문번역가로 활동하고 있다. 옮긴 책으로 『불릿파크』 『기괴한 라디오』 『돼지가 우물에 빠졌던 날』 『그게 누구였는지만 말해봐』 『사랑의 기하학』 『성스러운 여행 순례 이야기』 『공중곡예사』 『달의 궁전』 『뉴욕 3부작』 『기록실로의 여행』 『백년보다 긴 하루』 등 다수가 있다.

문학동네 세계문학

나는 훌리아 아주머니와 결혼했다 1

1판 1쇄 2002년 11월 1일 | 1판 2쇄 2003년 1월 7일
개정판 1쇄 2009년 10월 15일 | 개정판 2쇄 2010년 10월 15일

지은이 마리오 바르가스 요사 | 옮긴이 황보석 | 펴낸이 강병선
책임편집 류현영 | 디자인 엄혜리 이원경 | 저작권 김미정 한문숙
마케팅 정민호 김도윤 장선아 박보람 | 온라인 마케팅 이상혁 한민아 정진아
제작 안정숙 서동관 정구현 김애진 | 제작처 (주)상지사P&B

펴낸곳 (주)문학동네
출판등록 1993년 10월 22일 제406-2003-000045호
주소 413-756 경기도 파주시 교하읍 문발리 파주출판도시 513-8
전자우편 editor@munhak.com | 대표전화 031) 955-8888 | 팩스 031) 955-8855
문의전화 031) 955-3576(마케팅) 031) 955-8858(편집)
문학동네카페 http://cafe.naver.com/mhdn

ISBN 978-89-546-0927-2 04870
        978-89-546-0926-5(세트)

www.munhak.com